SUPERBESTSELLER

923

Della stessa autrice

La saga dei Farrell
Il giardino che brucia
Al di là del fiume
La coppa d'oro
L'arazzo
Più forte del tempo
Nel sole della vita
I tesori del tempo
L'alba di un giorno nuovo
La giostra d'argento
Il silenzio di una donna
Un colpo di fortuna
Una finestra sul domani
I nostri anni migliori
Solo per amore

BELVA PLAIN

UN INCONTRO, UNA SVOLTA

SPERLING
PAPERBACK

Traduzione di Maria Luisa Cesa Bianchi
Promises

I edizione «Superbestseller» Paperback febbraio 2003

ISBN 88-8274-476-0
86-I-05

III EDIZIONE

Visitate il sito www.sperling.it

PARTE PRIMA

1973

1

«GIRATI», disse Isabella, con gli spilli tra le labbra.

Nella specchiera, abbassando lo sguardo, Margaret vide abili dita lavorare su una cascata di seta bianca. Alzandolo, vide la sua scarmigliata testa di riccioli rossi e le sue spalle nude sopra un corpino elaboratamente arricciato e pieghettato.

La madre di Margaret sospirò. «Non so come tu faccia, Isabella.»

«Cucire è un divertimento per me, Jean. E figurati fare il vestito da sposa per mia nuora, che conosco da prima che nascesse. Quanta gente può godere di un piacere come questo?»

L'affetto traspariva dai suoi occhi. Erano opalescenti e ben distanziati, come quelli del figlio. Al pari di Adam aveva un portamento eretto. Ma mentre lei era loquace, lui era silenzioso. La sua faccia intelligente dai lineamenti regolari era malinconicamente romantica. Misteriosa. Eroica. Margaret se n'era innamorata quando aveva quindici anni.

Se Adam mi lasciasse, pensò d'un tratto, morirei.

Aveva telefonato l'ultima volta lunedì, subito dopo il ritorno a casa per le vacanze di primavera. Non chiamava dal giovedì precedente, mentre di solito le telefonava ogni sera dopo le otto. Parlavano per meno di tre minuti, sebbene ci fossero due stati tra l'università di lui e il college di lei, sembrava che l'abbracciasse stretta.

Quando aveva iniziato a cambiare? Ed era realmente cambiato? Dopotutto, lui era nell'ultimo tratto del difficile percorso verso la laurea. Così, forse, lei stava solo facendo correre troppo l'immaginazione. Una parola non detta, uno sguardo eluso, una telefonata mancata. Se cercavi degli indizi, ne trovavi a iosa, no? Potevi sempre far scaturire qualcosa dal nulla, semplicemente perché eri troppo sensibile. Sì, era così. Era troppo sensibile.

Si guardò intorno nella stanza come se la sua familiarità potesse rassicurarla. C'era uno straordinario calore lì. Proveniva dalla casa stessa, quella solida dimora vittoriana, costruita dal suo bisnonno, con tanto di portico sul davanti e fregi in legno, affacciata su quell'ampia strada del Midwest. Proveniva dalle due donne, entrambe non belle, gentili e comuni, che avevano conosciuto la vedovanza dalla guerra in Corea, e avevano lavorato e cresciuto ciascuna un figlio unico. E proveniva dalle allegre stridule grida dei bambini che stavano giocando nel giardino sottostante.

Da dove si trovava, Margaret poteva vedere il gruppo fare un girotondo, con Nina al centro, che dominava la situazione. A sei anni era già una specie di capobanda. Una personcina deliziosa ma impegnativa, la nipotina orfana di Jean!

Adam soleva scherzare: «Dopo che ci saremo sposati, la gente che non ci conosce bene penserà che sia realmente nostra, che l'abbiamo tenuta nascosta».

«Va tutto bene là sotto?» chiese Jean. «Mi preoccupo sempre quando la perdo di vista.»

«Ti preoccupi troppo, mamma. Nina si farà strada nel mondo. Con quel faccino impertinente e tutta quell'energia, diventerà un'ammaliatrice e mieterà successi. Comunque, sai bene che quando è sotto la mia tutela, la faccio filare dritta.» E Margaret scoppiò a ridere. «Non le permetto di passarla facilmente liscia, puoi starne certa.»

«Sarai una brava madre», disse Isabella mentre si raddrizzava.

«Brava madre!» rise Jean. «Oh, sì, naturalmente, ma ha qualcosa d'altro da fare prima. Diplomarsi a maggio, aspettare che si laurei Adam, e poi sposarsi il 20 giugno... A proposito... ho dimenticato di dire la data al fotografo! Cielo, gli telefono subito!»

«Aspetta», disse Margaret. «Io... noi non siamo sicuri al cento per cento della data.»

Due voci allarmate, dal timbro acuto chiesero all'unisono: «Che cosa vuoi dire?»

Sfilandosi a fatica l'abito di seta, Margaret si sentì d'un tratto esposta e molto vulnerabile.

«Pensavamo... Adam pensava che forse abbiamo un po' troppe cose da sbrigare. Tutte queste date. Forse lui avrebbe bisogno di un po' di tempo per comprarsi qualcosa...»

Isabella la interruppe. «Come? Ha solo bisogno di un vestito nuovo. E sapendo quanto poco gli importa dell'abbigliamento, avrò il mio bel daffare per convincerlo all'acquisto.»

«Be', non si tratta soltanto di questo. Forse, se ci pensate bene, avrebbe davvero bisogno di un po' più tempo, un paio di settimane per abituarsi al nuovo lavoro. Un po' di tempo, insomma.»

«E avete aspettato fino ad aprile per pensarci?» chiese Jean, con un tono di voce leggermente esasperato.

Le due donne più anziane erano giustamente in subbuglio. Senza guardarle, Margaret sapeva che si stavano interrogando, guardandosi l'un l'altra. Come volevano questo matrimonio! Era sicuro. Ognuna di loro avrebbe acquisito un parente fidato. Non ci sarebbero state pericolose incognite.

«Che diamine, a me non ha mai detto niente del genere!» esclamò Isabella.

«Be', non eravamo sicuri. Ci è giusto passato per la mente. Un'ipotesi. Dovremo comunque decidere questa settimana in un modo o nell'altro.» La stavano esaminando. Era come se fosse stata investita da una corrente d'aria fredda. Infilò i jeans e abbottonò la camicetta, dicendo spensieratamente: «Non è un problema! Non c'è una grossa differenza tra giugno e luglio, non vi pare? Ma ve lo faremo sapere. Di sicuro. Questa settimana. Definitivamente.»

Isabella, la più facile da calmare, appese il vestito da sposa in un sacchetto di plastica. «Okay, purché lo facciate. Non ci impiegherò molto a finire questa gonna», disse allegramente. «Dovrò tornare un'altra volta a sistemare l'orlo, tutto qui.»

Non appena rimasero sole, Jean rivolse l'attesa domanda. «Che cosa c'è, Margaret? Qualche problema?»

«No. Che cosa dovrebbe esserci?»

«Perché se ci fosse qualcosa non potrei andarmene e lasciarti qui da sola.»

«Solo per questo piccolo rinvio?»

«Se si tratta soltanto di questo.»

«Certo.»

Due rughe verticali apparvero tra gli occhi di Jean. «A volte penso che non dovrei andarmene, comunque. L'India. È pazzesco.»

«Dato che è lì che il servizio consolare manda Henry, è lì che devi andare. Perché tante storie?»

«Forse è soltanto che ritengo pazzesco risposarmi, dopo tutto il tempo che sono rimasta vedova.»

«Una ragione in più, mamma.»

Jean appariva stanca. Sembrava che gli anni di lavoro in biblioteca l'avessero consumata come un libro, appannandone la superficie. Aveva avuto così poco tempo per amare suo marito ed esserne riamata. Giorno dopo giorno, c'era stata solo la routine del lavoro e le cure da prestare a una bambina. Margaret fu pervasa da un senso di tristezza e di pietà. A volte sembrava che le loro posizioni si fossero invertite, che Jean fosse la figlia e lei la madre.

«Sai, mamma», disse con fermezza, «Henry è un brav'uomo, e tu sei molto fortunata. Sono contenta per te. Smettila di pensare a me. Andrà tutto bene. So sbrigarmela da sola.»

«Sì, sì, so che sei forte. Ma ti lascio con la responsabilità di Nina. Iniziare un matrimonio dovendosi prendere cura di una bambina di sei anni non mi sembra giusto.»

«È giustissimo. Le voglio bene e ad Adam non importa che stia con noi.»

«Sì, è un vero principe. Ma tu sei una principessa, Margaret, bella e buona. A volte credo che tu sia troppo buona.»

«Parola di mamma! Senti, ti dispiace? Avrei ancora qualche lettura da fare e gli esami finali sono dietro l'angolo.»

Il sole del tardo pomeriggio era pallido, e i vecchi, trascurati lillà erano ancora spogli. Nella sua poltrona accanto alla finestra Margaret osservò il paesaggio, lasciando vagare la mente inquieta e preoccupata.

Pensò a com'era straordinario che fosse nata in quella casa e che adesso, visto che sua madre gliel'aveva assegnata, potesse perfino morirci. Non in quella stanza, però, ma in quella grande al di là del corridoio, quella con il massiccio letto scuro e l'armadio che, quand'era piccola, pareva sovrastarla come un cupo gigante.

Pensò ai suoi primi sogni, alla seduzione della medicina, alla visione di se stessa in una sala operatoria o magari su una nave ospedale mentre effettuava moderni miracoli in luoghi remoti.

«Puoi diventare ciò che vuoi», le dicevano i suoi insegnanti. «Hai attitudine per molte discipline.»

Ma in quegli ultimi anni al college, apparve chiaro che doveva fare delle scelte. Adam era il maggiore, quello che si stava preparando a passare dall'aula scolastica al mondo reale. E aveva fatto un passo realmente gigantesco. Membro del Phi Beta Kappa al college e adesso sicuro di laurearsi con il massimo dei voti, era già stato assunto per lavorare proprio lì a Elmsford, all'Advanced Data Systems, una delle compagnie di computer più affermate dello stato. Prometteva un futuro brillante. Però, dato che l'università pubblica era a più di trecento chilometri, frequentare la facoltà di Medicina diventava impossibile per Margaret.

Si sentì pervadere all'improvviso da un senso di frenetica agitazione e così si alzò, lasciando cadere il libro sul pavimento, poi, afferrato un maglione, scese rumorosamente le scale.

In giardino Jean stava spingendo Nina sull'altalena. «Credevo che dovessi studiare», disse, sorpresa.

«Penso di aver già finito tutto.»

Jean sorrise. Aveva la capacità di calmare le sue ansie con un sorriso.

«Dico sempre che leggeresti anche l'elenco telefonico se non ci fosse in giro altro.»

Era vero. La sua immaginazione correva ovunque, su per le montagne, indietro nel tempo, lungo vicoli ciechi. Proprio quella mattina aveva trovato un nome buffo sull'elenco del telefono. Socrates O'Brien. Che un O'Brien avesse magari fatto parte di una ciurma nel Mediterraneo e avesse incontrato una ragazza greca che aveva portato con sé in America? E che questo Socrates fosse loro figlio? O che magari questi O'Brien fossero degli eruditi e i loro figli avessero nomi classici come Psyche o Cassandra...

L'altalena scricchiolava, avanti e indietro, su e giù. Salendo, le gambe della bambina puntavano insù, sopra la sua testa, e quando scendeva, strillava fingendosi spaventata. Portata qui da Chicago alla morte della sorella di Jean, era diventata figlia di Jean e di Margaret, ma soprattutto di Margaret. Una bambina salvata, figlia innocente di un padre anonimo.

Nina, Nina, cigolavano le corde.

«Che cosa c'è, Margaret? Sei lontana mille miglia.»

Ritornò alla realtà, battendo le palpebre. «Ho bisogno di un po' d'aria e di moto. Sono rimasta in casa tutto il giorno.»

«È la tensione. Ricordo com'ero io prima di sposarmi. Su, cara, vai a fare una passeggiata.»

La strada era piacevole da percorrere, fiancheggiata da vecchie dimore ben tenute. Per lo più la gente coltivava alberi da frutta e un grande orto sul retro. Quasi tutti avevano un cane che gironzolava nel vicinato come su una sua proprietà. Margaret e Jean avevano un orto, uno splendido orto che lavoravano da sé, ma niente cane.

Immagino che ne prenderemo uno quando Nina diventerà più grande. Sarà una buona compagnia per lei, pensò Margaret.

Camminava a testa bassa, con le mani intirizzite infilate nelle tasche del maglione. Superate le stradine ottocentesche, scese nella città di Elmsford. Qui c'era la grande biblioteca, gotica e coperta d'edera, dove la mamma era stata capo bibliotecaria. Qui sorgeva il liceo, dove Margaret Keller, del primo anno, aveva miracolosamente attratto l'attenzione di Adam Crane, dell'ultimo anno. Erano consapevoli della reciproca esistenza da molto tempo, ma tra «essere consapevoli» e «attrarre l'attenzione» c'era una bella differenza. E mantenere viva tale attenzione fino a trasformarla in un abito da sposa e in un paio di scarpette di raso bianco riposte in un alto scaffale dell'armadio era altrettanto diverso.

La nostalgia la guidò fino al campo giochi. Qui da un piccolo altopiano si guardava giù verso il fiume, costeggiato su questo lato da un gruppo di industrie, e turbolento a causa delle lunghe piogge di primavera. Sull'altro lato si estendevano per centinaia di chilometri campi di grano e frumento, interrotti qua e là da piccoli boschi, simili a isole nel mare calmo.

Elmsford era un luogo confortevole. Era bello essere cresciuti qui, e sarebbe stato bello allevarvi i figli. Margaret non era una vagabonda, ma una «stanziale», come lo era Adam, sebbene la sua mente partisse spesso per lunghi viaggi. Indugiò, infreddolita nel vento che si stava alzando, riflettendo...

L'insegnante del liceo, la signora Hummel, l'estate precedente le aveva detto: «Spero che tu non stia prendendo decisioni affrettate, Margaret. Ti sei preparata per frequentare la facoltà di Medicina, e adesso vuoi rinunciare! Devi proprio farlo?»

«Scenderò a un compromesso. Potrò insegnare biologia e chimica qui, se mi vorranno.»

«È realmente un compromesso?»

«Credo di sì. Insegnerò ai futuri medici.»

«Bene», disse la signora Hummel. «Bene.»

Credeva che, venendo da un'amica della madre, il suo consiglio sarebbe stato ben accetto. Ma si era sbagliata. Glielo rivelò l'espressione di Margaret, e lei si affrettò ad aggiungere: «Volevo solo dire che sei molto promettente, Margaret. E così giovane».

Giovane! Si sentiva vecchia in quel momento, molto vecchia. E si stava struggendo per Adam! Se solo avesse potuto parlargli, non per telefono, ma guardandolo in viso! Contrariamente a lei non era portato a esplosioni d'emozione, ma una volta capito il suo sbigottimento, l'avrebbe rassicurata.

Ma non l'aveva rassicurata... Quando, dopo aver vagamente suggerito un rinvio, gli aveva chiesto se c'era qualcosa che non le aveva detto, lui si era limitato a negare con altrettanta vaghezza.

«Niente, a eccezione degli esami che sono pesanti, e io sono stanco. Ma che cos'è un rinvio di un paio di settimane, dopotutto?»

Lei aveva captato un'atmosfera, come quando le luci si spengono durante un temporale e la casa familiare, con i suoi angoli e le sue porte chiuse, diventa a un tratto minacciosa ed estranea.

Che fosse stanco di lei? Che avesse trovato un'altra? Doveva chiederglielo. E cominciò a camminare, a correre quasi, verso la casa e il telefono. Il cuore le martellava in petto mentre saliva velocemente il pendio. Dovette fermarsi per riprendere fiato, appoggiandosi a un vecchio muro di pietra.

Ma sapeva che non avrebbe avuto il coraggio di domandarglielo. Avrebbe dovuto restare semplicemente in attesa degli eventi. Era una questione di orgoglio: una donna non pregava. Almeno, non questa donna. Senza dubbio il suo era un concetto antiquato, fuori moda dato che uomini e donne erano adesso considerati uguali. Ma non lo erano. Uguali, sì, ma non identici.

Le venne in mente qualcos'altro: si era ricordato del suo

compleanno la settimana prima. Le aveva mandato fiori, una raccolta di poesie di Auden e una scatola di cioccolatini. Si lamentava sempre di essere «dipendente» dalla cioccolata, e lui le ripeteva che, con una figura come la sua, poteva anche permetterselo.

Stai cercando guai, Margaret. Stai immaginandoti cose che non esistono.

Ai suoi piedi un chipmunk, svegliatosi dal letargo, cominciò a correre lungo il muro. Osservando il suo bizzarro zigzagare, Margaret si interrogò sul suo piccolo cervello, sulla motivazione che poteva averlo spinto a invertire direzione e su che cosa il suo piccolo occhio potesse aver notato che lei non aveva visto.

Zig. Zag. Cose viste da alcuni, non viste da altri.

Lentamente, raggiunse la strada. Sua madre, che era religiosa, amava dire: «Dio non ci dà più pene di quante ne possiamo sopportare». Forse era così, ma dal poco che Margaret aveva visto della vita, ne dubitava.

Se Adam mi lasciasse, pensò di nuovo, morirei, nonostante quel che pensa la mamma. O no, non morirei, ma vorrei morire. Continuerei a vivere e a desiderare di essere morta, il che è peggio.

2

OGNI volta che vedeva Randi, o pensava per un istante che l'avrebbe vista, nel campus o in città, si sentiva rinascere. Non era mai lontana dalla sua mente; mentre sedeva a lezione o studiava in camera sua, era consapevole, senza guardare l'orologio, dell'ora in cui avrebbe telefonato o sarebbe venuta alla sua porta.

Adam non aveva mai immaginato che un uomo potesse essere posseduto come lo era lui adesso. E questa possessione non era paragonabile a niente di quello che aveva mai provato per Margaret.

Randi era piccina, con le curve di una donna in carne, sebbene non fosse affatto grassa. Indossava sempre abiti con volant morbidi, sciarpe a fiori e una profusione di pizzi; la sua voce era melodiosa. Possedeva tutto il fascino e la capacità di seduzione di cui leggevi nei libri e nei manuali. E aveva anche una qualità che si potrebbe definire «modestia»; se questo non fosse un termine inadeguato per qualcuno la cui risata e il cui cicaleccio erano così allettanti. Ma gli uomini la pensavano diversamente. Adam li aveva sorpresi spesso a guardarla e aveva letto i loro pensieri, aveva visto la loro invidia quando si allontanava con lei al braccio.

Randi lavorava in città in un ufficio e viveva in un lindo appartamentino vicino al campus. Era la cugina di qualcuno, anche se non ricordava di chi, e solitamente la si vedeva alle più belle feste con gli studenti più affascinanti di medicina, legge e ingegneria. Tuttavia, nessuno aveva mai vantato diritti su di lei; si era mantenuta libera finché non aveva incontrato Adam.

Lui l'aveva inizialmente notata in prima fila al musical della compagnia teatrale in cui interpretava una piccola parte. Quando il gruppo si era inchinato alla fine dello spettacolo, Adam si era accorto che lei lo fissava. Non conosceva neppure il suo nome; aveva riportato solo una fugace impressione di lei in passato, ma non se n'era dimenticato. Quando, qualche sera dopo, la rivide a una replica, e i loro occhi si incontrarono, andò a cercarla.

Disse che le era piaciuta molto la musica. «Sono cresciuta in casa di mio nonno. Suonava in una banda, e conosceva la musica. È così che ho imparato il poco che so. Ma non ho talento e probabilmente neanche un buon orecchio.»

Adam, che conosceva bene la musica, trovò la sua modestia affascinante.

«Verresti a casa mia ad ascoltare dei dischi?»

«Mi piacerebbe, ma per chiacchierare con te», rispose.

L'infatuazione era stata immediata e intensa per entrambi. La loro relazione andava avanti da più di sei mesi, quando un giorno lei esordì all'improvviso: «Mi dicono che hai una ragazza a casa.»

Con un senso di imminente disastro, Adam rispose: «Chi lo dice?»

«C'è sempre qualcuno che conosce qualcun altro che lo sa.»

Era domenica mattina e stavano facendo colazione nel suo cucinino. Avrebbe ricordato esattamente il momento, la sua vestaglia rosa e la luce del sole che tramutava i suoi capelli in un copricapo di raso nero. Aveva il labbro leggermente girato all'insù, per la rabbia o le lacrime imminenti.

«Come si chiama?»

«Margaret», rispose lui, molto piano.

«È vero che dovreste sposarvi in estate?»

«Era vero», mormorò.

«Allora l'hai lasciata?»

«Non ancora.»

«Che cosa stai aspettando?»

Nel suo stato di agitazione, Adam balzò su dalla sedia, e lei dovette alzare lo sguardo; i suoi occhi erano accusatori.

«È molto... molto difficile.» E sapeva che quelle parole erano imbarazzate e sciocche.

«Perché me l'hai tenuto nascosto?» domandò Randi.

«Non avrei dovuto. Penso fosse... be', non fosse necessario parlarne, dato che intendevo... intendo... chiudere con lei.»

«Com'è?»

Adam restò paralizzato. Come aveva potuto permettere che la situazione arrivasse a questo punto? Per mesi si era illuso che l'indomani, o al massimo la settimana successiva, avrebbe chiarito la situazione, avrebbe parlato con Margaret, con sua madre e la madre di lei. Ma, ammaliato com'era, aveva continuato a rinviare.

«Ti ho chiesto com'è, Adam?»

«Intelligente», rispose disperato. «Vuole... voleva diventare medico.»

«E cos'altro?»

«È cordiale e ha molti amici.»

«Com'è fisicamente?»

«Randi, ti prego. Ti prego.»

«Dimmi semplicemente se è carina come me o più carina.»

«È... diversa.»

«Diversa come?»

Annaspò e brancolò. «Non è un tipo alla moda. Non le importa di questo genere di cose.»

«Oh, perché non vuoi parlarne?» Esasperata e in lacrime, Randi gridò: «Non vedi come mi hai ferita? E tutto quel che sai fare è restartene lì come un manichino senza dirmi niente di concreto. Parla!»

«Randi, cara», implorò lui, mentre in un accesso di paura temette di perderla. «L'ultima cosa che vorrei è farti del male. Non piangere. Ti prego. È vero che avrei dovuto rompere con Margaret lo scorso settembre. Avrei dovuto parlartene fin dall'inizio. Il fatto è che tremavo all'idea delle conseguenze. Ammetto di essere stato un maledetto codardo. Mi vergogno di me stesso.»

«Dovresti.»

«Ti giuro che provvederò a tutto questa settimana. Te lo giuro.»

«Non vuoi realmente sposarla? Ho sentito che sei fidanzato da anni.»

«Oh, non esattamente da anni. Ma da un po'. Senti, Randi, qualunque cosa provassi prima ora è tutto cambiato.»

«Lo spero.»

«È così. Guardami. Guardami negli occhi. Che cosa vedi?»

«Non lo so. Non sono sicura.»

«Questo è reale, Randi. Tu e io siamo reali.»

E l'aveva baciata. E dopo un'altra mezz'ora di lacrime e proteste, erano tornati a letto.

Questo scontro era avvenuto tre mesi prima. E adesso, mentre passeggiava nella fresca notte primaverile in direzione dell'appartamento di Randi, non aveva ancora «chiarito la situazione», aveva solo mosso qualche passo esitante, e ciò aveva già causato abbastanza trambusto.

Proprio il giorno prima sua madre aveva telefonato per la terza volta. Era una donna bonaria, per cui la sua agitazione, i suoi rimproveri l'avevano colpito ancora di più.

«Le tue ragioni per posporre il matrimonio sono ridicole, Adam. Se non sapessi come ami Margaret, comincerei a insospettirmi. Allo stato attuale, si direbbe che tu sia indifferente, pigro o irresponsabile, e so che non è da te. Nutri per caso qualche timore per il lavoro, hai paura di non fare bella figura o altro?»

La mano che stringeva il ricevitore stava sudando. «Mamma», disse con eccessiva pazienza, «si tratta solo di quello che ho detto a Margaret.»

Durante il weekend sarebbe tornato a casa e avrebbe parlato chiaramente con la fidanzata. Ma non l'avrebbe certamente detto prima a sua madre.

«Mamma, ho lezione fra dieci minuti. Devo riagganciare.»

«Stai facendo preoccupare quella deliziosa ragazza! Che cosa dovrebbe dire alla gente? Pensano tutti che vi sposiate a giugno, e...»

«Mamma, devo andare.»

Quella deliziosa ragazza. Sì, era assolutamente onesta, genuina, priva di qualsiasi artificio. Ma anch'io sono assolutamente onesto, protestò. Sapeva di esserlo, o di esserlo stato finora.

Prima di partire per la guerra in Corea, suo padre aveva lasciato una lettera per Adam, da aprirsi solo quando sarebbe stato abbastanza grande per capirla. Tra i vari ammonimenti ce n'era stato uno sulla sincerità, sul non fare mai nulla di subdolo.

Margaret lo amava, e anche lui l'aveva amata, e si era ritenuto molto fortunato. La strada davanti a loro era stata diritta, regolare e luminosa finché Randi non l'aveva attraversata. Era davvero così malvagio? Dio sapeva che non era crudele; se lo fosse stato, il pensiero di fare del male a Margaret non l'avrebbe tanto angosciato. Era solo che non poteva evitarlo. E Dio sapeva che non era né il primo né l'ultimo uomo che non poteva evitarlo. Non era forse vero che la musica e la poesia più bella del mondo esaltavano proprio quello che stava accadendo tra lui e Randi?

Ma, nonostante tutta quella poesia e quella musica, quando si tratta di casi specifici, le parole vengono a mancare, pensò, e, alzando il bavero per ripararsi dal vento, fece un altro giro del vicinato, come se bruciando energia potesse in qualche modo schiarirsi la mente.

Margaret aveva altre possibilità, si disse. Avrebbe sempre potuto sposare Fred Davis, che non aveva mai fatto mistero dei suoi sentimenti per lei. Una persona positiva, allegra, gentile anche se incline ad atteggiarsi a giudice, Fred avrebbe condannato Adam Crane con disgusto, ma si sarebbe anche rallegrato che la decisione di Adam tornasse a suo favore. Oppure Margaret avrebbe potuto continuare a studiare medicina, se la interessava ancora; non lo sapeva in realtà, perché il suo interesse in quegli ultimi anni era stato incentrato totalmente su di lui. Così adesso era al punto di partenza.

«Che cosa c'è?» aveva chiesto Margaret quando, durante le vacanze di primavera, lui aveva suggerito debolmente che forse avrebbero fatto meglio ad aspettare un po'. Era stata sua intenzione prolungare la conversazione, avvicinandosi gradualmente alla verità, finché dopo un'ora o due il bubbone sarebbe scoppiato. Ma la sbigottita reazione di lei gli aveva tolto il coraggio. Il suo sforzo era stato tiepido, in verità, e sapeva di non averla rassicurata.

Suonò il campanello di Randi. All'interno udì un vivace motivo anni Trenta, fatto per ballare e cantare. Quando venne alla porta, lo abbracciò e lo tirò dentro. Sul tavolo nella nicchia c'era una ciotola di giunchiglie e una bottiglia di vino, mentre dalla piccola cucina dietro il paravento proveniva un delizioso profumino.

«Che cosa si festeggia?» chiese. «È un giorno speciale?»

«Perché no? Ogni giorno è speciale, non ti pare? Mi sembri stanco.»

«Lo sono. Ho dovuto finire quel saggio e ho dormito circa due ore stanotte.» Sedette sul divano. «Dicono che il mondo reale è questo, quindi è meglio che mi ci abitui.»

«Credi che ti ci abituerai? Che ti piacerà veramente quella vita?»

«Randi, mi piacerà, a dispetto di tutto. È ciò che ho sempre desiderato fare.»

«Allora sono contenta per te. Siediti un minuto mentre tiro fuori la cena. È tutto pronto.»

Il piccolo spazio era gremito di oggetti familiari: una bicicletta appoggiata al muro in anticamera, la scrivania con sopra la posta del giorno. Oltre la porta aperta intravvedeva il letto, che occupava gran parte della stanza. Alla luce della lampada sul comodino notò che le lenzuola erano rosa. A volte erano azzurre. Sorrise, sentendosi a suo agio in questa vita familiare e al tempo stesso eccitato alla vista del letto. Questo era ciò di cui avrebbe goduto ogni giorno quando sarebbero stati sposati.

Ma prima doveva salire un erto pendio e scendere dall'altra parte. E pensò di nuovo, con un tuffo al cuore, che il vestito da sposa di Margaret era già pronto, e rifletté su tutte le domande a cui avrebbe dovuto rispondere a casa, pensando al biasimo che si sarebbe abbattuto sulla sua testa.

«Ecco un ottimo rosso californiano. Vieni, ti tirerà su di morale», disse Randi.

Insieme finirono la bottiglia e la deliziosa cenetta. Poi andarono a letto, e dopo una fantastica ora d'amore, si addormentarono.

Quando lui si svegliò al mattino, Randi aveva gli occhi aperti e stava fissando il soffitto. Sembrava che avesse un'espressione stranamente solenne, e chiese tenero: «Che cosa stai pensando?»

«A come sei dolce.»

Rise. «'Dolce'? Questa è una parola che descrive più te che me.»

Quando, assonnato, allungò un braccio per attirarla a sé, lei scivolò via, infilò la vestaglia rosa e sedette sul bordo del letto.

«Svegliati, Adam. Ho qualcosa da dirti.»

Il suo tono lo destò. «Che cosa c'è?»

«Sono incinta.»

«Mio Dio», esclamò lui.

Lo stava osservando attentamente. Per qualche momento nessuno dei due fiatò, e lui capì che stava valutando la sua reazione. Probabilmente, temeva che non prendesse bene la notizia. Per un secondo era rimasto sbalordito, ma la reazione era seguita quasi subito: non c'era niente di cui aver paura, avrebbe avuto un ottimo stipendio, non c'era niente da temere...

Un sorriso cominciò a delinearsi sul suo volto. «Be', non è male, non è affatto male.»

C'erano lacrime nei suoi occhi. Adam balzò dal letto e la prese tra le braccia. «Sii felice!» disse. «So che è uno choc inaspettato, ma ce la caveremo. Ci sposeremo, ancor prima del conferimento delle lauree se lo desideri. Ho notato un nuovo edificio sul promontorio a picco sul fiume, alto, con vista. Oh, non preoccuparti», mormorò contro la sua guancia. «Saremo genitori giovani.»

«Voglio abortire», disse Randi.

La lasciò andare. «Oh, no. No, no.»

«Oh, sì. Non essere così sconvolto.»

«No», ripeté lui.

«È una questione di principio per te, o cosa?»

«È come se una parte di me andasse distrutta. È parte di me. Di noi.»

Non rispose. I suoi occhi erano ancora umidi, con una grossa lacrima, pronta a cadere, e lui le posò una mano sulla spalla, dicendo dolcemente: «Non c'è ragione, Randi. Pensaci. È sbagliato. Sbagliato».

«C'è una ragione», rispose lei con altrettanta dolcezza, «ma è difficile per me dirlo. Oh, Adam, è così difficile!»

«Parla.»

«Non ti sposerò. Non posso. Non voglio un figlio senza un padre.»

«Che cosa vuoi dire con non puoi?» Una terribile possibilità gli attraversò la mente. «Non sarai già sposata per caso?»

«No, ma lo sarò presto. Con qualcun altro.»

Sulle prime, Adam pensò di non aver sentito bene. Poi, come se l'avesse colpito con il pugno, provò un dolore al petto, e capì di aver sentito perfettamente. Allora si sentì pervadere da un'ondata di vergogna, e ricordando che era nudo, afferrò l'indumento più vicino, il suo cappotto, e si coprì.

«Adam, non è così spaventoso come so che può sembrare. O almeno non credo. Vedi, è anche per il tuo bene.»

«Il mio bene.» Aveva il fuoco in gola, ma la sua voce uscì fredda e stridula. «Continua. Forse riuscirai a spiegarmi.»

«Sento di averti condotto, e essermi lasciata condurre, in una situazione difficile. Non hai chiarito la tua relazione con quella ragazza. Hai avuto mesi per farlo, e so che non l'hai fatto.»

«Cosa c'entra questo con 'qualcun altro'? A meno che tu non sia impazzita.»

«Non ho mai pensato più a lungo e con più chiarezza a qualcosa in tutta la mia vita.»

«Di che cosa diavolo stai parlando?» gridò Adam. «Chi è lui? Dov'è? Quando è successo?»

Non sopportava di guardarla, rannicchiata lì con la vestaglia stretta intorno, come a proteggersi da un assalto. Tuttavia non riusciva a distogliere lo sguardo. Era in preda a una rabbia irrefrenabile.

«Se mi ascolterai tranquillamente, te lo dirò. Ho incominciato con il dire che non avevi neppure rotto con Margaret.»

«Non puoi saperlo.»

«Nel caso me l'avresti detto.»

«E avrebbe fatto differenza? È per questo che hai trovato un altro uomo e sei venuta a letto anche con me ieri sera? Dai. Rispondimi!»

«Non so dire che cosa sia avvenuto prima. È tutto un po' aggrovigliato.»

Quando alzò lo sguardo su Adam, vide la lacrima che era rimasta sul bordo dell'occhio scivolare lentamente lungo la sua guancia. Si alzò allora e cominciò a camminare, battendosi il pugno nel palmo. Poi sedette sull'unica sedia e attese con la testa tra le mani.

«Forse se non fossi stato così legato... ero a casa tua una sera quando ha chiamato tua madre, e tu sei andato nella stanza del tuo amico e hai chiuso la porta. Ma ho sentito lo stesso, ho visto com'eri sconvolto, e ho pensato a che grosso pasticcio era tutto questo. E quest'uomo, Chuck, non ti dirò il suo nome per intero perché non voglio altri guai, Chuck frequentava l'ufficio dove lavoro. E mi ha vista e mi ha invitata a cena...»

Normale che l'abbia fatto, pensò cupo Adam.

«E dopo alcuni incontri mi ha chiesto di sposarlo. È divorziato, vive in California, e mi ha mostrato una fotografia della sua casa, bellissima, con palme intorno alla piscina, e così soleggiata, così tranquilla...»

«Bellissima. Palme e una piscina. Sai che sei disgustosa?» E si chiese come potesse sopravvivere a quest'orrore.

«So di farti quest'impressione. Ma non si tratta soltanto del lusso, Adam, credimi. È un uomo molto carino e gentile. Non un vecchio danaroso in cerca di un'amante. Non ha nemmeno quarant'anni.» Randi si asciugò le guance con la manica. «Non puoi immaginare quante notti sia rimata sveglia a piangere. Perché ti voglio molto bene, Adam. Capisco che non puoi credermi, e non ti biasimo, ma è vero. Giuro che è vero, che è stata una decisione molto sofferta.»

«Sarei felice di farti soffrire io. Abbiamo passato momenti d'intimità bellissimi, ma per te non è stato altro, e niente di più. Si è fatto avanti qualcuno con un po' di denaro, ed ecco che te la squagli. La storia è tutta qui. E sei una sgualdrina. Questo è il resto della storia.»

«No, non lo sono. Sono una persona pratica. Credi che la mia vita sia stata un letto di rose?»

«Nella maggior parte dei casi non lo è.»

«Vero, ma questa è la mia vita. Devo trarne quel che posso. Ho bisogno di capire me stessa.»

«Non è difficile capirti. Ti interessa il lusso, tutto quel che luccica.»

«Ebbene, in parte, non lo nego. I soldi non piacciono a tutti? Ti ho ripetuto spesso che voglio andarmene da qui. Non ho mai visto altro che questa città. La gente viene all'università e parla dei posti da dove proviene e dove è diretta. E io li ascolto, pensando: Quando andrò mai da qualche parte? California? New York, qualsiasi luogo?»

«E l'hai scoperto proprio ora, quando è apparso questo gentile giovanotto della California.»

«Non ho mai fatto mistero dei miei desideri.»

Forse aveva accennato a qualcosa, ad alcune delle sue aspirazioni, ma gli erano sembrate banali, niente a cui prestare realmente attenzione.

«Forse c'è una parte di me che sa che non sarei felice in una cittadina del Midwest come la tua. Immagino che non sia troppo diverso da qui, solo più grande. E se poi fossi scontenta, sarebbe un bel guaio per te.»

«Che altruista, che nobile!»

«Mi dispiace, Adam. Mi dispiace chiudere in questo modo. Ma devo prendere una rapida decisione.»

Era così morbida! I capelli neri, la pelle lattea, la vestaglia di seta, le pantofoline di velluto... tutto morbido. Avrebbe voluto afferrare tanta morbidezza e stritolarla, calpestarla; capiva come in un secondo si potesse commettere un orribile crimine.

«Ti prego di capire», lo implorò lei. «Almeno di provarci.»

Tutte le loro notti e i loro giorni... che cosa avevano significato?

«Abbiamo fatto l'amore stanotte... Che cosa è stato per te? Perché l'hai fatto?»

«Volevo che finissimo con qualcosa di bello da ricordare.»

Stava singhiozzando. Quando tese la mano verso di lui, Adam la respinse bruscamente e andò in bagno a vestirsi.

«Alla lunga non saresti felice con me, Adam», gli disse quando ritornò.

Il suo cuore stava battendo forte e gli tremavano le mani mentre si abbottonava il cappotto. Lei lo seguì fino alla porta. La bottiglia di vino era ancora sul tavolo.

«Un bel festeggiamento», commentò lui passandovi accanto.

«Un pranzo d'addio, Adam. Spero, anzi credo, di aver fatto la cosa giusta. Andrà meglio anche per te. Vedrai. Ti riprenderai più in fretta di quel che pensi.»

«Che Dio ti maledica», inveì lui. «Crepa.» E sbatté la porta.

Il suo cuore, livido di rabbia, batteva ancora così forte che per un momento dovette appoggiarsi alla ringhiera prima di dirigersi verso la pensione. Compì una deviazione attraverso il parco. Il pensiero della sua stanza, dei libri e del silenzio domenicale era troppo deprimente. La mattinata appariva coperta e grigia, con un vento tagliente come un coltello e il mondo impazzito, senza logica, senza ragione. Randi aveva giocato con il suo amore e aveva continuato a farlo finché non era stata pronta a buttarlo via. Che cosa significavano le sue lacrime? Se poi lo lasciava, portava via una parte di lui e la gettava nella fogna? Come poteva dire di amarlo!

Sull'acqua nera e immobile del laghetto c'erano isole di ghiaccio bianco che si stava sciogliendo. Tre anatroccoli vi giravano intorno, senza meta. Come me, pensò Adam, e si fermò a guardare. Da dove ripartire adesso? Poi gli venne in mente che Margaret avrebbe potuto dire la stessa cosa se l'avesse ferita come Randi aveva ferito lui... E rimase lì al freddo, a osservare gli anatroccoli.

Non sarei felice in una cittadina come la tua. Alla lunga non saresti felice con me.

Era vero che ora, quando ci ripensava, non riusciva a immaginare Randi rastrellare foglie in un cortile di Elmsford. Margaret rastrellava foglie... Ma aveva perduto l'amore per Margaret.

Non sapeva per quanto tempo era rimasto lì. Le mani, coperte dai guanti e infilate nelle tasche, erano gelate, e non c'era altro luogo dove potesse andare se non nella sua stanza.

Molto dopo mezzanotte era ancora sveglio, i pensieri che gli turbinavano nella mente.

È proprio necessario l'amore«? si chiese dopo un po'. Non possono bastare la fiducia e l'amicizia, il rispetto e l'ammirazione? Ecco cosa gli aveva portato l'amore!

Naturalmente, non c'era ragione perché dovesse impegnarsi con qualcuno o qualcosa. Non c'era nessun bisogno, a venticinque anni, di sposarsi. Nessuna ragione, se non quella che si era già impegnato. Ed ebbe la visione di un patetico vestito che languiva in un armadio senza mai essere stato usato. Ebbe la visione di Margaret, calpestata e umiliata come lo era lui adesso.

Era un razionalista, convinto che ognuno fosse artefice del proprio destino, ma ora gli sembrava che tutta questa storia con Randi non fosse nata per durare. Era stata una diversione dal suo cammino già preordinato.

Con un brivido di repulsione ricordò a un tratto la «bella casa, le palme, e la piscina». La grande ricchezza non gli interessava. Condurre un'esistenza decorosa era sufficiente. Si sarebbe dedicato al lavoro, e avrebbe cercato di svolgerlo al meglio. Non sarebbe stata la vita eccitante che aveva immaginato con Randi, ma sarebbe valsa la pena di viverla, e felicemente, anche se in maniera diversa.

Una posizione invidiabile, una brava ragazza, ecco quanto gli era stato offerto, e doveva esserne grato.

PARTE SECONDA

1988 – 1994

3

Nella lunga serata di giugno della più lunga giornata dell'anno, il sole creava giochi di luce color limone sull'erba. All'ombra degli olmi, dove sedeva il piccolo gruppo, l'erba era blu scuro. Il fuoco del barbecue si era spento, e vicino al tavolo del picnic un paio di scoiattoli raccoglievano le briciole della torta dell'anniversario, mentre sotto il tavolo i cani dormivano, satolli. Dal fondo del giardino, oltre l'orto dove i pomodori crescevano rigogliosi e i piselli si arrampicavano sui tutori, proveniva l'allegro clic delle palle da croquet. Nina, a casa per le vacanze, stava facendo una partita con Adam e i ragazzi.

Margaret, osservando questo piccolo mondo privato, cercando come sempre la parola giusta per descriverlo, non riuscì a trovare niente di più adatto che «intimo».

«Adam sta proprio bene», osservò la cugina Louise, «non sembra per nulla invecchiato dal giorno del vostro matrimonio.»

Era vero. I suoi capelli biondo rossicci erano folti come allora, la linea lievemente ricurva della schiena non era più pronunciata di quindici anni prima, e nella mente di Margaret l'aggettivo che meglio lo definiva era tuttora «elegante».

«E che dire di Margaret?» chiese il cugino Gilbert. «Margaret non invecchierà mai.»

«Margaret sarà bella anche a ottant'anni», osservò Fred Davis, con i suoi pallidi occhi azzurri che si facevano gravi e pensosi.

«Oh, sarò coperta di lentiggini allora», disse Margaret, osservando la spruzzata di macchioline scure sulle sue braccia bianche. «Finora, grazie a Dio e grazie ai grandi cappelli, la faccia è stata risparmiata.»

Stava vivendo un momento di particolare serenità. Uno di quelli in cui tutti i fili della vita sembrano unirsi e intrecciarsi. Quindici anni! Adesso, alzando lo sguardo sul vecchio tetto che li proteggeva tutti, lei e Adam con Megan, Julie e Danny, espresse un desiderio impossibile: che la vita potesse essere sempre come in quel minuto.

«Non vorresti per caso separarti da questo cucciolo?» chiese Fred, che aveva preso in braccio il bastardino e gli stava accarezzando la testa.

«Credo di avere già delle persone che vogliono dargli una casa. Perché? Tu non vuoi un cane, vero?»

«Be', credo di sì. La casa è piena di echi da quando ho perso Denise l'anno scorso. Dapprima ero lieto che non avesse lasciato figli da crescere senza una madre, ma adesso vorrei che l'avesse fatto.»

Si levarono mormorii di comprensione da parte di Louise. E Margaret disse: «Ti troverò un cane. Da quando mi sono messa in contatto con il canile municipale, dopo aver trovato quel collie malato e abbandonato sulla strada, continuano a telefonarmi, due o tre volte al mese, per cercare di collocare degli animali. Finora sono stata fortunata. Sono sicura che prima o poi salterà fuori un cane a misura d'uomo.»

«No, questo va benissimo, se posso averlo. È abbastanza piccolo da potermi seguire ovunque vada e rimanere in ufficio con me.»

Il piccolo animale e l'uomo alto e forte erano poco adatti, sebbene le mani di Fred e i suoi miti occhi fossero molto gentili. C'era qualcosa di toccante in lui da quando era rimasto vedovo. Aveva solo cinque anni più di Adam, ma sembrava molto più vecchio. La sua faccia seria e risoluta poteva assumere un'espressione malinconica. Era sempre stato una specie di fratello maggiore per il ragazzo Adam, e adesso era uno dei pochi di cui gradiva le visite inaspettate.

«È molto solo», aveva osservato lei più di una volta. «Ha realmente bisogno di risposarsi.»

E Adam aveva risposto in tono scherzoso: «Sta aspettando te». E lei, sempre in tono scherzoso, aveva detto: «Perché? Hai intenzione di divorziare, o di ucciderti? Quale delle due alternative?»

«È tuo», disse lei. «Il suo nome è Jimmy, a meno che tu non voglia cambiarglielo.»

«Jimmy va benissimo.» E di nuovo i suoi pallidi occhi guardarono Margaret con quell'espressione grave e pensosa.

«Devo chiedere a Adam come fa marinare la carne», disse vivacemente Louise, cambiando argomento. «Prima stavo osservando il tuo scaffale delle spezie. Avete cose di cui non ho mai sentito parlare.»

Margaret sorrise. «Ogni volta che viaggiamo, andiamo a esplorare i mercati. L'anno scorso a San Francisco abbiamo ispezionato ogni negozio di alimentari cinese. Adam conosce frutti e ortaggi di cui io ignoravo l'esistenza. Computer e ricette esotiche sono i suoi due amori.»

«Cos'è questa storia dei due amori? Io ne ho tre», disse Adam, mentre il gruppo sopraggiungeva con palle e mazze.

«Megan, Danny e io. Soprattutto io!» gridò Julie.

Aveva dieci anni e, come la sorella maggiore, era quasi una copia di Adam anche nel naso affilato e diritto.

«Ma la nostra squadra ha vinto la partita», disse Danny. «Io e Nina. Li abbiamo battuti, non è vero, Nina?»

«Sì, e lo rifaremo», asserì Nina.

I ragazzi adoravano Nina, e non solo perché lei adorava loro; possedeva un fascino che non poteva che attrarre la gente.

La bambina testarda era diventata una giovane donna sicura di sé, piena di vivace entusiasmo.

«Ho sentito che stai avendo un grosso successo a New York», insinuò Louise.

«'Un grosso successo'? No, ma con un po' di fortuna spero di arrivarci. In ogni modo, mi sento meglio di come mi sentirei se non avessi lasciato il college dopo il primo anno. Mi sarei diplomata un mese fa e adesso non saprei dove andare, che cosa fare di me stessa.»

«Lo fai apparire molto deprimente», osservò Adam. «Diplomarsi in un buon college non ha alcun valore secondo te?»

«Per la maggior parte della gente sono sicura che ne ha. Io non sono mai stata granché come studente, lo sai. Non vorrai paragonarmi a Margaret, spero.» Nina si girò all'improvviso verso Margaret. «A volte penso di essere stata una delusione per te. Tutte quelle notti a insegnarmi chimica e matematica! Proprio lassù», disse, indicando la finestra sovrastante, «alla mia scrivania vicino a quella finestra. E senza mai spazientirti, senza mai farmi vergognare.»

«Non c'è mai stata ragione perché dovessi farlo. Non allora, e sicuramente non adesso. Eri com'eri, e sono lieta che tu stia facendo quello che volevi fare.»

Con una particolare tenerezza i suoi occhi incrociarono lo sguardo chiaro di Nina.

«Vorrei solo che New York non fosse tanto lontana», mormorò Margaret, pur non volendolo dire.

«Lo so. Ma è meravigliosa! Ogni giorno puoi scegliere tra centinaia di cose da vedere e sentire. Credo di non essere fatta per le piccole città», disse Nina, aggiungendo in fretta, «non che Elmsford sia una piccola città.»

«Raccontaci com'è andata», la incalzò Louise.

«Be', dopo aver finito quel corso di disegno, ho dovuto cercare un lavoro, naturalmente...»

«Ma racconta quel che è successo prima di allora, a scuola», la incitò Margaret.

«Sì, a scuola abbiamo progettato una stanza. A me era stata assegnata la cameretta di un ragazzo di circa otto anni, e così ho pensato a te, Danny, e dato che so quello che ti piace, sono partita avvantaggiata e ho vinto.»

«Non essere modesta», disse Gilbert. «Siamo soltanto la tua famiglia. Continua.»

«Be', qualcuno ha scritto un articolo sui vincitori, così quando sono andata a cercare lavoro, ho portato con me il ritaglio, e dopo il terzo tentativo ho trovato un impiego. È andata più o meno così.»

«Hai iniziato dal top», le rammentò Margaret. «Crozier e Dexter. Ogni volta che prendo in mano una rivista d'arredamento dal parrucchiere, vedo il loro nome.»

«Oh, sono il top, d'accordo», ammise Nina. «Credo di dover dire che è stato un colpo di fortuna per me. Sto imparando moltissimo da loro! Mi hanno anche permesso di aiutare un po', per quanto sia inesperta, con il salone che stanno allestendo all'esposizione annuale della casa. È stato molto divertente, e credo di aver imparato parecchio.»

«Crozier e Dexter», ripeté Louise. «Devo cercare il nome. Sono uomini o donne?»

«Due uomini, Willie e Ernie.»

«Ah», esclamò Gilbert. «Quale dei due ha posato gli occhi su di te?»

Nina rise. «Nessuno dei due, puoi starne certo. Willie e Ernie sono... per così dire, sposati.»

«Oh, cielo», esclamò Louise, arricciando il naso.

Adam rise. «È più sicuro per Nina così, non capite?»

E Nina ribatté: «Nient'affatto. Posso trovare una quantità di ammiratori anche senza Willie e Ernie».

«Ne sono certo», ammise Fred, che aveva ancora il cucciolo in grembo. La sua faccia assunse un'espressione di finto rammarico e scoppiarono tutti a ridere. «Oh, se fossi più giovane, Nina! Mi ricordo di te quand'eri sul passeggino.»

Stava diventando buio. Adam si alzò, dicendo: «Entriamo. Chi vuole un po' di popcorn?»

Sa sempre quello che vogliono i ragazzi, pensò Margaret. E Louise, esprimendo lo stesso pensiero, osservò: «Ti rendi conto che Adam ha intrattenuto quei ragazzi per tutto il pomeriggio? Sono veramente fortunati quei tre.»

«Sì, e credo che lo sappiano», concluse soddisfatta Margaret.

Dopo aver fatto il popcorn in cucina, gli uomini, seguiti da ragazzi, cani e una scia di popcorn sul pavimento, andarono nella stanza del computer, ad ammirare l'ultimo miracoloso acquisto di Adam. Le tre donne passarono in salotto. Prima che la serata volgesse al termine, avrebbero chiesto a Julie di suonare qualcosa al pianoforte. Questa era una routine in casa Crane; famiglia e amici intimi se l'aspettavano e lo trovavano piacevole.

Nina si guardò intorno. «Sembrano secoli che non vivo più qui», osservò. «Vi trasferirete mai?»

Margaret scosse la testa. «Perché dovremmo? È casa nostra.»

«Non vi siete stancati? È così leziosa.»

«L'ha costruita il mio bisnonno.»

«È sentimentalismo, questo.»

«Può darsi, ma non importa», asserì Margaret con un sorriso. Nina era sempre stata schietta. Meglio sapere cosa pensava realmente la gente.

«Allora lasciamela sistemare. C'è molto spazio qui, ampie finestre e alti soffitti. Potrei fare qualcosa di bello.»

«Che cosa faresti?»

«Mi libererei di questo pesante mobilio, tanto per cominciare.»

«Perché? Sono bei pezzi, lucidi e ben conservati. E antichi.»

«Ma non del genere giusto. Se fossero Settecento o stile impero, sarebbe diverso.»

«Impero? Quale impero?» scherzò Margaret.

«Napoleone, naturalmente.»

«Primo o terzo?»

«Oh, sai che non conosco la storia. So solo che ce n'è uno con l'aquila. Un bel mobile, una scrivania per esempio, potrebbe cambiare l'intera stanza. Solo quello, e magari un tocco di oro qua e là.» Nina si alzò e fece un giro della sala. «E magari un tavolino in legno di pero accanto a questa poltrona», azzardò. «Un paio di candelieri sulla mensola del camino, tappezzerie azzurre e rosso scuro, due poltroncine moderne qui, mi piace mescolare antico e moderno. Sto morendo dalla voglia di provarci.»

«Muori pure, cara. Non possiamo permettercelo.»

«Davvero?»

«Sì, davvero. Non abbiamo migliaia di dollari da spendere in tavoli in legno di pero o dorature. Adam non è il padrone della ditta di computer! E sai cosa guadagnano gli insegnanti. Per non parlare del costo dell'istruzione di tre ragazzi. E poi non mi interessa così tanto possedere delle cose. Non mi è mai interessato.»

«Sono così diversa da te, ma ti voglio molto bene.» E Nina baciò Margaret su entrambe le guance.

«Gil e io andremo in Europa il prossimo autunno», annunciò Louise. «Pensavamo di fermarci a New York per un paio di giorni e venirti a trovare, Nina. Casa nostra non è più stata toccata da quando Bobby e Tim si sono trasferiti, e mi piacerebbe rifare il pianterreno, almeno.»

«Oh, favoloso! Ne sarei felice. Vi darò il mio biglietto da visita.»

Gilbert era proprietario di una fabbrica di impianti di riscaldamento e aria condizionata; i Ferris erano gente facoltosa. Superimbottiti, li definiva Adam, e Margaret sapeva che li tollerava solo per amor suo. Peccato, ma si rendeva conto che intellettualmente non erano all'altezza di Adam. Eppure erano così buoni, così generosi e affettuosi! Gil, sebbene non abbastanza vecchio da essere suo padre, era stato la persona più vicina a un padre che avesse mai avuto...

«Ehi, uomini, siete molto scortesi a lasciarci qui sole», disse Nina. «Uscite di lì. Vi siete trastullati abbastanza con quelle apparecchiature elettroniche.»

Fred entrò ridacchiando. «Se Adam parlasse cinese, lo capirei meglio. Semiconduttori, dischi... tutto quello che conosco io sono mattoni, cemento e due per quattro. Credo sia meglio che mi attenga al campo dell'edilizia. Anche se non mi farebbe male aggiornarmi un po'. Siamo in una nuova era, l'era di Adam.»

Adam, visibilmente compiaciuto, rivolse adesso la sua attenzione a Julie. «Che ne diresti di suonare un po' per noi, Mrs. Chopin?»

Il nome, che era uno scherzo di famiglia, fece arrossire Julie con un pizzico d'imbarazzo e anche un po' di orgoglio.

«Che cosa ci suoni?» la incalzò Adam. «Il nuovo Erik Satie?»

Julie annuì. «Non lo eseguo ancora perfettamente. Ma l'insegnante me l'ha assegnato solo due settimane fa. Tuttavia tenterò. È un valzer», spiegò al gruppo riunito come se li stesse istruendo. «Si chiama *Chocolate-Covered Almonds*.»

«Mai sentito», osservò Louise.

«È un pezzo molto vecchio», disse solennemente Julie. «Si tratta di un compositore francese.»

Era una musica tranquilla, adatta alla serata. Da dove sedeva, Margaret poteva vedere il profilo di sua figlia mentre ondeggiava in armonia con il valzer.

Poi il suo sguardo si spostò sul cerchio di amici e parenti, assolutamente immobili. Anche Danny lo era, probabilmente non perché si stava divertendo – a otto anni preferiva di sicuro il baseball – ma per riguardo a suo padre, per il quale la musica era una parte importante della vita. Il suo sguardo andò quindi a Megan, che a dodici anni scartabellava già libri di medicina in biblioteca. Forse sarebbe stata lei a farcela...

Nina stava sorridendo. Aveva posato la testa contro la spalliera della sua poltrona e chiuso gli occhi, che anche così sembravano sfavillare. Portava i folti capelli castani rialzati sopra il grazioso visetto; la bocca grande e sensuale era coperta dallo stesso rossetto mattone che portava da quando, a quindici anni, aveva usato la sua paga settimanale per farsi truccare da un professionista.

«Che ragazzina difficile!» soleva sospirare mamma. E mamma non era vissuta abbastanza per vedere Nina trasformarsi in una ragazza. L'aveva conosciuta solo come una bimba birichina a cui piaceva spaventarli fingendo di fuggire per poi ritornare un'ora dopo, sbucando dal garage del vicino e ridendo di loro. C'era voluto un bel po' di pazienza per allevare Nina!

Ma era valsa la pena di assistere allo schiudersi della sua immaginazione, oltre che della sua avventatezza e generosità. C'era stata la volta in cui aveva dato tutti i suoi risparmi a una compagna di classe povera. E la volta in cui aveva comperato una riproduzione, costosamente incorniciata, della *Colazione sull'erba di Manet*. «Non è audace?» aveva detto Nina della donna nuda seduta coi signori in formali abiti scuri. «Arreda la stanza, non è vero, tutto quel colore sulla parete?»

Ricordandosene ora, Margaret si sentì al tempo stesso ridere e piangere interiormente. Aveva insegnato a centinaia di ragazzi e pensato di comprenderli perfettamente. Ma Nina rimaneva unica. Chiaramente, le circostanze della sua nascita dovevano aver inciso; più e più volte aveva rivolto domande su suo padre, domande a cui era stato semplicemente risposto con un «Non so». La verità era che nessuno sapeva. Era possibile che nemmeno la madre di Nina avesse saputo. Jean aveva ritenuto più opportuno dire a Nina che suo padre era morto, e adesso era troppo tardi per cambiare versione. Forse era veramente morto.

Con un senso di gratitudine, Margaret pensò di nuovo ai suoi tre figli, che non avevano simili incertezze, simili domande prive di risposta. Padre e madre erano lì insieme e lo sarebbero sempre stati.

Quindici anni! Nel corso della storia non era che un battito di ciglia, ma per quella manciata di persone, molte cose erano avvenute durante quel battito di ciglia. La vivace madre di Adam, che aveva vissuto con loro a lungo, dopo l'insorgere dell'Alzheimer, era adesso in un istituto. Jean e suo marito erano stati investiti da un taxi a Hong Kong; lui era morto sul colpo, e Jean era stata ricoverata per tre mesi in un ospedale prima che Margaret potesse ricondurla a casa, dov'era poi deceduta. Quando sentiva parlare di Hong Kong, Margaret rabbrividiva. Quella favolosa città era, nel suo ricordo, solo un ospedale e un modesto albergo. In seguito, c'era stato un aborto, e poi Danny. Girandosi a guardare, si chiedeva come fosse riuscita a superare tutto questo. Forse, però, quando due persone si amavano, i problemi rafforzano il matrimonio. Si superano insieme. Ma certo. Adam aveva un buon lavoro e lei era assistente del professore di scienze. I loro figli crescevano bene. Nina stava seguendo la sua strada. Cos'altro si poteva chiedere alla vita?

In quel momento la musica finì. Fred Davis se ne andò con Jimmy e una temporanea provvista di mangime per cuccioli. I cugini si accomiatarono con parole di lode: un pranzo delizioso, una bellissima famiglia, una splendida giornata. E Nina si preparò agli addii, perché sarebbe partita il mattino dopo.

«Ricordatevi, voi due, che avete promesso di venire a New York in autunno.»

«Ci verremo», promise Adam. «Sono quattro anni che non andiamo all'opera, e ci meritiamo un regalo. Oltre al piacere di vedere te», aggiunse.

La casa stava per addormentarsi, con luci che si spegnevano e porte che si chiudevano. Margaret fu l'ultima a indugiare sulla porta del retro, in attesa che i cani rientrassero dalla loro ultima corsa. Il cielo era nebbioso, cadevano alcune gocce, e l'aria era fresca sulla sua faccia.

«Una splendida giornata», aveva detto Louise, e lo era stata.

***

Si poteva capire che fuori era autunno solo dal fatto che secche foglie cadevano dagli alberi spogli sulla strada di Nina. Adam, in piedi presso la finestra, era pronto ad andare, ma le donne stavano ancora chiacchierando. Era bello, però, vederle così felici in reciproca compagnia. Anche lui si sentiva particolarmente bene. Avevano i biglietti per *Der Rosenkavalier* al Metropolitan, e proprio prima di partire erano circolate voci su un possibile ingresso della compagnia nei mercati europei. Se così fosse stato, avrebbe certamente significato un passo avanti per lui. Ramsey, il vicepresidente della programmazione, sarebbe probabilmente andato in Europa e allora... Captando una frase di Margaret, i suoi piacevoli pensieri si interruppero.

«Adam merita di diventare capo della progettazione. E non è solo una moglie fedele a dirlo.» Era così seria, con quella sua espressione virtuosa sul volto! «Le mogli chiacchierano, sapete, e ne ho sentite alcune parlare di come sia rispettato per le sue competenze professionali. Sanno quel che vale. Spero che lo sappiano anche i grandi capi.»

«Quando diventerete ricchi», disse Nina, «mi permetterete di rifarvi la casa. Aspettate di vedere le cose che hanno ordinato Louise e Gil. Mi hanno lasciato mano libera. È stato molto divertente.»

«Non sarò mai così ricco», disse Adam. «La gente che costruisce o inventa cose, raramente fa altrettanti soldi di chi si limita a venderle.»

Le parole erano amare. Lo sapeva, e si dispiacque di averle dette perché non voleva passare per un invidioso. E aggiunse in fretta: «È notevole quello che sei riuscita a fare qui in un'unica stanza.»

«Ti piace davvero? Willie e Ernie mi hanno fatto avere i mobili a prezzo di costo. Sono due persone dolcissime. E mi hanno anche dato un premio per il grosso ordine di Gil. Stavo per comperare dei mobiletti per quella parete, ma poi ho pensato che non avrei abitato per sempre in uno studio, e così ho comprato quest'anello.»

Nina alzò la mano, facendo brillare una bella pietra rotonda tra il verde e l'azzurro.

«Carino», osservò Adam. «Un'acquamarina, vero?»

«Fresca come il mare», asserì Margaret. «Capisco come ti faccia sentir bene guardarla ogni giorno.»

L'osservazione sorprese leggermente Adam, dato che non aveva mai chiesto gioielli, e lui non gliene aveva mai regalati. Tutto quel che possedeva era un filo di perle e un piccolo braccialetto, forse neanche d'oro, che le aveva lasciato sua madre. In ogni caso, avevano troppe spese per pensare ai gioielli. Poveraccio l'uomo che si sarebbe preso Nina, pensò. Avrebbe fatto bene a pensarci due volte, a meno che non fosse abbastanza ricco da poterle comprare anelli e tavoli antichi.

«Ho lavorato a una magnifica biblioteca», continuò Nina, «rivestita in pannelli di legno biondo dal pavimento al soffitto, tende verde muschio alle finestre. Finestre molto alte con vista su Central Park. Ve lo immaginate? Ma la cosa buffa sono i libri! Volumi tutti uguali, Dickens, Balzac, e non so chi, rilegati in pelle nella stessa sfumatura delle tende. Una cosa da morire dal ridere.»

«Libri che non sono mai stati letti e non lo saranno mai», osservò Adam.

«Vero, eppure non è affatto gente stupida. Rimarreste sorpresi. Lui è un pezzo grosso di Wall Street, e lei è un tipo interessante e arguto.»

«Gente che vuole tutto e subito», sentenziò Adam.

Nina si strinse nelle spalle. «Incontro persone che non sapevo neppure che esistessero. Li sento parlare di ristoranti, teatri, luoghi di villeggiatura e affari. È così divertente.» Rise. «Educativo.»

«Oh, mi manchi», disse Margaret. «Manchi a tutti, specialmente a Megan. È così adulta per i suoi dodici anni.»

«Non pensi che anche voi mi manchiate? Eccovi qui, pronti ad andarvene di nuovo, e non ho detto neanche la metà delle cose che volevo dire.»

«C'è sempre il telefono», le ricordò Margaret mentre si alzavano per andarsene. «Domenica e dopo le otto. Ricordi noi, Adam, quando io ero al college e tu frequentavi la facoltà di Ingegneria? Che conti del telefono pagavamo!»

«Sì», disse Adam quando furono in strada. «Anche lei vuole tutto e subito.»

«Tutto e subito? Devi essere più preciso.»

«Non posso essere preciso quando brancolo a mia volta nel buio. Che ne so... il genere di persone che arraffano cose e sensazioni, vogliono fare nuove esperienze sessuali, sempre qualcosa di diverso... Oh, sai quel che voglio dire. Conosci il tipo.»

Margaret rise. «E tu credi che Nina stia per affogare in un mare di perversione?»

«Non di proposito. Ma guardala, ventun anni, bella e tutta sola. È candidata a ogni genere di guai.»

«Ha ventidue anni, è adorabile e sveglia. Avrà cura di sé.» E Margaret rise di nuovo. «Vecchio puritano! Aspetta che le nostre figlie siano sguinzagliate nel mondo. Temo che i tuoi bei capelli biondi diventeranno grigi. Ma se accadesse, non importa. Saresti sempre l'uomo più bello del mondo.»

Adam aveva atteso questo viaggio con lo stesso piacere con cui ne avrebbe atteso uno all'estero. Preparando la valigia e salendo sull'aereo con la lista in tasca – Filarmonica venerdì; Impressionisti sabato – si era sentito ardere d'entusiasmo. Anche Margaret stava sprizzando entusiasmo: la sua pelle bianchissima poteva tingersi di rosa davanti a qualsiasi emozione. Adesso, passeggiando per il centro e cogliendo nelle vetrine il riflesso della sua andatura spedita e della sua faccia felice, Adam non poté fare a meno di pensare a com'era graziosa e a come stavano bene insieme.

Il freddo era intenso, e uscendo da un negozio di Fifth Avenue vicino al loro albergo, Adam abbassò la testa per ripararsi da un'improvvisa raffica di vento autunnale. Quando la rialzò, si trovò davanti Randi.

In seguito, quando ripensò all'accaduto, e l'avrebbe rifatto centinaia di volte, giudicò che si era letteralmente materializzata davanti a lui. Non aveva avuto il tempo di prepararsi mentalmente o assumere una determinata espressione. Se l'era semplicemente trovata davanti.

La sua esclamazione fu come una cascata di note musicali. «Guarda, guarda, Adam! Sei proprio tu, non è vero?»

Lo sguardo di Adam si posò su di lei, sfiorandola appena.

«Sì», rispose. «Come stai? Ti presento mia moglie, Margaret. Ti presento...»

«Randi Bunting, è così che mi chiamo adesso. Adam, non riesco a credere che siano passati quindici anni, e tu?»

«No», ammise.

«Non sei cambiato», disse.

Adesso fu costretto a guardarla, a farle lo stesso banale complimento. «Neanche tu.»

Ma Randi era cambiata. Appariva come una donna alla moda. Aveva imparato abbastanza negli anni, anche se non da Margaret, più probabilmente dalla giovane Nina, per riconoscere il cambiamento, per riconoscere un piccolo dettaglio come la borsetta costosa con manici e borchie d'ottone. Qualcuno le aveva insegnato, e qualcuno pagava per lei. Tutto questo gli attraversò la mente in un istante, insieme all'impeto di rabbia che, un minuto prima, avrebbe ritenuto impossibile.

«Sono appena arrivata dalla California, mi stavo guardando attorno. Dove alloggiate voi?»

«Laggiù», disse Adam. «Dall'altra parte della strada.»

«Pensa, anch'io. Sentite, ripariamoci da questo vento e prendiamo una tazza di tè insieme. Il semaforo è verde. Andiamo.»

Che stupido era stato! Avrebbe dovuto essere più pronto, avrebbe dovuto rispondere che avevano un appuntamento. Ma non l'aveva fatto, e in due minuti avevano attraversato la strada ed erano entrati in albergo. Lei aveva sempre saputo come ottenere quel che voleva. E senza dire una parola, Adam si ritrovò seduto a un tavolino nella sala da tè.

Margaret faceva educate osservazioni. «Era a scuola con Adam?»

«Io? No. Sono stata fortunata a finire il liceo.» La risata di Randi, almeno, non era cambiata; le saliva dalla gola. «Scherzi a parte, lavoravo in città e abitavo vicino all'università, alla facoltà di Ingegneria. Andavo a tutte le feste e mi divertivo un mondo.»

Discretamente, le due si stavano esaminando come fanno le donne. Adam era contento che Margaret fosse tanto affascinante nella sua semplicità. La sua raffinatezza era lampante, e non sarebbe sfuggita a Randi. Ma perché gli importava se Randi si rendeva conto o no di come la sua vita si era evoluta positivamente senza di lei? Era stato così umiliato che la sua opinione aveva ancora importanza?

«Sì», stava dicendo, «una volta superati i vent'anni non ci si diverte più come prima. Quanti ricordi! Non sai più niente di Smithy? O Tommy Barnes? Era un ragazzo simpatico quand'era sobrio, il che non accadeva spesso.»

«Non vedo e non sento più nessuno», rispose Adam. Poi, per addolcire la risposta, o forse solo perché si sentiva a disagio, aggiunse: «Facciamo una vita molto ritirata. Siamo entrambi occupatissimi. Margaret insegna biologia e chimica al liceo di Elmsford».

«Oh, magnifico. In un'altra vita mi sarebbe piaciuto fare qualcosa di importante. Ho sempre amato l'atmosfera dell'università.» Rise di nuovo. «Ecco perché ho continuato a innamorarmi di studenti, compreso te, Adam. Avevo una terribile cotta per suo marito», disse rivolto a Margaret.

Margaret abbozzò un sorriso di circostanza e Adam le lesse nel pensiero: Stupida. Rozza.

Ma Randi non era stupida, né rozza. Era semplicemente schietta e portata a dire, senza pensarci due volte, tutto quel che le passava per la mente. Interiormente, rabbrividì e cercò di evitare gli occhi di Margaret, che stavano sicuramente cercando i suoi.

Non notando che Margaret e Adam erano così tranquilli, Randi continuò a chiacchierare affabilmente della commedia della sera prima, e della California. La sua voce argentina era gradevole, e le sue osservazioni divertenti. Tuttavia gli sarebbe riuscito insopportabile, pensò, dopo dieci minuti, vivere con un simile fiume di parole.

«Sto attraversando un periodo piuttosto difficile», confidò. «Certe circostanze... ma non c'è bisogno di entrare nei particolari. In ogni modo, sto cercando di decidere se voglio continuare a vivere in California o trasferirmi altrove. Così giro il paese alla ricerca di un posto che mi parli, che mi dica: 'Resta qui'. Chissà perché, ho l'impressione che questo posto possa essere New York.»

Che cosa aveva voluto dire con «certe circostanze»? Doveva dunque aver lasciato il marito. Ma che ne era stato del bambino? La cosa più sbalorditiva, pensò Adam, mentre profondamente a disagio si dimenava sulla sedia, era che fosse riuscito a rimuovere la sua esistenza. Per quanto si trattasse di poco più di un embrione, e Randi avesse abortito, era stato vivo ed era stato suo. Tuttavia, per lui aveva cessato di esistere, anche nel ricordo.

Le donne chiacchierarono di argomenti futili, passarono altri quindici minuti, e quindi Randi disse, con la sua solita disinvoltura: «Bene, è stato certamente un incontro inaspettato, non è vero? Chi l'avrebbe mai immaginato, proprio nel centro di New York? Se doveste venire a Los Angeles, cercatemi. Abito ancora lì, sono sull'elenco telefonico.»

E pensa davvero che lo faremmo? si chiese Adam.

«Grazie. Magari in futuro», rispose educatamente Margaret.

«Bene, è ora che vada. Ho avuto una giornata pesante. Sapete per caso se c'è una libreria nei dintorni? Ho bisogno di un paio di tascabili.»

La domanda era stata rivolta a Margaret, che rispose che ce n'era una a qualche isolato di distanza e che era aperta fino a tardi.

«Ottimo. Questo è quel che farò, allora. È stato un piacere incontrarvi. Godetevi il resto del soggiorno.»

«Randi», disse Margaret. «E aveva una cotta per te.»

«Come Fred l'aveva per te.» Il tono di Margaret era stato lievemente sprezzante, come se fosse impensabile associarlo a qualcuno così diverso da lui. E infatti, a distanza di quindici anni, sembrava impensabile.

«È fantastica, comunque, non è vero?»

«Non lo so. Immagino di sì. Dipenderà probabilmente dai vestiti.»

«Credevo che non notassi mai i vestiti delle donne.»

«Per carità, Margaret, che cosa c'è?» chiese lui irritato.

«Sono solo curiosa di sapere perché ti sconvolge tanto.»

«Mi sconvolge? Di che cosa stai parlando?»

«Ti comportavi in maniera così rigida e innaturale, dimenandoti sulla sedia. Era evidente.»

«Mi dimenavo perché era una sedia maledettamente scomoda, e volevo andare a mangiare.»

Dopo cena, passeggiarono. Il vento era calato, la città brillava di luci, e c'erano crisantemi nelle vetrine dei negozi.

«Una bella serata, anche se fredda», disse Margaret. «Ma d'un tratto mi è venuto sonno. Che ne dici di rientrare?»

«È troppo presto per me, ma tu va' pure. Faccio una passeggiata fino al parco e ritorno.»

Passeggiò lentamente, senza lasciarsi sfuggire nulla mentre camminava. Qui c'era probabilmente il bazar più vivace del mondo; tutte le arti erano concentrate in questa città. Non avrebbe voluto viverci, perché si trovava bene a Elmsford, ma apprezzava il cambiamento di scena. Era stata una bella giornata, fino al momento scioccante dell'incontro con Randi.

Si diresse verso la libreria, vivacemente illuminata e abbastanza affollata. Nella vetrina era esposta una nuova biografia che aveva attirato la sua attenzione, così decise di entrare e comprarla per leggerla quella sera. C'era qualcosa di familiare nell'avere un proprio libro quando si alloggiava in albergo.

Poi ricordò che Randi avrebbe potuto essere nel negozio, anche se era improbabile che avessero scelto entrambi lo stesso momento per andarci. Ma possibile. Indeciso, rimase davanti alla vetrina fissando la biografia. Aveva una copertina rossa con titolo e nome dell'autore sbalzati in oro. Un uomo uscì dal negozio, accendendosi una sigaretta. Indossava un cappotto cammello. Un taxi si fermò con uno stridio di freni. Entro o non entro? si chiese. Sarebbe interessante sapere che cosa le è successo in tutti questi anni. Non che siano affari miei. Sono soltanto curioso. È naturale esserlo in queste circostanze, no?

Entrò. Randi era in piedi davanti al primo banco di fronte alla porta.

«Immaginavo che saresti venuto», disse. «Ti sto aspettando da quasi un'ora.»

«Pensavi realmente che volessi vederti?» ribatté lui.

«Be', non è forse vero? Non dirmi che non sei minimamente curioso.»

«Per tua informazione, sono venuto qui a comprare quel libro...» e indicò la pila sul banco.

«Compralo, allora.»

Mentre porgeva la sua carta di credito al commesso, Randi aspettava. Quando si avviò verso la porta, andò con lui.

«Rientro in albergo con te», disse. «To ho aspettato così a lungo che devono avermi scambiato per una taccheggiatrice.»

«Non so perché tu l'abbia fatto. Non abbiamo niente di speciale da dirci.»

Lei stava quasi correndo, le scarpe che ticchettavano sul marciapiede, per mantenersi al passo con la sua rapida andatura.

«Potresti rallentare un po'», disse gentilmente, «anche se mi odi.»

Adam abbassò lo sguardo su di lei. Era veramente uno scricciolo! Era abituato a camminare con Margaret, la cui faccia arrivava quasi a livello della sua. Pensò che si stava comportando male, e così disse: «Non ti odio. Quella fase è superata da tempo. Non voglio semplicemente parlare di niente».

«Di quel che è successo, vuoi dire?»

«Sì», rispose, e se avesse potuto, avrebbe fatto di corsa gli ultimi metri fino all'albergo.

«Va bene, non ne parleremo. Non ti importa se ti dico che ho saputo che te la stai cavando bene? Me l'ha detto una di quelle persone che hai dichiarato di non aver più visto né sentito.»

«Molto gentile da parte sua, chiunque esso sia», asserì bruscamente Adam.

«È stato Tommy Barnes.»

«L'ho incontrato all'aeroporto circa cinque anni fa. Non sa un bel niente su di me.»

«Ha detto che avevi una bella moglie, ed è vero.»

«Grazie.»

Avevano raggiunto l'atrio dell'albergo e si stavano dirigendo verso gli ascensori.

«Bene», disse lui. «Buonanotte.»

Lei lo afferrò per il braccio. «Puoi aspettare un minuto?»

«Perché?»

«Ho bisogno di parlarti. Non ci vorrà molto...» e lo guardò, supplichevole.

«Randi, non hai bisogno di parlare con me. Non capisco che cosa stai facendo, mi hai fatto la posta in quel negozio, e adesso... che cosa ti aspetti?»

«Niente. Voglio solo dirti qualcosa.»

«Dimmelo, allora.» Stavano intralciando il passaggio, con la gente che li scansava spazientita. «Dimmelo.»

«Non qui. Dobbiamo sederci. Non ci vorrà molto.» E di nuovo si rivolse a lui in tono supplichevole: «Possiamo andare dove abbiamo preso il tè questo pomeriggio. Ti prego».

Adam la seguì, e ordinarono due caffè. Dato che gli stava di fronte, con soltanto un piccolo tavolino tra loro, erano costretti a guardarsi. L'aria calda li avviluppava in una vellutata atmosfera profumata. Poteva darsi che avessero spruzzato del profumo nella sala o la fragranza era sua. Ricordò – insieme a milioni di altre banalità – che soleva mettersi una goccia di profumo dietro le orecchie. Si scoprì a guardarle i lobi, su ognuno dei quali scintillava ora una spruzzata di brillantini.

Per un minuto non accadde nulla. E se la prese con se stesso per essere lì, per essersi lasciato convincere.

Lei lo stava fissando dritto negli occhi. Provò un brivido.

«Non vuoi nemmeno sapere cos'è successo... dopo?»

«Hai detto...» balbettò, «hai detto che avresti abortito e ti saresti sposata.»

«Non l'ho sposato, e non ho abortito.»

«Che cosa?»

Si rese conto che stava ancora stringendo la tazza del caffè; quando la posò, il liquido traboccò sul piattino e gli macchiò il polsino della camicia.

«Sono arrivata fino alla porta d'ingresso della clinica e poi non sono stata capace di entrare. L'idea mi sconvolgeva. Perché aveva sconvolto te, probabilmente. 'È sbagliato, è sbagliato', ripetevi. Ricordo la tua espressione quando lo dicevi.»

Era troppo stordito per dire qualcosa di più che «E allora?»

«Sono partita per la California. Gli ho detto che ero incinta, ma lui non ci ha badato. Gli piacevano i bambini. Ma poi ho avuto un aborto spontaneo. Meglio così, perché abbiamo vissuto insieme solo per due anni, e il bambino non avrebbe avuto un padre. Non era un tipo adatto al matrimonio. E neanche un tipo che restava a lungo. Così quando mi lasciò andai a lavorare per mio fratello, che era venuto a Los Angeles ed era diventato un importante agente immobiliare. Dopo un po' incontrai un uomo, molto più vecchio, che voleva sposarmi. Ecco il motivo per cui mi chiamo Bunting. Abbiamo vissuto in un'enorme casa con stanze da bagno in marmo rosa, statue sul prato, due campi da tennis... mai visto niente di simile.»

Ritrovando la parola, Adam commentò bruscamente: «Sembra la casa di un mafioso».

«Forse lo era. Ma era gentile. E poi morì. Mi lasciò un po' di denaro, non molto; aveva nove nipoti. Così tornai a lavorare con mio fratello, e poi suo figlio entrò nell'azienda, le cose non andarono così lisce come avrebbero dovuto, ed eccomi qui.»

«Perché mi stai raccontando tutto questo? Non sono affari miei!»

«Pensavo che in tutto questo tempo ti fossi magari chiesto se non ci fosse tuo figlio là fuori da qualche parte. Credo si sia trattato di un impulso. Lo stesso impulso che ho avuto il giorno in cui ti ho detto addio.»

«Impulso!» esclamò lui, abbastanza forte da far girare la gente. «Un impulso casuale! Ma sì!»

«Non è stato casuale. È stato doloroso.»

«Sgualdrina», borbottò. «Sgualdrina.»

«Se non ti avessi incontrato, avrei potuto dormire stanotte. Adesso so che non dormirò.»

«Che cosa vuoi dire? Che cosa vuoi? Su, parla, Randi, e non cercare di giocare al gatto e al topo con me.»

«Non voglio niente da te, e non vorrò mai niente. Non hai alcunché da temere. Sono solo terribilmente dispiaciuta per averti fatto soffrire. Ci ho pensato in tutti questi anni, e mi auguravo di potertelo dire.»

Gatto e topo. È troppo complicata per me, stava pensando mentre la osservava. Fondamentalmente, sono un uomo semplice. O no? Che non sia intelligente come credo di essere?

Quando Randi allungò le mani per toccare le sue, lui le ritrasse, domandando: «Qual è il tuo gioco? Qualunque esso sia, non mi interessa. Tu sei il passato, il maledetto, dimenticato passato».

«Non completamente dimenticato. Non hai mai momenti in cui ti chiedi come sarebbe andata se ci fossimo...»

«No!» proruppe lui.

«Oh, ma devi essertelo chiesto», insistette dolcemente Randi. «Io me lo chiedo. È più che naturale. E si tratta solo di congetture, dopotutto, perché sono molto felice così come sono. Spero che lo sia anche tu.»

«Moltissimo», rispose.

Prima dice che non potrà dormire, e adesso dice che è molto felice.

Una mano, con le unghie rosa conchiglia, stava giocherellando con le perle. Sa com'è seducente quel gesto, pensò Adam sprezzante. E alzando la tazza, incontrò i suoi occhi: morbidi, scuri e scintillanti.

«Non avrebbe mai funzionato, sai. Anche se fossi stata disposta a vivere dove vivi tu, o tu ad andare da qualche altra parte, non avrebbe funzionato. Nonostante tutto il nostro amore, non avrebbe funzionato. Siamo troppo diversi, tu e io.»

«Allora perché parlarne?» s'infiammò lui. «A che cosa miri?»

«A niente, sul serio. Quando ti ho visto ho rievocato il passato.»

Adam non voleva che gli ricordasse quella grigia mattinata, la sua disperazione, quando aveva camminato solo attraverso il parco. Erano anni che non ci pensava più. Anni. Non voleva pensarci ora.

«Bene», disse, «bene, eccoci qui. C'è abbastanza materiale per scrivere un libro. Ma dato che non ho intenzione di scriverlo, è meglio che me ne vada.»

Randi si alzò. «Sì. Addio, Adam. Buona fortuna.»

Per un momento rimasero a guardarsi. Bocciolo di rosa, pensò lui. Poi si strinsero la mano e si separarono.

Per circa dieci minuti Adam rimase fuori davanti all'albergo, rimase semplicemente lì nell'aria fredda della notte.

Dopo un po' si affacciò alla sua mente una frase di Shakespeare: la vita è un palcoscenico e gli uomini sono gli attori. Così, brevemente, aveva interpretato una parte con Randi; poi lo spettacolo era finito, gli attori si erano dispersi, ed erano tutti tornati a casa.

«Dove sei stato?» strillò Margaret quando aprì la porta. «Cominciavo a essere preoccupata. Con tutti i tipi strani che circolano per New York...»

«Ho gironzolato per la libreria. Avrei comprato un'altra mezza dozzina di libri se avessimo posto in valigia. Ehi, che cos'è?»

Sul tavolo c'era un vassoio di tartine e una bottiglia di champagne infilata in un secchiello.

«Ero in vena di festeggiare», rispose lei.

«La nostra vacanza? Che bella idea!»

«No, qualcosa di più. È l'anniversario del giorno in cui mi hai chiesto di sposarti.»

Le donne, pensò. Ricordano tutto.

«È stata la giornata più bella della mia vita. Dopo quella del nostro matrimonio.»

La sua faccia era radiosa. Profondamente commosso, Adam la prese tra le braccia e la baciò.

«Oh, Margaret», disse.

Poi stappò la bottiglia, versò due spumeggianti coppe di champagne, e fece un brindisi.

«All'amore!» disse, alzando la coppa.

4

Una mattina di metà gennaio, alzando gli occhi dal mucchio di documenti sulla sua scrivania per rispondere al telefono, Adam udì una voce inaspettata.

«Pronto! Sono Randi. Sei scioccato?»

In realtà lo era, ma rispose calmo: «Non scioccato, ma sorpreso. Telefoni da New York o dalla California?»

«Da nessuna delle due parti. Sono qui a Elmsford. Ho affittato per sei mesi un appartamento con giardino a Randolph Crossing, e oggi sono qui per lavoro.»

Provò uno sgradevole senso di fastidio. Avrebbe voluto poterle semplicemente dire di non importunarlo.

«Ho tante cose da raccontarti, Adam. Sono sicura che in questo momento sarai occupato...»

«Sì, lo sono», rispose.

«Allora pensavo che magari potremmo mangiare un panino insieme. Quando ti è comodo. Resterò in città tutto il giorno.»

«Ho un appuntamento, una colazione di lavoro.»

«Che ne dici allora di un rapido drink, venti minuti del tuo tempo verso le cinque? In ricordo della vecchia amicizia?»

«Randi, non siamo mai stati 'amici'.»

«Ma possiamo esserlo adesso, o almeno lo spero. Niente di più, Adam, te l'assicuro. Quando ci siamo incontrati a New

York ti ho detto che non avevo piani su di te. Sembri temere che ne abbia.»

Forse non era nelle sue intenzioni provocarlo con quell'osservazione, ma in realtà aveva l'impressione che lo stesse prendendo in giro.

«Ti assicuro che la cosa non mi è mai passata per la mente», ribatté.

«Bene. Stavo per salutarti e riagganciare. Che ne dici dunque della caffetteria all'*Hotel Bradley*? Non credo che vorrai rientrare con l'alito che sa di alcol.»

«Sono libero di rientrare come voglio, Randi. Che cosa pensi che sia?»

«Cinque e trenta, allora?»

«Cinque e trenta.»

Prima di riconcentrarsi sui suoi documenti, Adam trascorse qualche secondo a osservare alcuni grossi e umidi fiocchi di neve posarsi e sciogliersi sul davanzale della finestra. L'energia che l'aveva spinto a lavorare tanto alacremente qualche secondo prima l'aveva abbandonato. Perché diamine aveva acconsentito a quell'inutile incontro? Non c'era una ragione al mondo perché dovesse incontrarla, e ce n'erano diverse perché non dovesse farlo. Se ci fosse stato un modo per raggiungerla, l'avrebbe chiamata e avrebbe annullato l'appuntamento.

Tuttavia, non sembrava aver avuto una vita particolarmente fortunata. Potevi chiaramente sostenere che era colpa sua, pensò, e a ragione, ma che dire a quel punto del senso di compassione? Un deciso rifiuto sarebbe stato troppo crudele, e si chiese incuriosito che cosa stesse progettando. Un appartamento a Randolph Crossing era molto fuori mano. E che cosa stava facendo lì, innanzi tutto? Aveva accennato alla possibilità di scegliere tra la California e New York. Che stesse per sposarsi?

Poi pensò, sono stato davvero scortese con lei. E ricordò come gli avesse gradevolmente parlato quella volta a New York, come avesse ammirato Margaret e chiesto dei suoi figli. No, non poteva esserci niente di male a concederle qualche innocuo minuto del suo tempo quel pomeriggio.

«L'ultima volta che ti ho visto temo di averti annoiato coi miei problemi», osservò Randi. «Adesso posso dire che le cose vanno molto meglio.»

«Sono lieto di sentirlo.»

Gli sembrava più familiare di quanto gli fosse sembrata quando si erano incontrati a New York. Era vestita come le donne di una piccola città nel mezzo di un inverno nevoso, con un grosso berretto di lana e una pesante giacca a vento. Ma quando se li tolse, vide un girocollo di corallo e una sciarpa di seta con rose centifoglie.

«Non ricordo se ti ho detto che una volta ho lavorato per un'immobiliare in California.»

«Me l'hai detto.»

«Bene, ho chiesto una licenza qui, e non appena l'otterrò, mi aspetta un lavoro. Si tratta di una piccola agenzia diretta da una mezza dozzina di donne, ma l'area è in sviluppo, ed è una buona opportunità per me, credo.»

«Che cosa ti ha riportato in questa zona?» chiese lui.

«Una delle donne che dirige l'agenzia conosceva mio fratello, e così è avvenuto il contatto. Comunque il Midwest è casa mia, e ho deciso che volevo tornare a casa. Tutto qui. Ci sono due importanti aree che si stanno aprendo», continuò con entusiasmo. «Una è fatta di grandi case che mi ricordano la California. Ma è l'altra in cui mi piacerebbe vivere. Deliziose casette in un'area boscosa con enormi giardini.»

Mentre parlava, Adam si stava chiedendo che cosa potesse volere da lui. Nel suo campo non aveva contatti che potessero essere di qualche utilità a un agente immobiliare. In realtà, era stanco dell'argomento, essendo stato troppo spesso infastidito dai discorsi di Fred Davis a proposito di centri commerciali e mutui ipotecari. Ciò nondimeno, ascoltava e la osservava. La voce di Randi aveva un effetto ipnotizzante, al pari delle sue dita che giocherellavano con le cose. Non nervosamente, come fanno spesso le donne molto tese, ma lievemente, toccandosi il corallo alla gola o respingendo una ciocca di capelli dalla guancia.

«Randolph sta realmente crescendo. Credo che la gente ne sia attratta perché è uno dei pochi posti nello stato che ha delle colline. Ed essendo a sole venti chilometri da Elmsford, è comodo. Così mi aspetto di avere successo. Sono un buon broker. Credo dipenda dal fatto che mi piace conoscere gente, ogni tipo di gente, e cercare di procurargli la casa adatta. È strano come riesca a indovinare quali sono i loro gusti dopo solo dieci minuti.» Sorrise. «A te, invece, non importa dove abiti purché ci siano scaffali di libri e una cucina funzionale. Prepari ancora il tuo speciale chili?»

«Mio Dio, te ne ricordi?»

«Ricordo tutto, Adam.»

Lui distolse lo sguardo, fissando un paio di giapponesi al di là del corridoio, e chiedendosi che cosa mai potessero fare in un posto come Elmsford. D'un tratto, si sentiva a disagio.

«Adesso raccontami qualcosa di te, vuoi? Non ho fatto che chiacchierare e non ti ho lasciato dire una parola.»

«Non importa. Non ho molto da raccontare.»

«Non essere sciocco. Certo che hai da raccontare. Tutti hanno da raccontare.»

«Forse sarebbe così se ti interessassi di computer, programmazioni, microchip e cose simili.»

Era consapevole che stava goffamente cercando di respingerla e mantenere la sua privacy. Ma lei insistette.

«I tuoi figli devono essere grandi ormai, non è vero? Ho dimenticato quanti anni hanno.»

«Tredici, undici e nove.»

«Hai una loro fotografia?»

«Non penso.»

«Vuoi dire che non tieni una loro fotografia nel portafoglio? Non ci credo.»

D'un tratto, cambiò idea. D'un tratto, sentì il bisogno di mostrare i suoi bei figli, le prove felici di ciò che, nonostante il suo rifiuto, aveva ottenuto senza di lei. E porgendo a Randi l'istantanea della sua famiglia con lui incluso, l'istantanea che aveva ornato i biglietti di Natale, provò un brivido di orgoglio insieme a un lievissimo senso di vendetta.

«Bella», osservò lei nostalgicamente. «Sei fortunato.»

«Credo di sì.»

«Sai cosa sto pensando, vero?»

Lo sapeva, naturalmente, ma non si sarebbe lasciato coinvolgere in struggenti reminiscenze.

«Le cose andranno bene anche per te», disse. «Troverai qualcuno.»

«Meglio che succeda presto. Ho trentasette anni.»

«La gente mette su famiglia più tardi oggigiorno. Forse è un bene», le disse, senza pensarlo veramente.

Posando i gomiti sul tavolo e la faccia tra le mani, si chinò in avanti. L'apertura che si formò tra i bottoni della sua camicetta gli permise di intravvedere la scollatura; allora nel suo ricordo riaffiorò l'immagine dei suoi seni; ne rammentò esattamente la forma e la consistenza.

E di nuovo guardò verso i giapponesi, che si erano alzati per andarsene. Uno di loro aveva due macchine fotografiche appese al collo.

«Perché continui a distogliere lo sguardo?» chiese Randi.

«Dici? Non me ne sono accorto.»

«Continui a guardare altrove. Credi che stia per morderti o chissà che.»

«Stai dicendo delle sciocchezze», asserì lui, sentendosi avvampare.

«Hai ragione. È così, e mi dispiace. Non dovrei canzonarti.»

Adam aggrottò la fronte. «No, non dovresti. Sono troppo vecchio per questo genere di cose, e anche tu.»

«È vero. A volte mi lascio prendere la mano. Un'altra tazza di caffè?»

«No. Devo tornare a casa.»

«Naturale.»

Non ci fu più nulla da dire, allora. Non avrebbe certamente fatto una delle sue solite osservazioni, come «Ti telefono, o telefonami quando puoi».

Con cortesia, però, l'aiutò a infilare la giacca, dicendo: «Buona fortuna, Randi. Sono sicuro che ne avrai».

Lei gli rivolse un roseo sorriso. Bocciolo di rosa, ricordò. Maledetta.

«Aspetta. Ecco il mio biglietto da visita. Non sarà ufficiale finché non avrò la licenza il mese prossimo, ma c'è l'indirizzo e il numero di casa qualora ti imbattessi in qualcuno che ha bisogno di un alloggio. Te ne sarei molto grata.»

«D'accordo», disse lui, e si separarono.

Tornando a casa, Adam si sentiva confuso. Doveva parlare dell'incontro a Margaret o no? Rimuginandoci sopra, decise per il no; se gliel'avesse detto, avrebbe dato importanza a qualcosa che non ne aveva.

Lo irritava il fatto che la sua mente, così a lungo sgombra da qualsiasi pensiero di Randi, stesse adesso facendo assurde congetture. Era ridicolo che considerasse anche solo per un secondo quale corso avrebbe imboccato la sua vita se avesse sposato Randi. Eppure, nonostante la buona volontà, la sua mente persisteva. Non avrebbe probabilmente accettato l'impiego a Elmsford, avrebbe voluto fuggire da lì, dall'imbarazzo causato... Allora Megan, Julie e Danny non sarebbero esistiti. E ricordò quei miserabili giorni in cui aveva lottato con se stesso, aveva cercato così disperatamente un modo decente per dire a Margaret che non la voleva più... Si chiese se avesse sentito in lui una carenza allora, o se avesse temuto che qualcosa non andava. Se così era stato, aveva riparato ampiamente in tutti quegli anni. Era sicuro che tutti gli uomini si interrogavano sulle loro vecchie relazioni amorose, ma non l'aveva mai chiesto a nessuno.

Strinse la mano a pugno e l'abbatté sul volante. Pensieri idioti!

La macchina svoltò l'angolo e percorse la strada in direzione di casa sua. Nella calda, vecchia cucina Margaret stava preparando la cena, con le ragazze che l'aiutavano. A volte, quando aveva molti compiti da correggere, preparavano loro, e il cibo era sempre ottimo; la loro madre le aveva abituate a cavarsela da sole. Sul prato bianco di neve, vide Danny con il grande cane pastore Rufus, che stava aspettando suo padre. E la casa illuminata, il ragazzo, la serata resa silenziosa dalla neve, le prime stelle, tutto contribuì a riempirlo di una gratitudine per cui non trovava parole. Era prossimo alle lacrime.

5

DANNY aveva bisogno di una nuova scrivania. Aveva nove anni e mezzo, ed era molto alto, quasi abbastanza da usare la scrivania di Nina, che si trovava ancora in camera sua. Ma Margaret aveva obiettato: «Non voglio che nulla venga toccato nella stanza di Nina».

Niente era cambiato lì. L'appariscente moquette scozzese che Nina aveva scelto come regalo per il suo quattordicesimo compleanno – un modello che aveva inorridito Margaret finché non aveva visto com'era appropriato – sembrava nuova. Le stampe di Monet erano ancora appese alla parete, e il canguro imbottito sedeva sempre sul suo letto bianco.

«Sono sicuro che non le importerebbe se Danny usasse la scrivania», disse Adam.

«Non è questo il punto. Questa è ancora la stanza di Nina finché non si sposa e non ne avrà una sua.»

Sapeva di essere eccessivamente sentimentale, che Nina non avrebbe più occupato questa stanza e non avrebbe più considerato questa casa come casa sua. Ma c'era qualcosa nel suo cuore che le impediva di staccarsi completamente, anche se era stata lei a incalzare la ragazza perché seguisse la sua strada nel mondo. E sapeva che quel «qualcosa» era l'immagine indelebile della bambina nell'abitino sporco, la minuscola creatura orfana di madre e con un padre sconosciuto.

«Louise mi ha parlato di un uomo che fa magnifici mobili di pino», disse. «È solido e per nulla costoso. È a monte su questo lato del Santee. Che ne diresti di andarci sabato mattina? Potremmo fare un picnic e visitare il museo indiano. C'è una nuova esposizione, ho sentito.»

Si rivelò una giornata piacevole per tutti, con qualcosa per ognuno di loro. Danny scelse una scrivania, abbastanza grande per sistemarvi i suoi molti progetti in cartapesta. Nel negozio del museo le ragazze comperarono mocassini in pelle bianca ornati di perline indiane. Sul ciglio di una strada di campagna mangiarono tutti panini al roast beef, arance e i pasticcini al cioccolato di Margaret. Il sole di mezzogiorno filtrava attraverso il fogliame di un tenero verde mela. Non molto più su, apparve uno stormo di anatre canadesi in formazione a V, che procedevano veloci con i lunghi colli protesi verso la casa estiva. Le loro grida di richiamo fendevano la tranquillità del mezzogiorno.

Come sono dolci i miei figli, pensò Margaret, osservandoli mentre allungavano a loro volta il collo. Così puliti, così perbene, così miracolosamente incontaminati, considerando il mondo degli anni novanta. Sono il mio capolavoro, pensò. Li ho cresciuti io. E anche questo è un miracolo.

«È bello vedere le colline», osservò Megan dopo un po'.

«Queste non sono niente», disse Adam. «Sono solo lievi pendii, solo l'inizio. Se volete vedere realmente le colline, dovete spingervi a nord. A nord o a ovest. È abbastanza lontano.»

«Sentite il vento», disse Julie, che era la più sensibile delle due.

«Non c'è nessun vento», ribatté sdegnoso Danny. «Guardate gli alberi. Non si muovono nemmeno.»

«Sì che si muovono. Guarda tu stesso.»

«Di pochissimo. È solo un po' di brezza. Non fa nessun rumore.»

«Chi sa che genere d'alberi sono?» chiese Adam.
«Pini, naturalmente», rispose Megan.
«Sì, ma di che tipo?»
Non lo sapevano, così lasciarono spiegare ad Adam. Ha una tale abilità nello smontare le discussioni, pensò Margaret. Avrebbe potuto essere un meraviglioso insegnante. Naturalmente, all'interno della famiglia era l'insegnante. E come sempre pensò che era curioso che proprio lui, di solito così riservato, così restio in situazioni di carattere sociale fosse tanto espansivo con i ragazzi, con qualsiasi ragazzo, non soltanto i suoi. Era come se si sentisse completamente sicuro con loro. Ma perché un uomo con le qualità di Adam doveva sentirsi insicuro altrove?
«Questi sono pini rossi, e molto giovani. Diventano molto più alti di così, arrivano anche a trenta metri.»
«Immagino che saranno molto vecchi quando raggiungeranno quell'altezza», osservò Megan, che era realista e precisa.
«Non molto vecchi. Circa duecento anni o poco più.»
«Duecento anni!»
«Non sono tanti per un albero. Gli abeti canadesi possono vivere anche cinquecento anni», continuò Adam, con aria divertita. «E le sequoie della California possono vivere... Chi di voi lo sa?»
«Duemila anni o forse più», disse Megan.
«Perché non andiamo a vederle?» domandò Danny.
«La California è lontana da qui», rispose suo padre.
«Ma i cugini Gil e Louise ci sono stati», precisò Danny.
«Il cugino Gil è un uomo ricco. Ha la sua azienda.»
Margaret avrebbe voluto che Adam non dicesse cose simili. Sembrava amaro, anche se non c'era ragione che lo fosse.
«Non è necessario essere ricchi per attraversare il paese con la Jeep», disse lei. «Ci sono una quantità di motel che non costano una fortuna. Credo che sarebbe divertente, importante, anche, vedere il nostro paese.»
«Magari l'estate prossima», rispose Adam. «Vedremo.»
«Perché non quest'estate, Adam?» suggerì lei dolcemente.

«Cominceremmo dalle Badlands, poi lo Utah – mamma e io siamo state a Salt Lake City una volta, ed è stato affascinante – quindi Yosemite, e magari San Francisco se c'è tempo.»

«Non lo so. Dimentichi che non sono il boss di me stesso.»

«Non lo dimentico», rispose tranquillamente Margaret. «Su, gente, raccogliamo carte e lattine. Lasciamo il posto come l'abbiamo trovato e torniamo a casa.»

Danny volle sapere quando avrebbe ricevuto la sua scrivania.

«La porterà a casa papà la prossima settimana, quand'è pronta.»

Lungo la strada i ragazzi chiesero all'improvviso della Coca Cola.

«Possiamo fermarci a Randolph Corners», disse Margaret. «Ci siamo già passati, non è vero? Non ho prestato attenzione.»

«È Randolph Crossing», la corresse Adam, che aveva sicuramente prestato attenzione.

E mentre viaggiavano, gli tornò in mente Randi. Che cosa voleva? Da una parte, pensava di sapere benissimo quel che voleva. Dall'altra, però, poteva sbagliarsi, peccare di stupida presunzione nel credersi irresistibile. Probabilmente aveva preso un grosso granchio.

«È una cittadina molto graziosa», osservò Margaret quando raggiunsero il bar. «Guardate al di là della strada. C'è un fiorista, un negozio di abbigliamento, e una bella libreria. Non c'era molto qui un tempo, da quel che ricordo.»

«Non c'è molto neanche adesso», ribatté Adam. «Non sono passate più di una dozzina di macchine negli ultimi cinque minuti. Qualcosa mi dice che hanno scelto un brutto momento per lanciare questo posto.»

«Lanciare questo posto», ripeté la cameriera, unendosi alla conversazione. «Sarà magnifico quando accadrà, un po' di lavoro non nuocerebbe. Ma per ora non ce n'è alcun segno, questo è certo.» Imponente e di mezza età, la cameriera si esprimeva con autorevolezza. «Lassù al Grove, è così che chiamano quelle nuove case in collina, fior di belle case, per di più, non mi dispiacerebbe averne una, ah, ah. Per metà sono invendute. Non riescono a smuoverli. Be', ci vuole tempo, penso. Le cose cominceranno a girare. Volete ancora un po' di Coca, ragazzi?»

«Credo ne abbiano già avuta...» fece Margaret.

«Le cose cominceranno a girare. Alla fine girano sempre. Ma dev'essere dura per gli agenti immobiliari, aspettare che ingranino», la interruppe Adam.

«Lo credo anch'io. Quelle donne della porta accanto vengono qui ogni giorno a colazione, e le sento chiacchierare. Non muoiono di fame, badate bene, ma qui lo sviluppo è lento. Bene, volete il conto.»

«Non ha smesso un minuto di parlare, vero?» osservò Adam quando furono in macchina.

«Si sentiva sola.»

Margaret era sempre rapida nel cogliere le situazioni. Notava realmente la gente. Io no, pensò lui.

«Ho avuto l'impressione che fosse vedova. Immagino che abbia dei figli che si sono trasferiti altrove e che non vede mai. Vive sola e non le capita spesso di parlare. Una donna triste e abbandonata.»

«Tutto questo in due minuti di conversazione? Dovresti scrivere romanzi. Romanzi tristi.»

Naturalmente, la stava prendendo in giro. Eppure c'era un fondo di verità nelle sue parole: Margaret aveva cuore.

Il sabato successivo, Adam andò da solo a ritirare la scrivania. Al ritorno, imboccò la strada che passava attraverso Randolph Crossing. L'altra era molto più diretta, ma la giornata era bella, e la strada su questo lato del fiume più panoramica.

Dopo un po', avvicinandosi a Randoph Crossing, spense la radio. La strada panoramica era certamente molto più gradevole, ed era possibile che l'avesse imboccata senza alcuna ragione particolare. Ma doveva ammettere un elemento di...

«curiosità» nella sua scelta. Sarebbe stato interessante sapere che cosa Randi stava facendo di quella sua vita disordinata; sarebbe stato interessante se si fosse imbattuto per caso in lei. Ma era molto improbabile. Se fosse avvenuto, non ci sarebbe stato alcun male. E se non l'avesse incontrata, ebbene, non ci sarebbe stato lo stesso alcun male. Stava realmente facendo molto chiasso per nulla.

Era quasi mezzogiorno quando imboccò la strada principale. Aveva fame e pensò che un sandwich non sarebbe stata una cattiva idea; avrebbe comprato un giornale e letto mentre mangiava. La strada era molto tranquilla, così parcheggiò qualche porta più giù e rimase in attesa di un po' di attività, anche se non c'era alcuna ragione perché non dovesse entrare subito. Ciò nondimeno, attese finché la luce del sole che si riversava nella macchina non lo fece sentire assonnato, e vide la porta del bar aprirsi e un gruppo di uomini entrare. Allora entrò anche lui, scelse un tavolino di fronte all'ingresso, fu accolto come un vecchio amico dalla cameriera, e fece l'ordinazione.

Quando la porta si aprì per lasciar entrare alcune donne ciarliere, finse di essere immerso nella lettura del giornale. Avvertiva una strana tensione ai muscoli, come se stesse aspettando qualcosa che sperava accadesse e non accadesse al tempo stesso.

«Adam!» esclamò lei. «Che diamine stai facendo qui?»

Ricordò immediatamente l'incontro nella libreria della Fifth Avenue e si augurò di non essere arrossito. «Avevo delle commissioni da fare, e sto mangiando qualcosa», rispose. «E tu?»

«Io lavoro qui, nell'ufficio alla porta accanto. Questo è Adam Crane, un vecchio amico. Non vi dispiace, vero, se vi abbandono e siedo con lui?»

Nessuno si dispiacque, e dopo le presentazioni Randi prese posto accanto a Adam. Piantando i gomiti sul tavolo, nella sua solita maniera, sostenne il visetto birichino tra le mani.

«Adesso spiegami, se puoi, perché mi hai snobbata?»

«Snobbata? Ma è ridicolo.»

Per evitare i suoi occhi, Adam continuò a tenerli fissi sulla sua bocca. Il labbro inferiore era più pieno di quanto ricordasse, anche se non ci aveva pensato molto in tutti quegli anni. Il roseo labbro superiore era smerlato. Tra le labbra dischiuse una fila di denti regolari era a malapena visibile. D'un tratto ricordò che i suoi denti erano perfetti,

«Che cosa stai guardando? Ho il rossetto sbavato?»

«Niente», balbettò lui. «No, non è sbavato.»

«Non hai risposto alla mia domanda.»

«Oh. Alludi a quelle telefonate?»

«Sì. Alludo a quelle telefonate. Sono sicura che tua madre ti ha insegnato maniere migliori.»

«Mi dispiace. Avrei dovuto richiamarti quella volta. Siamo stati terribilmente occupati, e me ne sono semplicemente dimenticato. Mi dispiace.»

«'Quella volta'! Ho chiamato cinque volte. Non puoi esserti dimenticato tutte le volte. Mi hai evitata di proposito.»

«Mi dispiace», ripeté, pensando: Mi sto comportando da stupido, da idiota.

Randi rise. «Oh, Adam, cresci! Ti ho telefonato perché pensavo che potessi darmi qualche consiglio di carattere professionale su quest'area. Sei cresciuto qui, dopotutto.»

«Mi dispiace molto», disse, rendendosi conto che era la quarta volta che lo ripeteva.

«Lo credo bene. Ma non ha importanza. Ho trovato altra gente disposta a consigliarmi. La pizza è buona?»

«Cosa? Oh, quella che sto mangiando?»

«No. Quella che sta mangiando quell'uomo laggiù. Che cos'hai?»

«Scusa. Non stavo pensando. Avevo chiesto un sandwich, e hanno confuso gli ordini e portato questa a me. Sembrava buona, così l'ho tenuta.»

«Dammene un pezzetto. Se mi piace, ne prendo una anch'io. E smettila di scusarti, d'accordo?»

Prima che potesse alzarsi per prendere la forchetta dal tavolo vicino, lei aveva afferrato la sua.

«L'ho usata», protestò lui.

«E allora? Hai l'AIDS o qualcos'altro? Con un brav'uomo sposato e fedele come te non si corre alcun pericolo, no? Non mi preoccupo.»

Adam aveva l'impressione che lo stesse prendendo in giro. C'era derisione nei suoi occhi, e una punta di divertimento.

E lui, che non si era mai staccato realmente da sua moglie, dovette protestare, rispondere con sdegno. «Che cosa credi di essere? Un'indovina che legge il palmo della mano o la sfera di cristallo? Non sai un bel niente su di me, Randi. Per cui non renderti ridicola.»

Lo guardò pensierosa per un momento prima di dire: «Hai ragione. Ho di nuovo bisogno di consiglio. Prenderò una pizza piccola e ti racconterò il mio problema, a meno che tu non abbia fretta».

Adam spinse indietro la manica per guardare l'orologio. Erano le dodici e mezzo. Aveva deciso di tornare a casa presto, avendo promesso a Danny di aiutarlo a fare il bagno a Rufus; avrebbe anche dovuto andare a prendere Julie a casa di un'amica mentre Margaret e Megan si recavano a fare spese con l'altra macchina.

Quando esitò, lei disse: «Ci vorranno dieci minuti. È qui. Credo di averti parlato del mio appartamento in affitto. È un bell'appartamento, proprio dietro l'angolo al prossimo incrocio. È molto comodo, ma il contratto sta per scadere e non ci sono altri appartamenti da affittare».

S'interruppe per mangiare un pezzetto di pizza. Adam apprezzò il fatto che non parlasse col boccone in bocca. Randi era molto curata, dalle unghie lucide dei piedi a quelle rosa delle mani. Ma anche le mani di Margaret erano belle, seppure in maniera diversa. Le sue mani erano più pratiche. E immaginò le sue forti mani che cucinavano, lavoravano in un laboratorio chimico, e piantavano ortaggi. Erano così diverse, queste due donne. Mangiavano perfino in maniera diversa. Margaret mangiava moderatamente, mentre Randi mangiava avidamente; faceva tutto avidamente... Così, a casaccio, i suoi pensieri correvano.

Randi stava per concludere. «Quando ho saputo che si poteva riscattare l'ipoteca, mi sono resa conto che sarebbe stato un buon acquisto. Non è troppo lontano, ma è un po' come vivere nei boschi.»

«Nei boschi? Dove?»

«Non stavi ascoltando? Stavo descrivendo quel gruppetto di case che chiamiamo The Grove. Le abbiamo in mano noi, e mi sto chiedendo se una donna sola debba fare un investimento e assumersi la responsabilità di una casa. Ho bisogno di un consiglio pratico da parte di un uomo pratico.»

«Se ti piace tanto e puoi permettertela, fallo. Non sarai sempre sola, comunque.»

«Questo non puoi saperlo.»

«Sì, lo so. Sei una bella donna. Non fare la ritrosa.»

«La mia cassetta delle lettere non trabocca di proposte di matrimonio, ultimamente. Ti ricordo di nuovo che ho trentasette anni.»

Margaret ne aveva trentotto. Perché il suo cervello continuava a segnalare questi paragoni? È assurdo, pensò irritato con se stesso.

«Sia come sia», continuò lei vivacemente. «Ho realmente bisogno di un'opinione imparziale sulla casa. La mia ditta, naturalmente, vuole la commissione, ma questo significa che non posso basarmi sulla loro opinione. Mi stavo chiedendo – visto che sei qui – se saresti disposto a venire a dare un'occhiata alla casa con me.»

Lui guardò di nuovo l'orologio. Era indubbiamente molto sciocco lasciarsi coinvolgere a quel modo, anche solo per dare un'occhiata a una casa.

«Si tratta soltanto di un consiglio», lo incalzò lei, e quando lo vide esitare di nuovo, scoppiò a ridere. «Scommetto che stai pensando che cercherò di sedurti! Come puoi essere tanto sciocco, Adam! Quella faccenda è acqua passata. Non ha niente a che vedere col fatto che tu mi stia facendo un favore da amico.»

«Okay, okay, andiamo. Ho la macchina qui fuori.»

Ripercorsero la strada da cui era appena venuto e abbandonarono la statale. Lui continuava a guardare l'orologio sul cruscotto, calcolando quanto ci sarebbe voluto per tornare a casa. Non avrebbe dovuto lasciarsi trascinare in questa faccenda! Non avrebbe dovuto proprio!

Randi chiese: «È un pezzo antico il mobile che hai lassù?»

«No, una buona imitazione. Li fa un tale vicino al Santee. È per mio figlio.»

«Ricordo la foto che mi hai mostrato. È quello coi capelli rossi e ricci. Carino.»

«Detesta i suoi capelli.»

«Sono come quelli di sua madre, non è vero? Quando ci siamo incontrati a New York l'ho trovata graziosa. Molto distinta.»

Avrebbe preferito che non tirasse in ballo Margaret. Lo faceva sentire in colpa. E il fatto che potesse sentirsi in colpa quando non stava facendo assolutamente niente di male lo irritò profondamente. Dove stava scritto che un uomo, perché era sposato, doveva rendere conto di ogni minuto del suo tempo o di ogni persona con cui parlava. Figurarsi!

«Sono contenta che tu sia felice, Adam. Te lo meriti... Sei felice, non è vero?»

«Sì, molto. Molto felice.»

«Sono contenta. Lo sono veramente.»

La conversazione stava diventando troppo personale, e di nuovo fu pervaso da quella sensazione di disagio. Ciò nondimeno, lo stuzzicava anche una certa curiosità. E quasi senza volerlo gli uscì di bocca una domanda.

«Perché l'hai fatto?»

«Cosa?»

«Lo sai.»

«Lasciarti?» E quando lui non rispose, disse: «Perché sono stata una sciocca. Una giovane sciocca inesperta con un sacco di stupidi sogni. Illusa di poter fare una vita affascinante in qualche magico posto della California. E poi, ero gelosa. Non ti muovevi abbastanza in fretta».

Di nuovo lui non fiatò. Non avrebbe mai dovuto rivolgere quella domanda, non avrebbe mai dovuto far rivivere il passato.

«Ma», continuò lei allegramente, «è una storia vecchia. Svolta qui, sulla strada non asfaltata. Ti avevo detto che non ci sarebbe voluto molto.»

Non molto, pensò, preoccupandosi, solo tre quarti d'ora in più.

Attraversando boschi di pini lungo il fianco di un modesto pendio, la strada passò davanti a una mezza dozzina di basse case pittoresche, separate da vecchi alberi e folti arbusti. In fondo svoltarono in un viale d'accesso.

La casa avrebbe potuto essere descritta come «moderna», pensava, ma pur non essendo costruita con tronchi d'albero, ricordava vagamente una classica capanna americana in legno. Quando scesero dalla macchina, lui la seguì attraverso l'erba alta verso gli alberi.

«Vieni qui», disse Randi. «Riesci quasi a vedere il fiume da qui. Col binocolo credo che lo vedresti chiaramente.»

Un leggero venticello alitava tra i pini. L'aria primaverile era dolce e fragrante. Provò un improvviso senso di fiacchezza. Avrebbe voluto sdraiarsi sull'erba e osservarla lì in piedi in quel raggio di sole col vento che le gonfiava la gonna. Invece, si girò verso la casa, dicendo bruscamente: «Non ho molto tempo. Entriamo.»

La casa aveva l'odore particolare delle case disabitate. L'intonaco delle pareti era sbiadito. Le veneziane strappate. La piccola cucina trascurata.

«Naturalmente, c'è bisogno di una cucina nuova», disse Randi.

«Costa parecchi soldi.»

«C'è un tale in città che rimette a posto le vecchie cucine il sabato e la domenica. Per un prezzo ragionevole. Mi piace questa grande stanza, e a te? Metterei un tavolo rotondo nel bovindo, un paio di divanetti accanto al camino... Ma ti sto annoiando. Dimentico sempre che agli uomini non interessa la sistemazione del mobilio.»

«A meno che non siano arredatori. La mia cuginetta Nina lavora per un paio di loro a New York.»

«Nina? L'altra ragazza nella fotografia?»

Doveva averle mostrato l'intero portafotografie. Era sveglia, non le sfuggiva niente, ricordava tutto.

«Ha un aspetto insolito, ho pensato. Non bella come Margaret, ma affascinante. È newyorkese?»

«No, una volta abitava qui.» Era irritato. Perché deve importarle dove abita Nina? E perché lui aveva nominato Nina? Perché era impacciato nella conversazione, ecco perché. Perché non sapeva come comportarsi.

«Vieni a vedere le camere da letto. Ce ne sono due, ma è questa che userei. Il letto andrebbe qui, di fronte al lucernario. Mi piacciono queste finestre, quando ti sdrai qui, puoi vedere le cime degli alberi e le stelle o la luna.»

Distolse lo sguardo dal punto dove Randi avrebbe sistemato il letto. Sarebbe stato un letto morbido, senza dubbio, con una coperta rosa e cuscini sparpagliati qua e là. Entrò nella stanza da bagno, fece una rapida ispezione e riferì che le piastrelle erano in buone condizioni. D'un tratto aveva fretta, era quasi in preda al panico, come se un pericolo, qualcosa di ignoto e minaccioso, si stesse profilando davanti a lui.

«Possiamo sbrigarci?» chiese impaziente. «Sono in ritardo.»

Tornando indietro cadde tra loro uno spiacevole silenzio, così spiacevole che sentì il bisogno di interromperlo.

«Dovresti affidarti a un geometra per controllare il tetto e l'impianto idraulico. Io non sono qualificato a darti un'opinione.»

Sapeva che non ero qualificato a dargliela, pensò, quando mi ha chiesto di accompagnarla, e lo sapevo anch'io.

«Puoi lasciarmi al mio appartamento, per favore», disse Randi.

Quando accostarono al marciapiede, lo ringraziò formalmente, aggiungendo: «Ti inviterei a entrare se non avessi tanta fretta. Sei stato gentile a venire, l'apprezzo molto, Adam. Seguirò il tuo consiglio e ti farò sapere cosa dirà il geometra. Ma la casa ti è piaciuta?» Aveva girato supplichevole la faccia rosa verso la sua.

«Sì», rispose lui, rimettendo in moto la macchina. «È bella. Adatta a te.»

Arrivò a casa tardi, irritato con se stesso e ancor più irritato quando vide la macchina di Fred Davis parcheggiata di fronte alla sua abitazione. Sperava che Margaret non l'avesse invitato a cena. Fred poteva essere allegro e di buon umore; in quel momento Adam non era nello spirito di comportarsi nello stesso modo.

«Dove sono tutti?» domandò, precipitandosi in cucina dove Margaret stava svuotando i sacchetti della spesa. «Scusa, sono in ritardo. Che cosa ci fa qui Fred? Se mi aiuti a tirare giù la scrivania dalla Jeep, vado a prendere Julie.»

«Oh, oh. Sei senza fiato. Julie è a casa. È andato a prenderla Fred. È in giardino, a preparare il campo per la partita di croquet. Danny non poteva aspettare fino a domani.»

«Non dirmi che hai telefonato apposta a Fred perché andasse a prendere Julie.»

«No, naturalmente. È passato di qui per dirci qualcosa, qualcosa di bello, e si è offerto di andarla a prendere, dato che tu eri in ritardo. Che cosa è successo?»

«Una gomma a terra.»

«Oh, caro. E le gomme sono nuove.»

«Non è stato niente di tragico. Ero vicino a una stazione di servizio, e me l'hanno cambiata loro.»

Perché diamine non aveva detto la verità? Ho incontrato

Randi Bunting e sono andato a vedere una casa. Tutto innocente, pulito e onesto. Disprezzava i bugiardi quanto i ladri. Perché allora aveva mentito?

«Qual è la bella cosa che Fred ha da dirci?»

«Eccolo. Te la dirà lui.»

La faccia amabile di Fred era sorridente. Sedette al tavolo della cucina, tirò fuori una mappa spiegazzata dalla tasca, e la distese.

«Guarda qui, un centinaio di chilometri a est di Banff. Ricordi il cognato di Denise? L'hai conosciuto una volta quand'erano venuti in visita dal Canada. Be', ti avevamo parlato del loro campo estivo? Campo? È troppo bello per essere chiamato campo. Si trova su un lago con delle belle casette in legno. La casa principale è grande, e la bella notizia è che sono stato invitato per tre settimane e vogliono che porti degli amici. Posso portarne cinque o sei, chiunque desideri, soprattutto se ci sono dei ragazzi, perché vengono anche i loro nipoti. Così, vi sto invitando. Tutti quanti. Che cosa ne dici?»

Guardarono tutti Adam, con espressione gioiosa. Ricordando la conversazione della settimana prima a proposito di un viaggio estivo, si sentì stringere lo stomaco. Non voleva andarci. E loro invece si aspettavano che ne fosse entusiasta.

Stancamente rispose: «È molto gentile da parte tua, Fred, ma non so cosa dire».

I suoi tre figli avevano occhi imploranti. «Oh, di' di sì, papà!»

«Non è così semplice. Lavoro, sapete.»

«Naturale. Ma hai diritto a una vacanza. Sarà magnifico», gli assicurò Fred. «Sci d'acqua, gite in canoa, vela e perfino un'isola per i picnic. Il lago è immenso. C'è anche un campo da tennis. Tutto, insomma.»

Un paradiso da miliardari, pensò Adam, avendo sentito qualcosa tempo fa sulla sorella di Denise che aveva sposato un proprietario di miniere canadese.

Margaret, che conosceva le sue predilezioni, colse il suo

sguardo. «È gente molto carina», disse. «Ricordo benissimo quando sono venuti a trovare Denise e Fred. Molto semplici. Cordiali.»

Voleva andare. Forse, se non avesse avuto altre cose per la mente, sarebbe andato nonostante la sua riluttanza, solo per farle piacere. Ma c'era altro nella sua mente. La voce che circolava adesso era che Ramsey non sarebbe andato a occuparsi del mercato europeo, il che significava che lui, Adam, non avrebbe salito lo scalino. E non c'erano altre buone prospettive in vista.

«Mi dispiace deludervi, ma non posso venire. Non posso prendermi una vacanza. Il calendario vacanze è stato compilato mesi fa», disse.

«Perché non chiedi? Tenta», lo incalzò Margaret.

«Non può essere cambiato.»

Non era vero. Il calendario era molto flessibile, e se Adam gliel'avesse chiesto, Ramsey avrebbe probabilmente detto di sì.

Ci fu un silenzio, un pesante, struggente silenzio che lo addolorò. «Sentite. Non c'è ragione perché non possiate andare senza di me. Non mi dispiacerà affatto. Ho molte cose da fare qui, e ...» propose Adam.

«Oh», fece Margaret, addolorata, «che vacanza sarebbe senza di te? Non abbiamo mai fatto niente del genere prima, e non voglio incominciare adesso.»

«Mamma!» gemettero i tre. «Mamma!»

«Due anni fa sono andato solo a quel convegno a Washington e sono rimasto via una settimana. Non è cascato il mondo, no?»

«Ma la situazione era diversa. Si trattava di lavoro, e dovevi andarci.»

Adam aveva l'impressione che quel che provava ora fosse paura, una vaga paura che non poteva e non voleva tradurre in parole. Non voleva lasciare la casa, non voleva essere ospite di estranei, non voleva andarsene dall'ufficio dove, in sua assenza, avrebbe potuto succedere qualsiasi cosa. E poi, la casa non disponeva di un sistema di allarme. Troppo costosi. E se dei vandali fossero entrati e avessero distrutto il suo magnifico computer nuovo, il pianoforte e tutti i libri? Inoltre c'erano i cani. Rufus non era mai stato messo in un canile...

Alcune di queste ragioni che gli frullavano nel cervello, forse tutte, erano idiote. O forse non lo erano. Tuttavia, non voleva andare.

Danny disse coraggiosamente: «Non è giusto, papà, sai che non lo è.»

Fred si mostrò discreto come sempre. «Me ne vado adesso e vi permetto di rifletterci. Non ho bisogno di una risposta immediata.»

«Non rimani a cena?» chiese Margaret.

«No, grazie. Sarà per un'altra volta. Fatemi sapere.»

La cena cominciò con una pacata discussione sull'invito. E alla fine Margaret accettò la proposta di Adam.

«Ho parlato con Nina mentre eri via oggi», gli disse Margaret quando più tardi rimasero soli. «È invitata anche lei, ed era molto eccitata. Verrà per una decina di giorni. Il lavoro è fiacco in estate, così non sarà un problema prendersi una vacanza. È davvero magnifico da parte di Fred, non ti pare? Avrebbe potuto invitare chiunque altro.»

«Evidentemente, voleva te. Niente di nuovo, no? Credo che dovrei essere geloso di lui.»

L'amore giovanile di Fred era ormai oggetto di battute scherzose. In quest'occasione, però, servì allo scopo.

«Forse sono uno sciocco a offrirgli una simile opportunità.»

«Sei davvero uno sciocco!»

Accanto alla finestra, Margaret si stava spazzolando i capelli. Dorati dalla luce della sera, morbidi riccioli incorniciavano come una corona il suo volto perlaceo, con i profondi occhi grigi e i delicati zigomi alti. Vide di nuovo com'era felice all'idea di andare in vacanza con i ragazzi. Sapeva anche che era stupita, o meglio, turbata per il suo rifiuto. Ma non avrebbe mai discusso l'argomento. Sentiva che era di nuovo preoccupato per le incertezze in ditta e che non voleva parlarne. Come lo conosceva bene! E come lui conosceva bene lei! Gli era familiare come il palmo della sua mano. Dopo sedici anni di matrimonio, per non parlare degli anni precedenti, non potevano esserci sorprese per nessuno dei due.

«Vi divertirete con Nina. Rallegra l'ambiente», disse.

«Preferirei avere te», replicò Margaret. Poi, abbracciandolo: «A volte penso che tu non sappia quanto ti amo, Adam».

La baciò. «Lo so. Sei una donna deliziosa. Deliziosa.»

Non era quello che avrebbe voluto. Avrebbe voluto che la trasportasse, velocemente e sbrigativamente, verso il letto. E facesse teneramente l'amore con lei. Ma un uomo non poteva eccitarsi a comando.

«Sei stanco», disse, lasciandolo. «Va' a dormire, ti raggiungo.»

6

DOPO aver aspettato che la famiglia si imbarcasse sull'aereo, e dopo essere rimasto a vederlo rollare sulla pista e decollare, Adam tornò a casa per sbrigare diverse faccende. Le rose andavano spruzzate con l'insetticida, il piccolo orto aveva bisogno di essere diserbato, il beccatoio per gli uccelli riempito, e doveva dare da mangiare ai cani. Una volta portati a termine questi compiti di routine, entrò in casa con un senso di appagamento.

Margaret aveva riempito il freezer di buone cose: zuppe, lasagne, pollo arrosto, e perfino una crostata di mele, che sarebbero bastate a sfamare tre uomini. Sedette al tavolo della cucina, appoggiò un libro contro la caffettiera, e lesse mentre mangiava. Quand'ebbe finito, lavò i piatti, e con i due cani percorse la strada fino al cortile della scuola per vedere gli alunni di quinta giocare a pallone, poi seguì il suo abituale percorso circolare per una passeggiata di mezz'ora.

«Una bella serata, eh, ragazzi», disse, rivolgendosi a Rufus e a Zack, che, scodinzolando, sembravano condividere il suo senso di benessere.

Ritornato a casa andò alla scrivania, sparpagliò il lavoro davanti a sé senza pericolo di essere interrotto, e riprese lo studio di un nuovo programma di software. Era già stato autorizzato da nove compagnie; il punto adesso era se l'Advanced Data Systems dovesse a sua volta usarlo. Il suo rapporto, con i pro e i contro, sarebbe stato accuratamente valutato. E il suo futuro nella compagnia poteva dipendere da questo. Così trascorse alcune ore, udendo quasi il clic del suo cervello, veloce e preciso come un computer. Poi ascoltò per qualche minuto le notizie, ne rimase soddisfatto e andò a letto.

Il giorno successivo era domenica. Era presto quando Margaret telefonò per dire che erano arrivati sani a salvi dopo un magnifico viaggio attraverso le montagne, che il posto era favoloso e i ragazzi erano felici, Nina lo abbracciava affettuosamente, e Danny voleva che si ricordasse del pasto serale di Rufus.

«Mi sembri assonnato. Ti ho per caso svegliato?» chiese.

«No, no. Sono quasi vestito. Sto per scendere a prepararmi uova al bacon. Al diavolo il colesterolo per stamattina.»

«Mi manchi già tanto, e mi sento in colpa per essere qui in tutto questo splendore mentre tu sei a casa a fare colazione da solo.»

«Margaret, tesoro, sto benissimo. Divertiti. Dai un bacio ai ragazzi.»

In realtà era ancora a letto, tra il sonno e la veglia. Era strano non sentire Margaret accanto a sé nel letto. E pensò che era altrettanto strano che non provasse alcuna inquietudine al pensiero che trascorresse tre settimane in compagnia di un uomo che l'ammirava così palesemente. Molti mariti sarebbero stati gelosi. Anche con una moglie degna di fiducia come Margaret, ci sarebbero andati cauti. Perché lui no?

Dopo un po' si alzò e scese, fece colazione e ritirò il giornale della domenica. Il caldo stava aumentando. Alle dieci gli uccelli erano silenziosi e non si muoveva una foglia. Rientrato in casa, sedette di nuovo al computer. Ma a metà pomeriggio stava sudando. Si sdraiò e accese la radio, apprendendo che l'ondata di caldo era incominciata. Pensò che sarebbe stato bello avere una piscina. Due o tre dei loro amici l'avevano. Avrebbe voluto che uno di loro lo invitasse. Ma il fatto era che questi amichevoli contatti dipendevano dai rapporti di Margaret con le mogli; i mariti non erano suoi amici.

Poi ricordò di non aver pranzato. Erano le quattro a mezzo, troppo tardi per pranzare e troppo presto per cenare. Ma che differenza faceva? Avrebbe mangiato perché aveva fame. Poi avrebbe guardato la televisione, e quindi sarebbe risalito in camera, dove c'era l'aria condizionata, e avrebbe letto per un po'.

La giornata giunse infine al termine. Non vedeva l'ora che fosse lunedì.

«Ti avevo detto che ti avrei telefonato quando avessi avuto novità sulla casa. Spero di non disturbarti», disse Randi.

In realtà aveva un importante appuntamento per pranzo, ma non sarebbe successo niente anche se fosse arrivato con qualche minuto di ritardo.

«No, continua. Qual è la novità?»

«Il geometra ha detto che la casa è okay, così l'ho comprata! Sono terribilmente eccitata e un po' spaventata, perché ho dovuto sborsare una bella cifra per il mutuo ipotecario. Ma, al diavolo, si vive una volta sola, giusto?»

«Giusto», disse Adam.

«Sono corsa lì questa mattina prima del lavoro. Non riesco a credere che sia mia! Era così fresco! Credo dipenda da tutti quegli alberi e dal fatto che è in collina! Era fresco come il mio appartamento con l'aria condizionata. Come va a Elmsford?»

Ebbe una visione di lei in piedi nel vento, la gonna che si gonfiava come una vela. Gli sembrava di ricordare che la gonna era gialla.

«Bene in ufficio, ma un forno per la strada. E a casa mia», aggiunse, senza alcuna ragione particolare.

«Niente aria condizionata a casa?» chiese Randi.

«La casa ha cent'anni, ed è grande. Bisognerebbe praticamente smontarla per inserire le condutture nei muri. Non ne vale la pena», rispose.

«Dev'essere dura per i ragazzi con questo tempo. I ragazzi corrono e si surriscaldano.»

«Fortunatamente, sono tutti via. In Canada, su un lago.»

Perché diamine le stava dicendo questo? A Randi non importava niente dei suoi figli e della sua casa.

«Devi sentirti solo», disse.

«Non realmente. Ho una tonnellata di lavoro da portare a casa dall'ufficio. Mi riempie le serate.» Seguì un silenzio, poi aggiunse: «Congratulazioni! Hai compiuto un grande passo, e sono sicuro che sarai contenta di averlo fatto».

«Oh, lo sarò. Forse una volta tu – e la tua famiglia – se verrete da queste parti potreste fermarvi a vedere la casa quando l'avrò sistemata.»

«Bene, grazie.»

«Spero che tu non ti senta imbarazzato in proposito, Adam. Perché è storia passata. Te l'ho già detto, e te lo ripeto. Capisci, non è vero?»

«Certo. Sì.»

«Mi farebbe proprio piacere vederti, Adam. In qualsiasi momento.»

Bill Jenks infilò la testa dentro e, indicando l'orologio, farfugliò: «Colazione?»

Adam annuì, parlando contemporaneamente nel telefono. «C'è qualcuno qui per me. Sono in ritardo. Devo andare. Ci sentiamo.»

Non la sentirò, si disse. Significa guai. E io non ho bisogno di guai. Non ne voglio.

Mi farebbe proprio piacere vederti, Adam. In qualsiasi momento.

Accusando un mal di testa, lasciò l'ufficio presto. Era teso come una corda di violino.

A colazione Jenks, che aveva dato una rapida occhiata al rapporto di Adam, aveva espresso qualche dubbio sul fatto che Ramsey ne rimanesse soddisfatto. «Credo che si aspetti qualcosa di più approfondito», aveva commentato. Sollecitato per dare un suggerimento, Jenks era stato elusivo, e Adam aveva avuto la fugace impressione che stesse godendo del suo insuccesso e che in realtà desiderasse che Ramsey fosse insoddisfatto.

Ma l'impressione poteva essere sbagliata; era spesso troppo sospettoso, come gli diceva Margaret. Tuttavia, Margaret non doveva competere in un mondo così duro, dove la reputazione di un uomo poteva essere distrutta in pochi minuti da un intrigo del sabato mattina sulla pista da golf.

In questo stato di abbattimento, arrivò a casa, lasciò uscire i cani, fece una doccia e indossò un paio di shorts. Poi tornò fuori e riempì la vaschetta per gli uccelli, che si era asciugata sotto il sole cocente. Sperando di scaricare tensione con un po' di moto, tirò fuori il tagliaerba e attaccò col prato anteriore. Ma il caldo era insopportabile e dovette rientrare. I cani erano sdraiati sul pavimento dell'anticamera buia del retro, e Adam fece un'altra doccia. Per qualche minuto pensò di tirare fuori qualcosa dal freezer e infilarlo nel microonde, ma non aveva abbastanza appetito. Così si preparò un panino e lo mangiò in soggiorno davanti alla televisione. C'era il notiziario delle cinque. Niente di particolarmente interessante.

Mi farebbe proprio piacere vederti, Adam. In qualsiasi momento.

Sedette con la testa tra le mani. Quando alzò lo sguardo si trovò davanti la fotografia di Margaret e dei ragazzi scattata l'anno prima. Si alzò e andò alla finestra, tornò indietro e fissò i tasti del pianoforte. Passando le dita sulla tastiera, infranse il silenzio. Si sdraiò sul divano, sperando di addormentarsi, ma non ci riuscì.

È tutto nella testa, dicevano. Senza dubbio incominciava da lì, pensò, mentre immagini da tempo dimenticate proiettavano i loro colori. Ma poi prese a scorrere e a palpitare attraverso le vene e le arterie, finché non riuscì quasi a contenere la folle esplosione dentro di lui. Il suo cuore sembrò affondare. Qualcosa non andava certo bene, sentiva che stava per perdere il controllo del suo buon senso.

E d'un tratto fu pervaso da un incontrollabile desiderio...

Erano le cinque e venti. Il traffico diretto a nord sulla strada del fiume non era mai molto intenso. Avrebbe potuto essere lì in pochi minuti...

Se non fosse stata in casa, non avrebbe perso niente andandoci, ma ci avrebbe forse guadagnato qualcosa scoprendo che, dopotutto, non la desiderava.

Alle sei si fermò di fronte all'appartamento. Un'ondata di paura lo travolse: non avrebbe dovuto venire. Doveva ascoltare la ragione, fare un'inversione e tornare indietro. Eppure sapeva che non l'avrebbe fatto... E scendendo dall'automobile, percorse il viottolo di mattoni tra aiuole di petunie e suonò il campanello.

«Chi è?» chiese Randi.

«Adam. Hai detto che sarei potuto venire in qualsiasi momento.»

«Sono in vestaglia, ma se non ci fai caso, entra pure.»

Improvvisamente e inspiegabilmente imbarazzato, non guardò lei ma la stanza. Un banale commento fu la prima osservazione che gli venne in mente.

«Che tu ci creda o no, ricordo ancora quel quadro.»

Un paesaggio a olio appeso sopra il divano: fiori sgargianti che circondavano una villa bianca sotto un cielo incredibilmente azzurro.

«Sì, mi piace. L'ho portato con me in California e l'ho riportato indietro. Quello e alcuni piatti che appartenevano a mia madre, insieme al mio letto, sono cose da cui non mi separerò mai.»

La porta della camera da letto era mezza aperta. Ricordò che era sempre stata così. Nel piccolo appartamento dove era cresciuto con sua madre, le camere da letto non erano mai state esposte a quel modo. Anche Margaret teneva le porte chiuse, ma Randi... Randi viveva. Non era sicuro se approvasse o no.

Sedette nell'angolo del divano vicino alla sua sedia. La vestaglia bianca, di pesante seta lucida, si aprì lateralmente, rivelando una coscia soda. La fissò, chiedendosi cos'era successo del furioso desiderio che l'aveva condotto lì. E improvvisamente fu pervaso da un'ondata di paura.

Lei si stiracchiò e sospirò. «È bello essere a casa. Ho avuto una giornata pesante, ma credo di aver effettuato una vendita. E tu? Come sei stato da quando ti ho parlato a mezzogiorno?»

Rimase sorpreso della sua risposta. «Irrequieto.»

Gli rivolse una lunga occhiata pensierosa, che dai piedi saliva fino agli occhi.

«Sei maledettamente abbottonato», disse. «Così teso che potresti scoppiare da un momento all'altro. Hai bisogno di rilassarti.»

«È più facile a dirsi che a farsi.»

«Lascia che ti massaggi collo e spalle. Piegati.»

Le sue dita erano forti e dure. Mentre premevano e stimolavano, lenivano. Anche la sua voce era lenitiva.

«Ecco, ecco. Sei tutto un nodo.»

Cominciò a canticchiare. Il suono era monotono, poco melodioso ma curiosamente dolce. Adam chiuse gli occhi, abbandonandosi. Dopo un po' disse: «Devi essere stanca.»

«No. È un buon esercizio per me.»

Stava spingendo così forte, chinandosi così vicino, che sentì il calore del suo alito sulla nuca.

«Come hai imparato a farlo?»

«Mi viene naturale. Come questo.» E gli baciò il collo.

Lui trasalì, si girò e la fissò.

«Be'», fece lei «ricordi perché sei venuto, non è vero?»

Non riusciva quasi a parlare. «Sì. Sì.»

«Ebbene?» disse.

«Vieni qui. Togliti quella cosa...»

Ma la seta bianca era già scivolata sul pavimento e giaceva

in un mucchio ai suoi piedi. Ancora sinuosa e delicata, senza una macchia e bianca come la seta, era immutata. Avrebbe potuto essere ieri, pensò, mentre la sollevava e la trasportava verso il letto. Ieri.

Non erano ancora le sei quando si svegliò. Randi giaceva con la schiena contro di lui. Per un istante provò un sorprendente senso di irrealtà; la finestra era nel posto sbagliato, la tappezzeria a farfalle e uccelli di Margaret mancava. Poi la realtà si abbatté su di lui, e il suo cuore prese a battere forte. Era nel panico. Prima di dire anche una sola parola, doveva fuggire da lì...

Scivolò pian piano giù dal letto, si vestì e uscì in punta di piedi. Alle sette raggiunse casa sua. La gente era già alzata, stava azionando gli irrigatori del prato o tirando dentro il giornale dai gradini. Un vicino gli fece un cenno di saluto. L'uomo si stava probabilmente chiedendo perché Adam arrivasse a casa a quell'ora.

Entrò, lasciò uscire i cani, preparò una tazza di caffè istantaneo, e salì a fare una doccia e a vestirsi. Mentre era in camera da letto e tirava fuori un vestito dall'armadio accanto a quello di Margaret, mentre guardava il cuscino dalla sua parte del letto, gli sembrò di affogare.

Come diavolo può essere successo?

La notte prima era stata un'aberrazione, o per metterla in maniera meno elegante, una scopata estemporanea. Si sarebbe semplicemente rifiutato di rivederla, anche in pubblico. Non ci sarebbero state colazioni, drink dopo il lavoro, niente.

Con questa determinazione tornò giù, ed era in macchina quando ricordò che si era dimenticato di riempire il beccatoio. Aveva promesso a Margaret di mantenerlo pieno. Ripeteva sempre: «Quando si incomincia a dare da mangiare agli uccelli, è crudele smettere perché dipendono da te».

In ufficio disse alla segretaria di vagliare con cura le telefonate. «Non desidero soprattutto parlare con una certa signora Bunting», spiegò. «È un'agente immobiliare, ed è stata pestifera.»

Alla fine della giornata, dopo aver appreso che la signora Bunting aveva telefonato tre volte, andò a casa. Chiaramente, Randi non aveva intenzione di dimenticarlo. Non aveva senso pensare che una donna l'avrebbe fatto, dopo una notte come quella; che avrebbe semplicemente finto che non fosse accaduto niente. Si sentì arrossire per la vergogna; era sgattaiolato via come se avesse avuto paura di affrontare la luce del giorno.

Ma sapeva di avere molta paura. Sapeva che quel che era accaduto avrebbe potuto accadere di nuovo.

Era anche consapevole che doveva tenere la testa a posto. E con questa risoluzione arrivò a casa e si accinse a svolgere i suoi compiti abituali come se fossero una sorta di terapia: finito di falciare il prato, pranzò col pollo al curry di Margaret, diede da mangiare ai cani, e lesse la posta.

C'erano le solite pubblicità e i soliti conti. Dai ragazzi cartoline con magnifici panorami di montagna, e da Margaret una lettera toccante.

> Avrei dovuto costringerti a venire con noi. È così bello, e ti piacerebbe tanto. Penso sia un peccato, che con tutto quello che sai sulla natura e sugli alberi, ti sia lasciato sfuggire quest'occasione. Mi preoccupo perché lavori troppo. Non ti lamenti mai. Ti costringerò a prenderti più cura di te stesso. Oh, Adam, hai idea di quanto ti amo?

Suonò il telefono. «Mi stai dunque sfuggendo», chiese allegramente Randi.

Non aveva pensato che avrebbe osato telefonargli a casa. «Dove hai trovato questo numero?» domandò.

«Sull'elenco telefonico, stupido», rispose.

«Non dovresti chiamarmi a casa», disse lui.

«Perché no? Sei solo. E in ufficio non hai voluto parlarmi.»

«Ero occupato. Scusami. È stata una giornata febbrile.»

«Adam, smettila. Poverino, credo proprio che tu ti senta in colpa. Ero sveglia questa mattina. Ti ho sentito scivolare via furtivamente.»

«Non volevo disturbarti. Mi sono fatto dei riguardi.»

Randi rise. «Mi diverti, sul serio. Ma non importa. Quel che voglio sapere è se ti sei divertito?»

«Oh, per carità», disse lui.

«So che è così. È stato esattamente come ai vecchi tempi. Non sono troppo orgogliosa per ammettere che non provavo niente del genere da anni. E tu? Non importa. So che non risponderai. Naturale che non lo farai. Sei un uomo sposato, un signore sposato, anche se non tutti gli uomini sposati sono dei signori. Ma tu lo sei.»

«Oh, per carità», ripeté lui.

«Non sai dire altro? Senti, telefono solo per dirti di non preoccuparti. Non ti complicherò la vita, perché è l'ultima cosa che voglio fare a me stessa. Ne ho avute fin sopra la testa di complicazioni. Quello che sto cercando è un gradevole uomo single senza legami. Lo sposerò, mi stabilirò qui nella mia casa e guarderemo le stelle insieme dal letto. Potremo giacere lì nudi al chiaro di luna e nessuno sarà in grado di vederci a meno che non si arrampichi su un albero.»

Sapeva benissimo che lo stava prendendo in giro, ma non riuscì a trattenersi dal chiedere: «Perché? Hai in mente qualche single particolare?»

«Ce ne sono alcuni qui attorno. Ma non ho ancora realmente deciso.»

«Hai detto che non avevi più provato niente di simile da quando...»

Lo interruppe. «A volte, mio caro, bisogna sapersi accontentare nella vita.»

Era confuso, arrabbiato con lei e con se stesso per fare una conversazione come quella, proprio qui in casa sua. Era come se la stesse contaminando. Nello stesso tempo, provava una strana esaltazione, il brivido del proibito.

«Allora, buonanotte, Adam. Hai avuto una giornata pesante, e anch'io. Basta chiacchiere. Dormi bene.»

Che cosa doveva dedurne? Voleva dire basta chiacchiere per ora, o per sempre? Nella crescente oscurità rimase lì incerto per un po', poi sedette fuori al buio, osservando le lucciole guizzare attraverso il prato. Se quello che aveva detto era ciò che desiderava, avrebbe certamente trovato qualcuno da sposare, e lui se ne sarebbe liberato per sempre. Ma l'immagine di lei che dava a un altro uomo quello che aveva dato a lui la notte prima, provocò in Adam una furiosa gelosia e un'ondata di desiderio quasi irrefrenabile.

Per tutto il giorno successivo l'immagine continuò a tormentarlo. A colazione, solo con Jenks, affrontò cautamente l'argomento dell'infedeltà coniugale. Era un argomento delicato; non sapevi mai se l'altro avrebbe aggrottato la fronte disgustato, o avrebbe magari riso di quella che poteva scambiare per una forma di ingenuità.

Jenks fu abile nell'evadere l'argomento. «Dipende da migliaia di fattori, non ti pare?»

Adam passò ad altro. «Niente di nuovo su Ramsey ultimamente? Nessuno va in Europa al suo posto?»

Se stava avvenendo qualcosa d'importante, Jenks ne sarebbe stato al corrente.

«Ramsey, per quel che ne sappiamo, potrebbe anche perdere il lavoro», disse Jenks. «O essere trasferito nella casa madre. Potrebbe andare in entrambi i modi se avverrà una fusione con la CBW. Ma nessuno sa ancora niente di preciso, e non si saprà magari per mesi.»

«Allora siamo realmente appesi a un filo.»

«Più o meno. Se la fusione avrà luogo, alcuni di noi saliranno, altri scenderanno, e altri ancora spariranno. È così che va per noi poveri salariati.»

Jenks si strinse nelle spalle. Poteva permettersi di essere indifferente. Se fosse rimasto qualcuno, quel qualcuno sarebbe stato Jenks. Intellettualmente, vale molto meno di me, e lo sa, pensò Adam, eppure è molto più probabile che venga eliminato io.

Quest'orribile possibilità era agghiacciante. Che cosa sarebbe successo se l'avessero licenziato e non fosse riuscito a trovare un altro lavoro? Non avrebbero certamente potuto tirare avanti con lo stipendio di Margaret.

Quella sera, mentre infilava la chiave nella porta d'ingresso, era terrorizzato e arrabbiato insieme. Che cosa permetteva a uomini come Jenks e Fred Davis, o lo stupido cugino di Margaret, Gilbert, di essere relativamente sicuri dei loro posti? Davis, in realtà, aveva ereditato uno splendido pezzo di terra nel centro di Elmsford, ma Gilbert non aveva avuto altro che una personalità cordiale. Quanto al suo quoziente di intelligenza, meglio non parlarne.

I cani, che erano rimasti soli per tutto il giorno, si precipitarono a salutare Adam, che non essendo dell'umore giusto, li lasciò uscire senza una parola o una carezza. Con le veneziane abbassate per ripararsi dal caldo, la casa era buia e malinconica. E ogni sua mossa, quando apriva un cassetto per prendere una forchetta, chiudeva lo sportello del freezer o posava un piatto sul tavolo, riecheggiava nel vuoto. Mangiò in fretta senza appetito, lavò i piatti, e poi non seppe più cosa fare. Si profilava una lunga notte.

Pensò allora alla notte precedente. Non gli aveva telefonato oggi. Forse lo intendeva sul serio quando aveva detto: «Basta chiacchiere.» Ma dopotutto, non era questo che aveva desiderato che facesse? Sì, certamente. E perché? Perché il peso della colpa sulle sue spalle era troppo pesante, così pesante che era stato visibile perfino a lei. Non gliel'aveva forse detto?

Ma come doveva sembrarle debole, un uomo che aveva paura di godere del piacere che desiderava, un uomo legato, regolato e controllato come un bambino! Sui giornali aveva letto una serie di articoli secondo cui più della metà degli uomini sposati nel paese si prendeva delle libertà e la metà di loro divorziava.

Ma questa era un'altra faccenda, qualcosa di assolutamente impensabile. Lasciare Margaret, la sua buona moglie, e i loro tre figli! Inammissibile.

In anticamera c'era uno specchio sopra un piccolo cassettone con una lampada. Passandovi davanti, si fermò un momento per esaminarsi. Poco più che quarantenne, era snello e giovanile, con la carnagione chiara e tutti i capelli ancora in testa. Non aveva nemmeno bisogno degli occhiali.

«Non formiamo una bella coppia?» aveva detto Randi mentre stavano davanti a uno specchio a lunghezza naturale.

Maschio e femmina, spogliati e pronti, erano stati perfetti insieme. E adesso se ne stava lì, immobile, ricordando...

Erano le sette. Chiuse la porta a chiave, salì in macchina e si allontanò. La velocità, dissipando il caldo, riempiva la macchina di una piacevole frescura. Una parte della sua mente ammetteva tuttora com'era assurdo che la semplice anticipazione dell'estasi sessuale potesse soffocare tanto in fretta tutte le sue paure. Ciò nondimeno, era così. Si sentiva libero e più giovane di quanto non si sentisse da anni.

Quando suonò il campanello e disse chi era, lei aprì la porta. Era completamente nuda e rideva.

«Ah, sapevo che saresti venuto!» esclamò, mentre lui le piombava addosso.

7

Era una nuova esperienza per Adam adeguarsi a Randi nel suo spontaneo modo di vivere. Non era niente per lei balzare dal letto dopo aver fatto l'amore e andare a preparare hamburger in cucina. Hamburger a mezzanotte non erano certamente qualcosa a cui era abituato. E sorrise interiormente dello spettacolo di se stesso e Margaret, entrambi in vestaglia, che versavano ketchup sulle loro patatine fritte. Dopo l'amore si addormentavano sempre.

A casa, anche nei weekend, vivevano con l'orologio alla mano. Sabato era il giorno dedicato a tutte le spese e agli appuntamenti che Margaret, occupata con la scuola, non riusciva a espletare durante la settimana: la biblioteca, il dentista, lezioni di pianoforte per Julie, scarpe nuove o da riparare, taglio di capelli per Megan, o riunione di Danny coi Lupetti. C'era sempre qualche posto dove dovevano andare, qualche impegno da assolvere. A volte pensava che se gli orologi si fossero rotti, la famiglia sarebbe stata esentata da simili doveri.

Naturalmente, era pura fantasia. Ma anche la fantasia aveva il suo posto.

In ufficio si scoprì un giorno a fissare la fotografia di Margaret sulla scrivania. E studiando la sua faccia, con la serena, candida fronte, provò una tale vergogna che dovette girarsi.

Ma sapeva che non appena la giornata lavorativa si fosse conclusa, sarebbe tornato a Randolph Crossing.

Il secondo sabato ci arrivò coi cani, spiegando che dato che si sarebbe trattenuto fino a domenica sera, non poteva lasciarli soli.

«Sono stati abbandonati per tutta la settimana, poverini. Non pensavo che ti sarebbe dispiaciuto.»

«No, ma è un bene che non possano parlare.»

Avrebbero fatto una gita alla nuova casa. Sacchi a pelo e borsa termica erano ammucchiati presso la porta.

«C'è la corrente, così possiamo cucinare, anche se la cucina economica è un disastro. Oppure possiamo fare un fuoco all'aperto. Pensavo che sarebbe stato divertente passare la notte lì e vedere come va.»

Per il loro primo pasto prepararono un fuoco, arrostirono patate e tostarono *marshmallows*.

«Questo ti fa sentire giovane, come un bambino», commentò Adam osservando i marshmallow diventare scuri.

«Da quanti anni non ti senti più un bambino?»

Non voleva pensarci. Voleva solo sdraiarsi sull'erba con la testa sul suo grembo. La temperatura si era abbassata e si era levato il vento. Un pungente profumo di pino sopraggiungeva con la brezza. Da qualche parte, fuori dal suo campo visivo, udì le distinte note di un cardinale. Quanto tempo era che non si sdraiava su un prato, con la mente sgombra di qualsiasi pensiero!

«Povero ragazzo», mormorò Randi. «Sei così teso. Ti preoccupi troppo.» Gli accarezzò la testa, lisciandogli i capelli con un gesto quasi materno.

Non aveva voglia di rivelare le sue preoccupazioni: le responsabilità per il futuro dei figli, le spese, le promozioni, e, come un misterioso fantasma, lo spauracchio della disoccupazione.

«Poverino. Rilassati. Randi vuole solo che tu sia felice. Fa' quello che vuoi. Non devi neanche fare l'amore con me stasera se sei stanco. Dormi e basta.»

Dormì. Quando si svegliò, lei non si era ancora mossa. Si girò sui gomiti e la guardò, chiedendo: «A che cosa hai pensato in tutto questo tempo?»

Stava guardando attraverso un varco tra gli alberi, in direzione del fiume. «Vuoi veramente saperlo?»

«Dimmi.»

Abbassò lo sguardo su di lui. «Ho pensato che è triste aver perso tutti questi anni.»

Adam capì che si aspettava che dicesse: «Sì, lo so», ma come poteva dire che era vero quando in quegli anni aveva vissuto pacificamente con sua moglie, allevando due belle bambine, Nina, e il suo Danny?

Ma, ricordando come un tempo lei era stata tutto per lui, ricordando la sua angoscia quando l'aveva abbandonato, si sentì sopraffare dalla crudeltà della vita. E portandosi la sua mano alle labbra, la baciò.

«L'anno che tu e io abbiamo avuto è valso più di tutto il resto», osservò Randi. «Ci penso continuamente, penso alle piccole cose divertenti, come quando siamo arrivati a quel surprise party nel giorno sbagliato, e allo scambio di impermeabili con l'agenda degli indirizzi segreta nella tasca. Ci siamo divertiti, non è vero? Oh», aggiunse, «so che stai pensando che è finita in modo orribile! Lo so. Credo di essermi meritata quello che ho avuto. Chuck era sbagliato, completamente sbagliato. E perdere il bambino è stata un'esperienza così strana e confusa, triste e al tempo stesso confortante perché, povero bambino, non avrebbe avuto molta stabilità nella vita, non ti pare? Bunting era gentile, ma non c'era amore con lui, solo pace per un po', e poi è morto. Mi chiedo che cosa sarebbe successo se fosse ancora vivo...»

La voce di Randi si spense. Adam stava cercando di trovare qualcosa di incoraggiante, qualcosa di conclusivo da dire, quando d'un tratto lei si alzò in piedi e indicò la casa, dove i cani erano sdraiati sul gradino davanti alla porta.

«Ehi, guarda come si sono accomodati! Voglio che tu faccia lo stesso, Adam. Voglio che la consideri come casa tua, dove puoi andare a venire a tuo piacimento.»

«Non mi sarà possibile venire troppo spesso, Randi.»

«Lo so. Ma puoi inventare un convegno fuori città ogni tanto e prenderti un giorno, o perfino una settimana. Terrai dei vestiti qui, e ci nasconderemo insieme. Un giorno voglio costruire una piscina sul retro. Con la mia prima importante commissione, quando la casa sarà completamente arredata, lo farò.»

Lui sorrise. «Un bel lusso!»

«Non esattamente. Ho risparmiato un po' di dollari, e non spendo mai quello che non ho.»

Quella sera, giacquero a guardare le stelle attraverso le alte finestre. «Esattamente come avevo promesso», disse Randi. «Prima che ti addormenti, permettimi di dirti quel che ho pensato. Conosci quella fila di motel sulla statale a sud di Elmsford? Ebbene, potrei andarci qualche volta e trascorrere la notte lì. Tu potresti uscire di casa presto, dire che hai un sacco di lavoro in ufficio, e raggiungermi in albergo. Così potremmo trascorrere un paio d'ore insieme...»

«Detesto mentire», disse lui a voce bassa.

«Be', non è la miglior cosa del mondo. Ma neanche la peggiore, e a volte bisogna mentire un po'. Il fatto è che questo è un nostro affare privato, e non facciamo del male a nessuno.»

No, dovette ammettere che non stavano facendo del male a nessuno.

«D'accordo, allora, mio caro pessimista, basta. Abbiamo trascorso una splendida giornata, e domani ne avremo un'altra.»

Lunedì, Margaret telefonò in ufficio. «Sono fuori di me», gridò. «Stavo quasi per chiamare la polizia, ma tutti qui mi hanno dissuaso. Dov'eri ieri sera?»

«Ma come, a casa. Dove altro avrei dovuto essere?»

«Non capisco. Ho continuato a telefonare dalle otto in avanti. Non hai sentito il telefono?»

«Alle otto ero fuori. Ho strappato un po' di erbacce, ho portato i cani a fare una passeggiata e sono rimasto fuori il più a lungo possibile. La casa era un forno, a eccezione della camera da letto, e non mi andava di rimanere lì.»

«Ho chiamato alle undici. Poi ho rinunciato.»

«Alle undici stavo dormendo. Il condizionatore ronza e io dormo come un sasso. Dovresti saperlo.»

«Be', l'essenziale è che tu stia bene. Ero così preoccupata. Non ho chiuso occhio per tutta la notte.»

«Cielo, mi dispiace, Marg. Chiamavi per qualcosa di speciale?»

«Solo perché mi sentivo sola e volevo udire la tua voce. Ti avevo spedito una lettera, ma non mi bastava. La riceverai probabilmente oggi.»

«Be', presto sarai a casa.»

«Dieci giorni. Un periodo lunghissimo.»

La sua mente correva mentre parlava. Una doppia vita! Lui, Adam Crane. Non era il tipo d'uomo che viveva a quel modo. Ma che tipo d'uomo viveva a quel modo? Quando riagganciò, stava sudando.

A casa quella sera, la lettera di Margaret era nella cassetta della posta. Aveva accluso una fotografia di Danny che sorrideva reggendo un'enorme trota, pescata probabilmente da lui. Per un lungo istante, Adam tenne la fotografia tra le mani, come se volesse memorizzarla. Gli sembrava che il suo Danny fosse diventato più alto in quel breve periodo.

Poi sedette e lesse la lettera, una lunga lettera.

Una giornata piovosa, un vero temporale e un lungo pomeriggio in casa. Giù stanno facendo giochi di società, e di sopra ho il sospetto che stiano dormendo. Non ho voglia di fare nessuna delle due cose, e neanche di leggere. Ho voglia di «comunicare» con te. Se il viaggio all'aeroporto non fosse terribilmente lungo, credo che tornerei subito a casa. Quest'assenza è stata troppo lunga, e non lo rifaremo. La mia stanza ha un enorme letto, più grande del nostro letto matrimoniale, e mi sento persa senza di te. Capisci quel che voglio dire? Sì, sono sicura di sì, dopo tutti gli anni che siamo stati così vicini ogni notte. Oh, mio caro Adam.

Ma non dovrei lamentarmi. È stato delizioso, qui. I parenti di Fred sono molto ospitali, non si danno arie, nonostante posseggano tutto questo splendore. I ragazzi si divertono un mondo. Julie suona allegramente il piano quando glielo chiedono; Megan ha un boyfriend, un bel ragazzo di diciassette anni, e ne va fiera; Julie, naturalmente, è invidiosa. Divertirebbe anche te, questo idillio, è una cosa così meravigliosa. Ma non preoccuparti, è partito ieri, e abita a Vancouver. Quanto a Danny... è il preferito, come sempre.

Nina è entrata per un secondo e, vedendo che ti stavo scrivendo, ti manda un bacio. Ha un boyfriend, o dovrei dire un uomo, perché ha dodici anni più di lei. In ogni modo, si chiama Keith Anderson e all'apparenza sembra innamorato cotto. L'ha conosciuto quasi per caso, attraverso il lavoro. Non so che piega prenderà la faccenda. Le ho comunque detto di non buttarsi a capofitto. Ha solo ventitré anni. Mi ha ricordato che avevo ventun anni quando ci siamo sposati. Così ho risposto, un po' come una vecchia comare, che era diverso, perché tu eri un uomo insolito e responsabile. E lei ha ribattuto che lo è anche Keith. Infatti, le ricorda te. Ha detto che è il più bel complimento che possa farti.

Mi ha mostrato delle polaroid del suo nuovo appartamento, tre stanze in una casa ristrutturata. Un edificio pieno di gente più o meno della sua età che sta facendo carriera. Credo che Nina sia comunque la più giovane. È davvero straordinario il modo in cui è riuscita a farsi strada. I suoi boss le hanno dato un altro splendido aumento perché è riuscita a portare all'azienda un genere completamente nuovo di clienti, giovani, sofisticati newyorkesi con budget limitati e gusti costosi. Apparentemente, risparmiano e comprano un bel pezzo alla volta. Come Nina, hanno occhio e gusto per l'arte. Sono così felice per lei, e tanto orgogliosa. Fred dice che è adorabile. La prende in giro, e finge di sospirare: «Se solo avessi meno anni!» Be', vorrei che fosse così. Sarebbe una donna fortunata. È «il sale della terra», come soleva ripetere mamma. Adesso, non incominciare a fare battute su Fred, signor Adam Crane.

Sconvolto dalla realtà di quelle parole, Adam lasciò cadere la lettera, che gli aveva causato un senso di terrore, come quando sei intrappolato in un incubo, chiuso in un posto buio con pareti bianche e niente finestre.

«Tornano a casa domenica sera», le disse.

«Abbiamo ancora due giorni.»

«No. Ho trascurato il giardino e mi ci vorrà buona parte del sabato per ripulirlo. Il grano mi arriva alle ginocchia ed è soffocato dalle erbacce.»

Da quando era arrivata la lettera, aveva parlato due volte con Margaret. Il suono della sua viva voce, contrariamente alla lettera, l'aveva riempito di pietà e vergogna, vergogna per se stesso e pietà per la situazione che aveva creato. Nella sua mente c'era la determinazione che non dovesse mai sapere. Mai!

«Randi, lei... la mia famiglia non dovrà mai sapere», disse Adam.

Randi gli rivolse un sorrisetto di rimprovero. «Hai idea di quante volte me l'hai ripetuto? Certo che non dovranno sapere. Se lo scopriranno, Adam, non sarà da me.»

«I miei figli», disse. «E lei... No, non posso farle una cosa simile.»

«Capisco, caro, capisco veramente.»

Erano nel suo appartamento. Sul davanzale della finestra

saltellavano i passeri, beccando briciole, e facendogli ricordare che non aveva dato da mangiare agli uccelli, come aveva promesso di fare. Anche Randi stava guardando fuori dalla finestra.

D'un tratto gli chiese: «Non vorrai dire che questo significa la fine per noi, vero? Prenderai ogni giorno come viene, purché si resti insieme?»

Lui annuì.

«Ricordi il mio piano? Qui, e poi la casa appena sarà pronta? E qualche viaggio ogni tanto. Ricordi?»

Annuì di nuovo.

«Non sarà così male, Adam. Comunque, non abbiamo scelta, no?»

No. Nessuna scelta.

«Non capisco che cosa mi sia successo», disse. «Ero appagato. Credevo di essere felice.»

«Eri fossilizzato, e non lo sapevi.»

Com'era possibile? Se qualcuno era soddisfatto di essere fossilizzato, era veramente tale? Ma non venne nessuna risposta. In preda a una terribile confusione, Adam sapeva solo che non poteva fare a meno di ciò che queste poche settimane gli avevano dato.

«Oh», disse, per la centesima volta forse, «che male può derivare da questo? Non stiamo ferendo nessuno.»

Quando lei si alzò dalla poltrona, si alzò anche lui e la prese tra le braccia. Era così tenera, con gli occhi abbassati, le ciglia che le sfioravano le guance, la magica carne, così morbida.

E un eccitante senso di pericolo lo pervase, come se stesse pilotando una nave attraverso una tempesta o fosse in cima a una rupe nel vento con sotto scogli e oceano. Sì, avrebbe pilotato questa nave attraverso la tempesta e sarebbe rimasto in bilico sulla rupe. Sì, aveva bisogno di questa donna.

8

NINA indietreggiò per studiare l'effetto e decise che era buono. Sulla mensola del camino era appeso uno specchio ovale, la cui superficie convessa rifletteva in miniatura il delizioso melange di rosa e verde polvere della stanza. Il tavolo rotondo era impeccabilmente apparecchiato per due con antichi piatti Coalport, rimanenze di un servizio trovato da un rigattiere, e una vecchia tovaglia di pizzo irlandese scovata anch'essa nello stesso posto. Al centro, in una ciotola di cristallo, aveva creato una spumeggiante composizione di fresie e felci.

Tutte queste cose, trasferite adesso nel nuovo appartamento, erano preziose per lei. Lenivano i sensi, come la natura stessa del suo lavoro quotidiano: il tatto, quando le dita toccavano sete e lucidi legni, e la vista, ovviamente. Nina viveva, ed era consapevole di vivere, in un mondo sensuale.

Tutti i suoi amici, molti dei quali abitavano in quell'edificio, avevano in qualche modo a che fare con la produzione e la valutazione del gusto. Fra essi c'erano una modella, uno studente di architettura e un aspirante attore che viveva con un ballerino classico. Qui vivevano donne che compravano vecchi vestiti anni Quaranta, sapevano annodare una sciarpa o scegliere una borsa che avrebbe fatto la differenza. Amavano lo stile cittadino, i suoi musei, le sue sale da concerto e i film d'arte; ogni tanto, quando disponevano di un po' di denaro, provavano i suoi famosi ristoranti.

Al ricordo del cibo, Nina guardò dietro il paravento di bambù nella minuscola cucina, e per quella che doveva essere stata la decima volta quella sera, contò sulle dita per rassicurarsi: il vino – aveva bisogno di comprare un libro e imparare qualcosa sui vini – un bianco per accompagnare pesce saltato, funghi, un piatto di verdure alla griglia, insalata con pomodorini essiccati dal sole e formaggio di capra, e per dessert una tarte tatin, con cappuccino o espresso, a seconda di come avrebbe preferito Keith. Guardò l'orologio. Fra dieci minuti sarebbe stata ora di riscaldare le vivande. Non doveva dimenticare il pane francese. Ringraziò Dio per i fantastici takeaway di New York. La cenetta sarebbe stata perfetta.

L'orologio si muoveva troppo lentamente. Prese un libro dallo scaffale, pensando che avrebbe riempito i minuti prima che suonasse il campanello. Era sempre puntuale; un tratto che Margaret avrebbe sicuramente apprezzato, pensò, sorridendo fra sé. E immaginò il primo incontro di Keith con i suoi familiari. Da come stavano andando le cose, quell'incontro sembrava inevitabile.

Senza aver letto una sola frase, rimise via il libro e andò allo specchio della camera da letto per sentirsi ulteriormente rassicurata. Quel che vide le piacque: pantaloni di velluto nero e maglione bianco su un corpo che non aveva mai un chilo di troppo; occhi sgranati per l'aspettativa, lucidi capelli raccolti in uno chignon che era la sua firma.

«So che è un cliché», disse Keith, «un orribile cliché che ti crea perfino imbarazzo quando dici a una donna che è 'diversa'. Ma nel tuo caso, è la verità, e non posso fare a meno di dirlo.»

Avevano bevuto un drink in un accogliente bistrot del centro, e lui l'aveva intrattenuta, inventando storie sulle persone ai tavoli circostanti.

«L'appropriato studio del genere umano...» aveva cominciato, e a quel punto si era interrotto, con la testa piegata da una parte e poi dall'altra, studiando Nina da tutte le angolazioni, come se fosse una statua. «A New York ci sono tre o quattro tipi di donne: le donne alla moda dell'Upper East Side, molto costose, mezzo affamate, vestite all'ultimo grido dalla testa ai piedi; la donna del Village, un po' controcultura ma neanche troppo, a volte naturale e carina ma altre trasandata in jeans e maglioni sformati. Poi c'è la folla del teatro, e così via. Tu non rientri in nessuna di queste categorie.»

«Forse perché provengo dal Midwest.»

«No. Saresti insolita ovunque, Nina. Sai quel che ho notato come prima cosa in te? La voce. Stavo parlando con uno dei proprietari del negozio, quando...»

«Stavi parlando con Ernie a proposito di un'antica lampada cinese di tua madre che qualcuno aveva rotto.»

«Lo ricordi?»

«Lo ricordo. Ho pensato che eri l'uomo più bello che avessi mai visto, e mi sono chiesta chi fossi.»

Nessuna falsa timidezza nel fare quest'ammissione. Era entrato nel negozio per sostituire la lampada in tempo per il compleanno di sua madre. E lei era rimasta sorpresa di quel giovane uomo tranquillo il cui atteggiamento autoritario e le maniere educate erano quelle di una persona molto più anziana. Si sarebbe detto che ci fosse qualcosa di stranamente afrodisiaco nella combinazione di giovinezza ed età.

Ernie non l'aveva mai visto prima. «Ti piace, eh? Un tipo aristocratico. Molto attraente. Ed eterosessuale, te l'assicuro.»

«Ernie! Come puoi essere tanto sciocco?»

Avevano superato da tempo la distanza esistente tra datore di lavoro e dipendente. Tra i tre, Ernie, Willie e Nina avvenivano regolarmente discussioni serie, scontri e scherzi bonari.

«Non sono affatto sciocco. Ti ho vista osservarlo mentre gli stavo parlando. L'ha visto anche lui.»

«E che cosa vuol dire, in nome del cielo?»

«Probabilmente niente. Ma la lampada deve essere elettrificata, così a meno che non voglia che gliela consegniamo noi, dovrebbe passare a ritirarla la settimana prossima. E se sarai in negozio quando viene, avrai occasione di rivederlo.»

«Sempre più sciocco, Ernie.»

Ma non era stato sciocco. A volte le fantasie più improbabili possono diventare realtà, pensò. Perché quando ricevettero l'ordine di recapitarla, il fattorino della ditta era impegnato altrimenti. E così fu Nina ad andare col taxi a consegnare la fragile lampada.

I grandi appartamenti negli edifici di quindici piani in Fifth Avenue vicino al museo non avevano misteri per Nina. C'era stata innumerevoli volte da quando lavorava per Crozier e Dexter. Così era passata tranquillamente sotto il baldacchino, aveva detto chi era, e aveva preso l'ascensore fino alla porta che era stata aperta da Keith in persona.

Per qualche secondo rimasero lì come sbigottiti; lei fu colpita dal colletto bianco, la carnagione olivastra e un vivido senso di riconoscimento. Sullo sfondo si notavano mobili di mogano e ritratti in cornici dorate.

«Entri, entri. La dia a me. Mamma ne sarà felicissima. La sua colazione è domani, ed era molto preoccupata che la lampada non fosse qui.»

La posò con cura su tavolo accanto al camino, sistemò il paralume, e infilò la spina.

«Come vede, la stanza sarebbe spoglia senza questa lampada.» E ammiccò a Nina. «Direi che sta proprio bene.»

Una fragile donna con capelli grigio argento e un abito in tinta entrò nella stanza.

«Oh, è deliziosa!» esclamò. «Sai che la trovo perfino più bella dell'altra? Ma hai sempre avuto buon gusto.»

«Non io, mamma. Il complimento va fatto alla signorina...»

«Keller», si affrettò a dire lei. «Ma non va fatto neanche a me. È stato il signor Dexter a consigliarla.»

«Non importa. Il punto è che mia madre è felice.»

«Sì, è stata molto gentile a venire a consegnarla, signorina Keller.»

«Un piacere», rispose Nina con altrettanta formalità. «Bene, auguri per il party e il compleanno.»

«Aspetti», aggiunse in fretta Keith mentre si dirigeva verso la porta. «Scendo ad accertarmi che il portiere le trovi un taxi.»

«Grazie. Sono sicura che me la caverò.»

«No, insisto.»

Scesero in silenzio. Non c'erano taxi in vista.

«Magari», disse Keith, «se non le dispiace camminare, potremmo prendere un drink prima di cena? C'è un posticino sulla Terza Strada. Non è lontano.»

«Lo so. Abito a ovest della Terza.»

«Allora desumo che la risposta sia sì?» E sembrò che le ammiccasse di nuovo, divertito.

«Lo desuma pure.» E rise.

«Perché sta ridendo?»

«Mi è venuto in mente che assomiglia molto a sua madre.»

«Me lo dicono sempre. Molto formale, dicono. Non ne sono consapevole.»

«Credo che lei rida di più, però.»

«Questo è vero. L'ho ereditato da mio padre. Sapeva trovare il lato umoristico in ogni cosa, anche nella malattia che l'ha condotto alla morte. Io non sono così faceto, temo.»

Erano fermi a un semaforo rosso, quando abbassò lo sguardo su Nina, e domandò perché stessero parlando di lui.

«Voglio sapere di lei. Di dov'è? Non di New York, sicuramente.»

«No, sono del Midwest. Una piccola città. Come l'ha indovinato?»

«Qualcosa di indefinibile. Ho come avuto l'impressione di conoscerla già. E l'ha avuta anche lei quel giorno nel negozio.»

Fissando una faccia che d'un tratto era diventata solenne, rispose con franchezza: «Sì. Sì, è così».

«Bene. Adesso ognuno di noi sa dove sta.»

Nina fu pervasa da un'insolita eccitazione, un senso di vaga, imminente felicità.

Nel «posticino sulla Terza Strada», Keith era evidentemente molto conosciuto. Il proprietario lo salutò cordialmente e gli assegnò un tavolo in un'ala che era quasi privata. Keith bevve scotch. Nina prese un aperitivo, e chiacchierarono. Dopo un po' lui ordinò la cena. «Questo non è un posto elegante. È una cucina casalinga italiana. Ti piacerà. Ci vengo spesso.»

«Non pranzi mai a casa? O non abiti con tua madre?»

«È invitata fuori stasera. È stata molto malata, quattro bypass e due anni prima si era rotta il femore. Ecco perché ero così ansioso che avesse quella lampada in tempo. Era importante per lei, anche se agli altri probabilmente può sembrare ridicolo.»

«Non a me. Quando si fa parte di una famiglia unita, si diventa tolleranti delle piccole manie della gente, incluse le proprie. A casa le cose importanti non sono le lampade o gli oggetti, ma i cani e gli uccelli. Guai se sei in ritardo col mangime o l'acqua.» Sorrise, ricordando.

«Parlami di casa tua, Nina, ti prego.»

Così, su sua richiesta, parlò di se stessa. Poi lui parlò di sé. Alla seconda tazza di caffè dopo cena, aveva appreso che era un finanziere, che aveva vissuto in Francia, che amava l'arte, che era uno sponsor della ricerca sul cancro, e aveva dodici anni più di lei.

Quando si separarono davanti al suo portone, le chiese di rivederla e le diede un piccolo bacio. Ritornata in camera sua, Nina si esaminò allo specchio; le sembrava di vedere qualcosa di diverso e di nuovo sulla sua faccia, un'alterazione, una sorta di stupore. Questo era sicuramente ciò che si intendeva per «innamorarsi».

La seconda volta che si incontrarono, la condusse a vedere un film cinese, e poi a pranzo in un ristorante cinese, Nina lo tempestò di domande. Le sue risposte erano chiare e semplici.

Aveva incontrato troppi uomini che, pur non avendo la sua esperienza, erano pieni di sé. La semplicità di Keith la stupiva.

Gli altri uomini erano ragazzi paragonati a lui. Non solo i teenager che aveva conosciuto a casa, ma le persone molto più vecchie che frequentava qui, erano ragazzi. Keith era un uomo. Era piena di rispetto. E quella sera, fecero l'amore.

Una pianta di gardenie in piena fioritura arrivò il giorno dopo. Arrivò con esplicite istruzioni e ammonimenti: «Questa pianta ha bisogno di tenere e affettuose cure». Mentre l'annaffiava e ne puliva le lucide foglie, Nina aveva l'impressione che l'ammonimento valesse anche per gli esseri umani. Vero che la sua esperienza sessuale era stata limitata, ma non a tal punto da non riconoscere le differenze. La serata con Keith era stata un progressivo rivelarsi di tatto e tenerezza. Era estasiata, traboccante di gratitudine per l'incredibile, fortuito caso che li aveva fatti incontrare. Tutto questo era avvenuto grazie a una lampada di porcellana rotta!

Così cominciarono le deliziose settimane di inizio estate. Insieme, vagabondavano in posti disparati disseminati per la città, da gallerie d'arte a spettacoli di danza in teatri alternativi, da ristoranti thailandesi e russi a pub irlandesi.

«Preferisco muovermi su sentieri poco battuti», diceva Keith. «Non ci vuole un granché d'immaginazione ad andare in posti famosi. Li abbiamo visti tutti abbastanza spesso.»

La vicina di Nina, dall'altra parte del corridoio, notando che una sera se n'era andato alle dieci, osservò: «Il tuo amico non si trattiene mai fino a tardi».

«Abita qui vicino in Fifth Avenue con sua madre.»

«Proprio con sua madre?»

«Sì. È stata malata, e così si è trasferito da lei per un po'. È molto gentile.»

«E molto ricco, direi.»

La vicina era troppo curiosa, ma non c'era malizia in lei, e Nina non se la prese.

«Che cosa te lo fa dire?»

«Be', Fifth Avenue, dopotutto.»

«Probabilmente lo è. Penso di sì.»

«È una cosa seria?»

«Lo spero.»

«Mica male per te, se lo è. Mica male, abitare in Fifth Avenue.»

Al che Nina rispose bruscamente. «Non me ne importa niente. Niente.»

Questo era vero. Qualsiasi illazione sul fatto che le sue emozioni potessero essere influenzate dal denaro la faceva sobbalzare. Aveva la sua indipendenza. L'amava e ne era orgogliosa. Tutto quel che possedeva l'aveva ottenuto grazie ai suoi sforzi.

A due mesi dall'incontro con Keith si trasferì dallo studio all'appartamento attuale.

«Per quanto carino», aveva osservato lui, «meriti di meglio. Vorrei vederti in una casa con portiere e ascensore.»

«Non posso permettermela», gli aveva risposto.

«Lascia che ti aiuti.»

«No, Keith. Grazie, ma assolutamente no.»

«Almeno in parte. Una joint venture.»

«Non potrei mai.»

Allora, incuriosito, chiese perché. Nina sapeva perché. Perché sarebbe stato *cheap*. L'amore non andava mescolato al denaro. Sapeva perfettamente quello che avrebbero detto Margaret e Adam.

Non gli disse però niente di più che: «Sono una persona molto indipendente. Vedo che non te ne sei ancora reso conto».

«Credo di sì. Non mi hai nemmeno permesso di regalarti il braccialettino d'argento nella vetrina di quell'artigiano.»

«Fiori e cioccolatini saranno sempre ben accetti», gli disse, ridendo.

«Sembra qualcosa uscito da un vecchio libro di etichetta.»

«In realtà, è così. Ho letto Emily Post dalla nonna di mia madre.»

«Sei una vera signora. Salvo che a letto. Lì sei tutt'altro che perbene», disse con il suo sguardo malizioso.

«Questo è diverso.»

«Dimmi, i libri sono ben accetti da una signora?»

«Ah, sì, avevo dimenticato i libri.»

Come risultato di quella piccola conversazione, la libreria di Nina si riempì rapidamente. I grandi libri che Margaret aveva amato, i romanzieri e i poeti, erano adesso disseminati per le sue stanze.

Quando suonò il telefono, scattò a rispondere, augurandosi che non fosse Keith per dire che non poteva venire. Era Margaret.

«Pensavo che forse ti avrei trovata a casa con i piedi sollevati dopo una lunga giornata stressante.»

«È stata una giornata lunga, ma non stressante, perché mi piace quel che faccio. E i miei piedi sono infilati in un paio di scarpe nuove. Sto aspettando Keith a cena da un minuto all'altro.»

«Allora non ti trattengo. Non avevo niente di speciale da dirti, comunque, niente più di una chiacchierata. Che cosa hai preparato di buono?»

«Nessuno cucina più, non da queste parti almeno. I *takeout* sono favolosi. Ho pesce saltato, verdura e una fantastica tovaglia di pizzo. Dovresti vedere la mia casa nuova. Ho due grandi stanze e una cucina. È veramente molto bella. Non potresti venire per un weekend?»

«Sai che verrei di corsa. E anche Adam, magari solo per vedere un paio di opere. Ma non può allontanarsi in questo momento.» La chiara voce da soprano di Margaret assunse un tono ansioso. «Le cose non vanno bene in ufficio, dice Adam. Sono tutti preoccupati per quello che può succedere. Nel frattempo, li stanno ammazzando di lavoro. Ha orari impossibili. Certe sere non rientra prima delle undici e mezzo o anche dopo. E al mattino si alza prima delle sei per tornare alla sua scrivania. È inumano. Difficilmente ceniamo insieme ormai, il che è particolarmente duro per Danny.»

Provando un improvviso senso d'angoscia, e sapendo quale sarebbe stata la risposta, Nina chiese lo stesso se c'era qualcosa che potesse fare.

«Niente, cara. Niente. Sono sicura che alla fine le cose si risolveranno. Abbiamo già affrontato delle crisi. Ricordi Hong Kong? Quella è stata assolutamente la peggiore.»

Margaret era tenace. Alla fine, tutto si sarebbe risolto. In quel momento le passò per la mente qualcos'altro.

«Presto sarà il compleanno di Danny. Che cosa devo regalargli?»

«Cercherò di scoprirlo e te lo farò sapere. Ma non spendere una fortuna.»

«Solo quello che posso permettermi.»

«Sei troppo generosa a volte, Nina. Voglio che risparmi per te stessa.»

«Non preoccuparti per me, cara. Oh, ecco il campanello. È Keith. Ci sentiamo domani, magari. O sabato. Ciao.»

«Chi era al telefono?» chiese Keith. «Mi è parso di sentire un 'caro'. Ho per caso un rivale?»

«Stupido. Stavo parlando con Margaret.»

La baciò: labbra fredde e guancia fredda premute contro le sue.

«Accidenti, sei gelato!»

«C'è una temperatura glaciale fuori, sta incominciando a cadere qualche fiocco di neve.»

«Non preoccuparti. Ti riscaldo io. Com'è andata la tua giornata?»

«Non male, ma sono affamato. Che cosa mi hai preparato per cena? Avremmo dovuto uscire, ma tu hai insistito. Mi piacciono i tuoi pantaloni di velluto. Posso aiutarti?»

«No. È già tutto pronto. Puoi stappare la bottiglia. Va bene? Sto imparando qualcosa sui vini, anche se dovrei saperne di più. Adam ha sempre avuto una buona scelta.»

«Niente da ridire su un Sancerre. Si direbbe che tu abbia già imparato parecchio.»

Era intimo lì, con l'elegante piccola tavola, il gatto addormentato sotto la finestra e i rintocchi del vecchio orologio che scandiva le sette. Un uomo e una donna insieme alla fine della giornata, pensò. Marito e moglie, pensò ancora, sentendosi imbarazzata per essere così precipitosa.

«Torni all'Ovest per Natale?» chiese Keith.

Non sapendo che cosa rispondere senza conoscere i suoi piani, Nina esitò.

«Io vado in Florida. Mio fratello ha una casa lì. Ci abita tutto l'anno.»

«Sì, mi prenderò qualche giorno», disse prontamente Nina. «Mi mancano tutti, soprattutto i ragazzi.»

«Quando ne parli, li fai apparire come persone molto speciali.»

«Be', lo sono. E il nostro rapporto è molto speciale. Margaret ha quindici anni più di me, a metà strada tra una madre e una sorella. Forse più una madre», rifletté Nina. «È una persona estremamente altruista. Ha rinunciato a fare medicina per amore. Si è presa cura di sua madre e sua suocera, insegna a scuola, ha allevato tre bravi figli e me, per amor di Dio!»

«Mi sembra troppo buona per essere vera.»

«È vera. Ma Margaret non è il tipo della martire, credimi. È troppo forte per questo. Il fatto è che adora Adam. Si butterebbe nel fuoco per lui.»

«E l'adora anche lui?»

«Oh, senz'altro. Credo sia per questo che abbiamo avuto una casa così felice.»

Keith le prese la mano attraverso il tavolo. «Sei una ragazza dolcissima, Nina.»

«Non che mi importi, ma dovresti dire 'donna' a questo punto, sai.»

«Oh, al diavolo! A volte credo che tu sia ancora una bambina, ingenua e fiduciosa. Ma altre volte, penso che tu sia ambiziosa, intelligente e sexy. Una giovane donna degli anni Novanta. Mi confondi.»

«Be', avresti dovuto vedermi oggi. Scusa se me ne vanto, ma devo pur dirlo a qualcuno. Questa mattina ho firmato un ordine di novantacinquemila dollari per il restauro di un attico. Verrà tutto rifatto in Art Déco. Anche i gioielli della padrona di casa sono Art Déco. Riesci a immaginare tutta quella filigrana in platino? In ogni modo, Ernie e Willie non stavano più nella pelle, perché è una cliente difficile, e pensavano che stesse solo facendo il giro dei negozi, perdendo tempo.»

«Un giorno o l'altro diventerai loro socia se continui così.»

Nina sospirò. «Lo spero. Hanno simpatia per me e io ne ho per loro. Sono ipercritici, suscettibili, divertenti e molto gentili. Quando ho avuto l'influenza – prima di conoscerti – mi hanno mandato ogni sera la cena. Dovresti vedere dove abitano. Tutto l'edificio è di loro proprietà, sai. Hanno un appartamento su due piani sopra il negozio con uno scalone di marmo che li collega. Marmo bianco. È spettacolare, con mobili antichi francesi, vecchi ritratti, sculture moderne, arbusti fioriti e via dicendo. Danno magnifiche feste. Magari puoi venire con me la prossima volta che mi invitano. Se ti fa piacere», si affrettò ad aggiungere.

«In questo momento è lì che voglio andare con te», rispose Keith, indicando la camera da letto.

Per un po' giacquero insieme nella pace profonda che segue l'unione. Keith aveva mandato una seconda pianta di gardenie, che Nina aveva sistemato vicino alla finestra, accanto al letto, e l'aria era profumata. La luce della lampada era riflessa nella finestra, da cui proveniva un debole tintinnio intermittente.

«Nevischio. Meglio che vada. Detesto lasciarti», disse Keith, riluttante. «Vorrei poter restare così tutta la notte.»

«Non puoi?»

«Devo andare. Sono le nove e mezzo, e non è detto che non si metta a nevicare sul serio.»

«Fortunatamente, hai solo pochi isolati da percorrere.»

«Altri cinque minuti.» Guardò le lancette luminose sull'orologio accanto al letto. «Poi scappo via.» S'interruppe. «Stavo pensando... Nina, dopo Natale credi che ti permetterebbero di prenderti qualche giorno in più?»

«Perché?»

«Ho degli affari a Praga. Pensavo che forse ti piacerebbe venire con me.»

Lei balzò a sedere. «Mi piacerebbe! Certo che mi piacerebbe! Europa? Magari!»

«Be', chiediglielo. Scommetto che Willie e Ernie diranno di sì.»

Nina rifletté un momento, poi, splendente di gioia, asserì lentamente: «Sai, credo proprio che lo faranno. Li costringerò a dire di sì».

«Cara Nina.»

A diecimila metri avevano lasciato l'inverno sotto di loro.

«Ho letto le previsioni internazionali del tempo questa mattina», disse Nina. «Fa ancora più freddo a Praga di qui.»

«Non preoccuparti. Credo che tu sia comunque ben equipaggiata per entrambi i poli.»

«Ernie mi ha consigliato di comperare un montone. Ne ho sempre desiderato uno, ma non mi ero mai decisa.»

«Non riesco a immaginare perché qualcuno scelga di andare in Europa in gennaio se non a sciare», aveva commentato Ernie. «Ma comprati un montone già che ci sei. Il nero va sempre bene, con un adorabile berretto in tinta.»

Il montone e l'adorabile berretto erano adesso appesi nell'armadio e una nuova borsa di pelle era infilata sotto il sedile. L'assistente di volo aveva portato i cocktail e dalla cabina di pilotaggio era giunto l'ultimo annuncio.

«Non riesco a crederci», mormorò Nina.

«Non riesci a credere cosa, cara?»

«Che siamo veramente in viaggio. Vediamo, siamo partiti da circa mezz'ora. Non ha detto che voliamo a mille chilometri all'ora? O era di più? Così siamo almeno cinquecento chilometri al largo sull'oceano.»

Keith sorrise. «Adoro le tue espressioni. È come portare un bambino in un negozio di giocattoli.»

No, pensò lei, è molto, molto di più di quello che sai o che ammetterò con te.

La verità era che qui, nel miracoloso confort della cabina di prima classe, con il braccio di lui che sfiorava il suo, si sentiva sposata. Doveva essere quello che provava Margaret, la sera, quando guardava Adam che riposava a occhi chiusi nella sua poltrona, ascoltando musica; allora Margaret, osservandolo, abbozzava il suo sorrisetto soddisfatto.

Posò la mano su quella di Keith. L'assistente di volo, cogliendo il gesto, avrebbe forse pensato che erano in luna di miele.

«Sono molto felice», sussurrò.

«Anch'io, piccola Nina. Anch'io.»

Quando atterrarono a Praga, il terreno era coperto da una coltre di neve, e stavano ancora cadendo alcuni fiocchi.

Keith aveva ordinato un'automobile. Guidando lentamente per evitare i tratti scivolosi, poté farle da cicerone. «Ecco Hradčany, l'immensa cittadella sulla collina. È quasi una città nella città, con i palazzi, la cattedrale, un municipio, un museo e un monastero – be', la vedrai. Vi trascorreremo un'intera giornata. Ecco il fiume, la Moldava. Guarda quei pezzi di ghiaccio che galleggiano. Dovresti vedere la folla sul ponte Carlo in estate, pittori che fanno ritratti ai turisti, musicanti, ragazzi felici che ballano – è un vero spettacolo. Avrai voglia di tornarci, te l'assicuro. È la terza volta che ci vengo.»

Niente era mai sprecato con Keith. Assaporava, ricordava, analizzava e gioiva. La sua curiosità era contagiosa.

«Ti rendi conto», disse, «che siamo svegli da ieri mattina? Propongo di andare di sopra a farci una bella dormita.»

«Di sopra» era una suite di due stanze con un enorme letto, poltrone e divani superimbottiti, molto comodi e incredibilmente consunti.

Keith rise. «Tipico dell'Europa centrale. Non credo che piacerebbe molto a Crozier e Dexter, non ti pare?»

Nina scoppiò a ridere al pensiero di Ernie e Willie davanti a quell'enorme armadio bombato. Ma il letto di piume, dopo trenta ore insonni, sembrava fantastico. E questa sarebbe stata la prima volta che avrebbero trascorso insieme l'intera notte.

Era anche la prima volta che facevano l'amore al mattino prima della colazione. «È diverso al mattino», osservò Nina.

«Come può essere diverso?»

«Be', non lo so di preciso.»

Ma ripensandoci, scoprì che lo sapeva benissimo. Era il senso di permanenza che rendeva le cose diverse, come se si appartenessero e potessero fare quel che volevano, quando volevano.

«Oggi è il giorno dedicato a Hradčany. Possiamo prendere un autobus, o arrampicarci. Ti avverto che la collina è come una scala a libro.»

«Ci arrampicheremo», disse Nina, piena di energia e di gioia. «Voglio vedere tutto.» E allargò le braccia. Tutto. Il mondo.

La vista dall'alto era fantastica. La cattedrale era in pietra scolpita. I giardini intorno al palazzo reale, benché coperti di neve, erano belli. Nel museo, Keith le fece fare un piccolo tour privato, fermandosi davanti al ritratto di una donna che stringeva in mano una ciocca dei suoi lunghi capelli lucenti.

«È un famoso Tiziano», spiegò. «È vissuta secoli fa, ma potresti essere tu oggi.»

«Non mi sembra.»

«Guarda bene. Anche l'arco del sopracciglio è il tuo.»

C'erano fiori nella stanza d'albergo quando ritornarono quella sera.

«Avrebbero dovuto esserci la prima sera», osservò Keith, aggrottando la fronte. «Ma qualcuno l'ha dimenticato. È imperdonabile.»

Così si concluse la loro prima giornata.

E le giornate successive trascorsero in un baleno. Videro il vecchio Municipio, andarono a un concerto, mangiarono goulash e strudel in piccoli ristoranti fumosi. In una galleria, Keith le comprò un acquerello, uno schizzo della Moldava sotto una leggera pioggerellina primaverile.

«Chiunque l'abbia fatto è un artista, non un dilettante», commentò. «Con una bella cornice l'apprezzerai. Ti ricorderai di queste giornate.»

«Credi che potrei dimenticarmene?» chiese.

«Dolce Nina», disse lui. «Mi piacerebbe girare il mondo con te.»

«Be', invitami», rispose allegramente.

«Che ne diresti della Mongolia esterna, tanto per incominciare?»

«Preferirei Parigi, tanto per cominciare.»

«Bene, niente di più facile.»

Per quanto improbabile fosse l'eventualità, chiese se avessero già visto tutto quello che c'era da vedere.

«Tutto? No, naturalmente. Ma abbiamo fatto più di un giro panoramico della città, questo è certo.»

«Stavo pensando che magari... be', non potremmo magari partire un po' prima da qui e trascorrere una giornata a Parigi? Mi ecciterebbe da pazzi anche un solo giorno! Un semplice colpo d'occhio e la speranza di ritornarci. Non potremmo, Keith?»

Erano a cena in albergo, avevano quasi finito, e Keith stava tirando fuori una carta di credito dal portafoglio. Per un momento la fissò, la rimise via, tirò fuori un traveler's cheque, lo rimise via, e ritirò fuori la carta di credito. La domanda di Nina, il suo piccolo appello, non ebbe risposta. Era come se d'un tratto fosse confuso, malinconico.

«Non possiamo parlarne qui», disse poi. «Andiamo di sopra. C'è qualcosa che desideravo comunque dirti.»

Nina sentì il suo respiro accelerare, non per la paura, ma per l'aspettativa, come se fosse in attesa di una sorpresa: magari voleva chiederle di sposarlo?

Quando si fu seduto in una delle ampie poltrone imbottite, lei prese posto davanti a lui e aspettò. Dopo un minuto o due di silenzio, Keith si alzò e si avvicinò alla finestra, guardando nella notte.

Quando si girò, appariva profondamente turbato. «Dovremo rimandare Parigi a un'altra volta. È un posto dove non possiamo farci vedere insieme.»

Nina era sbalordita. «Non capisco! Non possiamo farci vedere insieme? Mi sembra pazzesco.»

«Lo so, ma se ascolti, capirai.»

«Sto ascoltando, Keith. Continua.»

Percorse la stanza in tutta la sua lunghezza e, tornando indietro, cominciò. «Hai mai fatto qualcosa di assolutamente stupido e imperdonabile? E pur sapendolo, hai rinviato la confessione perché ti vergognavi troppo e temevi di non essere perdonata?»

«No», rispose Nina lealmente. Il suo cuore aveva incominciato a battere forte e stava tremando. Istintivamente, incrociò le braccia sul petto, come per proteggersi.

Molto lentamente, molto piano, Keith disse: «Sono sposato, Nina».

Lei si paralizzò. *Sposato*. Se avesse detto: «Ho svaligiato una banca», o «Ho sparato a un uomo», le parole non avrebbero potuto essere più sbalorditive.

«Avrei dovuto dirtelo quella prima sera quando siamo usciti insieme per un drink, la volta in cui mi portasti la lampada. Ma sapevo che dovevo rivederti, e temevo che mi avresti respinto. Molte donne, quelle che ho conosciuto io almeno, non ci badano, ma avevo la sensazione che tu ci avresti badato.»

La voce di Keith era implorante. «E non volevo perderti. Non voglio perderti.»

Come osava! Come poteva?

«Sono in attesa del divorzio, Nina. Così il mio inganno può essere meno grave di come sembra. Il guaio è che ci vuole molto tempo per ottenerlo. Se avrai pazienza...» E si torse le mani.

Lei lo fissava, pensando: Dopo tutto, sei un estraneo. Che ne so di te?

«Questa è la ragione, capisci, per cui non possiamo andare a Parigi insieme. Lì incontri quasi sempre qualcuno che ti conosce. C'è molto meno rischio qui, soprattutto in inverno. Un giorno ti condurrò a Parigi, ma...» continuò Keith.

«Rischio?» gridò lei. «Credi che mi importi qualcosa di Parigi dopo quello che mi hai appena detto? E comunque, che rischio c'è, se come dici, stai aspettando il divorzio?»

«È più complicato di così. Non l'abbiamo ancora reso pubblico. Ci vedono ancora come una famiglia intatta.»

«'Una famiglia intatta'! Bastardo! Hai mentito, mi hai ingannata, devi nascondermi come se fossi... come se fossi una puttana con cui ti vergogni a farti vedere!»

Scoppiò a piangere e si coprì il viso con le mani. Dolore, che dolore! Ne era trafitta. Stava sanguinando.

Inginocchiandosi sullo sgabello davanti a sé, lui cercò di staccarle le mani dal viso, di asciugarle le lacrime.

«Nina, ti prego, cara, non piangere. Sii paziente con me, ti prego. Ti prego. So che sei furiosa, e hai perfettamente ragione. Ma so anche che mi ami. So che mi ami. Quando ci rifletterai, mi perdonerai.»

Sposato. Fu pervasa da un'ondata di gelosia. Ogni volta che aveva giaciuto con lei, mentre gli dormiva accanto, sentendo il battito del suo cuore contro il proprio, inalando il caldo profumo della sua pelle, lui giaceva così anche con un'altra donna, una donna che portava il suo nome, portava il suo anello e aveva il certificato di matrimonio infilato in un cassetto... Sposato. Era paralizzata, incapace di parlare.

«Nina, per carità, di' qualcosa.»

Gente passava nel corridoio; la voce di un uomo disse: «Non hai ancora conosciuto mia moglie, vero? Annie, ti presento...»

Tra le dita, Nina sussurrò: «Come si chiama?»

«Cynthia.»

«E ci sono dei figli?»

«Nina, tesoro, non abbiamo bisogno di entrare nei particolari. È troppo duro per te. Otterrò il divorzio. Questo è tutto ciò che devi sapere. Non conta nient'altro.»

«No», rispose. «Devo sapere tutto. Ci sono dei figli, non è vero? E non vuoi dirmelo.» Si asciugò la faccia. «Quanti figli?»

Lui si alzò in piedi, rispondendo stancamente: «Due. Un maschio e una femmina.»

Figli. Una moglie. Una casa. Lo vedeva in maniera così diversa, ora. D'un tratto non era più lo stesso uomo desiderabile accanto al quale, solo qualche ora prima, aveva passeggiato fiduciosa con cuore leggero e pieno di speranza. Balzò su dalla sedia come una molla, afferrò il cappotto e corse verso la porta.

«Aspetta, Nina. Che cosa stai facendo? Nina...»

La porta gli sbatté in faccia. Quasi di fronte, quella dell'ascensore si era aperta; prima che potesse raggiungerla, lei stava scendendo, correndo lungo la strada. Era impazzita e ne era consapevole, era consapevole che non aveva senso correre di notte per le strade di una città straniera o di qualsiasi città. Non aveva idea di dove stava andando. Dietro a lei c'era il disastro, l'orgoglio infranto, e, quel che era peggio, la fiducia infranta. Come aveva potuto! Oh, Dio, come lo odiava!

La gente la stava guardando, pensando, senza dubbio, che fosse inseguita o impazzita. Respirava a fatica, come se il sangue le fosse affluito alla gola, e dovette fermarsi, fingendo di guardare una vetrina. Davanti, in fondo alla strada, si estendeva un ampio spazio aperto, quasi sicuramente la grande piazza dove avevano ammirato il vecchio orologio ed erano entrati nella chiesa. Era lì che doveva andare adesso, in chiesa.

Qualcuno stava provando o si stava esercitando all'organo quel pomeriggio, inviando grandiose ondate di suono fino al pinnacolo dell'antica costruzione. La chiesa era quasi deserta. Solo qualche persona anziana sedeva di fronte all'altare, e una donna era inginocchiata in preghiera. Il freddo era umido. E mentre si stringeva il cappotto intorno, il bel cappotto comprato con tanta gioiosa aspettativa, fu pervasa da una sensazione di perdita irreparabile.

Aveva bisogno di essere a casa. Se solo avesse potuto esprimere un desiderio ed essere immediatamente a casa sua, affondare la testa nel cuscino e dormire! Dormire! Ma non aveva denaro, né biglietti, niente! Era impotente, dipendeva da lui. E sedeva lì, guardando le candele votive e la vecchia inginocchiata in preghiera.

Dopo molto, molto tempo, quando a uno a uno se ne andarono tutti, rimase completamente sola nella buia immensità azzurrina. Quante migliaia di uomini e donne, traditi e ingannati come lei, dovevano essersi seduti attraverso i secoli sotto questo stesso tetto e aver riflettuto sul da farsi! E alla fine si erano alzati ed erano usciti per affrontare quello che andava affrontato. Non poteva restare lì tutta la notte a soffrire e a inveire... Non le restava altra scelta che tornare in albergo.

A circa mezzo isolato di distanza vide Keith in piedi sulla soglia, che guardava su e giù lungo la gelida strada. Quando la riconobbe, corse verso di lei.

«Nina! Ti sto cercando dalle otto. Ero impazzito. Temevo che ti fosse accaduto qualcosa di terribile, che ti fossi...»

«Che cosa? Che mi fossi suicidata?»

Si era allentato la cravatta ed era senza cappotto. In un certo senso vederlo così angosciato le procurava soddisfazione; in un altro suscitava in lei una pietà carica di risentimento.

«Meglio che entri», disse bruscamente. «O ti buscherai una polmonite.»

Quando, nella stanza, cercò di aiutarla a sfilarsi il cappotto, lei lo respinse.

«Non toccarmi, Keith.»

«Va bene. Non ti toccherò. Ma devi ascoltarmi. Devi ascoltare tutta la storia.»

«La storia della tua 'famiglia intatta'?»

«Non è intatta. Ho detto che lo pensano gli altri.»

«Ma vivete ancora insieme.»

«Sì. Nella stessa casa. Non dormiamo insieme, te l'assicuro.» S'interruppe e poi aggiunse con difficoltà: «Il mio bambino è malato. O non esattamente malato, ma si sta riprendendo da un intervento chirurgico. È nato con un piede storto, e la prima operazione non è andata bene. Ci sono state complicazioni, e deve sottoporsi a una seconda, ma non fino all'anno prossimo. Non posso – non posso buttare all'aria tutto quanto. Ha solo otto anni. Non è il momento. Lo capisci anche tu, vero?» le chiese implorante.

«Immagino di sì.»

«Ti prego, togliti il cappotto e siediti. Ascoltami. Poi giudicherai.»

Lei rimase silenziosa.

«Fra un anno, non appena Eric si rimetterà, le cose saranno diverse. Non ci saranno problemi finanziari, né problemi di figli. Cynthia può occuparsi dei bambini. È una brava madre.»

Doveva credergli? si chiedeva Nina.

Si era ricordato della cravatta, e lì in piedi davanti a lei, se l'annodò. Era un gesto così tipico, questo senso quasi inconscio di proprietà, questa debolezza, se così la si voleva chiamare, che ne rimase inspiegabilmente commossa.

«Non so cos'altro dire se non che sono terribilmente dispiaciuto», aggiunse lui, «e ti sto chiedendo di perdonarmi.»

Doveva perdonarlo? si chiese.

«Mi sto comportando in maniera così irragionevole, Nina?»

«No, probabilmente no.» La rabbia premeva ancora sul suo petto, ma non ci sarebbe voluto molto per mitigarla. Tuttavia, per una questione d'orgoglio, e per essere certa, doveva esercitare ulteriori pressioni su di lui.

«Questa è la tua versione della storia. E lei... che cosa ne pensa lei?»

«Abbiamo acconsentito a non discutere di divorzio per ora, a mantenere tutto tranquillo per il bene dei ragazzi, specialmente di Eric. Ma andrà liscia, te lo prometto.» Keith sorrise. «Che ne diresti di continuare così per un po'? Ci vedremmo esattamente come abbiamo sempre fatto. Cercheremmo di fare ogni tanto anche un piccolo viaggio in maniera discreta. Fortunatamente, il mio lavoro mi porta fuori città e mi permette di fare tardi.»

«Allora non abiti in città?»

«No, sono a un'ora di treno, un po' di più forse.»

«Credevo abitassi con tua madre.»

«No. Non te l'ho mai detto.»

Era vero. L'aveva immaginato lei.

«Tua madre ha idea...»

«Per carità, no. Le verrà detto quando sarà tutto finito, non prima. Mia madre pensa ancora che il divorzio sia qualcosa di raccapricciante.»

«Io non sono di quest'avviso, ma credo che lo detesterei se accadesse a me.»

«Naturale. Ma se fossi infelice, la penseresti diversamente.»

«E tu sei infelice?»

«Non da quando ho incontrato te.»

Ci fu una pausa, durante la quale Nina si chiese se desiderasse realmente sapere certe cose o se sarebbe stato meglio non saperle. Ma la domanda venne da sola.

«Com'è?»

«Be', è difficile spiegare...»

«Non è difficile. Descrivimela.»

«Nina, non è il caso.»

«Una questione di lealtà?»

Scosse la testa. «No. E va bene. Sarò breve. È intelligente. Ha una laurea in psicologia. È eccentrica.»

«Continua.»

«Non andiamo d'accordo. C'è... non c'è niente. Capisci? Non voglio neanche pensarci. Cos'altro c'è da aggiungere? Non è sufficiente?»

«Ma vivete insieme.»

«A che cosa alludi? Sesso? Ti ho detto che non dormiamo più insieme, dato che è a questo che ovviamente stai alludendo. Non lo facciamo più da quando è nata Susan, e Susan ha sei anni.»

Così la donna, la moglie, nonostante il nome, i figli e la casa, nonostante l'anello e il certificato di matrimonio, non l'aveva veramente. Emise un profondo, spossato sospiro, come quando il dolore cessa all'improvviso. Ma c'era una cosa più importante che doveva sapere.

«Dimmi che aspetto ha?»

«Che aspetto ha? Non è granché. Non il tipo che un uomo si girerebbe a guardare. Vecchia quasi come Matusalemme.»

Non riuscì a reprimere il risolino che le tremolò sulle labbra. Vedendolo, Keith scoppiò a ridere.

«Tregua, Nina? Possiamo ricominciare da qui?»

E quando, con voce lievemente incrinata, rispose: «Credo di sì», lui la prese tra le braccia e Nina pianse sulla sua spalla.

9

«ERA Nina al telefono», disse Margaret, ritornando in sala da pranzo. «Viene il prossimo weekend per il nostro anniversario. Non è un tesoro? È un volo così costoso, e non è che facciamo niente di particolare. Vuole semplicemente stare con noi.»

«E Gil e Louise e Fred», disse Megan, «specialmente Fred. Farebbero una bella coppia, non vi pare?»

«No, non credo. È troppo vecchio per lei.»

Megan obiettò: «Il suo boyfriend ha dodici anni più di lei. Dovrebbe sposare Fred. Allora potrebbe vivere vicino a noi. Fred potrebbe costruire una casa per loro due, e lei si divertirebbe ad arredarla. Potrebbe comprare tutto ciò che vuole. Fred può permetterselo».

«Denaro», disse Adam. «Sono stanco di sentir sempre parlare del denaro di Fred, e mi sorprende che lo faccia anche tu .»

Offesa, Megan ribatté: «Questo non è giusto, papà! Non intendevo dire niente di così terribilmente scorretto. Ho solo detto... e poi non ricordo di aver sentito nessuno in famiglia parlare 'sempre' del denaro di Fred».

«Be', forse Fred ne parla così tanto lui che nessun altro ha la possibilità di farlo.»

Margaret lanciò ad Adam un'occhiata di severa disapprovazione. Era troppo critico, troppo suscettibile, in questi giorni.

In realtà, non lo era così spesso, solo sporadicamente, quando il cattivo umore aveva il sopravvento, ma era un umore irragionevole, provocato da osservazioni assolutamente innocue come quella di Megan adesso. Naturalmente, Fred, l'innocente Fred era da tempo un bersaglio per le frecciate di Adam...

Megan stava guardando bieca suo padre; a quindici anni era particolarmente suscettibile.

Per alleggerire l'atmosfera, Margaret disse: «Be', se avete intenzione di combinare matrimoni, il prossimo weekend ne avrete l'opportunità. Una di voi ragazze parlerà a Fred, e l'altra a Nina».

«Oh, mamma», disse Danny, disgustato. «Le donne mi nauseano, a furia di parlare di matrimoni.»

«Quando sarà il matrimonio di Nina?» chiese Julie.

«Ho il sospetto», disse Margaret, «che torni a casa proprio per parlarcene.»

Pensò che Nina avrebbe potuto perfino portare Keith per fargli una sorpresa. Nell'ultimo anno e mezzo era stato tirato in ballo in ogni conversazione telefonica e nominato in ogni lettera. Se era così fantastico come diceva Nina, che cosa stavano aspettando? Margaret non era tipo da tirare le cose per le lunghe. Certo, lei non l'aveva fatto!

«Se farà un gran matrimonio», disse Julie, «immagino che Megan ed io le faremo da damigelle. Mi piacerebbe un abito lungo. Un lungo abito rosa e un bouquet di rose rosse.»

«Può darsi che non voglia affatto un gran matrimonio», intervenne Megan, un po' sdegnosa. «Nina è un tipo pratico, e un matrimonio può essere molto dispendioso.»

Margaret dissentì. «Non l'ho mai pensata così. È una cosa che ricordi per il resto della vita. Noi abbiamo avuto un bellissimo matrimonio. E io avevo un vestito fantastico, tutto fatto a mano. Tua madre ci ha cucito l'amore in quell'abito, Adam.»

«Sì», ammise lui.

Era irritato. Forse, pensò, è perché ho invitato Fred e i miei cugini per il barbecue dell'anniversario. Ma è una tradizione ormai, e troverebbero strano che non li invitassi. E poi sono così cari con me, li voglio qui. Non vengono tanto spesso. E provò un impeto d'indignazione.

Adam stava stringendo la tazza del caffè con entrambe le mani. Da sopra il bordo i suoi occhi guardavano, senza metterla a fuoco, la parete opposta. Sulla sua fronte, Margaret vide formarsi una piccola ruga di preoccupazione, ma lui non sembrò notarla, né si girò a guardarla. E di nuovo, come le era già capitato spesso, ebbe un'impressione di assenza, come se non fosse lì. A volte, anche mentre stavano parlando di quello che succedeva a Washington o in Bosnia, o di qualcosa di insignificante, era come se lui non ci fosse.

A bordo della macchina noleggiata all'aeroporto, Nina arrivò a mezzogiorno. Con una valigetta in una mano e una grossa scatola quadrata nell'altra, si precipitò lungo il vialetto dove fu accolta da festose esclamazioni.

«Che splendida giornata! Riuscite sempre ad avere un tempo perfetto per il vostro anniversario. È così bello essere qui. Sembrano anni che non vi vedo. Quanto tempo è? Da quando c'è stata quella tempesta di neve? Danny, diventerai alto due metri se non smetti di crescere. Ecco, prendi, prima che mi si rompa il braccio. È il vostro regalo. Diciotto anni di matrimonio, vi sembra possibile?»

Arriva come una ventata d'aria fresca, pensò Margaret. Erano tutti felici di vederla, lo si leggeva sulle loro facce.

«Aspettate di vedere che cosa c'è nella scatola. Spero che vi piaccia. Keith ha detto che vi piacerà. È stata sua l'idea. Ha detto che ha talmente sentito parlare di voi che gli sembra di conoscervi. Ecco, attento con quelle forbici, Danny. È fragile.»

L'oggetto fragile era un grosso giardino giapponese in un contenitore verde muschio grande quanto mezzo tavolino da gioco. Rigogliosi alberelli bonsai circondavano una casa tradizionale e un morbido tratto di terreno rastrellato con un basso tempietto dipinto di rosso in un angolo; un delicato ponte arcuato copriva un finto laghetto. L'effetto era di straordinaria serenità.

«Togli quel vaso dal tavolo tra le finestre», ordinò Nina. «Non ha senso. È troppo piccolo. Mettiamo questo al suo posto.» Indietreggiò. «Come sta?»

«Hai gusto, Nina!» esclamò Louise. «Cambia completamente la stanza.»

«Ma questa volta il gusto era di Keith.»

«Si direbbe un uomo interessante», osservò Gilbert. «Quando intendi farcelo conoscere?»

«Oh, uno di questi giorni.»

Margaret stava pensando: Quando sorride, è come se si accendesse in lei una luce, rosa e perlacea. Risplende attraverso la pelle.

E poi risplendette l'intera giornata. Tutto fu come era stato anno dopo anno: la partita a croquet, le innocue chiacchiere di Louise, le vecchie battute di Gilbert, la ricetta personale di Fred per il punch, la salsa segreta di Adam per il barbecue e, naturalmente, la torta dell'anniversario. Dopo la partita a croquet, verso il tardo pomeriggio, il boyfriend di Megan, che aveva appena preso la patente, arrivò per accompagnarla a una festa. Danny andò a giocare a pallone, e i cugini tornarono a casa. Adam, invitando Fred a trattenersi per un po', disse a Margaret che sperava di fare ammenda con quel gesto. Lei sorrise, ringraziandolo.

Le due donne salirono, e Nina si sdraiò nella grande poltrona con i piedi sull'ottomana.

«I miei occhi ti vedono ancora lì mentre stai facendo i compiti», disse Margaret. «È come se non fossi mai partita.»

«Lo so. È quello che ho provato anch'io non appena ho svoltato l'angolo e ho visto la casa.» Nina sbadigliò, scusandosi. «Perdonami. È che mi sento rilassata. A New York, è difficile che mi capiti. Sto sempre correndo da qualche parte. Ma mi piace lo stesso.»

Mentre si stiracchiava, sfilò le scarpe beige, in tinta col vestito di lino, e i tacchi alti sei centimetri.

«Come diavolo fai a camminare con quelle?» chiese Margaret.

«Non cammino. Se voglio camminare, infilo un paio di scarpe da ginnastica finché non arrivo dove sto andando. Fanno tutti così.»

«Che bel vestito», osservò Margaret. «Ma il lino si spiegazza troppo. Poi te lo stiro. Da quel che ricordo», scherzò, «non sei mai stata molto brava a stirare, non è vero? A meno che tu non abbia imparato.»

«No di certo. Mando tutto in tintoria. Non preoccuparti, comunque. Si sa che il lino si spiegazza. Non ci bada nessuno. A Keith piace molto il lino, così lo indosso spesso, soprattutto se è nero e senza maniche.»

«Allora ti vesti per piacere a lui.»

Nina sorrise. E Margaret riconobbe quel sorrisetto che le donne ostentano quando ricordano un momento di particolare intimità.

«Gli piace il nero. Avevo un bel giaccone nero quando sono stata in Europa lo scorso inverno.»

Margaret, che era stata figlia ed era adesso madre di figlie, sapeva che non doveva essere troppo curiosa. Tuttavia, non riuscì a reprimere un'osservazione: «Quando sei andata in Europa ho pensato che facesse sul serio».

«Fa sul serio.»

«Allora siete fidanzati?»

Il suo sguardo, andando automaticamente alla mano di Nina, vide braccialetti d'oro al polso ma niente anelli.

A Nina non sfuggì l'occhiata. «No, niente anello», disse.

«Non ha importanza. Non l'ho avuto nemmeno io. Adam non poteva permetterselo allora, e poi non ci ho più pensato.»

«Oh, Keith può permetterselo. Non è questo il problema.»

Era come se Margaret stesse aspettando di sentire qual era il problema, e Nina stesse aspettando che glielo chiedesse.

Nina parlò per prima: «Ebbene?»

«Ebbene cosa?»

«Non vuoi sapere il resto?»

Margaret provò una strana inquietudine, un senso di allarme. «Se desideri dirmelo.»

«È sposato.»

«Oh?»

Meravigliandosi di questa vaga reazione, Nina inarcò le sopracciglia. E Margaret, scuotendo la testa, disse tranquillamente: «Mi dispiace, non ne sono felice».

«Perché? Sta aspettando il divorzio.»

«Sei tu la causa del divorzio?» chiese Margaret, preoccupata.

Nina rise. «No. Ci stanno pensando da secoli.»

«Pensando? Non capisco. Perché tardare?»

«Loro figlio ha avuto problemi di salute. Non vogliono sconvolgerlo finché non verrà operato di nuovo.»

«Allora vivono ancora nella stessa casa?»

«Sfortunatamente per Keith, sì.»

«Non mi piace, Nina. Non mi piace proprio.»

«Perché? Non ha niente a che vedere con me.»

«State insieme già da due anni.»

«Credi che non lo sappia, Margaret?»

Dato che Nina si stava mettendo sulla difensiva, Margaret doveva essere molto comprensiva, molto dolce.

«Il divorzio, quando entrambe le parti lo vogliono, non richiede molto tempo, credo.»

«So anche questo. A quest'epoca l'anno prossimo saremo sposati.»

«Allora perché non aspettare che sia libero, prima di impegnarti...»

«Dovrei smettere di vederlo? Rinunciare a lui? È questo che mi stai dicendo?» replicò Nina.

«No. Non ho detto che devi rinunciare a lui. Intendevo solo

per un po', finché non è libero. Quando un uomo ha ancora una moglie... Quanti figli ci sono?»

«Due.»

«Oh, Nina. È sbagliato. Metterti con un uomo che ha una moglie e dei figli a casa... non è degno di te.»

Nina la fissò. «Non ci credo! Non pensavo che fossi una simile guastafeste. Mi aspettavo che ne avresti gioito con me, che saresti stata contenta di vedere che sono amata e felice.»

«Sono contenta che tu sia amata, e desidero che tu sia felice. Puoi dubitare di questo?»

«Be', non stai dimostrando tutta questa gioia.»

Lo sguardo di Margaret incontrò quello di Nina che lo sostenne a lungo.

Poi, dolcemente, Margaret aggiunse: «Non mi piace sapere che conduci una vita clandestina. Che dobbiate nascondervi in città, stare attenti di non farvi vedere insieme. Questo è brutto, Nina. Se veramente vi amate, potete aspettare finché non avrete più bisogno di nascondervi, finché non ci sarà alcun male in quello che fate».

«Male? Di cosa stai parlando?»

«Sto parlando di adulterio.»

«Margaret, siamo nel 1992! Questo genere di cose accadeva cent'anni fa.»

«No, più di duemila anni fa.»

Con un gemito derisorio e un tintinnio di braccialetti, Nina si batté la fronte. «Non sapevo che fossi così bigotta.»

«Non è necessario essere bigotti per riconoscere il bene dal male.»

«Non sono tornata a casa per farmi fare la predica», disse Nina.

Rendendosi conto di dover rappezzare la situazione, Margaret si scusò. «Non essere arrabbiata con me. Non volevo farti la predica. Devi almeno concedermi il diritto di esprimere la mia opinione, non ti pare?»

«Va bene, va bene, non sono arrabbiata. E non lo sarai

neanche tu, quando conoscerai Keith. È il tuo tipo d'uomo, per amor del cielo! Intellettuale, premuroso, affascinante... e ne resterai affascinata, prometto.»

Rivolgendo a Margaret un luminoso sorriso indulgente, Nina si alzò e andò allo specchio. Chinandosi in avanti, si esaminò, si sfiorò le ciglia, si lisciò i capelli, che non avevano bisogno di essere lisciati, e poi, indietreggiando, aggrottò la fronte e si sistemò il colletto, che non aveva bisogno di essere sistemato. A Margaret sembrava che tutti quei gesti bruschi e meticolosi fossero dettati dal nervosismo...

D'un tratto stava vedendo in Nina qualcosa che non aveva mai visto prima. Nina era diversa. Il cambiamento era sottile, difficile da tradurre in parole, ma c'era, e la causa era quell'uomo. Ne era sicura, e adesso si sentì accusarlo: Che cosa hai fatto alla nostra Nina, alla nostra figliola? Forse Adam non era poi così antiquato, quando parlava di «tutto e subito».

«Sì», ripeté Nina. «Ne rimarrai affascinata.»

No, non ne sarebbe rimasta affascinata. Chiunque potesse essere questo Keith, in quel momento stava preoccupando a morte Margaret. Chiunque tu sia, non mi piaci, disse la voce interiore di Margaret.

«Senti, un weekend, quest'estate, quando Keith potrà allontanarsi, lo condurrò qui perché lo conosciate.»

Quando potrà «allontanarsi», pensò Margaret. Da che cosa? Una moglie e due figli? E lo disse a voce alta.

«Allontanarsi da una moglie e due figli?»

Nina eruppe in una sonora risata incredula. «Vedo che ho commesso un errore a confidarmi con te, non è vero?»

«Se la vuoi vedere così! A proposito, i tuoi capi ne sono al corrente?»

«Sono le sole altre persone che lo sanno, e non potrebbe importargli meno.»

«Naturale. Non ti vogliono bene quanto te ne voglio io. Perché dovrebbero?»

«Me ne vogliono. Ma non hanno una mente ristretta come la tua. Non molta gente l'ha così ristretta.»

«Nina cara, ti prego, ascoltami. Devi stare attenta a chi concedi la tua fiducia. Un uomo deve innanzi tutto conquistarsela. Non sai mai se...»

«Mio Dio, non sapevo che fossi così rigida, così... così insensibile.»

«E io non sapevo che tu fossi disonesta.»

«Mi dai della disonesta?»

«Sì. Immagino che la moglie di Keith non sappia niente di te. Non è vero?»

«Be', a che servirebbe complicare le questioni? Lui vuole mantenere le cose il più tranquille possibile. E, incidentalmente, non mi piace che mi si dia della disonesta.»

«Non mi piace doverlo dire, ma mi sembra che tutta questa faccenda sia un furto.»

«Un furto! Ci amiamo, Keith e io. Non ricordi niente dell'amore? Che una donna debba parlare a un'altra donna nel modo in cui mi stai parlando tu è orribile. È incredibile.»

«Dici? Ascoltami. Ti definisci una femminista. Parli di 'sorellanza', di donne che si aiutano ad affrontare il 'nemico' maschio. Dio sa che ne ho sentite abbastanza di queste chiacchiere, da te e da tante altre come te.»

Il cuore di Margaret stava battendo forte. Si era alzata per affrontare Nina.

«Dov'è la tua lealtà verso questa 'sorella'? Non sai niente di lei, non sai neanche se desidera il divorzio, se sta soffrendo, se si preoccupa per i figli. Sorellanza! Che porcheria! Portarsi via a vicenda i mariti senza il minimo scrupolo. Distruggere la casa di una 'sorella' e dei suoi figli.»

«Questo non è vero!» gridò Nina. «Keith è infelice. Era infelice molto prima di incontrare me. È colpa sua se non sa tenersi il marito. Colpa sua!»

«Abbassa la voce, per favore. Possono sentirti giù.»

«Mi fai realmente vomitare», disse Nina, e si chinò per infilarsi le scarpe.

«Non riesco a capacitarmi. Tu, che sei andata a New York e sei riuscita a farti strada in quella giungla, tu, che sei stata indipendente da quando hai cominciato a camminare e a parlare, ti lasci circuire, infinocchiare da un uomo.»

«Forse, forse non sei mai stata innamorata. È come se non sapessi niente in proposito.»

«Come puoi dire una cosa simile di Adam e me? Sei cresciuta in questa casa e in questa famiglia. Tutto quel che hai visto era amore. E tutto quel che sto dicendo è per amore. Adam direbbe la stessa cosa se fosse in questa stanza ora. Noi vogliamo solo che tu non commetta un errore. Quest'uomo...»

«Quest'uomo è l'amore della mia vita. Non è un errore.»

«Le donne commettono errori per amore, Nina. Credimi. Ne commettono. Al momento non hai nessuna certezza. Potrebbe finire tutto in una bolla di sapone, e il tuo cuore spezzarsi.»

«Ne sono giudice io, Margaret. Lasciami dire una cosa, mi hai completamente rovinato la giornata. Ma che cosa sto dicendo! Hai rovinato l'anno più felice della mia vita.» Nina richiuse la valigia e la sbatté per terra. «Ci vorrà tempo, molto tempo perché dimentichi le cose che hai appena detto. Se mai succederà, Margaret.»

«Non essere ridicola, Nina. Ci siamo espresse con franchezza, ed è salutare. La rabbia passerà.»

«Oh, lo credi? Be', io no.»

«Non puoi dire sul serio.»

«Non posso? Ti dirò un'altra cosa allora: Finché la penserai così su Keith, non lo porterò qui dove non è il benvenuto. Merita di meglio. E anch'io non mi sento la benvenuta qui. Riparto subito. C'è un aereo stasera tardi, ma se lo perdo, trascorrerò la notte all'aeroporto finché non ne partirà uno domattina.»

Margaret allungò una mano, ma Nina, sfidandola, le passò accanto e si avviò alla porta.

«Me ne andrò tranquillamente», disse. «Non temere scenate.»

Tremante e scossa, Margaret stava al centro della stanza. Era come se si fosse abbattuto un violento temporale e avesse lasciato la casa nella totale devastazione. Durante i notiziari vedevi spesso immagini di gente che frugava tra le rovine e rimetteva insieme i pezzi... Così era stato anche per i pezzi della misera vita della madre di Nina, le domande di Nina bambina, le abituali risposte plausibili destinate a non ferire, e infine la propensione di Nina adulta ad accettare quelle ragionevoli spiegazioni... Ma inevitabilmente, da qualche parte nella mente di Jean allora, e nella mente di Margaret adesso, indugiava, seppur debolmente, la paura che Nina potesse ricalcare le orme di sua madre.

E così quest'uomo, questo Keith, si profilava oscuramente, come una minaccia...

«Vuoi dire che credi davvero che se ne sia andata per impegni di lavoro?»

Adam era già a letto, stava leggendo, o cercando di leggere, di fronte all'agitazione di Margaret. Lei si aggirava per la stanza, spazzolandosi i capelli.

«Ho pensato che probabilmente fosse annoiata e volesse tornare dal suo boyfriend, ragazzo, amante, comunque tu voglia chiamarlo.»

«Be', adesso sai. Adam, è terribile. Sono profondamente nauseata, come lo sarei se Megan o Julie mi avessero risposto a quel modo.»

Lui si strinse nelle spalle. «Megan e Julie hanno ancora tempo. Nina è abbastanza grande per fare ciò che vuole.»

«Ma sei tu quello che ha parlato di vita avventata, di tutto e subito, e via dicendo. Io sono quella che ha sempre detto che dovevamo lasciarla libera, che avrebbe avuto cura di sé. E adesso non sembri neppure particolarmente interessato.»

«Sono interessato. Sto ascoltando. Ma sto anche vedendo che non c'è niente che possiamo fare.»

Una tempesta di emozioni stava turbinando in Margaret: frustrazione, dolore ed esasperazione si susseguivano come in un mulinello. E ripetendo: «Non c'è niente possiamo fare?» gemeva. «Niente?»

Posando il libro, Adam disse pazientemente: «I tempi cambiano, e dobbiamo cambiare con loro, che ci piaccia o no. O...»

«O cosa?»

«Finiremo alla deriva», disse.

Era una strana cosa da dire. Finiremo alla deriva? Come? E osservandolo, lì accanto al letto, Margaret vide che era realmente stanco.

Aveva chiuso gli occhi, e appoggiato al cuscino sembrava d'un tratto lontano. Assente, come quando aveva guardato da sopra il bordo della tazza del caffè. C'erano cose che le nascondeva. Da bravo marito, non voleva oberarla di inutili fardelli.

Lo stavano ammazzando di lavoro, pensò. Il suo orario era impossibile. Una società, se ben gestita, non aveva bisogno di fare riunioni tre o quattro sere alla settimana. Lo stavano ammazzando di lavoro. E nella sua giusta indignazione, accantonò il problema Nina.

«Ci sono cose nella tua mente di cui non mi fai partecipe», asserì con dolcezza. «Non devi comportarti così. Parlami, caro. Lascia che ti aiuti.»

«Bene. Okay. Jenks ha avuto un aumento e io no. Non avrei dovuto saperlo, ma è trapelato.»

«Ah, ti brucia?» osservò lei. E, sedendosi sul bordo del letto, gli posò una mano sulla fronte. «Sì, sì. È amaro, ingiusto, sapendo che lo meriti più di lui. Capisco.»

Adam alzò lo sguardo. «Sei molto gentile», disse.

«Gentile? Questa è una cosa strana da dire. Sono tua moglie. Ti amo.»

Le prese la mano fra le sue.

«Non importa, Adam. All'inferno Jenks e quelli come lui. Abbiamo abbastanza. Abbiamo tanto. Abbiamo noi stessi.»

Sorridendo grato, Adam chiuse gli occhi.

10

«CARINO, vero?» disse Randi.

Quando anche l'ultimo ospite se ne fu andato, si trattennero fuori tra i resti del party per l'inaugurazione della piscina. Sotto il sole del pomeriggio senza vento, la sua superficie somigliava a una moneta dorata che qualcuno aveva lasciato distrattamente cadere sul prato.

«Per qualche dollaro in più avremmo potuto averne una più grande, olimpionica praticamente, mi ha detto quel tale.»

«Non per qualche dollaro in più, Randi. Altri tremila.»

«Adam, sei così tirato!»

«Dovresti sapere che non posso esagerare.»

Pensava che fosse naturale per lei dimenticarlo. Che cosa poteva saperne, dopotutto, dei conti di dentisti, dei fondi per il college? In realtà, non ci sarebbe stato bisogno che lui pagasse metà della piscina. D'altro canto, trascorreva così tanto tempo a casa di Randi che si era sentito in obbligo di contribuire.

Comunque, adesso era tutto finito. La terrazza era stata rivestita di mattonelle nuove, c'erano nuovi tendoni gialli, sedie, tavoli e numerosi vasi di fiori autunnali.

«Fine dell'estate», disse nostalgicamente Randi. «L'anno sta per volgere al termine.»

Adam guardò l'orologio. «Anche il giorno. Ti aiuto a sparecchiare e poi me ne vado.»

«Perché tanta fretta? Hai detto che sono andati tutti alla mostra del cane.»

«Lo so, ma temo che qualcuno possa decidere di passare dall'ufficio per farmi una sorpresa.»

«Quando la smetterai di stare tanto in ansia? Sei sempre stato così, preoccupato di non finire in tempo il tuo saggio trimestrale, preoccupato di non laurearti con onore. Eppure tutto ciò per cui ti angosciavi non è accaduto.»

«Questo è diverso», disse Adam.

Occorsero numerosi viaggi avanti e indietro per riportare le cose in cucina. Mentre Randi si muoveva con la sua consueta calma, Adam si affrettava. Stava provando lo stress della doppia vita. La giornata era stata magnifica; era sempre magnifico qui finché non veniva l'ora di andarsene.

Aveva una terribile paura, inoltre, quand'era con la famiglia, di poter fare inavvertitamente qualche osservazione che l'avrebbe tradito.

«La cucina è venuta bene, non è vero?» chiese Randi. «Gli ultimi soldi di Bunting. Non che fossero molti, e meglio qui che in banca.»

Aveva comprato quel che offriva di meglio il mercato, probabilmente una cucina europea. Adam trovava affascinante il piacere quasi infantile che le procurava quella casa: le tendine di pizzo, i paralumi frangiati e l'enorme televisore nuovo. Era tutto così di cattivo gusto, così innocente. E così toccante.

«Ho bisogno di fare una doccia e infilarmi il vestito», disse mentre si toglieva gli shorts.

«La mostra del cane non finisce prima delle cinque. Ho guardato sul giornale.»

«Non ti sfugge niente, vero? Ma devo scappare lo stesso.»

Lei increspò la bocca. «Devi sempre andare. Non riesco mai a vederti.»

«Tesoro, questo non è vero.»

«Okay, so che non è vero. E so che fai del tuo meglio. Non sarebbe fantastico, tuttavia, se vivessi qui?»

Lui non rispose. Come se leggesse ogni pensiero che c'era dietro il suo silenzio, Randi disse: «Okay, basta parlarne. Sai cosa faremo? Invece di una doccia puoi fare un tuffo in piscina. Vengo anch'io. L'ultimo bagno della stagione. È già quasi troppo fredda l'acqua.» Mentre parlava, i suoi shorts e il suo top scivolarono giù. «Vediamo chi arriva prima in piscina!» gridò.

Un tuffo seguì l'altro. Il sole bruciava le loro spalle, e l'acqua gelava le loro gambe.

«Mi sento come un gelato flambé!» Randi rise. «Vieni a scaldarmi se puoi. Facciamo finta di essere a letto. Non l'hai mai fatto così? È divertente. È folle. Su, ti faccio vedere.»

Il punto è, pensò lui mentre guidava attraverso Randolph Crossing in direzione di Elmsford, che tutte le frasi fatte al dunque sono vere: *Siamo pazzi l'uno dell'altra*, e *Non riusciamo a stare lontani*. Tutto vero.

Doveva aver imparato ogni variante sessuale conosciuta all'uomo! Doveva aver letto ogni manuale nella sua lingua e un paio anche in hindi.

Ma la storia non finiva qui. Stava bene quand'era con lei. C'era qualcosa nell'atmosfera della sua casa che gli permetteva di rilassarsi. Dimenticava l'ufficio, Ramsey e Jenks, e il fatto che Jenks aveva ottenuto l'aumento che avrebbe dovuto essere suo, di Adam. Era l'atmosfera che faceva la differenza. In questi due anni, da quando stava con Randi, era entrato in un'altra atmosfera.

Si sentiva a casa con i suoi amici; gli piacevano davvero i suoi amici. Considerando che era nuova del posto, Randi aveva riunito intorno a sé un buon numero di persone carine: le colleghe dell'ufficio e il loro gruppo, il farmacista e la sua famiglia, e il proprietario del vivaio che le aveva sistemato il giardino. Erano tutti così rilassati, così poco competitivi, paragonati alla gente tra cui viveva nell'altra parte della sua vita, i colleghi d'ufficio, i vicini, e perfino gli stupidi cugini di Margaret, Louise e Gil...

Era tonificante stare con gente che di solito non frequentava. Sorrise fra sé. Alcuni di loro nutrivano un timore reverenziale per lui e parlavano del suo lavoro come di un «lavoro importante».

Si chiedeva che cosa sapessero o pensassero della sua vita personale. Randi gli aveva assicurato che sapevano molto poco e che se ne fregavano se sapevano. Inoltre, non aveva importanza, perché nessuno di loro avrebbe probabilmente incontrato le persone che frequentava di solito a casa.

No, non era probabile. Ma non si poteva mai essere assolutamente certi di niente. Il gioco che stava giocando era pericoloso. E ripensò alla mattina in cui si era alzato presto per fare colazione con Randi, quando si era trattenuto troppo ed era arrivato in ufficio tardi per un'importante riunione. Questo era veramente un gioco pericoloso... Eppure era, in modo curioso, stimolante.

«Abbiamo passato una bella giornata», disse Margaret. «Niente a che fare con il Westminster Show che abbiamo visto a New York, ma sai una cosa, mi è piaciuta di più. Abbiamo parlato con la gente, soprattutto con quelli che hanno cani pastore, così abbiamo potuto confrontare i loro con Rufus, e... Ma tu devi essere affamato! La cena è in tavola fra cinque minuti. Ho preparato la tua zuppa di mais preferita.»

«Non ho fame.»

«Ti verrà quando sarai seduto. È logico che ti senta appesantito dopo essere rimasto chiuso tutto il giorno in quell'ufficio.» Mentre parlava, Margaret si affaccendava con tazze e piattini. «Danny muore dalla voglia di dirti qualcosa.»

«Papà, stavo pensando che Zack sta diventando vecchio, vedi. E stavo pensando», disse Danny molto serio, «che quando muore, Rufus si sentirà solo.»

«Be', non seppellirlo prima del tempo. Povero Zack.»

«Papà, non volevo dire questo. Spero che viva per anni e anni. Ma il fatto è che probabilmente non sarà così.»

«Questo è vero.»

«Allora quello che voglio dire è: non potremmo prendere presto un altro cane?»

«Che cosa intendi per 'presto'? Mentre Zack è con noi o no? Devi essere chiaro.»

Il ragazzo assomigliava ogni giorno di più a sua madre, pensò Adam, e mentre lo pensava, provò una stretta al cuore e un profondo senso di vergogna.

Danny ammise che gli sarebbe piaciuto avere un cucciolo, al che Adam rispose che avrebbe dovuto chiederlo a sua madre.

«Oh, a me non importa», asserì Margaret. «Un cane in più significa solo un'altra brandina e un'altra ciotola.»

«Accidenti, mamma, dici sul serio? Oh, mamma, grazie.»

«Ma lasciami aggiungere una cosa. Il periodo giusto per portare a casa un cucciolo è l'estate. Sarò qui quando finisce la scuola, e potrò occuparmene. Se lo prendessimo adesso, non ci sarebbe nessuno durante il giorno per addestrarlo.»

«Okay. L'estate prossima. Prometti?»

«Prometto», disse solennemente Margaret.

Questa era un'altra caratteristica che Danny e lei avevano in comune: accettavano facilmente la realtà. Nessuno dei due amava persuadere con lusinghe o discutere. E in quel momento, Adam pensò che ultimamente aveva una consapevolezza diversa dei suoi figli, come se li stesse esaminando da estraneo, a distanza.

Questo senso di distacco perdurò anche a tavola durante il pranzo, mentre li osservava e li ascoltava chiacchierare: Megan, che appariva molto più vecchia dei suoi quindici anni; il tenero faccino di Julie con i suoi fluidi cambiamenti d'espressione, che passavano dall'ansia alla gaiezza e all'impazienza; e Danny, il superboy che lui non era mai stato.

Guardò la tovaglia che sua madre aveva ricamato a punto croce in rosso e blu e poi Margaret mentre serviva l'insalata. Il vecchio Zack dormiva nell'angolo, mentre Rufus guardava Adam e scodinzolava, in attesa della passeggiata serale. Ogni persona e ogni oggetto qui apparteneva a Adam. Tutto gli era familiare come il suo corpo. Eppure provava un terribile senso di intrusione! Era come se non appartenesse a questo luogo o fosse stato sorpreso in uno strano posto, spogliato e umiliato per la sua nudità.

Margaret lo rimproverò. «Non stai mangiando niente.»

«Credo di essere troppo stanco per mangiare.»

«Va bene. Non sforzarti. Perché non vai a sdraiarti nella tua poltrona mentre Julie suona qualcosa? Forse più tardi ti verrà fame.»

Non si stancava mai di sentire Julie al pianoforte, anche quando, correggendosi, ripeteva lo stesso passaggio venti volte. Questa sera si stava esercitando nel valzer di Mefistofele di Liszt. Da dove sedeva, poteva vedere il suo corpo muoversi a ritmo con la musica. Stava sorridendo. Che niente possa mai farti soffrire, pensò. Niente. E appoggiandosi allo schienale della poltrona, si lasciò confortare dal fascino della musica e dalla sua segreta sofferenza.

Quando si svegliò dal dormiveglia, Megan stava parlando.

«Non ti va che Nina ci mandi dei regali?»

«Ma certo», rispose con veemenza Margaret. «Sono lieta che vi stia vicina.»

«Come potremo essere vicine se non la rivedremo più? Pensi che ritornerà mai qui?»

«Questo, come ho ripetuto tante volte, dipende soltanto da lei», rispose Margaret.

Adam non aveva voglia di essere coinvolto in quel penoso argomento. Negli ultimi tre mesi, dalla partenza precipitosa di Nina, aveva cercato di lasciar cadere l'argomento. Ma era stato quasi impossibile. Prima c'era stato uno scambio di lettere, in cui Nina accusava Margaret di aver detto cose «imperdonabili», e Margaret le aveva risposto che «imperdonabile» era una parola forte. «Tutto quel che volevo era consigliarti, perché sentivo, e sento ancora, che stai commettendo un grosso errore.»

E Margaret aveva spiegato pazientemente ai ragazzi perché Nina stava lontana.

«Mi duole il cuore per lei, e per tutti noi che ne sentiamo la mancanza», disse.

Un giorno in cui erano soli, aveva detto ad Adam che a volte aveva l'impressione che lui non condividesse la sua posizione.

«Non lo so. Credo di non aver mai parlato molto dei fatti compiuti», aveva detto, rendendosi conto che la risposta era assolutamente inadeguata.

Un momento dopo aveva espresso una sua opinione. «Non credo che dovremmo parlarne tanto di fronte ai ragazzi.»

«Perché no, se sono loro a tirare in ballo l'argomento? Non gli abbiamo mai nascosto la verità. Credo che ragazzi della loro età debbano sapere quel che succede nel nostro paese,» aveva risposto Margaret.

Adesso, sdraiato come se stesse dormendo, pensò: Posso anche non parlare di Nina, ma ne sono sempre consapevole. E non è difficile capire perché. «Doppia vita» è l'espressione più adatta. Quando sono con Randi, non riesco mai, nonostante il mio desiderio di essere lì, a dimenticare che non ne ho il diritto. Quando sono a casa, non vedo l'ora di tornare lì...

«Ah, ti sei svegliato. Avevi bisogno di un pisolino», disse Margaret. «Hai voglia di mangiare qualcosa adesso? Posso riscaldare un po' di zuppa, o preferisci un'insalata e delle uova? Dimmi.»

Era così buona con lui. Anche se, dopo una giornata trascorsa a mangiare e a bere, l'idea del cibo gli ripugnava, non riuscì a resistere alla sua preghiera.

«Prendo un po' di zuppa.»

«Bene. Ti tengo compagnia.»

Mangiò la buona, densa zuppa sotto lo sguardo amorevole di Margaret, sentendosi un infame.

Più tardi, di sopra, lei uscì dalla stanza da bagno indossando una nuova camicia da notte di chiffon rosso fuoco con la schiena nuda e una balza arricciata in fondo, e si trattenne sulla soglia in attesa del suo commento.

«Vai a ballare 'stasera?» chiese.

«Ti piace?»

«Molto, molto carina.»

Lo era, e anche lei, con la pelle color latte e i capelli rossi.

«Mi sentivo in vena di spendere. Era in liquidazione da Danforth, così mi sono decisa.»

Iniziò il suo rituale notturno con la spazzola per i capelli, raccogliendo cose con la mano libera e infilandole nei cassetti e negli armadi.

«Non porto quasi mai il rosso. La gente sostiene che le rosse non dovrebbero portarlo perché fa a pugni con i capelli. Ma credo sia una sciocchezza, che ne dici?»

Chiedendosi perché stesse facendo tanto chiasso per una camicia da notte, ammise che era una sciocchezza.

«Non mi sembra che faccia a pugni coi miei capelli, no?»

«No, affatto», rispose lui, cominciando a provare una strana apprensione per... per cosa?

«Be'», disse Margaret, posando la spazzola sulla toilette, «hai avuto una giornata pesante, e anch'io. Spegniamo la luce e dormiamo, vuoi?» E tirò giù le spalline e si sfilò la camicia.

Allora pensò che avrebbe dovuto mostrare più ammirazione per come era apparsa nei suoi drappeggi di seta rossa. Avrebbe dovuto sfilarle lui stesso la camicia e prenderla tra le braccia. Ma con suo rammarico non l'aveva fatto e, per quanto deliziosa fosse, non provava alcun impulso a farlo ora.

Ma impulso o no, sapeva che doveva provarci. Perché il messaggio era inequivocabile. Così, quando si sdraiò, aprì le braccia per attirarla a sé. E sussurrando dolcemente nel suo collo, lei gli si premette contro, adattando il proprio corpo al suo.

Non accadde niente.

Da molto tempo ormai, mentre le loro unioni diventavano sempre più rare e meno intense, temeva che un giorno avrebbe potuto rivelarsi impotente con Margaret. E sapeva perfettamente, quando quel giorno fosse venuto, quale sarebbe stato il prezzo. Stava facendo più sesso di qualsiasi persona normale. Non c'era più desiderio in lui.

Un senso di rivoltante, disonorante fiacchezza lo pervase e sussurrò. «Non posso. Mi dispiace. Mi dispiace.»

Lei cercò di baciarlo. Cercò...

Qualche ora prima, in piscina, e poi sul pavimento di fronte al camino, aveva fatto quelle cose... «Mi dispiace. Sono troppo stanco», sussurrò di nuovo.

Lei si ritrasse, si girò supina e, prendendogli la mano, disse comprensiva: «Non importa. Capisco».

Oh, Dio, pensò, sentila. Vuole confortarmi.

Nessuno dei due si mosse. Erano entrambi rigidi nel letto. La stanza era assolutamente immobile.

Margaret allora aggiunse: «Credo che dovresti scoprire perché sei sempre così stanco.»

«Non sono tanto stanco. Mi rimetterò.»

«No», insistette lei. «Voglio che tu faccia un checkup. Non ne fai da molto tempo.»

«Sto bene. È solo che è stato un inferno in ufficio. Si lamentano tutti. Non sono l'unico.»

«Voglio comunque che tu vada dal dottor Farley. Me lo prometti?»

«Okay. Okay, ci andrò.»

«Quando?»

«Presto.»

«Voglio che tu ci vada questa settimana. Rimanderai. Ti conosco.»

No, pensò, non mi conosci. Oh, Margaret, non mi conosci più.

«Ti prego, Adam. Promettimelo.»

«Va bene. Te lo prometto.»

E adesso non conosco nemmeno me stesso, pensò.

11

Di notte, per una settimana e più, Margaret giacque con la testa sulla spalla di Adam. Convinta che temesse di perdere la sua virilità, perché non tentava mai di fare l'amore con lei, voleva trasmettergli tutto il calore della sua affettuosa comprensione. Il sesso, dopotutto, pur essendo una gioia, non costituiva lo scopo ultimo. Essere amati, creduti e non sentirsi soli, era quel che contava di più. Se questi sentimenti venivano nutriti, giovani com'erano entrambi, il resto sarebbe ritornato da sé. Era solo preoccupato e oberato di lavoro. E non era mai stato eccessivamente espansivo. L'aveva capito fin dall'inizio, anche durante la loro luna di miele. E l'aveva accettato. Non tutti hanno gli stessi appetiti, era evidente. Adam era un uomo brillante e sensibile, più complicato di molti altri. L'aveva sempre saputo, doveva soltanto aspettare che si rimettesse.

Il decimo giorno, quando gli chiese che cosa gli aveva detto il dottor Farley, lui le rispose che il dottore non aveva trovato assolutamente niente.

«Niente di fisico?»

«Niente di fisico.»

«Allora deve essere psicologico. Non te l'ha detto?»

«No.»

«Non ti ha detto niente di niente?»

«Non realmente.»

Questo stupì Margaret, perché Farley era un uomo estremamente coscienzioso ed esauriente.

«Non ti ha detto che dovresti fare qualcosa? Nessun suggerimento?»

Le sembrava che Adam fosse particolarmente a disagio. Le passò per la mente che il dottore gli avesse magari consigliato uno psichiatra; non era forse quello che consigliavano in questi casi? Conoscendo Adam, fu d'un tratto sicura che questo era ciò che doveva essere accaduto e che stava provando una certa resistenza all'idea.

«Scommetto che ti ha suggerito uno psichiatra», fece. «Dimmi la verità.»

Dimenandosi come un pesce all'amo, Adam lo ammise. E poi seguì un'altra serie di domande, sollecitazioni e obiezioni, finché alla fine non fu fatta una promessa.

«Andrò! Andrò!» gridò Adam. «Anche se non so dove troverò il tempo, per non parlare del denaro.»

«Troverai il tempo e di denaro ne abbiamo abbastanza.»

«Va bene. Lasciami in pace. Ci andrò.»

Trascorsero due settimane. Non successe ancora niente a letto e niente fu detto sull'argomento. Così, un pomeriggio, Margaret andò a parlare lei stessa col dottor Farley. Era in ansia quando sedette dall'altra parte della scrivania.

«Sono venuta perché sono preoccupata per Adam», cominciò. «È avvenuto un tale cambiamento in lui... ma naturalmente, lei ne è perfettamente informato.»

«Non credo», rispose il medico, perplesso.

«Vuol dire che non gliene ha parlato?»

«Oh, no. Non l'ho visto.»

«Non l'ha visto? Mi ha detto che è venuto da lei due settimane fa. Ha ammesso che le aveva detto che il suo problema era psicologico ed ecco perché sono qui, per chiederle di indirizzarlo...»

«Non vedo suo marito da almeno due anni, signora Crane.»

Sbalordita, balbettò: «Non capisco che cosa stia succedendo. Non capisco proprio».

«Che ne direbbe di riferirmi quello che sa?»

E così lei gli riferì la situazione il più sensatamente possibile, mentre respingeva le lacrime che continuavano ad affiorarle agli occhi.

«Che cosa devo fare adesso?» chiese alla fine. «Non è che mi importi molto... non è tanto, voglio dire, la perdita del... del piacere, quanto ciò che essi simbolizzano. Credo che Adam debba essere molto infelice, e non riesco a immaginare perché. Siamo sempre stati una famiglia affiatata. Oh, non voglio sembrare vanagloriosa, sarebbe stupido, ma ho sentito che veniamo citati a esempio nella comunità; abbiamo dei magnifici figli, siamo molto fortunati, e sono sempre stata grata di questo, ma... c'è qualcosa che non va in Adam. Che cosa devo fare?»

«Da quel che mi ha raccontato, direi che la prima cosa è calmare le sue paure. Non può esserci niente di tanto grave a cui non si possa provvedere. Poi direi che dovrebbe andare a casa e dirgli la verità riguardo alla visita che mi ha fatto. Gli dica di mettere le carte in tavola. E quindi sarebbe forse una buona cosa se tornaste entrambi qui insieme.»

Il dottor Farley era un uomo gentile, e questo consiglio era certamente ragionevole, ma anche mentre sedeva lì ad ascoltarlo, anche mentre lo ringraziava e se ne andava, Margaret sapeva che la situazione che doveva affrontare non facile.

E mentre procedeva lungo la strada affollata, passando davanti alle vetrine dei negozi piene di plaid autunnali, era in preda a un turbine di emozioni contrastanti, umiliazione, pietà e rabbia. Molta, molta rabbia.

A non più di un chilometro di distanza, Adam, che stava tornando in ufficio dopo colazione, incontrò Fred Davis per la strada. Fred stava salendo sul suo furgone quando vide Adam e lo salutò. Adam aveva sperato che Fred non lo vedesse perché quando aveva una precisa destinazione, detestava fermarsi a chiacchierare, anche se brevemente.

«Adam. Come stai? Mi fa piacere vederti. Non ti vedo molto spesso adesso che lavori al sabato.»

«Non ogni sabato», si affrettò a correggerlo Adam.

«Be', alcune volte comunque. Stai tornando in ufficio? Vuoi un passaggio?»

«Sì, alla prima domanda, e no, grazie, alla seconda.» Adam sorrise cordialmente perché lo stava facendo anche Fred. Fred sorrideva sempre. Era così maledettamente affabile. «Ho bisogno di un po' d'aria fresca.»

«Oh, aria fresca. Nel mio lavoro a volte ne prendo troppa, specialmente quando si va sottozero. Comunque, non è il caso di lamentarsi.»

No, non era proprio il caso. Con il suo furgone nuovo, la giacca di tweed, gli stivali costosi e il suo rude aspetto campagnolo, Fred stava andando a ispezionare le sue proprietà in una bella mattinata d'autunno.

Nel furgone il cane abbaiò. Premeva con le zampe sul finestrino.

«Quello è Jimmy», disse Fred. «Gli piace la macchina. L'ho portato con me questa mattina a nord di Randolph Crossing. Una gran bella zona. Stanno incominciando a edificare sulle colline. Un tale aveva costruito un centro residenziale qualche anno fa, ma era in anticipo sul mercato, e non gli è andata troppo bene. The Grove, si chiama.»

Adam non avrebbe mai pensato di poter sudare tanto. Nel giro di pochi secondi era bagnato fradicio. E borbottò qualcosa, parole senza senso, tanto per rispondere.

«Sei mai stato da quelle parti?» chiese Fred.

Gli occhi pallidi e la faccia tranquilla di Fred erano innocenti. La domanda era stata fatta con naturalezza. E Adam rispose in maniera altrettanto naturale.

«Ci sono passato. È un bel posto.»

Fred annuì. «Buffo, un paio di settimane fa ho pensato di averti visto sbucare dal luogo che ho appena nominato, The Grove.»

Adam scosse la testa. «Io? No, temo di no.»

«Eppure, era qualcuno che ti assomigliava. Aveva capelli biondi come i tuoi. La macchina era una Ford verde come la tua.» E d'un tratto, i suoi occhi innocenti assunsero un bagliore diverso.

Coperto da sudore gelido, Adam scosse di nuovo la testa. «Una coincidenza! Dicono che ognuno di noi ha un sosia nel mondo, e ha senso, se ci pensi.» Stava parlando troppo. Ma continuò. «Indubbiamente, ognuno di noi ha più di un sosia. Ci saranno probabilmente duecentomila persone al mondo che sono come te. O come me.»

«Hai ragione», ammise Fred. «Ma c'era la macchina. Non ne vedi molte di quella sfumatura di verde. Tuttavia, dopo aver visto la signora che c'era a bordo, ho capito che non potevi essere tu.»

«No, non io.»

Sa tutto. Questo giulivo bastardo sa tutto e vuole mettermi in guardia. Per il mio bene? No di certo. Per il bene di Margaret.

Il cane uggiolò, attirando l'attenzione di Adam. Un buon cane, pensò. «Un buon cane», disse. «Paziente. E la mia Margaret l'ha salvato. A volte credo che il suo cuore sia abbastanza grande da abbracciare tutto il mondo.»

«Sì. Sì, è così.»

Per un momento la visuale di Fred e quella di Adam entrarono in collisione. Margaret diceva che gli occhi di Fred erano sempre «pensierosi». Non era così difficile capire ora a cosa stesse pensando...

«Bene», disse Adam. «Meglio che vada. Piacere di averti visto, Fred. E anche tu, Jimmy.»

Maledizione, pensò, allontanandosi. Spero che la mia faccia non abbia lasciato trapelare niente. Che cosa diavolo stava facendo lassù? Randolph Crossing. The Grove. Nessuno si spinge lassù ad eccezione degli agenti immobiliari. Dio Onnipotente. Fred. Naturalmente, non lo dirà mai a Margaret, non le farebbe mai del male. Ma devo avvertire Randi. Dovremo rintanarci in casa come rapinatori di banca in fuga. Maledizione! Tutto quello che voglio è un po' di pace e di libertà. Sto facendo del male a qualcuno? No! Mi prendo cura della casa, ed è una buona casa tranquilla, niente liti, quasi mai discussioni, l'ambiente migliore che un ragazzo possa avere e intendo mantenerla tale. Se solo il mondo permettesse a me e a Randi di stare un po' insieme in pace! Maledizione.

Ritornato alla scrivania, cercò di rimettere insieme i pezzi. Forse avrebbe dovuto ammettere di essere stato lui al volante, di aver accompagnato, per esempio, una delle impiegate a casa; si era sentita male al lavoro. Con un po' di tempo, avrebbe potuto inventare una storia credibile. Ma purtroppo, non c'era mai abbastanza tempo in situazioni come queste. Comunque, era troppo tardi ormai...

Si sforzò di lavorare, il risultato fu scarso, e arrivò a casa in uno stato di profonda frustrazione.

Margaret era sola in cucina. Quando, dalla finestra, l'aveva visto risalire dal garage con la cravatta allentata e la giacca sul braccio, aveva provato la sensazione di guai imminenti. Di qualunque cosa si tratti, pensò cupamente, sono nello stato d'animo giusto.

Passò subito all'offensiva, chiedendo zuccherosa: «Hai dunque visto il dottor Farley, non è vero?»

«Che cosa vuoi dire?» domandò lui di rimando.

«Oh, smettila, Adam. Non essere elusivo. Non schermirti. Non l'hai visto. Mi hai mentito. Perché?»

«Non devo spiegare quello che non voglio spiegare.»

«Adam, sono tua moglie. Voglio una risposta.»

«Non stai parlando con uno dei tuoi studenti, non dirmi quello che vuoi o non vuoi.»

«I miei studenti si divertirebbero a vedere un uomo adulto comportarsi come uno sciocco. Se non volevi andare dal dottore, bastava che lo dicessi. Non avevi bisogno di mentire.»

«Ho mentito per impedirti di tormentarmi. È molto semplice.»

«Non hai per caso pensato che ti tormentassi perché ero preoccupata? Che cosa mi stai nascondendo? Hai per caso il cancro o qualcosa di cui hai paura di parlare, perfino con me?»

«No, non ho il cancro o altro», rispose.

Era ancora lì in piedi, con la giacca sul braccio. Arrabbiata com'era, le sembrava patetico.

«Siediti qui per un minuto», gli disse tranquilla, «prima che scenda tutta la banda. Devo sapere che cosa non va. Non è giusto che non sappia.»

La sua reazione fu allora altrettanto tranquilla. «È una fase, Margaret, una delle fasi della vita, e immagino che sia inspiegabile. Ricevo pressioni al lavoro e si riversano a casa. Lo sai questo.»

Naturalmente stava alludendo al sesso. E Margaret pensava di capire che aveva paura di parlarne, di approfondire, temendo che l'approfondimento peggiorasse le cose. Ricordava d'aver letto qualcosa in merito; giornali e riviste femminili erano pieni di psicologia spiccia.

«Va bene», disse. «Lasciamo perdere per ora. Rilassati, pranza, e poi ascolta un po' di musica. Okay? Non mi arrabbierò, e spero che non lo faccia nemmeno tu.»

«No.» E le rivolse un debole sorriso che le era capitato di notare ultimamente ogni volta che era stata molto dolce con lui.

Era spaventata e provava un freddo vuoto alla bocca dello stomaco, sebbene non sapesse con esattezza che cosa temeva realmente.

***

Acquistò alcuni libri sul sesso, un testo pseudoscientifico e una popolare guida illustrata, e dopo averli letti concluse che non c'era molto che già non sapesse. Aveva lasciato i libri sul tavolino da notte dove Adam poteva vederli, ma non sapeva se li aveva sfogliati e non osava chiederglielo. La pazienza, doveva essere la sua tattica.

Quando era cominciato tutto questo? si chiese. La risposta immediata avrebbe potuto essere: una notte in cui Adam l'aveva apertamente respinta. Ma mentre rifletteva, le divenne chiaro che era cominciato un po' di tempo prima. Incidenti isolati che, se non fosse stato per il problema attuale, sarebbero stati risucchiati nel turbine della vita quotidiana e delle banalità dimenticate.

Qualche settimana prima c'era stata quell'insolita schermaglia tra Adam e Megan.

«Fra poco più di un anno compirò diciassette anni», aveva detto raggiante Megan. «Quali sono le mie speranze di ottenere una macchina, papà?»

Adam, che era stato piuttosto silenzioso per tutta la sera, aveva alzato gli occhi dal giornale e dato una risposta irritata.

«Nessuna. Assolutamente nessuna.»

«Papà! Perché no?»

«Perché non sono un miliardario, ecco perché.»

«Alludevo solo a una macchina di seconda mano. Non è necessario essere miliardari per averla», lo implorò Megan. «E ti aiuterò con i risparmi che ho messo da parte facendo la babysitter.»

«Ho detto no», rispose bruscamente Adam, «ed è esattamente quello che intendevo. No. Il quartiere è già abbastanza pieno di ragazzi viziati che credono che il mondo sia un grande negozio di giocattoli», aggiunse.

«Se io sono viziata, e non lo credo proprio», ribatté Megan, «mi chiedo chi mi abbia viziata.»

«Basta così», disse Adam. «Non voglio sentire altro. L'argomento è chiuso.»

Questo non era il modo in cui ci si comportava in famiglia, e Megan, sbigottita e ferita, si rivolse a sua madre con una domanda silenziosa.

A quel punto Margaret intervenne. «Non hai ancora sedici anni, Megan. Perché non aspettare il momento opportuno? Ne riparleremo allora. Per quel che mi riguarda, credo che ti sarebbe comodo avere una macchinina.»

Adam si alzò e uscì dalla stanza.

Margaret guardò le tre facce perplesse, girate verso di lei. Sapeva che in molte famiglie si bisticciava e si parlava con asprezza, e che molti padri si rivolgevano abitualmente ai figli come Adam aveva appena fatto. Ma noi non siamo mai stati una simile famiglia, pensò, né lui è mai stato un simile padre. E d'un tratto la stanza le parve un luogo ostile, strano, non una casa.

«Papà è stanco», si era scusata.

«È sempre stanco», aveva osservato Megan.

«Megan, questo non è vero.»

E non era vero. Adam non era «sempre stanco». Per lo più era se stesso. Ma era troppo spesso stanco.

Adam era perfettamente consapevole del cambiamento avvenuto in lui. Tale consapevolezza turbava i suoi giorni e le sue notti. Sapeva com'era irritabile, distratto, teso e spaventato.

Perché era scattato con Megan? Dopotutto, come la maggior parte delle ragazzine, sognava solo di avere un'automobile. È vero che più tardi era salito in camera sua, tentando di spiegare e scusarsi...

Perché se l'era presa con Danny lo scorso sabato? Era andato da Randi a colazione e aveva dimenticato la promessa di portare Danny e Rufus dal veterinario. Il cane aveva un orecchio infettato, e per un'intera giornata poi il ragazzo era stato implacabile. Anche questa volta, Adam si era scusato...

E lo affliggevano crescenti preoccupazioni. Una di queste era Fred. Ogni volta che erano insieme, come quando lui e Margaret lo incontrarono inaspettatamente una sera al ristorante, o quando passava da casa alla domenica pomeriggio, come faceva da anni, Adam si ripeteva che Fred non avrebbe mai detto una cosa sbagliata. Quali informazioni possedeva, dopotutto? Eppure era fonte di ansia. Non potevi mai essere sicuro che un giorno qualcosa, deliberatamente o accidentalmente, potesse uscire dalla bocca di Fred. E si scoprì a osservarlo, chiedendosi se non ci fosse un sottile cambiamento nei suoi modi. Si preoccupava quando Fred veniva a casa e si preoccupava quando non ci veniva; che quest'assenza potesse significare che si teneva lontano perché aveva notato una seconda volta la macchina verde con a bordo Randi?

Anche in ufficio stavano avvenendo spiacevoli contrattempi: era diventato un covo di pettegolezzi. A New York, al quartier generale, stavano trattando con Magnum per vendere l'ultimo software per una bazzecola perché la compagnia aveva bisogno di soldi. Altri dicevano invece che la compagnia aveva avuto dei buoni utili in ogni settore nel corso dell'ultimo anno. Ma al dunque, la sede di Elmsford aveva lasciato a casa tre dipendenti, tre giovani e brillanti dipendenti. Erano naturalmente nuovi acquisti e mancavano d'esperienza, per cui non era come se avessero lasciato a casa qualcuno del livello di Adam...

Ma come sarebbe andata se le voci fossero state vere, e avesse avuto inizio una reale riduzione del personale? E lui, Adam, fosse stato chiamato in ufficio un giorno e gli avessero detto educatamente, con rammarico... si sentì gelare. I conti della famiglia erano enormi. O almeno lo sembrano, pensò amaramente, per un salariato come me. Immagino che dovrò lavorare e preoccuparmi fino alla morte.

E non è che vogliamo tanto. Non siamo spendaccioni, a meno che non sia da spendaccioni desiderare i college migliori per i propri figli. Mia madre è riuscita a farlo per me, ma ero figlio unico. Io ne ho tre. E ognuno di loro ha dovuto farsi raddrizzare i denti. Se fossi Fred Davis, costruirei un altro paio di case e non avrei problemi. O se fossi il dottor Farley, o quell'imbecille del cugino di Margaret, Gil. Gli amici di Randi si accontentano di meno. Non ci pensano neanche alla Ivy League. Se i denti non sono perfetti, non è la fine del mondo per loro.

Aveva spese anche per conto di Randi. Facendo tanti pasti a casa sua, soprattutto ora – poiché dall'incontro con Fred non andavano più da nessuna parte nei pressi di Randolph Crossing – sentiva l'obbligo di contribuire. C'erano inoltre stati sporadici weekend a Chicago o Houston, quando aveva finto di andare a dei convegni di lavoro; erano state giornate deliziose, ma inevitabilmente costose. A volte gli sembrava di mantenere due famiglie.

Quella mattina di due anni prima, quando aveva trascorso la notte con Randi, aveva aperto gli occhi confuso, non riconoscendo la tappezzeria nella stanza che divideva con Margaret. Adesso gli succedeva spesso, quando si svegliava accanto a Margaret, di cercare il cielo sopra il lucernario. E allora giaceva immobile per un po', angosciato e tormentato dai dubbi.

Guardava la testa di Margaret sull'altro cuscino, scorgendo una piccola ruga sulla fronte che era sempre stata così serena; era probabile che le preoccupazioni la seguissero anche nei sogni. Non meritava preoccupazioni. Meritava di essere desiderata. Ma non poteva farci niente se non riusciva a desiderarla; da quando Randi era rientrata nella sua vita, aveva perso la capacità di desiderare Margaret. Quando lei aveva cercato di invitarlo, era stato incapace di rispondere. E aveva sentito la sua umiliazione come se fosse stato lui a essere respinto.

Che cosa doveva fare? Verso cosa stavano andando?

Un mattino, indugiando a letto qualche minuto in più, prestò orecchio ai rumori della casa; la porta sul retro che si apriva e si richiudeva sbattendo indicava che qualcuno stava facendo uscire Zack e Rufus; alla porta d'ingresso qualcuno stava ritirando il giornale dal prato. Il breve battibecco in anticamera indicava l'inevitabile disaccordo delle ragazze per un maglione o una sciarpa... In un accesso di terrore balzò dal letto. Questa cosa che stava facendo, questa politica del rischio calcolato, doveva cessare prima che distruggesse la vita della sua famiglia. Queste erano le persone che amava. Che cosa diavolo gli stava facendo?

«Credo», disse a Randi dopo che avevano parlato per un'ora. «Credo che dovremmo smettere.»

«Smettere di parlare?» Si asciugò gli occhi rossi e gonfi. «È questo che vuoi dire, o...»

«Entrambe le cose.»

Gli si incrinò la voce. Le donne versano lacrime, pensò, e agli uomini si incrina la voce per lo sforzo di soffocarle.

«Non puoi dire sul serio, Adam. Avresti veramente il coraggio di andartene dopo questi due anni? Siamo stati... siamo stati come sposati per due anni, Adam! Questa è la nostra casa!»

Casa, pensò lui. Ma i miei figli sono la casa. Se solo potessi avere i miei figli e anche Randi, tutti nella stessa casa ogni giorno... Ma il concetto era assurdo. Idiota. Malato.

Randi si alzò e si avvicinò al camino per fissare le fiamme. Aveva preparato il fuoco per lui, perché gli piaceva in una grigia giornata d'autunno. Aveva preparato un grog caldo e posato una ciotola di foglie autunnali sul tavolo. Queste erano cose che facevano le mogli, mogli a cui importava delle loro case e del loro marito. E lui sedeva lì a vederla struggersi, con la testa china e le spalle tremanti.

Quando non riuscì più a sopportarlo, le si avvicinò, facendola girare verso di sé, e ripetendo con voce rotta per la decima volta o più quel giorno, «Ascoltami. Non lo vorrei proprio, ma cosa posso fare? Ne subiremo tutti le conseguenze, se questa storia andrà avanti. È una strada senza uscita.»

«Non mi importa, Adam. La prendo così. È meglio di niente.»

Ne dubitava. Lei voleva stabilità, matrimonio. Era più che naturale.

E lui disse molto dolcemente: «Non ho un futuro da offrirti».

«Tu sei il mio futuro», esclamò lei. «Sei tutto il futuro che desidero. Oh, Adam, ti amo tanto. Non puoi lasciarmi. Non te lo permetterò. E non vuoi lasciarmi.»

No, no, non voleva. Gli stava premuta contro, stringendolo fra le braccia, il cuore che batteva contro il cuore, la bocca sulla bocca mentre mormorava contro le sue labbra.

«Ce la faremo. Purché si possa avere un po' di tempo insieme come adesso – come adesso – andrà bene. Oh, è tanto triste pensare a una separazione! Sarebbe come morire. Vedrai, caro, andrà tutto bene.»

Sì, come morire, pensò lui, e non siamo pronti a morire.

E gli occhi di lei, i suoi deliziosi occhi piangenti lo imploravano. «Dimmi che vivremo. Dimmelo.»

Il suo dolore si stava disperdendo lentamente, come fumo. «Cara, cara, vivremo», disse.

La sera, quando Julie finiva di fare esercizio al pianoforte, Adam chiedeva spesso che suonasse qualcosa per lui. La sua musica preferita era romantica, Schubert o Brahms, per lo più. Quando chiudeva gli occhi e appoggiava la testa alla poltrona, Margaret notava un sorrisetto sulle sue labbra. Uno strano sorriso, come se tenesse qualcosa per sé. Ma non era sciocco da parte sua cercare di leggere delle cose in un sorriso? E allora tornava ai suoi compiti.

Poi, dopo un po', lo guardava di nuovo. Aveva sempre avuto una bocca rilassata, molle? I suoi pensieri la imbarazzavano. Sono arrabbiata, si diceva, e trovo in lui ridicoli difetti, mentre dovrei confortare questo pover'uomo oberato di lavoro, malato forse, carico di responsabilità.

Il guaio era che non rispondeva ai suoi tentativi di confortarlo. Era in qualche posto noto soltanto a lui. Anche mentre faceva normali cose piacevoli insieme a tutti loro, come pranzare, fare una passeggiata, aiutare nei compiti, c'era una parte di lui che era assente. E avrebbe desiderato che qualcuno con cui poteva confidarsi l'aiutasse ad alleggerire il suo stress. Ma non c'era nessuno. L'argomento era troppo intimo, troppo intimo perfino per Nina, ammesso che fosse stata lì.

E lei rappresentava un'altra spina nel cuore di Margaret. Che una simile rottura potesse essere avvenuta tra lei e Nina! E tra Nina e i ragazzi! Poverini. Come potevano arrivare a capire?

Senza preavviso il tempo era cambiato; venti e correnti stavano scuotendo la piccola imbarcazione della famiglia, e non avevano una carta nautica. Stavano andando alla deriva.

12

Era una di quelle giornate miti, e quando si può già immaginare la primavera. L'argentea luce del sole filtrava attraverso gli alberi spogli, e i passeri svolazzavano sul prato ancora verde.

Adam, guardando ansiosamente verso la finestra e la schiena di Randi, disse: «Facciamo una passeggiata. Un po' di aria e di moto ti aiuteranno a tirarti su di morale».

Senza girarsi, lei rispose cupa: «Ho bisogno di ben altro per tirarmi su di morale. Sono troppo sola, questo è il mio problema. Sì, sto in mezzo alla gente tutto il giorno per lavoro, ma quando la sera torno qui, in queste stanze vuote, è molto triste. Non so descriverlo, non so dirti come mi sento».

«Lo posso immaginare», assentì Adam. «E mi dispiace.»

«Il giorno del Ringraziamento ero l'unica single al tavolo di una famiglia. Non ho fatto che pensare al pranzo che avrei potuto prepararti a casa nostra.»

Questa era la prima volta che Randi si era spinta oltre allusioni o osservazioni indirette, e la cosa lo spaventò. Vedeva profilarsi una crisi e, quando si girò, dovette affrontare una sorta di spiacevole accusa.

«Naturalmente, a Natale sarà lo stesso. Poi ci sarà la fine dell'anno, tutte le mie amiche baceranno i loro fidanzati o i loro mariti a mezzanotte, mentre io me ne starò lì, tentando di sorridere. È troppo deprimente. Il fatto è, Adam, che sta per venirmi una crisi depressiva.»

«No, no», protestò lui. «Sei troppo forte, troppo solida per questo.»

«Non sono fatta di ferro», ribatté lei.

Quando vide le lacrime nei suoi occhi, la sua preoccupazione aumentò. Per quanto d'indole gentile e facile da accontentare, Randi era però capace di prendere decisioni esplosive senza curarsi delle dolorose conseguenze; non l'aveva già fatto in precedenza, allontanandosi da lui?

«So com'è dura per te», si affrettò a dire Adam. «Ti prometto che cercherò di inventarmi un convegno di tre giorni da qualche parte ai primi di gennaio. E potremo andarci insieme. Ma al momento sono intralciato da queste vacanze. I miei figli, i secondi cugini che vengono da Denver, la festa di Natale in ufficio... sai che cosa significa.»

«Non puoi trovare qualche momento per noi? Puoi andartene prima un giorno, no? Diciamo verso le quattro? Dire che hai degli affari di cui occuparti e venire qui a cena. Comprerò delle buone cose, faremo una piccola festa per noi due soli. E potrai tornare a casa quando vorrai. Non puoi farlo?»

«Be'», disse lui. «L'ho fatto spesso ultimamente.»

«Su, Adam, facciamolo. Sarà il nostro Natale segreto.»

«Sei irresistibile», disse lui, scuotendo la testa e meravigliandosi di se stesso.

«Lo so», gli rispose ridendo.

Poco dopo le quattro, mentre Adam lasciava l'ufficio, cominciò a nevicare. Quando fu circa a metà strada da Randi, stava ormai nevicando a larghe falde. Sentiva che avrebbe dovuto girare e tornare indietro finché era possibile. Ma non lo fece.

La casa traboccava di allegria. Fece un buon pranzetto, brindò a champagne e fece l'amore con Randi. Quando l'orologio cominciò a battere le ore, lei alzò il volume della musica in sottofondo per mascherare i rintocchi.

«Non serve, cara», disse lui. «Devo andare.»

Aprirono la porta d'ingresso e un turbine di neve li investì. «Non puoi tornare a Elmsford con questo tempo», protestò Randi.

«Non posso neanche restare qui tutta la notte», ribatté lui, abbottonandosi il cappotto.

«E se rimani bloccato per strada? Che impressione farebbe? Dovresti essere a una riunione in ufficio.»

«Devo rischiare.»

«Parlando di possibilità, credo sia chiaro che la situazione è impossibile.»

Era chiaro che non si stava riferendo solo al tempo: gli stava di nuovo ponendo domande sul futuro della loro relazione. E si guardarono, senza parlare, mentre la domanda era sospesa tra loro: Che cosa fare?

Poi la baciò, corse alla macchina, e scese lungo la collina.

Per fortuna la strada era pianeggiante o in discesa. Non c'era quasi una vettura in giro, e quelle che c'erano cercavano di avanzare lentamente e tenersi lontane dai bordi dove, se qualcuno fosse affondato, avrebbe fatto meglio a prepararsi a trascorrere una lunga notte al freddo. Era stata pura temerarietà avventurarsi quassù, ma il bisogno di vedere Randi si era rivelato più forte della cautela o del buon senso. Anche mentre imprecava contro il ghiaccio e cercava di non sbandare, Adam sorrideva all'immagine di lei in vestaglia di velluto rosso e pantofoline dorate.

Era alla periferia di Elmsford, con quasi due ore di viaggio alle spalle, quando la fortuna lo abbandonò. Lasciando la statale per svoltare in una strada più stretta, la macchina slittò sul ghiaccio, fece un giro su se stessa, e finì in un cumulo di neve alto più di ottanta centimetri.

Scese e cercò di spalarla. Risalì e tentò di muovere la macchina. Il motore rombava e le ruote giravano a vuoto; quando sentì odore di gomma bruciata, ci rinunciò. Per un minuto rimase lì nella strada deserta con i negozi e i magazzini chiusi, riflettendo sulla prossima mossa. Stava per abbandonare l'automobile e trascinarsi per i pochi chilometri che lo dividevano da casa quando da dietro l'angolo sopraggiunsero due giovani a piedi e gli indicarono un bar vicino dove avrebbero potuto dargli una mano.

E così accadde che il padrone del bar si mostrò disposto a chiamare suo fratello, che aveva un carro attrezzi e avrebbe acconsentito, dietro compenso, a venire in aiuto di Adam.

«Le costerà, signore», disse.

«Non mi importa del costo», rispose Adam.

Era l'una e mezzo del mattino quando imboccò il suo viale d'accesso. Le luci erano ancora accese in tutta la casa, e Margaret sarebbe stata in attesa di una spiegazione che lui non aveva.

Nel momento in cui infilò la chiave nella serratura, la sentì correre giù e gridare.

«Ero fuori di me per la preoccupazione! Dove sei stato, in nome del cielo? Ho telefonato in ufficio, pensando che fossi bloccato lì, ma ha risposto la segreteria telefonica. Poi Megan mi ha sentita e si è alzata. Stavamo entrambe immaginando un orribile incidente... Dove sei stato?»

«La riunione è durata all'infinito. Poi, mi sento imbarazzato a dirlo, sono andato con un paio di colleghi al bar dell'*Hotel Bradley*.»

Margaret sospirò. «Be', per fortuna adesso sei a casa sano e salvo. Non mi è passato per la mente che potessi essere andato da qualche parte dopo.» Ridacchiò. «Non sei mai stato il tipo che esce coi colleghi. Ma, ti prego, la prossima volta telefona.»

«Lo so. Avrei dovuto farlo. È stato stupido da parte mia. Non ci ho pensato.»

«Be', tutto è bene quel che finisce bene. Sei bagnato fradicio. Meglio che tu faccia subito una doccia calda. Povera Megan, l'ho rimandata a letto. Era così preoccupata che ha telefonato perfino a Fred.»

«Ha telefonato a Fred?» strillò. «Perché diamine gliel'hai lasciato fare?»

«Non gliel'ho lasciato fare. È scesa e l'ha fatto, poi me l'ha detto. Voleva chiedere a zio Fred se dovevamo chiamare la polizia.»

«La polizia? E lui cos'ha detto?»

«Di non chiamarli e di non preoccuparci. Era sicuro che andava tutto bene. Non riesco a immaginare che cosa lo rendesse tanto sicuro. Ma be', conosci Fred. Lui guarda sempre al lato positivo delle cose.»

La sera dopo c'era la festa di Natale della ditta di Adam. Di solito si svolgeva in ufficio, ma questa volta si sarebbe svolta in un salone privato dell'*Hotel Bradley*.

«Sembra di buon auspicio», osservò Margaret mentre si stavano vestendo.

«Perché?»

«Be', evidentemente le cose non vanno così male se spendono tanti soldi extra.»

«Non necessariamente. Potrebbe essere il contrario; si aspettano cattive notizie e vogliono addolcire il colpo, specialmente a Natale. Tipico dei grandi capi.»

Margaret non rispose. C'era qualcosa di fondamentale nel loro diverso approccio alla vita. Lei era ottimista, forse anche scioccamente a volte, mentre lui era pessimista, forse più realistico di quanto lo fosse lei. Recentemente, però, aveva notato nelle sue osservazioni un sottofondo di cinismo che la rattristava.

Era determinata a servirsi di questa serata per cercare di tirarsi su il morale, ormai basso da molto tempo. A tal scopo aveva comprato un vestito nuovo. Le era costato più di quanto avesse mai speso, ma era del suo colore preferito, pervinca, quella strana sfumatura tra il viola e il blu; non era riuscita, e non aveva voluto, resistergli. Adesso, allo specchio mentre si aggiustava un paio di orecchini fantasia color zaffiro, si compiacque di se stessa.

Megan e Julie erano estasiate. Con le facce girate verso l'alto, stavano aspettando in fondo alle scale, quando Adam e Margaret scesero.

Ridendo, Margaret disse: «Sembrate due damigelle in attesa del bouquet».

«Ma, mamma! Non ti abbiamo mai vista così. Sei fantastica! Non è fantastica, papà?»

Adam guardò. «Sì, è un gran bel vestito.»

«Dovresti vestirti così ogni giorno, mamma», disse Julie.

«Come, a scuola? Sei proprio stupida», la schernì Megan.

E Adam disse: «Andiamo. Faremo tardi».

Percorsero i primi isolati in silenzio. Se m'intendessi un po' di psicologia, pensò Margaret, forse mi analizzerei e capirei se questo peso su ciò che i poeti chiamano cuore, è il peso del dolore, della paura, della pietà, della rabbia o di tutte queste cose insieme.

E bruscamente, chiese: «Ti piace davvero quest'abito, Adam? Chissà perché ho l'idea che non ti piaccia».

«Ma sì», rispose lui. «Certo che mi piace. Perché lo chiedi? Ho detto che mi piace. È molto bello. Molto.»

Aveva girato la testa verso di lei mentre parlava. La sua voce era più calda. Ma se solo le avesse posato la mano sul braccio! Se solo le avesse dato qualcosa! Qualcosa.

Alla fine, avrebbe dovuto parlare, mettere le carte in tavola, dire: Ecco, è colpa tua, non voglio biasimarti perché ti amo, ma ho aspettato abbastanza, non ne posso più, è colpa tua perché non vuoi dirmi niente, né fare niente. Se sei malato, ti aiuterò perché ti amo, non capisci che, nonostante tutto, ti amo...

Iniziarono le lacrime. Stupide lacrime. E il sospetto che potesse esserci un'altra donna. Ma questo era assurdo. Nell'oscurità cercò un fazzolettino, e grazie alla forza di volontà riuscì a controllarsi.

Non essere idiota, Margaret. Comportati come una donna della tua età.

Di nuovo silenzio.

Poi, lentamente, cominciò a nascere in lei una sorta di sfida. Accarezzò il braccialetto d'oro di sua madre e la gonna di seta. Questa avrebbe dovuto essere una serata di festa, e ce n'erano assai poche nella routine delle loro vite. Avrebbe fatto il possibile per divertirsi!

Adam chiese affabilmente: «Megan stava dicendo qualcosa sul fatto di scegliere Storia europea come materia supplementare l'anno prossimo?»

«Sì, il suo professore pensa che dovrebbe. Non è particolarmente interessata agli studi umanistici, ma se la caverà bene. Se la cava sempre.»

«È difficile credere che avrà solo diciassette anni l'anno prossimo, non è vero?»

«Megan è sempre stata cinque anni più avanti.»

E durante il resto del tragitto parlarono pacatamente dei figli.

Era sempre stata capace di riprendersi in fretta dopo un momento di crisi. Quando raggiunsero le sale dell'*Hotel Bradley*, la sua testa era di nuovo fiduciosamente alta. Era anche contenta come una bambina all'idea della «festa».

Suoni, colori, lampadari e fiori vennero verso di lei come una vivida ondata e vi si tuffò.

I Crane non si erano fatti degli amici tra i dipendenti dell'ADS, perché Adam, contrariamente a Margaret, pensava che la vita lavorativa andasse tenuta rigorosamente separata dalla vita privata. Ma lei aveva dei contatti in quell'ambiente, molti dei quali risalivano agli anni della scuola, poiché tante famiglie dell'ADS avevano figli a cui lei aveva insegnato o insegnava tuttora. Così, non appena varcata la soglia, fu salutata da un sacco di gente, presentata a persone nuove e avvicinata da altre che conosceva da quasi tutta la vita.

Adam se ne stava tranquillamente accanto a lei, stringendo in mano un drink.

«Chi è l'uomo nuovo dell'ufficio centrale?» sussurrò Margaret.

«Chi?»

«Quello che hai nominato un po' di tempo fa. Credo avessi detto che il suo nome era Hudson.»

«Oh, quello. Laggiù. L'uomo coi capelli grigi e una signora in nero.»

«Faresti meglio a essere affabile con lui, Adam. Viene subito dopo Ramsey, no? E sopra Jenks.»

«Sono tutt'altro che poco affabile con lui, Margaret.»

«Non è questo il punto. Avviciniamoci e presentami.»

«Tutta questa faccenda è noiosissima. D'accordo, andiamo.»

Rudy Hudson si mostrò immediatamente cordiale, al pari di sua moglie.

«Ho sentito parlare molto di lei da quando ci siamo trasferiti qui» disse Ruth Hudson a Margaret.

«Di me?»

«Sì. Due dei nostri vicini la conoscono per via della scuola. Da come hanno lodato il suo modo di insegnare, pensavo che fosse molto, molto più anziana. E quando ho offerto la mia disponibilità alla Croce Rossa, ho sentito che vi lavorava anche lei.»

«Non spesso come vorrei. Non c'è mai abbastanza tempo per tutto quello che desidereremmo fare, no?»

Ammisero che era vero.

«Non ha mai detto una parola sulla sua bella moglie. Credo di non poterla biasimare se la tiene nascosta», disse Rudy Hudson ad Adam.

Imbarazzata, Margaret osservò che la porta della sala da pranzo si stava aprendo. Mentre le coppie si separavano, Adam mormorò che quell'uomo era un idiota.

«Perché?» ribatté lei. «Perché ha detto che sono bella, mentre non lo sono?»

«È stato di cattivo gusto», dichiarò Adam.

D'un tratto voleva punzecchiarlo. «Sì 'bella' è un'esagerazione. Ma che ne diresti di 'carina'? Avresti da ridire su questo, o no?»

«Ti stai comportando come un'idiota», disse. «Sai benissimo che lo sei.»

«Non guasterebbe se ogni tanto me lo dicessi.»

«E va bene. Sei una donna molto carina.»

Adesso era arrabbiata. Strano, come i suoi stati d'animo mutassero da un momento all'altro. E con coraggiosa determinazione cercò di distogliere i pensieri da se stessa.

A tavola, dove inevitabilmente gli uomini parlavano di lavoro, le donne furono costrette a conversare tra di loro. Margaret era seduta tra Madeline Jenks e Ruth Hudson.

«Finalmente ci rivediamo», disse Madeline. «Ci si incontra soltanto alle feste di Natale o al supermercato.»

Margaret annuì. «È che siamo tutti così presi. A volte penso che occorrerebbero quattro o cinque ore in più nella giornata.»

«Be', a noi donne farebbe comodo. Per gli uomini la vita è più facile. A casa alle otto in punto ogni sera, con nient'altro da fare se non mangiare e rilassarsi, mentre noi difficilmente siamo libere prima di mezzanotte.»

«Alcuni uomini, sì, ma non quelli dell'ADS, questo è certo.»

«Che cosa intende dire?» chiese Ruth Hudson, sorpresa.

«Fanno sempre tardi. Riunioni tutte le sere. Credo che gli uomini qui lavorino molto.»

«Non ci sono così tante riunioni», osservò Madeline Jenks.

Margaret era sorpresa. «Non tante? Due o tre alla settimana. Naturalmente», aggiunse, attenta a non farlo apparire come una lamentela, «il lavoro deve essere svolto. E Dio sa che svolgono un ottimo lavoro. Ma ieri Adam è rientrato all'una e mezzo del mattino! Con quella tempesta di neve, pensavo che non sarebbe più tornato. È stato terribile.»

Le altre due donne non fiatarono. Poi la conversazione maschile catturò la loro attenzione; qualcuno si alzò per fare un breve discorso di benvenuto, e l'orchestra attaccò a suonare musica da ballo.

Adam, a cui non piaceva ballare, si mosse rigidamente attorno alla sala con Margaret. Poi lei ballò tre o quattro volte con altri uomini. Ballava bene e ricevette numerosi complimenti.

Quando fu il momento di andare, fece una valutazione mentale della serata: come la sua vita era stata soddisfacente – tranne per uno sconcertante, spiacevole problema.

Adam sedeva in ufficio senza riuscire a concentrarsi sul lavoro ammucchiato davanti a lui. Il martellio alle tempie aveva cominciato a provocargli un senso di nausea. Le domande non l'avrebbero sicuramente lasciato in pace. Esigevano una soluzione. Doveva chiudere con Randi? Da una parte: sì. Non avrebbe mai dovuto incominciare con lei. Dall'altra: no. Si amavano. Ma Margaret era così visibilmente sconvolta; pensava, conoscendola come la conosceva, che stesse già soffrendo molto, e se avesse saputo sarebbe rimasta annientata. Quanto ai ragazzi, non poteva che rabbrividire al pensiero delle ripercussioni su di loro. Come potevano andare avanti così? L'atmosfera in casa era cupa e pesante, e prima o poi il suo inganno sarebbe venuto alla luce.

Era un pasticcio, un terribile pasticcio. Si alzò per guardare fuori dalla finestra, come faceva ogni volta che doveva riflettere.

Una delle segretarie bussò ed entrò con un messaggio. «Il signor Jenks desidera vederla nel suo ufficio.»

Arrogante bastardo! Prima della promozione Jenks sarebbe venuto nell'ufficio di Adam a dire quel che doveva dire.

Due uomini stavano evidentemente aspettando Jenks nell'ufficio esterno. Jenks disponeva ora di un ufficio più grande, uno per lui, e uno per la sua segretaria. Le due stanze erano separate da un tramezzo di vetro.

«Ho sentito che non sei contento all'ADS», esordì Jenks.

Sbalordito, Adam balbettò: «Non so che cosa intendi dire».

«Ti sei lamentato del superlavoro.»

«Mai... Chi te l'ha detto?»

Jenks lo guardò negli occhi. «Tutte quelle riunioni fino a tarda notte. Dopo l'una del mattino e in piena tempesta di neve, ha riferito tua moglie.»

«Mia moglie?» ripeté Adam.

Imprecò contro la sua terribile tendenza a sudare. E, com'era accaduto quella volta per la strada con Fred Davis, si ritrovò bagnato fradicio.

«Non prendertela con tua moglie. Non voleva danneggiarti, Crane. Futili chiacchiere. La capisco.»

«Non capisco cosa volesse intendere Margaret. Mi piace il mio lavoro, dovresti saperlo», disse Adam.

«Sia come sia, queste chiacchiere sugli orari prolungati e le riunioni fino a tarda notte non giovano alla nostra immagine, ci fanno apparire inefficienti o in crisi, cosa che decisamente non siamo. Come sai, o dovresti sapere, Crane.» Jenks aveva alzato abbastanza la voce da farsi sentire anche fuori dall'ufficio. «Così ti consiglierei di badare che né tu né altri in casa tua divulghino più questo genere di notizie.»

«No naturalmente, no. È stato un errore, un malinteso.»

«Quanto alla tua vita privata, sono fatti tuoi. Purché non interferisca col tuo lavoro qui. È chiaro, Crane?»

Mi disprezza, pensò Adam.

«È chiaro», rispose, farfugliando.

«Bene», disse Jenks.

I due uomini nell'ufficio esterno guardarono Adam e distolsero in fretta lo sguardo. Avevano sentito tutto. Era stato umiliato, come uno scolaretto mandato nell'ufficio del preside. E sentendosi nudo, percorse il corridoio fino alla sua stanza, dove sedette con entrambe le mani premute sul viso.

Stava fremendo di rabbia. Quello che dovrei fare, pensò, è tornarmene lì e dire: «Avresti potuto parlare con me da uomo a uomo, o meglio, avresti potuto ignorare la faccenda, invece di ripetere quelle sciocche chiacchiere da donne. Quanto alle tue allusioni alla mia vita privata...» Ma naturalmente non poteva farlo.

Se solo avesse potuto fuggire da quella vita così complicata! Andare in qualche posto con Randi, un posto semplice e tranquillo, sedere al sole e passeggiare nei boschi senza dover pensare. Non faceva che pensare!

Adam fu colto da un senso di vertigine, come se stesse cadendo, ruzzolando, senza niente a cui aggrapparsi. Se la loro reciproca antipatia aveva trasformato Jenks in un nemico, avrebbe potuto accadere di tutto. Tra le voci che ronzavano come api intorno a un alveare, ce n'era una su un giovane genio di ventiquattr'anni che faceva ricerche di software all'università ed era corteggiato da diverse compagnie, compresa la ADS. Un tipo come lui avrebbe potuto trasferirsi qui con la sua squadra e buttare tutto all'aria...

La cena stava per essere servita, quando tornò a casa. Aveva girato tre volte intorno all'isolato cercando di calmare il battito del suo cuore e la sua rabbia.

«Credevo tornassi di nuovo tardi», disse Margaret. «Stavamo per incominciare senza di te. Hanno tutti molto da studiare stasera.»

«Che mangino senza di me. Non ho appetito. Voglio parlarti, vieni di sopra.»

Lo seguì nella camera da letto. Con il cuore in tumulto, Margaret si lasciò cadere sul seggiolino della toilette e attese.

Adam non si era nemmeno tolto il cappotto, e se ne stava lì cupo, le mani in tasca, facendo tintinnare monete e chiavi. Era ovviamente contrariato da qualcosa, e non sapeva da dove cominciare.

«Senti», disse bruscamente. «Sentimi bene. Jenks mi ha chiamato oggi, mi ha trattato come una pezza da piedi. Hai detto a sua moglie che non ero contento del lavoro.»

«Cosa? Sei pazzo? Non l'ho mai fatto. Pensi che sia così stupida da dire frasi del genere?»

«Qualcosa devi aver detto. Non possono essersi inventati tutto.»

Che cosa poteva aver detto? Di qualunque cosa si trattasse, doveva essere stata banale, perché stentava a ricordarlo. Adam la stava guardando torvo, rendendole più difficile concentrarsi.

«Sto aspettando, Margaret.»

«Tutto quel che ricordo è di aver detto qualcosa su come lavora sodo la gente all'ADS. Era un complimento, in realtà. Oh, sì, ho accennato alle riunioni e a come sei rimasto intrappolato nella tempesta di neve l'altra notte. Tutto qui.»

«Tutto qui?» La faccia di Adam era alterata. «Cretina. Cretina. Sarai brava a insegnare chimica a un gruppo di ragazzini ma non hai la minima idea del mondo reale. Chiacchierare a vanvera con quelle donne...»

«Non ho chiacchierato a vanvera, Adam. Non lo faccio mai. Non posso farci niente se hanno deciso di esagerare un'innocua osservazione.»

«Hai parlato con la moglie di Jenks, proprio con lei! Se verrò trasferito altrove, o magari licenziato, dovrò ringraziare te. Te ne rendi conto?»

Lei si alzò in piedi. In tutti quegli anni non le aveva mai parlato con tanta rabbia, tanto veleno. Respirava pesantemente e continuava a guardarla male. Aveva l'impressione che ci fosse odio nei suoi occhi. A quel punto, raddrizzandosi in tutta la sua statura, si scoprì anche lei carica d'odio.

«Adesso sentimi bene tu», strillò, afferrandolo per il bavero del cappotto. «Ne ho quasi abbastanza di te. Se sei malato, e credo che tu lo sia, fatti aiutare, come ti ho chiesto di fare una ventina di volte. Ma malato o no, non accetterò più da te simili sfuriate. Non sopporto il modo in cui mi tratti! Che cos'è tutta questa storia? Chi sei? Non sei qui. Sei da qualche altra parte dove non riesco a trovarti. Dove ti stai nascondendo? Ho lottato con le ombre, e sono stanca. Ho cercato di essere paziente, di capire, ma c'è un limite...»

«Oh, hai molto di che lamentarti, è vero. Chiedi alle altre

donne, donne i cui mariti tornano a casa e fanno l'inferno per un nonnulla, mentre io me ne vado tranquillamente a lavorare in giardino o sto in casa a insegnare ai ragazzi a usare il computer. Litigo? Alzo forse la voce?»

«Sarebbe meglio se la alzassi qualche volta. Almeno sarebbe più umano. Sapremmo che ci sei. Quale mistero ti circonda? Perché non parli mai di te? Per quanto tempo posso tirare avanti sentendomi sola come mi sto sentendo?» Scoppiò a piangere. «Perché mi tratti così, biasimandomi per qualcosa che non ho fatto e non farei mai? Perché mi odi, Adam? So che è così. Te lo leggo negli occhi.»

«Non ti odio. Sei ridicola.»

«Non credo. Non c'è nulla di ridicolo in questa casa da molto, molto tempo. Se penso a com'eravamo...» S'interruppe e si asciugò le guance.

Margaret si guardò attorno nella stanza, come se lì, nella familiarità della tappezzeria, con le farfalle gialle e le fotografie dei suoi genitori nella loro doppia cornice, potesse trovare conferma o smentita di questa cosa inverosimile.

«C'è un'altra?» gli chiese con voce stridula.

Adam alzò le mani, rivolgendosi a un invisibile pubblico. «Torno a casa per dirle che potrei trovarmi nei guai in ufficio a causa delle sue stupide osservazioni, e tutto quel che fa è accusarmi di avere un'altra. Che senso ha?»

Non c'era naturalmente nessuna logica in ciò; i fatti non avevano alcun legame tra loro, ma l'idea aveva preso piede, e poté solo ripeterla.

«È vero! Sì, è così. Succede a quasi tutte le donne, perché non a me?»

«Non è vero, Margaret», disse calmo Adam. «No.»

«Sono diciott'anni. Ora di cambiare, una nuova donna, giusto? Chi è, Adam? Chi? Chi è la donna che prenderà il mio posto?»

«Sei isterica. Ti stai rendendo ridicola.»

Quando vide che stava guardando al di là della sua persona,

si girò e scorse il gruppetto nel corridoio fuori della porta: le ragazze e Danny stavano lì, sbalorditi. Si sentì pervadere dall'orrore: i ragazzi avevano sorpreso i loro genitori in un momento di intimità, come se fossero stati a letto a fare l'amore.

«Che cosa state facendo qui?» urlò Margaret. «È solo una stupida discussione, non è niente. Su, andate a mangiare.»

E Adam le fece eco. «Sì, scendete. Chi vi ha detto di salire? Non c'è niente di cui preoccuparsi. Andate.»

Obbedienti, cominciarono a scendere le scale, ma non prima che Margaret avesse visto la faccia sconvolta di Megan.

«Bene, adesso ci sei riuscita», disse Adam. «Hai visto la faccia di Megan? Hai offerto a tua figlia qualcosa di carino da ricordare, non è così?»

Margaret singhiozzò. I suoi nervi stavano cedendo. Si prese la faccia tra le mani, scossa dai singhiozzi.

Non sapeva per quanto fosse rimasta così. Quando alzò lo sguardo, Adam si era tolto il cappotto e sedeva sullo sgabello, osservandola. Le parlò con molta calma.

«Abbiamo un po' esagerato. Mi dispiace di essere stato io a cominciare, di essere tornato a casa spossato e di essermela presa con te. Sono sicuro che Jenks ha esagerato.»

Margaret si asciugò le guance e annuì.

«Ma riguardo all'altra cosa, a quello che hai detto... non è vero.»

«Non so perché l'ho pensato... per un momento, ne sono stata certa», mormorò. «E poi ho visto i ragazzi, e ho capito che non poteva essere vero. Non gli faresti una cosa simile. So che non la faresti.»

«Se potessi evitarlo», disse gravemente Adam, «non gli farei mai del male.»

Ogni volta che parlava così, le toccava il cuore, glielo toccava come quando aveva diciassette anni.

«Scendo a rassicurarli. Devono essere terrorizzati. Ma devono imparare che a volte le emozioni fanno dire alla gente cose strane. Non ne hanno sentite molte in questa casa.»

«No», ammise lei, «no, non ne hanno sentite.»

«Forse non è stato un bene. Forse un po' di difficoltà non guasterebbero.»

Questa conversazione sta diventando ambigua, pensò, e mi duole la testa. Forse mi sono controllata troppo e troppo a lungo e ho ecceduto un po'. È così che è andata.

«Ti porto di sopra qualcosa da mangiare.»

«Perché? Ti sembro troppo conciata per scendere?»

«Non conciata. Hai semplicemente la faccia di qualcuno che ha pianto. Rimani qui e lascia che mi occupi io di te una volta tanto.»

«Va bene. E spiega tutto ai ragazzi, per favore.»

«Naturalmente.»

La lasciò lì seduta, sotto controllo, i pensieri che continuavano a fluire nella sua testa stanca. Le aveva parlato così dolcemente, così gentilmente, come l'Adam che conosceva. Eppure era consapevole che non l'aveva toccata. Anche solo una guancia o una mano posata su una delle sue avrebbe significato tanto. Era strano, tutto così strano.

Che cosa gli stava succedendo?

«Sa perfettamente, capisci. Non vuole sapere, ma sa», disse Adam stancamente mentre concludeva la storia.

Randi sospirò. «Immagino che questo sia il tuo modo di dire che non possiamo fare quel piccolo viaggio che hai promesso per gennaio.»

«Come posso farlo adesso? Oltre a questo problema a casa, le cose sono incerte in ufficio, come ti ho detto.»

Non aveva però detto a Randi della lavata di capo di Jenks. Non c'era stata ragione di farlo.

Quando l'orologio batté la mezz'ora, Randi alzò lo sguardo, esclamando: «Vorrei buttar via quella maledetta cosa! È come una guardia in una prigione quando sei qui. 'È ora', dice.

'Avete ancora dieci minuti. Cinque, quattro, countdown!' Lo detesto.»

«Sono solo le due e mezzo. Posso restare fino alle quattro.»

«Oh, sabato sera, naturalmente. Un invito a pranzo alla Casa Bianca.»

«Randi cara, cerca di non essere amara. Credi proprio che voglia pranzare a casa di Gil insieme a quei cafoni del country club? E soprattutto con Fred Davis?»

«Il ficcanaso. L'amante di tua moglie.»

«Non dire questo. Non parlare così di lei.»

«Perché? La ami ancora abbastanza da essere geloso?»

«Randi, ti prego. Non ha nessun amante. Non mi importerebbe se Fred fosse il suo amante.»

Sedette sul pavimento accanto alla sedia di Randi e alzò lo sguardo sul suo viso, supplichevole. «Vorrei poter fare qualcosa per impedirti di essere così triste.»

Una gran tristezza permeava ogni cosa. Un senso di sventura avvolgeva la casa, l'ufficio, e d'un tratto anche questo posto, questa fonte di gioia. Il genere umano vuole certezza, e non ce n'è, pensò.

«Mi sento come una slitta che si precipita a valle contro un muro di pietra, e devo saltar giù prima che si schianti.»

«Non si schianterà se la manovrerai bene. Devi girare intorno al muro.» Gli accarezzò la testa. «Sei di nuovo tesissimo. Non puoi andare avanti così.» Quando lui non rispose, Randi continuò ad accarezzarlo e a parlargli dolcemente. «Hai detto che desideravi fare qualcosa per alleviare la mia tristezza. Be', puoi farlo, e allevierà anche la tua.» S'interruppe. «Divorziare non è poi la tragedia che credi. È questo che devi fare, Adam. Deciditi.»

Divorziare. Il vocabolo stesso lo scioccò. «Non ho mai pensato di divorziare», disse.

«Perché no? Non devi niente a te stesso? Non hai diritto di essere felice?»

Allarmato, proruppe: «Randi! Non starai pensando di lasciarmi, vero?» E si raddrizzò cercando i suoi occhi.

Lei si chinò in avanti, gli baciò la fronte, e sussurrò: «Dio sa, Dio sa, come non vorrei, ma...»

«Ho detto cose sciocche», ribatté disperatamente. «È un momento di crisi, ecco tutto, e come è venuto passerà. Credimi, torneremo ad essere quelli di prima. Fra un'ora saremo...»

«No. No, Adam. Non possiamo continuare così. Tu non puoi continuare a dividerti.»

«Perché no? In Europa è quasi normale che un uomo mantenga una famiglia e abbia nel contempo un'amante. A volte la moglie ne è perfettamente al corrente. E la vita continua senza drammi, i figli non soffrono, hanno un padre e nessuno fa male a nessuno. Non dico che sia la soluzione migliore, ma è meglio che mandare tutto all'aria.»

«Questo andava bene una volta, Adam. Quando una donna nella mia posizione non aveva alternativa ed era costretta ad accettare l'amore di straforo. Ma adesso le cose sono cambiate, le donne hanno dei diritti.»

Vedeva che sotto quest'indignazione ribolliva una terribile rabbia che cercava di dominare.

«Ti amo. Voglio vivere con te. Voglio avere un bambino. Non sorprenderti. Perché non dovrei averne uno? Tu parli dei tuoi figli... Quando ne avrò uno mio? A cinquant'anni? Ne ho già trentotto.»

Con un piccolo singhiozzo Randi si interruppe, mentre Adam, sgomento, aspettava che continuasse. Naturalmente aveva immaginato quello che voleva, perché non era altro che quello che desiderava la maggior parte delle donne. Ma aveva anche creduto che avesse accettato l'impossibilità di ottenerlo.

«Sono stanca di nascondermi, di spuntarla per un pelo, come te l'altro giorno nella tempesta di neve. O temere che qualche ficcanaso ci sorprenda insieme in macchina. Sono stanca. Mi sento come se fossi stata sorpresa a taccheggiare o qualcosa di simile.»

Adam vide davanti a sé un grande spartiacque. Era come se fosse in cima a una collina e osservasse sotto i suoi piedi il punto in cui la strada si biforcava, e lui avrebbe dovuto scegliere da che parte andare.

C'era, però, un lungo tratto da percorrere prima di raggiungere quel punto, e non doveva ancora fare una scelta. Così si espresse molto cautamente, con una mano sulla sua, dicendo quasi timido: «Cara Randi, sapevi come stavano le cose con me. Dicevi che capivi».

«Questo accadeva più di due anni fa. Come potevo sapere come mi sarei sentita a vivere in questo modo? Mi sento sposata con te adesso, e tu provi la stessa cosa nei miei confronti. L'hai ripetuto molte, molte volte.»

Questo era vero.

«Deve essere un ostacolo per il resto della tua vita?»

Adesso fu Randi a posare la mano sulla sua.

«Ti do un consiglio, Adam, va' a casa e parlale. Dille che le cose tra voi sono cambiate, come ben sa, e che non ha senso rimanere incollati per il resto della vostra esistenza, irritandovi a vicenda. Dille che starà meglio da sola. Può ricominciare. È ancora abbastanza giovane... Quanti anni ha?»

Dire a Margaret che starà meglio da sola! Proprio a Margaret, che viveva soltanto per lui e la famiglia.

«Trentanove.»

«Un anno più di me, ma anni avanti a me nella vita. I suoi figli sono quasi adulti! Questo è un bene per te, naturalmente. Non è come se l'abbandonassi con dei poppanti, o con dei bambini troppo piccoli per capire e accettare la situazione.»

Accettare! Il giorno in cui avrebbe trasportato le sue cose alla macchina, sarebbe uscito dal garage e avrebbe percorso il viale, sarebbero stati sulla veranda a guardarlo? Accettare!

«Comunque, da tutto quel che ho letto, il divorzio per i ragazzi è molto meglio dell'atmosfera creata da un matrimonio che non funziona.»

«Non lo so», borbottò lui.

«Ma certo. Me l'hai detto tu stesso che sei scattato più volte con loro. E che mi dici della scenata che hanno sentito mentre erano fuori in corridoio? Credi che gli abbia fatto bene?»

«No, naturalmente.»

«E allora? E non è come se stessi per trasferirti in Australia e abbandonassi i tuoi figli. Continuerai a vivere qui, a venti chilometri di distanza, e li vedrai quando vuoi. Sarà molto, molto meglio per loro alla lunga.»

Meglio per loro!

Megan, quella sera, si era girata verso le scale. La faccia sconvolta, con una nuova terribile consapevolezza. Julie, quel cosino che lo seguiva dappertutto, che lo guardava da sopra i tasti del pianoforte, richiedendo la sua ammirazione. E Danny, il miglior catcher della Little League...

«Non credi che i tuoi figli possano sentire che non ami più loro madre? Non la ami da molto tempo, Adam, se mai l'hai amata.»

Sì, era vero che non amava Margaret, o almeno non contava più i giorni e le ore prima di rivederla. Le voleva molto bene, però; non voleva farla soffrire. Ma questa era un'altra faccenda.

Si alzò e prese il cappotto, dicendo scioccamente: «Devo andare. Non vorrei farlo, cara, ma devo».

«Lo so.» Gli raddrizzò il colletto e per un momento rimasero abbracciati sulla soglia. «Non ti sto facendo pressioni», disse. «Non ti sto dicendo di andare a casa e farlo stasera.»

Volendo andarsene su una nota leggera, Adam sorrise. «Difficilmente stasera. Andiamo da Louise e Gil, ricordi?» E gemette.

Randi rise. «Be', divertiti. Magari la cena sarà buona.» Poi diventò seria. «Tesoro, rifletti su quel che ti ho detto.»

«Sì», disse.

Tornando a casa, Adam ricordò all'improvviso un vecchio libro di storia con il disegno di uno strumento di tortura medievale. Mostrava un uomo disteso e tirato da tutte le parti. Come si chiamava? Ruota? Sì, proprio così. Ruota.

***

A cena ci furono inaspettati momenti di silenzio. D'un tratto la normale conversazione sulla scuola, lo sport, gli eventi locali e le notizie dal mondo si arrestava. E Margaret aveva la consapevolezza di un cambiamento. I tre più giovani alzavano interrogativamente lo sguardo sui due più anziani, e lo distoglievano altrettanto in fretta. Allora o Adam o Margaret si affrettavano a riprendere l'argomento interrotto. Dov'era finito il brillante entusiasmo di Adam? Che ne era delle sue lezioni sulla natura, dei suoi pomeriggi del sabato a lavorare con erbe e spezie in cucina? Anche il suo zelo per la musica, per gli esercizi serali al pianoforte di Julie era svanito; per metà del tempo, quando lei suonava, Adam si addormentava in poltrona.

Niente venne mai detto sulla notte dello sfogo di Margaret. Ricordandolo con un senso di vergogna, si preoccupava dell'impressione indelebile che poteva aver lasciato sulla mente dei suoi figli.

Eppure, diceva a stessa: sono un essere umano e non si può supporre che sia perfetta; sono stata spinta, mi ha spinto lui, oltre il limite della sopportazione. Dovrei dirlo ai miei figli? Forse a Megan, che a volte mi studia con uno sguardo così profondo, turbato e curioso? Forse è sbagliato lasciare che l'ignoranza infantile duri troppo a lungo. Forse dovrei alleviare le preoccupazioni di Megan dicendole semplicemente che suo padre e io stiamo attraversando un brutto periodo e che sono cose che succedono e poi passano.

Ma non disse niente. Sarebbe sicuramente passato. Sotto molti aspetti la vita stava riprendendo il suo corso abituale. Come quando, per esempio, il povero Zack era stato male e Adam e Margaret l'avevano portato dal veterinario, l'avevano visto abbandonare questo mondo e poi erano tornati a casa per dare la notizia a Danny, con tutto il conforto possibile. O quando Julie aveva ottenuto la seconda parte nella recita scolastica e Adam aveva portato un bouquet di roselline rosa.

Ma Adam non dormiva. Nel letto matrimoniale dove giacevano separati, Margaret era penosamente consapevole della sua tensione. Le sembrava di verderlo lì sdraiato con le braccia lungo i fianchi e i pugni serrati. Svegliandosi a volte in piena notte, e sentendo la sua assenza, ascoltava i suoi passi in corridoio che facevano cigolare le vecchie assi. Avanti e indietro, quattordici passi avanti e quattordici indietro. Era esasperante. E adesso era lei che giaceva sveglia finché alla fine non ritornava a letto.

Una notte si alzò e lo affrontò. «Che cosa c'è, Adam? Perché non riesci a dormire?»

«Non agitarti tanto! Non hai mai sentito parlare d'insonnia?» Poi, nella luce fioca del corridoio, doveva aver visto la sua disperazione. «Ti disturbo», disse, «e hai bisogno di sonno. Forse farei meglio a usare per un po' la camera da letto del pianterreno.»

In un'altra epoca, quando la gente aveva servitù, una cameriera aveva dormito nella stanzetta sul retro della casa. In seguito, quando la madre di Margaret aveva vissuto con loro dopo l'incidente, l'aveva usata a sua volta. Da allora, non se n'era servito più nessuno.

«Sì, certo, se vuoi», rispose molto tranquillamente.

Megan fu l'unica a rivolgere domande in merito.

«Non si sente bene», le spiegò Margaret. «Non vuole tenermi sveglia.»

«Capisco», disse la ragazza, con espressione dura.

E adesso che cosa succederà? si chiedeva Margaret. Ha abbandonato il nostro letto. Non c'era nessuno, assolutamente nessuno, sulla cui spalla poggiare la testa. E poi, aveva troppo orgoglio, anche se stupido o falso, per appoggiarsi a qualcuno. Se Nina fosse stata a casa, forse avrebbe rappresentato l'eccezione. Ma la prossima estate sarebbe stato un anno che non parlava con Nina. Devo solo contare su me stessa, pensò. Alla fine è quello che dobbiamo fare tutti.

13

DALLA terrazza chiusa dove stavano sistemando i mobili, Nina vedeva l'Atlantico color blu pavone e una fila di ombrelloni bianchi lungo la riva. Da ogni finestra della casa questa vista si estendeva fino all'orizzonte.

La casa era meravigliosa, con ampi spazi e fiori dappertutto. Non nel solito stile della Florida, ma più somigliante alla casa di un piantatore di Bermuda o di un'isola caraibica. L'esterno era in rosa polvere, e Nina l'aveva arredata come i piantatori avevano arredato le loro residenze quando dall'Inghilterra avevano portato tesori Chippendale. Willie ed Ernie le avevano lasciato svolgere gran parte del lavoro; era stata segretamente nervosa all'idea di una simile responsabilità, ma adesso che ogni cosa era riuscita bene ed erano tutti così soddisfatti, ne era molto orgogliosa.

«È stata una grande idea la tua, Nina, dire ai miei genitori di chiudere la terrazza. Jerry ed io usiamo questo posto solo durante le vacanze scolastiche, quando in Florida fa troppo caldo per restare all'aperto, per cui l'apprezzeremo molto, te l'assicuro.»

Chi stava parlando era una delle figlie dei proprietari, che da tre generazioni avevano comprato e ristrutturato questa casa per le vacanze, completa di dipinti infantili e una culla con velo.

Nina sorrise. «Si direbbe che farai buon uso della nursery.»

La giovane donna ricambiò il sorriso. «Io prima e poi la moglie di mio fratello. Questa casa verrà certamente usata.»

La tavola era apparecchiata per il pranzo quando Nina finì di sistemare l'ultima tenda. Allontanandosi, vide il marito della donna tornare a casa dalla spiaggia con il figlioletto sulle spalle. Si sarebbero seduti a tavola insieme e avrebbero programmato il resto della giornata. E benché non ci fosse alcuna somiglianza tra questa casa lussuosa e quella di Elmsford, entrambe trasmettevano un senso di stabilità e di calma che ridestò in Nina ricordi felici.

L'ultimo giorno, prima di ritornare a New York, aveva deciso di farsi una nuotata, ma era appena entrata nella stanza quando suonò il telefono.

«Che cosa c'è di nuovo?» chiese Keith. «Come sta andando?»

«Benissimo. Sono in un fantastico albergo. Willie ed Ernie mi trattano come una principessa quando viaggio per loro.»

«Perché no? Sei una principessa. Che ne diresti di un po' di compagnia?»

«Che cosa vuoi dire?»

«Avrei un piccolo affare in Florida, e potrei prendermi un giorno in più se mi vuoi.»

«Se ti voglio! Sto fluttuando in una magnifica stanza con un letto gigantesco.»

«No, no, non oserei venire lì. Ci sarà certamente qualcuno che mi conosce sulla costa orientale della Florida. O anche su quella occidentale.»

«Dove, allora?»

«Nella fattoria di mio fratello. O dovrei dire nella nostra fattoria. Ho alcune cose di cui dovrei occuparmi lì. Puoi raggiungermi per una notte? Sono circa venti minuti di volo da dove ti trovi tu.»

«E tuo fratello? Voglio dire, cosa...»
«Non ci sarà», rispose Keith ridendo. «Un paio di cameriere ci prepareranno un'ottima cena, e avremo la casa tutta per noi. Ti sembra una buona idea?»
«Buonissima.»

Una lunga casa bassa era annidata in un boschetto di querce in fondo a un lungo viale ricurvo. Prati verdi erano intersecati da steccati e punteggiati, nel luminoso sole pomeridiano, dalle forme scure dei cavalli al pascolo.
«Non sembra affatto la Florida!» esclamò Nina.
«Non la Florida a cui pensa la maggior parte della gente. Non dimenticherò mai il primo giorno che l'ho vista. Pioveva e non appariva certamente al meglio, ma ho capito subito che la volevo. Il punto è che difficilmente ho la possibilità di usare questo posto. Ma mio fratello e la sua famiglia lo sfruttano molto.»
Entrarono in un grande spazio centrale con un camino in fondo, una luminosa parete di finestre, divani di pelle e pile di libri tutt'attorno.
«Se si può dire che un posto così ampio è intimo, per me lo è», osservò Nina.
In vari angoli e nicchie c'erano armadi con indumenti per l'esterno, racchette da tennis, canne da pesca e forme da stivali.
«Per lo più questa roba appartiene ai figli di Pete. È il fratello maggiore. Ha dei ragazzini. Vieni, ti faccio vedere dove dormirai. Dove dormiremo, dovrei dire. Poi usciremo a dare un'occhiata in giro. Ti intendi di cavalli?»
Nina rise. «So solo che mangiano avena e che alcuni li cavalcano.»
Eccitato e divertito, Keith le fece percorrere rapidamente il corridoio del piano superiore fino a una camera con scuri armadi spagnoli e un letto scolpito, coperto di seta rossa, i cui grossi cuscini le ricordavano Praga; questa sarebbe stata la lo-

ro prima notte insieme da allora. E probabilmente anche lui stava pensando la stessa cosa.

«È un peccato che non cavalchi», disse. «Forse è una buona occasione per insegnarti.»

«Oh, non ora!»

«Perché? Non avrai paura, vero?»

«No, francamente no, sono solo imbarazzata di fare una figuraccia. E poi, non ho niente da indossare.»

«I jeans vanno benissimo. Manderò Camilla a cercarti un cap delle ragazze e un paio di stivali. Il cap è per sicurezza, e avrai bisogno degli stivali perché le scarpe da ginnastica non si adattano alle staffe. Se c'è qualcos'altro di cui hai bisogno, chiedilo a Camilla», si girò a gridarle Keith. «Capisce perfettamente l'inglese.»

La stanza da bagno in marmo dava su un'altra camera da letto. Attraverso la porta dischiusa Nina scorse una parete di fotografie e medaglie, e varcando la soglia vide che erano di un ragazzo dell'età di Danny, che stringeva le briglie di un magnifico cavallo.

«Belle foto, vero?»

«Tu devi essere Camilla», disse Nina, girandosi verso la donna, poco più di una ragazzina, che si presentò con una bracciata di stivali e berretti.

«Li provi. Sì, un bravo ragazzo. Ha figli lei?»

«No», rispose brevemente Nina.

Ma Camilla era solo una bambina, curiosa e chiacchierona. «Ne hanno cinque. Ragazzi grandi, grandi. Alti. Vengono qui, cavalcano tutto il giorno. Una bella famiglia.»

«Sì», fece Nina. «Prendo questi. E grazie, Camilla.»

Keith stava aspettando presso la porta d'ingresso, e si avviarono attraverso i campi.

«Ho una tascata di zollette di zucchero per te. Ti aiuteranno a fare amicizia. Guarda qui», disse, mentre stavano chini sopra uno steccato. «Ecco un esemplare di purosangue inglese.»

Un imponente stallone con un manto simile a seta nera sopraggiunse al trotto e infilò le froge tra le sbarre.

«Sa che abbiamo qualcosa per lui. Porgi il palmo, Nina.»

Dopo un momento o due ne arrivarono altri e quattro belle teste si piegarono sopra la steccato.

«Pete li conosce quasi tutti per nome, anche quelli che intende vendere. Oh, guarda lì, Nina! Ecco qualcosa di interessante per te. Vedi quello col mantello dorato? Noti qualcosa di diverso in lui?»

«Ha il muso particolarmente stretto, e il collo sembra più lungo.»

«Giusto. Viene dall'Asia centrale. È una razza antica, molto rara. Ho dimenticato il nome. Pete era informato al riguardo e ha cercato di averne uno. Sono molto forti, molto eleganti, ma non veloci come i normali purosangue. Vieni, andiamo in scuderia a metterti in sella.»

Si alzò un venticello che smuoveva gli alberi e piegava l'erba.

«Che magnifica giornata!» esclamò Nina.

Le scuderie erano fresche e conservavano il profumo dolciastro del fieno dell'autunno precedente. Una madre stava allattando il suo puledro, nato il giorno prima.

«Diventerà una bellezza, non crede, signor Keith?» chiese uno degli di stallieri.

«Come sua madre, una signora gentile. Ha un'altra signora gentile per la mia amica? È la prima volta che monta.»

Scelsero per Nina una giumenta docile e vecchiotta; Keith spiegò che si deve montare sempre a sinistra, tenere i tacchi in giù, le redini intorno al mignolo, e raddrizzare la schiena.

«Adesso andiamo, Nina. Sono proprio dietro di te.»

Non era affatto nervosa. Girarono lentamente attorno al paddock. Dopo un po' imboccarono il sentiero dei cavalli. E dopo un po' ancora passarono lentamente al trotto. Il vento era più forte, ora, e batteva dolcemente sulle guance arrossate e riscaldate dal sole di Nina.

Era tutto meraviglioso, una giornata dorata.

***

Le fiamme delle candele ondeggiarono a una raffica improvvisa di vento proveniente dalla finestra aperta. Musica filtrava dal salone nella sala da pranzo. Questa bellezza era contagiosa; rinvigorita dall'attività pomeridiana, Nina era in perfetta forma. Sentiva le perle attorno alla gola. La delicatezza della mano che stringeva il suo bicchiere di vino.

Keith le stava sorridendo. «Ti stai divertendo», disse.

«Oh, sì! Non ti piacerebbe restare qui per sempre?»

«Non potrei mai permettermelo. In verità, ho un interesse moderato per la terra. Mio fratello fa soldi con i cavalli, vedi.» D'un tratto, Keith diventò serio. «È un uomo molto ricco, io no.»

Nina aveva l'impressione che, ultimamente, ripetesse abbastanza spesso che aveva preoccupazioni finanziarie. Doveva avere dei problemi a casa.

Allungò una mano attraverso il tavolo per toccare la sua, dicendo dolcemente: «Vedo che sei turbato, non è vero? Non temere, non mi faccio alcuna illusione sulla tua ricchezza. Guadagno bene anch'io, e sto attenta a quel che spendo. Non sono stata allevata nel lusso, solo in una bella casa del ceto medio american».

Quando non rispose, capì che le sue parole l'avevano commosso; aveva visto che le erano sgorgate dal cuore.

Adesso, nel silenzio, la musica irruppe con forza. Keith si alzò e si avvicinò allo stereo. «Landowska alla spinetta. Alzo il volume.»

La melodia invase la stanza; appassionata e tremula, montò, si ruppe e decrebbe dolcemente. Da qualche parte, nelle sue profondità, ricorreva una frase che Nina riconobbe: Julie vi si stava esercitando l'ultima volta che Nina era stata a casa. E fu pervasa da un'improvvisa nostalgia.

Il tremolio delle candele la stordiva. Sentendosi poco bene, spinse da parte il dessert e bevve un lungo sorso d'acqua.

La musica s'interruppe e Keith chiese: «Non ti piace il dolce?»

«Sì, ma mi basta.»

«Che cosa c'è, Nina? Sei preoccupata per qualcosa. Dimmi.»

«Lo sai», rispose, preferendo non toccare l'argomento.

Lui sospirò. «Credo di sì. È dura, molto dura.» Scuotendo la testa, emise un sibilo. «Un mio amico mi stava dicendo proprio l'altro giorno quanto gli sta costando il divorzio. Una cifra astronomica.»

«Perché? Le spese legali?»

«In parte. Ma quello è soltanto l'inizio.»

«Suo padre è avvocato, e questo significa che saprà battersi duramente, se arriverete a questo. Arriverete a questo?»

«Nina, non lo so. Non mi sono spinto a tanto. Non stavo parlando di me stesso. Stavo parlando in generale.» Sospirò di nuovo. «È stato un anno molto pesante. Un paio d'anni molto pesanti, con le operazioni di Eric e mia madre che è stata male di nuovo.»

I suoi occhi chiedevano comprensione. E lei comprese; sapeva che era vittima di una moglie, un anello di ferro intorno al collo, un ostacolo alla sua pace e alla sua felicità.

«Mi dispiace tanto per te», mormorò. «Per entrambi.»

«Meglio non parlare di queste cose. Non ci fa bene. Se sarai paziente, si aggiusterà tutto», cercò di consolarla Keith.

Lei sorrise. «Immagino di sì», disse.

«Sai che è così! Senti, siamo venuti qui per divertirci, e ci divertiremo, piccola Nina.» I suoi occhi brillavano maliziosi. «Abbiamo una lunga notte davanti a noi. Un'intera lunga notte!»

Quando la baciò, lei si alzò e si aggrappò a lui. Fai tesoro del momento, si disse. Pazienza, pazienza! Le cose si risolveranno. Avrai quello che stai aspettando. È stupido rovinare un momento così bello, preoccupandosi. Confida in lui e amalo come lui ama te.

***

Ma la sua pazienza ormai vacillava. Così, un giorno Nina andò da Ernie e chiese se poteva prendere a prestito la sua macchina. «Martedì, magari?»

«Be', hai lavorato duramente, non vedo perché no. Dove hai intenzione di andare?»

«A Westchester. Non starò via molto e non preoccuparti per la macchina nuova. Te la riporterò senza un graffio.»

Aveva cercato l'indirizzo sull'elenco telefonico e aveva già consultato una mappa del distretto. Era in campagna, in Plum Tree Road. E mentre si spingeva nei nuovi, verdi sobborghi, si chiedeva se fosse morbosa curiosità o masochismo a spingerla verso la casa di Keith. Indubbiamente, qualunque fosse la ragione, era sciocca, perché la semplice vista della casa l'avrebbe profondamente turbata. Ciò nondimeno, doveva vederla.

L'area era bella. Grandi, eleganti case, nessuna eccessivamente pretenziosa o troppo nuova, erano disseminate tra campi, lievi pendii e lussureggianti arbusti. Qui la natura era curata e ben tenuta, una cornice assolutamente perfetta per Keith.

Anche casa sua era come l'aveva immaginata: una bassa casa di campagna bianca in fondo a un lungo prato declinante. Qua e là c'erano alberi che incominciavano a mettere le foglie; un enorme faggio che doveva essere vicino ai cent'anni, un ammasso di cedri e cespugli d'agrifoglio. Parcheggiò la macchina non troppo vicino al viale d'accesso, ma a sufficienza da provare la sensazione che cercava. C'erano tre finestre su entrambi i lati della porta d'ingresso. Una di esse al secondo piano doveva essere la camera di Keith. O che dormisse sul retro della casa? E lo immaginò entrare e uscire da quella porta, percorrere su e giù il viale, passeggiare sul prato.

Poi la porta d'ingresso si aprì. Ne emersero tre figure, una donna seguita da due bambini. Erano troppo lontani per distinguerli chiaramente, ma aguzzando gli occhi, riuscì a vederli accovacciati, a scorgere il bagliore di una pala e una sottile bacchetta, un bastone, che rimase in piedi quando si allontanarono. Avevano piantato un alberello.

Una vista toccante, si sarebbe pensato, una madre e i suoi figli che piantavano un albero. Eppure Nina provò rabbia, dentro di sé. Quella donna, che suo marito non amava più, se mai l'aveva amata, bighellonava al sole e prendeva le cose con grande calma.

Perché non cresci e non guardi in faccia la realtà? s'infuriò. Se hai commesso un errore, riconoscilo e lascia perdere. Non ti vuole più, sciocca.

Avrebbe voluto gridarlo forte, avrebbe voluto avvicinarsi e gridarglielo in faccia. Invece mise in moto la macchina e, profondamente depressa, ritornò in città.

Nell'ala semiprivata dove Nick teneva sempre un tavolo per loro, Nina stava aspettando Keith. «Il posticino nei pressi della Terza» aveva acquisito un'atmosfera familiare, come se Nick fosse un membro della famiglia.

«Ha telefonato il signor Keith con un messaggio per lei», disse. «Arriverà con una ventina di minuti di ritardo. Devo portarle un drink, o preferisce aspettare?»

«Non ora, grazie.»

Nel preciso momento in cui il «signor Keith» si fosse tolto la maschera, Nina non avrebbe più sentito di avere le catene alle braccia e alle gambe. Non poteva mancare molto ormai. Aveva visto Keith solo tre volte dalla deliziosa notte in Florida e aspettava con ansia di vederlo apparire attraverso la porta di Nick. Stavano insieme troppo, troppo poco. C'era sempre di mezzo qualcosa: gli affari, la madre malata... Eppure c'erano persone che si aspettavano per anni. Se ci fossero voluti anni, pazienza... Ma doveva sapere. Se sapevi, potevi almeno cancellare i giorni sul calendario; sarebbe stato più sopportabile. O no? Si sentiva terribilmente insicura...

«Sono affamato», disse Keith dopo averla baciata. «Non ho avuto tempo per fare colazione.» Sedette e spiegò il tovagliolo. «Com'è andata la tua giornata?»

«Benissimo, a dirti il vero. I proprietari della casa rosa in Florida mi hanno fatto un sacco di complimenti e Willie era così soddisfatto che mi sento quasi imbarazzata.»

«Diventerai presto ricca, se continui così.»

«Non so cosa significhi essere ricchi. Mi piacciono le cose belle, ma non muoio quando non le ho. Posso vivere con molto poco.»

«Me lo ripeti sempre. L'ho sentito almeno cinquanta volte.»

«Davvero? Non me ne sono accorta.»

«Niente di nuovo dalla settimana scorsa? Le tue ragazze vengono a trovarti?»

«No. Loro madre non le lascia venire. Adam le lascerebbe, ma lei dice che finché non comunico – è questo il vocabolo che ha usato – non manderà qui Megan e Julie per le vacanze di primavera. È un peccato perché non hanno mai visto New York.»

«Davvero un peccato. Potresti fargli passare delle splendide giornate.»

«Adam dice che Margaret è terribilmente dispiaciuta per quel che è successo tra noi e si augura che torni a casa per una visita. Ma non ci andrò senza di te. È umiliante. Mi manda in bestia. Che cosa deve fare un uomo, continuare a vivere con una moglie che non fa nemmeno l'amore con lui? In cosa dovrebbe trasformarsi, in un sacrificio umano?» Nina sospirò. «Non ho mai saputo che Margaret fosse di mentalità così ristretta, se mai il contrario. È sempre stata più tollerante di Adam, sebbene lo adori. È mio fratello e il mio miglior amico.»

«Sono contento per te. È una bella cosa anche per una donna indipendente avere un uomo forte in famiglia, in caso di bisogno.»

«Be', spero di non averne mai bisogno. E queste sone le notizie del giorno. Quali sono le tue?»

«Niente di speciale.»

Lei lo guardò con un'espressione interrogativa. «Niente ancora?»

«È una cosa lenta. Intoppi», aggiunse succintamente.

Nina non voleva rovinare la serata, non voleva tirare in ballo il penoso argomento. Eppure voleva saperne di più.

E molto, molto dolcemente, osservò: «È così terribilmente lento. Che cosa sono tutti questi 'intoppi'?»

«Oh, le solite cose. Dobbiamo discuterne proprio adesso?»

«È solo che non mi dici mai molto... stavo pensando, è strano, no, ma non so neanche com'è tua moglie, dopo tutto questo tempo.»

«Te l'ho detto. Cos'altro hai bisogno di sapere?»

«Mi hai detto che sembra più vecchia di Matusalemme, tutto qui.»

«Non è sufficiente?»

«Non puoi dirmi altro?»

«Ti prego, Nina. Non ne vale la pena. Godiamoci la cena.»

Fece girare il bicchiere e bevve un sorso di vino, facendo una smorfia. «Nick dovrebbe propinare cose migliori di questa. Credo di essere viziato, comunque. Mio fratello è un enologo e mi sta facendo diventare come lui. Hai notato il vino che abbiamo bevuto a casa sua?»

«Era buono, ma non so giudicare.»

«Be', era superlativo, uno dei grandi Borgogna.» Non voleva parlare del vino. Una cosa lenta... Intoppi...

D'un tratto si sentì molto stanca. Era venuto il momento di parlare apertamente, di chiedere quali erano questi intoppi. Posò la forchetta, pronta a incominciare, quando Keith parlò per primo.

«Volevo aspettare fin dopo cena, ma non ci riesco. Vuoi sapere perché ho fatto tardi?»

Con un sorriso trionfante aprì la giacca ed estrasse dal taschino interno uno scatolino di velluto nero.

«Aprilo, e non osare dire di no, come fai sempre.»

«Ma perché, Keith. Perché? Sai che io...»

«Aprilo», ordinò.

In preda a emozioni contrastanti, aprì lo scatolino e rimase sbalordita. Scintillante sul velluto nero, c'era un braccialetto, una solida fila di grossi diamanti baguette, sbalorditivi nella loro semplicità: niente oro, niente motivi, solo pure gemme vergini.

Keith stava ancora sorridendo in attesa della sua gioiosa sorpresa. Ed era sorpresa, naturalmente, ma non piena di gioia. Non c'era ragione che possedesse questo favoloso gioiello.

«Ebbene?» chiese

Lei ansimò. «È magnifico! Ma non avresti dovuto... è fantastico da parte tua, voglio dire, ma è davvero troppo. Sul serio. troppo. Non posso accettarlo, Keith. Non posso proprio.»

«Non essere sciocca. Sta a me giudicare. Mettitelo. Non sta guardando nessuno. Voglio vederlo.»

Non avendo altra scelta che obbedire, se l'allacciò al polso.

Keith annuì, soddisfatto. «Sì. Non troppo stretto, né troppo largo. È elegante e classico.»

«Non si adatta al mio tipo di vita, non capisci?» protestò lei. «Non mi serve qualcosa del genere. Non è che non ti sia grata, cerca di capire, ma...»

«Non è un pezzo formale! Puoi indossarlo facilmente a pranzo con un certo tipo di cliente e nel luogo adatto.»

«Non al bar dei dintorni.»

Se fossi sua moglie, stava pensando, sarei lieta di accettare qualunque cosa volesse regalarmi. Ma non ora. È prematuro. C'è qualcosa di sbagliato in questo gesto. E con quella che riteneva fosse il massimo della sensibilità, disse: «Keith, è la cosa più bella che si possa immaginare, ma, caro, non mi sento a mio agio. Nonostante quel che dici, non si adatta alla mia vita o alla nostra vita ora... non ancora. Ti prego, riprendilo. Vuoi?»

«No, non lo riprenderò. Ti sta benissimo, e insisto perché tu lo tenga. Non hai mai accettato un dono decente da me. Non farmi arrabbiare. Ecco, rimettilo nella scatola e infilalo nella borsetta. Assicuralo domani. Adesso ascoltami, Nina.» Le lanciò una lunga, seria occhiata. «Questo è il mio modo, forse un po' goffo, di dirti grazie per quello che sei, per la felicità che mi dai. E me ne hai data molta, piccola Nina.»

E ora, a queste parole, Nina sentì gli occhi riempirsi di lacrime. Era riuscito a farle perdere la sua risolutezza, e si vergognava.

Keith rise. «Ecco, prendi il fazzoletto. Come sono buffe le donne che piangono quando sono felici! Sei felice, non è vero?»

Era così soddisfatto. Ricordava un adulto che aveva appena allietato un bambino. C'era una tale dolcezza nella sua espressione.

«Ti piace davvero il braccialetto?»

«Sì, e ripeto che non avresti dovuto farlo, ma non dimenticherò mai questa sera e quello che hai detto quando me l'hai dato.»

Quando guardò di fronte a sé verso la parete a specchi in lontananza, vide che stava sorridendo. Per un istante si sorprese di vedere quella giovane donna, in verde foglia con orecchini scintillanti e capelli luminosi, rispondere al sorriso. E una meravigliosa sensazione di calore e di conforto la pervase.

Così finirono di cenare. Per strada, nella fresca serata primaverile, Nina disse: «È così bello. Che ne dici di tornare a casa a piedi?»

«Nina, non posso venire stasera. Devo prendere il treno per tornare a casa col mio socio e rivedere una relazione che doveva essere già stata consegnata.» La baciò. «Il fatto è che ho un centinaio di cose nella mente.»

Per un minuto lei osservò il taxi allontanarsi nel traffico. Essere amati era tutto! Com'era fortunata! Come aveva potuto dubitare anche solo un momento? E lungo tutto il percorso fino a casa, mentre camminava tra i frettolosi passanti, provò una straordinaria benevolenza verso di loro, il desiderio che potessero essere felici quanto lo era lei.

14

«NON avresti dovuto andarci», disse gentilmente Adam. «Pensa se ti avesse vista!»

«Non preoccuparti. Ho fatto in modo che non mi vedesse.»

Adam alzò lo sguardo dal telefono alla fotografia sulla scrivania, una fotografia di famiglia con Nina in piedi in prima fila. Poverina, era così invischiata! Poteva chiaramente immedesimarsi in lei, e nel suo uomo Keith che, come lui e la povera Randi, si trovava evidentemente tra l'incudine e il martello.

«Non preoccuparti per me», disse Nina. «Mi sono sentita malissimo per qualche giorno dopo essere stata lì, ma adesso sto di nuovo bene. Sai come posso essere giù un momento e su un momento dopo. Naturalmente, non telefono a Keith in ufficio, così chiamo te quando mi sento depressa, e mi sei d'immenso aiuto come sempre. È straordinario il modo in cui mi capisci.»

«Sì, ti capisco», disse Adam.

«Vorrei che Margaret si addolcisse. Non capisco perché, visto che siete tanto uniti, tu non riesca a farle cambiare idea su Keith e me.»

«Penso sia una specie di fissazione, ma continuerò a fare del mio meglio.»

«Be', basta parlarne. Sono molto contenta per il saggio di

Megan. Abbiamo sempre saputo che era brillante, ma questo è straordinario. Voglio mandarle un regalo.»

«Non è necessario. Scrivile e congratulati con lei.»

«No, voglio mandarle qualcosa, un segno di riconoscimento. Vincere il primo premio al concorso per il miglior saggio dello stato è qualcosa che va festeggiato, anche se tu non sei mai stato tipo da festeggiamenti, Adam.»

«Credo di no. Gil e Louise sono più adatti a queste cose. Louise ha in mente qualcosa per Megan, ho sentito.»

«Ha un cuore d'oro. Mi piace Louise.»

«A te piacciono tutti.»

«Be', quasi tutti, sì. Comunque, adesso devo andare, e anche tu, sono sicura. Ti telefono presto. Ciao, Adam.»

«Su con la vita. Ne verrai fuori bene, tesoro. L'amore trionfa sempre.»

«L'amore trionfa sempre», disse Randi, «e mi sembra che tu l'abbia infine scoperto.»

Non rispose subito. Il suo conflitto interiore era così forte che spesso, quando affiorava l'argomento, gli riusciva impossibile parlare.

Casa sua era fredda, fredda come una tomba, e voleva andarsene. Eppure la coscienza glielo impediva. Di notte, quando non riusciva a dormire, sentiva sua madre, quasi sconvolta, ammonirlo: «Faresti questo a Margaret? Ricordi come avete portato a casa i vostri figli e li avete nutriti insieme? Ricordi come si è presa cura di me, tua madre? Ben poche nuore lo farebbero. Ricordi?»

«A volte mi sembra di impazzire», disse.

«Caro, non impazzirai. Ti sveglierai un mattino e scoprirai che si è risolto tutto. Ma per oggi basta parlarne. Mi porti fuori a pranzo sabato per il mio compleanno?»

«Certamente. Preferirei a cena, ma non ho scuse per i sabati sera.»

«I tuoi mondani sabati sera.»

«Figurati! Abbiamo i nostri vicini a cena. Tocca a noi.»

«Farai in tempo a tornare. Ho prenotato presto, per le dodici e trenta.»

«Prenotato? Dove andiamo?»

«Hai la testa così confusa che te ne sei dimenticato? Andiamo al *Villandry*, il ristorante francese che è stato inaugurato lo scorso mese. Ci è andato il mio capo, e ha detto che è fantastico, l'unico che faccia cucina francese da queste parti.»

«Non è esattamente da queste parti», obiettò Adam che da un po' non amava le novità.

«Settanta chilometri lungo la statale. Perché non andarci in una bella giornata di primavera?»

Il *Villandry*, se non esattamente «fantastico», era una piacevole imitazione di un qualsiasi ristorante francese. Alle pareti c'erano appesi dipinti di castelli, e la quantità di fiori, tulipani, giaggioli e narcisi, era spettacolare. Il servizio era rapido, e il cibo eccellente. A metà del suo piatto di pollo e funghi, Adam si mostrò lieto di essere venuto.

Non c'erano facce familiari. La clientela, pensava, proveniva soprattutto dalla capitale dello stato a un centinaio di chilometri da lì in direzione opposta. Comunque, se fosse accaduto il peggio, aveva escogitato un modo per presentare Randi. L'avrebbe fatta passare per la rappresentante di un cliente di un altro stato. Presa questa decisione, stava incominciando a provare un inconsueto e gradevole rilassamento.

Poi, all'improvviso, due donne presero posto a un tavolo vicino alla porta. Una era Louise e l'altra era Megan.

«Oh, mio Dio», esclamò Adam, lasciando cadere la forchetta sul pavimento.

«Che cosa succede?» chiese Randi.

«C'è qui mia figlia. Megan. La ragazza in giallo laggiù.»

«Non lasciarti cogliere dal panico. Che cosa intendi fare?»

«Morire, immagino.»

«Non fare l'idiota. Chi è la donna?»

«La famosa cugina Louise. Dev'essere il suo regalo per Megan.»

«Senti, è meglio che ti controlli prima di morire sul serio. Le cose stanno venendo alla luce da sole, amico mio. Devi prenderle come vengono.»

«Se ci fosse un altro modo di uscire da qui, potrei pagare subito e andare prima che ci vedano. Ma non vedo altra strada.» Disperato, Adam stava cercando un'uscita.

«Potresti mettere in atto una fuga attraverso la cucina, immagino.»

«Randi, non essere sarcastica. Oh, mio Dio, Megan si sta alzando per andare alla toilette. Come farò a spiegarle...»

«Hai fatto un piano. Sono una cliente, una consulente, quello che vuoi.»

«Sì, sì, certo... Ciao, Megan, che cosa ci fai qui?»

«Louise mi ha portata a fare spese, e poi siamo venute al ristorante.»

«Oh, magnifico.» Si era alzato per baciare sua figlia e adesso sedette di nuovo. «Non voglio trattenerti. Sei con la cugina Louise», disse, desiderando che Megan se ne andasse in fretta.

Ma ben educata com'era, Megan stava aspettando di essere presentata. O forse, era soltanto curiosa...

«Mia figlia, Megan», disse. «La signorina...»

«Bunting. Randi Bunting», asserì Randi, molto chiaramente. Perché diamine l'aveva fatto? E Adam, premendole la scarpa sul sandalo, spiegò. «Stavamo parlando d'affari. Compagnie di computer, capisci. Bisogna essere sempre all'erta. Avere sempre nuove idee.» Si stava rendendo ridicolo.

«Assomigli a tuo padre», disse Randi. «Tu e tua sorella gli assomigliate.»

«Così dicono», rispose Megan, che stava esaminando la faccia arrossata di Adam.

«È più carina di me», asserì Adam giovialmente.

Megan non ricambiò il sorriso. E Adam, riconoscendosi nella sua espressione adulta mentre valutava la situazione, passò dal caldo al freddo.

«Bene», disse, «è stato un piacere conoscerla. Buon pranzo.» E sparì nella toilette delle signore.

«Mi hai fatto male al piede», disse Randi.

«L'ho fatto apposta. Perché hai detto il tuo nome?»

«Perché la verità è la politica migliore.»

«Va' al diavolo. Guarda cos'hai combinato. Ti torcerei il collo.»

«Ascoltami, Adam. Doveva succedere, e meglio prima che dopo.»

«Che cosa c'è di meglio? È facile per te parlare. Hai visto mia figlia. E altri due a casa.» Aveva un groppo in gola grande come una mela.

«Sì, ho visto tua figlia. Credi che avermi vista la annienterà? No, Adam. È una ragazza forte e intelligente. Sembra più vicina ai ventisette anni, o magari ai trentasette, che ai diciassette. Questa è la mia opinione. Ci vuole ben altro per annientarla.»

«Grazie per la tua analisi.» Respinse il piatto. «Voglio andarmene da qui. Puoi sbrigarti?»

«Sì, mi sbrigo. Il pranzo del mio compleanno. Auguri.»

«Sei tu ad aver rovinato la giornata. Se avessi tenuto la bocca chiusa, me la sarei cavata egregiamente.»

«Fino alla prossima volta. Sai una cosa, Adam? Dovrai fissare una data. Basta con tutta questa prudenza. Fissa una data e lasciala, una data abbastanza prossima. Devi farlo.»

«Che cos'è, un ultimatum?»

«Puoi anche chiamarlo così. Sono stanca di questo genere di cose, ecco tutto. È umiliante. E non osare rimproverarmi per aver detto il mio nome. Servirà a far precipitare la situazione e mi ringrazierai per averlo fatto. Adesso andiamocene da qui.»

Passando attraverso i tavoli, cercarono di allontanarsi senza salutare Louise. Una volta in macchina, Randi appoggiò la testa alla spalliera e annunciò che voleva dormire. Adam guidò in un silenzio così profondo che serviva solo ad accentuare il ronzio nelle sue orecchie. Doveva avere la pressione alle stelle. Un infarto non sarebbe stato così male, purché lo lasciasse secco. Un modo rapido per andarsene. Risolvere tutto.

Guardò Randi. Le tremolavano le palpebre. Stava solo fingendo di dormire. Poi vide una piccola lacrima rotonda e iridescente scivolare lungo la sua guancia, e la rabbia verso di lei cominciò ad attenuarsi. Forse aveva ragione affermando che era sempre meglio dire la verità. Eppure era così difficile... Pensò a Nina. Aveva pianto una volta al telefono, e lui si era rattristato molto di non poterla aiutare. Che non potesse aiutare neanche Randi? Teneva le mani strette mollemente in grembo, le dita ricurve così delicate, così fragili.

«Attento alla strada», disse. «Non continuare a guardare me.»

«Non posso farne a meno.»

«Credevo che fossi arrabbiato.»

«Lo ero. Lo sono. Non voglio esserlo.»

«Dovrai decidere. Adesso voglio veramente dormire.»

Si svegliò quando sentì la macchina fermarsi davanti a casa sua. «Entri?» chiese.

«No. Meglio che torni a casa e affronti quel che c'è da affrontare.»

Indugiarono per un momento davanti alla porta.

«Non voglio che ritorni finché non potrai darmi quella data», disse dolcemente Randi. «Parlavo sul serio poco fa.»

Stava di nuovo piangendo, e lui non sopportava di guardarla.

«Cercherò», disse. «Aspettami, Randi. Cercherò.» E se ne andò.

Indossando ancora il suo abito elegante, Megan stava leggendo sola nello studio quando Adam rientrò. Quando alzò lo sguardo dal libro, senza salutare, lui provò di nuovo la sensazione che lo stesse analizzando.

«Mamma è a casa?» domandò.

«Di sopra. Gli Armstrong non vengono. Lei ha il raffreddore. Mamma si sta cambiando.»

«Avremo un buon pranzetto tutto per noi.»

«Sì, certo.»

Si esprimeva come una donna adulta a volte quando le andava di farlo, mentre altre volte si comportava come una diciassettenne.

«Ti sei divertita? La cugina Louise ha veramente strafatto, non è vero?»

«Sì.»

«Hai detto che sei andata a fare spese con lei.»

«Sì.»

Adam continuò con grande sforzo. «Che cosa hai comprato?»

«Un maglione e del profumo. Il profumo era di zio Fred. Mi ha dato dei soldi perché mi comprassi quel che volevo.»

«Bene, bene. Sono orgoglioso di te, Megan. Tua madre e io siamo orgogliosi di te.»

«Grazie.»

Si schiarì la gola, tossicchiò, e infine disse: «Megan, c'è qualcosa che voglio chiederti.» Era sbagliato, sbagliato tramare con un figlio contro l'altro genitore. Non l'aveva mai fatto, ma ora sentiva che, per evitare una crisi, doveva farlo. «Per favore, non parlare di oggi. Si è trattato soltanto di un'innocente colazione d'affari. Ma temo che tua madre fraintenderebbe, e non voglio turbarla.»

Megan alzò gli occhi per lanciargli una lunga, fredda occhiata. «Perché dovrebbe turbarla? Mamma non si turba facilmente.»

«È difficile da spiegare. L'apparenza a volte trae in inganno, e...»

«Non dirlo alla mamma è come dirle una bugia...» cominciò Megan.

«Papà! Ho fatto un *home run*!» Quando Danny entrava in

una stanza, ogni altra conversazione veniva bruscamente interrotta.

«Un *home run*», ripeté Adam, lieto dell'interruzione. «Magnifico. Raccontaci.»

Danny ne stava ancora parlando a tavola mentre Adam, fingendo entusiasmo, guardava di tanto in tanto Megan. Era stato stupido da parte sua farle quella proposta, non solo sbagliato, ma stupido. Danny e Julie avrebbero trovato divertente avere un piccolo segreto, e probabilmente l'avrebbero mantenuto, ma Megan era troppo saggia e intelligente, pensò, per non insospettirsi. E poi, Randi non aveva proprio l'aspetto della donna d'affari a colazione; Randi era apparsa frivola e raggiante. Ma forse stava facendo una montagna di un nonnulla.

«Mamma, ho sentito qualcuno dire che Megan è fortunata a non essere nella tua classe di biochimica», disse Julie. «Perché non è con te?»

«Cercano di non mettere mai i figli degli insegnanti nelle classi dei genitori. Ma perché la ritieni fortunata?»

«Perché sei più severa della signora Duncan.»

Margaret era divertita. Aveva quel buffo mezzo sorriso che la faceva apparire seducente. C'era anche qualcosa di vulnerabile in quel sorriso.

Oh, Dio, pensò Adam.

«Sei molto silenziosa, Megan», osservò Margaret. «Non ci hai raccontato niente del tuo sontuoso pranzo.»

«È stato bello. Abbiamo...»

«Mamma, posso avere ancora un po' di scampi? Accidenti, non abbiamo mai scampi a meno che non ci sia gente.»

«Sì, Danny, sono in frigorifero. Ma devi smetterla di interrompere. Stava parlando Megan.»

«Non era importante», disse Megan. «Solo...» Aprì la bocca e la richiuse.

«Solo cosa?»

«Niente di importante.»

«Megan, mi stai stuzzicando. Che cosa c'è? Dillo.»

«Solo che abbiamo visto papà al ristorante. Non te l'ha detto?»

«Sono appena tornato a casa», asserì Adam. «Non ho ancora avuto occasione. Sì, stavo facendo colazione con una probabile cliente. A proposito, la signora Browning ha detto che sei molto carina, Megan. È una persona gentile.»

Megan fissò suo padre. «Il suo nome non era Browning. Era Bunting. Randi Bunting.»

«Bunting?» esclamò Margaret. «È la donna che abbiamo incontrato a New York, quella che conoscevi quando frequentavi l'università.»

«Sì, Bunting. Ho detto qualcos'altro? Volevo dire Bunting.»

«Credevo vivesse in California», osservò Margaret.

«Ci viveva, ma si è trasferita qui un po' di tempo fa, e l'ho incontrata casualmente per lavoro.»

«Non me l'hai mai detto.»

Adam arrischiò. «Te l'ho detto, Margaret. Ti ho detto che era stata una coincidenza incontrarsi.»

«No, Adam, non l'hai detto.»

«Strano, ero sicuro di averlo fatto. Be', non fa niente. Non è importante.»

Margaret si raddrizzò sulla sedia. Quando alzò lo sguardo su di lui, la sua faccia non aveva nessuna particolare espressione. E fu proprio questa mancanza d'espressione che gli disse più chiaramente di qualsiasi parola esplicita che sapeva tutto. Sapeva.

Megan stava fissando il piatto. Sapeva anche lei. Oh, Megan, chiese silenziosamente, perché l'hai fatto?

Danny e Julie, ignari che stesse succedendo qualcosa, stavano facendo un'altra delle loro discussioni. Nessuno parlò finché Megan non disse: «Sparecchio la tavola».

«Mamma ha preparato il gelato», gridò Danny. «Fragola.»

Il gelato, servito in coppette individuali, fu portato in tavola. Adam stava bruciando, e ne apprezzò la freschezza. Questo pranzo stava andando troppo per le lunghe. Meglio accelerare, la suspense era insopportabile. E non aveva idea di quello che avrebbe detto quando sarebbe rimasto solo con Margaret. Probabilmente sarebbe dipeso da quel che avrebbe detto lei prima, e avrebbe detto molto. Provava come un terribile presentimento. E rimase lì silenzioso, inghiottendo il gelato.

Quando Julie finì i suoi esercizi, Danny salì a fare i compiti, e Megan scese per andare dalla sua migliore amica, Adam si ritrovò solo nella stanza che la madre di Margaret aveva definito «salotto posteriore». E mentre sedeva lì pensò che quelle mura vittoriane non avevano mai sentito quello che avrebbero probabilmente sentito questa sera.

Pensò anche che doveva essere lui ad andare da Margaret, invece di aspettare che venisse lei. Ma la sua volontà era congelata. Indipendentemente dalle parole che sarebbero passate tra loro, indipendentemente dalle accuse, i pretesti, le bugie, o le verità, la domanda finale avrebbe richiesto una risposta: Che cosa fare al dunque? E pensò ai dialoghi tra lui e Randi che si erano conclusi sempre con la stessa domanda: Che cosa fare?

Margaret indossava una lunga vestaglia bianca quando entrò. Lo meravigliò che fosse salita a cambiarsi, come se avesse pensato di andare a letto senza parlargli e poi avesse cambiato idea.

«Vuoi incominciare tu?» chiese. «O devo incominciare io?»

«Forse dovresti farlo tu.»

«Ho una domanda molto semplice da rivolgerti. Perché mi hai mentito?»

Il piano che aveva gradualmente preso forma nella sua mente era molto diverso da questo. Nel suo piano sarebbe stato lui a orchestrare la discussione, scegliendo il momento giusto, probabilmente dopo una lite, per avvicinarsi all'argomento del divorzio. Non avrebbe nemmeno avuto bisogno di nominare l'esistenza di un'altra donna. Adesso, bruscamente, era diventato un imputato.

Cauto rispose: «Non direi che ti ho mentito. Ho dimenticato, per esempio, di dirti che andavo a colazione con questa donna, ma non mi sembrava così...»

Margaret lo interruppe. «Ti prego, non trattarmi come una bambina. Non pensare che avrei avuto qualcosa da obiettare se mi avessi detto che andavi a un pranzo di lavoro con una donna d'affari. No, Adam. Andiamo dritti al punto. Parliamo dei meeting dell'ADS fino a tarda notte che non sono mai esistiti, delle montagne di lavoro da svolgere al sabato che non sono mai esistite, del fatto che non sei più capace di posare una mano su di me.»

A queste parole la sua mano, appoggiata sul tavolo accanto al quale si trovava, si serrò, e la sua voce tremò.

«Non riesci più a toccarmi! Come se fossi velenosa... Adesso capisco. Il tuo desiderio era altrove, io ti ripugnavo. Lo capisco perfettamente.»

«No», disse lui. «Non capisci. Non mi ripugni, Margaret, tu...»

«Ho riflettuto per settimane, per mesi, in verità, soffocando i miei pensieri, dicendomi che stavi attraversando una crisi e che sarebbe passata. Che ti saresti fatto aiutare. Forse in segreto lo stavi già facendo. Pensavo tutto questo, ma non volevo credere che avessi una sporca relazione. Stupida, stupida!» Si batté la fronte col palmo. «Succede continuamente, eppure non ci ho mai pensato. Anche quella notte, quando ti ho accusato e tu hai negato, ero così ben disposta, volevo credere al tuo diniego. Volevo, Adam!» Scoppiò a piangere. «Forse conoscevo la verità. È possibile? Che la conoscessi e la soffocassi?»

Lui pensò: Questo è ciò che temevo. Adesso è successo e che cosa faccio?

Non era pronto, non aveva parole con cui affrontare questo

torrente di emozione, così poteva solo eludere, parare e ritardare.

«Allora spiegati! Convincimi, se puoi, che mi sbaglio. No, naturalmente non puoi. Guardati nello specchio. Hai la verità scritta in faccia. Oh, mio Dio!» gridò, e sedette, rannicchiandosi e dondolandosi come colta da un dolore interiore.

Adam provava una terribile pietà ma era impotente. Sembrava che stesse affrontando una catastrofe naturale. Gli vennero meno le forze e sedette anche lui, cercando di resistere e superare in qualche modo quest'orrore. Una volta si chinò per sfiorare la spalla di Margaret ma, come se fosse paralizzato, non lo fece.

«Non puoi rispondermi? È la mia vita, la mia intera vita. Non capisci?» lo supplicò Margaret.

Lui trasse un lungo, profondo sospiro e rispose, molto piano: «Non so cosa dire».

«Dimmi semplicemente perché, perché?»

«Non lo so... succede. Succede continuamente.»

«Ma a noi? Non eravamo felici, Adam?»

Era con le spalle al muro. Incapace di guardare nei suoi occhi compassionevoli, posò lo sguardo sulla sua cintura bianca mentre farfugliava: «Infatuazione. Questa è la risposta, credo».

Quando Margaret balzò in piedi, rimase scioccato dall'improvvisa violenza della sua mossa. Con un movimento circolare del braccio, fece cadere sul pavimento un piccolo vaso di porcellana.

«No, lascia stare. Lascia che finisca in pezzi. Stai facendo crollare la casa con la tua 'infatuazione'. Per quell'orribile donna che abbiamo incontrato a New York... per lei sei disposto a rovinare tutto. Una cotta che dura da una vita... no, se ti ha seguito dopo tutti questi anni.»

«Non mi ha seguito. Le è capitato di trasferirsi qui. È successo per caso che sia andata così.»

Margaret deglutì rumorosamente.

«Bene, Adam, non dovrà più succedere, tutto qui. Forse, hai

dimenticato alcuni piccoli particolari, che abbiamo tre figli. Non permetterò che questa tua 'infatuazione' li ferisca. Non distruggerai questa famiglia. Tu e io andremo a farci consigliare e ci daremo una raddrizzata. Ma prima promettimi di chiudere con lei.»

«Mi dispiace», disse Adam. «Non ho mai voluto ferirti, e non lo voglio tuttora. Ma, col passare degli anni, le cose cambiano. Anche quando si desidera che non avvenga, cambiano lo stesso. E non so cos'altro aggiungere.»

Margaret si avvicinò alla finestra e rimase lì a guardare i lampioni che si accendevano.

Quando si girò, i suoi occhi traboccavano di lacrime. «L'umiliazione», disse piano. « E voi due che mi ingannavate, ridevate della mia stupida ignoranza, della mia sciocca fiducia in te.»

«Nessuno ha mai riso di te.»

«Dove abita? Che cosa fa? Dato che chiaramente sa tutto di me, ho il diritto di sapere tutto di lei.»

Per un momento Adam esitò, e scambiando la sua esitazione per un rifiuto, Margaret aggiunse: «Meglio che tu me lo dica. Posso scoprirlo facilmente».

«Si occupa di immobili. Ha una casa non lontano da Randoph Crossing», rispose Adam.

«E questa storia va avanti da molto?»

«Un paio d'anni», rispose.

Contorcendosi sotto quel contro interrogatorio, provò d'un tratto la stessa impotente rabbia che gli aveva fatto provare Jenks. Ma Margaret aveva ogni diritto di chiedere. Che cosa avrebbe fatto qualsiasi altra donna? Come se gli avesse letto nei pensieri, si rimise a piangere.

«Sai che ci sono donne che ti sbatterebbero fuori di casa per questo? O chiederebbero il divorzio?»

Divorzio. Deciditi, diceva Randi. Era inevitabile. Ciò nondimeno, si sentì stringere lo stomaco per la paura.

«Spesso», disse con lo stesso tono di voce basso e senza guardare Margaret, «il divorzio è la soluzione migliore.»

Lei lo fissò. «Cosa? Che cosa hai detto?»
«Non è la cosa peggiore del mondo.»
«Per noi?» gridò.
«Non è andata bene per noi», disse lui calmo. «Nessuno di noi due è più felice.»
«Che cosa vuoi dire?» ansimò lei. «Che cosa stai dicendo?»
«Che faremmo meglio ad affrontare la verità.»
«La verità! Sto impazzendo? Sto realmente sentendo questo? Mi lasceresti, abbandoneresti tutto in cambio di quella donna?»
«Semplifichi troppo, Margaret. Le emozioni sono...» Stava balbettando, ma non era possibile semplificare una cosa così complessa, così contraddittoria, eppure così irresistibile.
«Oh, mio Dio, che cos'ha lei che io non ho?» E Margaret si strinse le mani nell'antico gesto di disperazione.
«Non è che ti manchi qualcosa. È solo che io amo lei. È l'amore della mia vita», replicò Adam.
«L'amore della tua vita! Allora tutto quello che mi hai detto era una menzogna. Tutti i nostri anni, quasi diciannove, erano una menzogna.»
«Non credo lo fossero. È solo che succedono cose...»
«Succedono? Sto perdendo la ragione? Ho capito bene?»
Non rispose.
«E i ragazzi? La vita che abbiamo costruito per loro qui?»
Un'espressione di incredulità apparve sul suo volto. Le aveva inflitto una coltellata, l'aveva aggredita selvaggiamente, e, sapendo di averlo fatto, si alzò per soccorrerla.
Lei strillò. «No, non toccarmi! Non avvicinarti con il tuo falso dolore.»
«Non è falso. Non puoi sapere quanto mi dispiace essere costretto a farti questo. Non vorrei, ma è più forte di me.»
Lei si lasciò cadere sul divano. E lui disse dolcemente: «Margaret... mi prenderò sempre cura di tutti voi. Non pensare che vi abbandonerò. Non potrei mai farlo. Sarò un padre affettuo-

so, lo stesso padre che sono sempre stato. Quanto a te, non lo pensi adesso, ma sei ancora giovane e meriti...»

«Vattene», disse. «Non hai più niente da dirmi. Hai già detto tutto. Vattene.»

E così la lasciò seduta lì, andò nella stanzetta dove dormiva ora, e sedette. Be', l'aveva fatto; la scena che aveva tanto temuto e così spesso rimandato era stata rappresentata. Ma i suoi sentimenti erano ambivalenti. Sollevato dall'inganno e dalla segretezza, si sentiva più leggero e più pulito; si sentiva libero; la strada era finalmente aperta. Ma aveva ucciso lo spirito di Margaret.

Rimase lì seduto a lungo, pensando e soppesando molte cose. Probabilmente era un errore essere stato così schietto. Probabilmente non avrebbe dovuto usare quella frase: amore della mia vita. Stentava a credere di averlo realmente detto. Ma era la verità.

Doveva essere trascorsa un'ora o più quando silenziosamente entrò in cucina, chiuse la porta e alzò il telefono.

«Bene, Randi. È fatta», disse. «L'ho fatto.»

15

DOPO aver smesso di singhiozzare, Margaret cominciò a sentire freddo. La stanza era buia. Qualcuno doveva essere entrato e aver spento la luce. Si alzò, accese una lampada e, rabbrividendo, rimase a fissare la lampadina rosa. Girando lentamente la testa, si guardò intorno. Niente era cambiato. Era come se si fosse trattato di un'allucinazione. Adam non era stato seduto in quella poltroncina verde a parlare di divorzio. Ma c'era il giornale della sera e il cuscino sul pavimento dove lo lasciava sempre, anche se faceva parte della poltrona. La casa era tranquilla nel silenzio che segue la mezzanotte. Fra qualche ora si sarebbe svegliata, e i suoi occupanti avrebbero ripreso a fare quello che avevano interrotto.

Come era successa questa cosa? Che cosa ne sarebbe stato di tutti loro?

Di sopra, le porte delle camere erano aperte. Alla fioca luce del corridoio scorse l'enorme panda imbottito di Julie sulla sedia a dondolo accanto al letto. Come avrebbe reagito Julie, la tenera Julie, che prendeva la vita così sul serio?

Buon Dio, mormorò, stringendo la ringhiera. E Rufus, udendola bisbigliare, alzò lo sguardo dalla sua brandina. Quando si chinò per accarezzargli la testa, scodinzolò. E questa piccola dimostrazione d'affetto da parte di un cane fu troppo per lei in quel momento. Se fosse stato in grado di capire, si sarebbe inginocchiata accanto a lui e gli avrebbe chiesto di confortarla.

Poi pensò a Nina, chiedendosi che cosa avrebbe detto se e quando ci fosse stata la rottura, la rottura totale di cinque vite sotto lo stesso tetto. Data la strada imboccata da Nina, Margaret pensò amaramente che forse avrebbe trovato una scusa per Adam.

Si sdraiò di nuovo al buio con la mente che si soffermava sull'irrealtà di quella notte, formando domande che non avevano forse risposta. Com'è possibile che dopo tanti anni in cui erano stati ragionevolmente felici, una donna sconosciuta fosse apparsa all'improvviso e avesse distrutto la nostra pace? La nostra fiducia? Mentre vivevo la mia semplice giornata, insegnando, facendo la spesa, occupandomi della casa – o magari la notte, mentre dormivo nel suo letto con la testa sulla sua spalla – lei stava già attraversando il continente per venire qui a derubare e distruggere.

E abbiamo dei così bei figlioli. Non sono niente, per lui?

C'erano altre domande. A che punto avrebbe potuto impedirlo se avesse saputo, perché queste cose non accadono al primo sguardo, al primo contatto? O sì? Quella donna era venuta qui in cerca di Adam. E lui... Chimica, la chiamavano. In laboratorio, la chimica seguiva delle regole!

La prima luce stava sfiorando le farfalle della tappezzeria quando infine si addormentò.

Quando Margaret si svegliò, il sole illuminava il tappeto e nella stanza si capiva che doveva essere mezzogiorno. C'erano voci e movimento nella casa. Ci impiegò qualche secondo a orientarsi, a rendersi conto che era domenica, che aveva mal di testa e che Adam aveva chiesto di divorziare. Balzò dal letto e corse allo specchio, rimanendo sgomenta alla vista dei suoi occhi gonfi e lucidi. Il suo impulso fu di tornare a letto e nascondere la prova della sua devastazione, ma quando Megan bussò, si rese conto che nascondersi non sarebbe stato soltanto sciocco, ma impossibile.

«Sono rimasta ad aspettare fuori dalla porta che ti svegliassi», disse Megan.

Margaret non riuscì a dire niente di meglio che: «Sono orribile, non è vero?»

«Sì. Un po' d'acqua fresca ti farà bene. E puoi metterti gli occhiali.»

«Ho bisogno di fare una doccia e di vestirmi.»

«Non avrei dovuto dirlo», fece Megan.

«Sì, hai fatto bene.»

«Sarà una cosa seria?»

«Spero di no.»

«Ti ho vista sul divano quando sono tornata da casa di Betsy. Non volevo disturbarti, così ho solo spento la luce.»

«Mi dispiace che tu abbia dovuto vedermi a quel modo.»

«Vuoi parlarmene?»

«Non ancora.»

Le due donne si studiarono a vicenda, comprendendosi perfettamente.

«Sento papà parlare sulla veranda. Chi c'è con lui?»

«Zio Fred, che fa la sua visita domenicale. Vuoi breakfast o pranzo?»

«Nessuno dei due, grazie. Se mai, mi servo da sola.»

«Fa quasi caldo come in estate, fuori. Pensavo di andare a giocare a tennis con Betsy. A meno che tu non abbia bisogno di me?»

«No, cara. Va'. Voglio che ti diverta.»

In piedi sotto la doccia, Margaret lasciò che le lacrime si mescolassero all'acqua. Come può, come può fare questo a una ragazza come Megan?

Quando aprì la finestra, che dava direttamente sopra la veranda, le due voci erano perfettamente udibili, e quella di Fred la indusse ad origliare. «Cerca di non ferirla più di quanto hai già fatto.»

E Adam: «Non la sto ferendo deliberatamente. Non è quello che voglio fare, per carità! È successo e basta. Nessuno di noi era più felice da molto tempo. Perché? È difficile da spiegare.»

La voce di Fred borbottò: «Tutt'altro che difficile. In realtà, è molto semplice da parte tua. Ti sei innamorato, non è vero? Innamorato perso!»

«Non mi piace il tuo tono sarcastico, Fred. L'amore esiste, sai.»

«Dipende dal significato che si attribuisce al vocabolo. Taluni scambiano un prurito all'inguine per amore», rispose Fred, che di solito non si esprimeva a quel modo, almeno non a portata d'orecchio di Margaret.

«Senti, Fred. Se sei venuto qui per creare guai, è meglio che tu te ne vada.»

«Se avessi voluto creare guai, avrei potuto farlo molto tempo fa. Hai idea di quante volte ti ho sorpreso con quella donna ad entrare e uscire dalla sua strada?»

Ci fu un silenzio durante il quale, debole e tremante, Margaret rimase in attesa.

«Che cosa diavolo ti ha portato qui così presto?» domandò Adam. «Ti ha telefonato Margaret?»

«No, mi ha telefonato Megan.»

«Megan non sa niente di tutto questo.»

«Sa più di quel che pensi, e quel che non sa, lo sospetta.»

«Sarai anche convinto di non creare guai, Fred, ma li stai creando. Stai interferendo, e ti chiedo di andartene. Sei sulla mia veranda senza essere stato invitato.»

A queste parole Margaret si sentì cogliere da una furia improvvisa, si sporse dalla finestra, e gridò: «Non osare andartene, Fred! È anche la mia veranda. Scendo subito».

Infilando un vecchio maglione e una gonna, apparve sulla veranda sottostante, in pantofole, con i capelli spettinati e senza occhiali da sole.

«Forse dovremmo entrare», disse Fred quando la vide.

«Sì. So di avere un aspetto orribile. È così che mi sento.»

I cuscini in disordine del divano erano come li aveva lasciati la sera prima. Sul pavimento c'era ancora il giornale che Adam aveva lasciato cadere quando aveva pronunciato la parola divorzio.

«Te l'ha detto? Vuole il divorzio», dichiarò.

Fred aggrottò la fronte. «Me l'ha detto, ma non sono riuscito ad assimilarlo.»

Automaticamente, i due si volsero verso Adam, che, costretto a dare una risposta, parlò all'aria sopra le loro teste. «Ammetto che è scioccante. Vi sembra orribile, e posso capire perché. Ma voi non siete nei miei panni, capite.»

«Panni o no», disse Fred, «non puoi farlo.»

«Margaret e io non siamo stati fe...»

«Me l'hai detto. Non si tratta solo del fatto che siate 'felici' voi due. Ci sono altri tre che non hanno chiesto di nascere, e certamente non in una famiglia distrutta.»

«Distrutta? Ma io continuerò a essere loro padre. Ho detto a Margaret che per loro non farà differenza. Sono loro padre!»

«Sì, un padre che ha lasciato la casa ed è andato a vivere con un'altra donna», disse Fred in tono sprezzante.

Adam balzò su dalla sedia e si diresse alla porta. Fred fu più rapido di lui e gli bloccò il passaggio.

«No, Adam, non puoi cavartela così facilmente.»

«Non posso? Chi ti ha dato l'autorità di dirmi quello che non posso fare?»

«Margaret non ha nessuno che prenda le sue difese. Vi conosco entrambi da troppo tempo per non essere parte di questa tragedia. Adesso sediamoci e parliamo. Niente di quel che dirai uscirà da questa stanza. Non credo sia necessario sottolinearlo.»

Fred Davis aveva semplicemente assunto il comando. Margaret non l'aveva mai visto con un atteggiamento così autoritario, soprattutto nei confronti di Adam, che non l'avrebbe mai accettato da lui. Adesso però Adam, nonostante la sua spacconeria, si vergognava; d'un tratto riconobbe l'espressione accesa e imbronciata che aveva di solito dopo un incontro deludente con Jenks o Ramsey.

«Hai vissuto la tua vita come un uomo onorevole», cominciò Fred.

Sovrastandoli, assomigliava all'insegnante che si rivolgeva alla classe o al medico che parlava con il paziente. E Margaret, mentre alzava gli occhi verso i suoi, insolitamente severi e acuti, cominciò a sentirsi un po' più rilassata.

Dalla collezione di fotografie sul tavolino Fred prese quella con Megan, Julie e Dan.

«Guardali», disse. «Indipendentemente dalle ore settimanali che trascorrerai con loro dopo aver lasciato Margaret, come potrai guardarli in faccia e spiegare perché l'hai lasciata? Perché ti sei 'innamorato'? Mi sembra un po' traballante come scusa, non ti pare?»

Adam non rispose alla domanda di Fred, che prese una seconda fotografia.

«Se ricordo bene, questa è tua madre, non è vero? Era molto legata a Margaret, lo ricordo perfettamente. Che cosa pensi che direbbe di questa richiesta di divorzio?»

Adam alzò la testa, con un breve risolino ironico. «Mia madre? Mi ammazzerebbe.»

«Credo proprio di sì», asserì seccamente Fred. Per un momento studiò Isabella, gli occhi gravi, gli occhi di Adam, e la fronte serena sotto i capelli ondulati, prima di riposarla sul tavolo.

«Forse la gente era diversa allora», commentò dolcemente, quasi a se stesso. Dopo un momento si girò verso gli altri e fu di nuovo brusco. «Va bene, parliamo. Cominciamo dall'inizio.»

Fu un lungo pomeriggio. Fred sapeva dove voleva andare, e puntò dritto alla meta, dirottandovi Adam, anche contro la sua volontà. Anni dopo Margaret avrebbe ancora ricordato la demolizione, palmo a palmo, di ogni ripetitivo argomento che Adam, indebolendosi, riusciva a rilanciare.

Erano le cinque passate quando infine Fred concluse. «Al dunque», disse, «è chiaro che avete disperato bisogno di consiglio.»

Al che Adam obiettò: «Non credo che lo faremo. Sono una persona riservata. Non mi piace l'idea di espormi a un estraneo. È stato molto penoso per me oggi. È stata solo la vista della sofferenza di Margaret che mi ha trattenuto qui».

«Sarebbe più facile per te parlarne con un estraneo di quanto non sia stato dover sopportare la mia interferenza», ribatté Fred, «e so perfettamente che si è trattato di interferenza.»

«Niente consigli», ripeté Adam.

Margaret, temendo un impasse, intervenne: «Penso che se ci applicheremo, potremo cavarcela senza aiuto esterno. Questa... questa infelicità... che Adam provava è iniziata quando quella donna è venuta qui. Posso stabilire il momento esatto. Se venisse rimossa, Adam, se promettessi di non rivederla, potremmo tornare ad essere quello che eravamo. So che potremmo». Si alzò in piedi e gli si parò davanti, dicendo con tutto il cuore: «Ti prego di riprovarci. Ti prego di non lasciarmi. Ti amo, Adam. Nonostante quel che hai fatto, ti amo».

«Bene», disse Fred.

C'erano lacrime negli occhi di Adam. «Resterò. Resterò. E non la rivedrò più. Vi do la mia parola.»

Fingi di essere una moglie di guerra come lo era la mamma, disse Margaret a se stessa, e che tuo marito sia oltreoceano. Sapresti perfettamente che non ha trascorso tre anni senza avere una donna. Accetteresti il fatto e, per la tua pace personale, lo respingeresti dalla mente.

Sfortunatamente, però, Randi non era in Europa né in Asia, ma proprio lì, a venti chilometri di distanza...

«L'ho vista di sfuggita», disse Louise, «ma ho avuto l'impressione che fosse terribilmente ordinaria. Truccata, vestita in modo troppo vistoso. Capisci quel che voglio dire.»

Pressata dal bisogno di parlare con qualcuno, e anche perché Louise era già coinvolta, Margaret le aveva fatto qualche confidenza.

«Si conoscevano da prima che ci sposassimo», aveva spiegato. «Quella donna è vedova e alla ricerca disperata di un marito. Evidentemente, pensa che Adam abbia dei contatti che fanno al caso suo, ed è diventata pestifera.»

Che Louise credesse a questo racconto era improbabile, ma era troppo educata e anche troppo gentile per metterlo in dubbio.

«Be', ha bisogno di liberarsene», disse sbrigativamente. «Ha bisogno di dirle chiaramente che non vuole essere infastidito. Mi chiedo se è in grado di farlo. Sotto i suoi modi scostanti, ho sempre avuto l'impressione che ci sia molta insicurezza in Adam.»

Louise, allora, non era semplice come appariva. Più vecchia diventi, pensò Margaret, e più la gente ti stupisce per quello che ha di nascosto. Non avrebbe mai immaginato che l'allegra, superficiale Louise avesse osservato qualcuno con tanto acume.

Megan, reticente come Adam, era ovviamente in attesa di una spiegazione. Cingendo sua figlia con un braccio, Margaret fece del suo meglio per dargliene una plausibile.

«Da donna a donna», disse con un malinconico sorriso, «ammetto che sono stata una sciocca a fare tanto chiasso. E a restare lì quella notte a piangere – è stato orribile per te vedere tua madre in quelle condizioni. Si è trattato di una cosa innocente, vedi, una colazione di lavoro, d'obbligo, capisci. Mi sono montata la testa e resa ridicola.»

Che Megan, come Louise, avesse creduto a una parola di quello che aveva detto Margaret era improbabile. In ogni modo, diede a sua madre un bacio e un'occhiata piena di gratitudine, pietà, o incredulità, che andò al cuore di Margaret.

E quando all'improvviso, una mattina d'aprile, arrivò la primavera con freschi venti del sud e il canto degli uccelli, anche quello andò dritto al suo cuore come mai prima d'allora. In una giornata simile fra tanto splendore verde-oro, avrebbe potuto realizzarsi un nuovo inizio!

Così, come se non fosse intervenuto niente, la vecchia vita ricominciò. D'un tratto non ci furono più riunioni a tarda ora; Adam riprese il suo posto a tavola ogni sera come aveva sempre fatto. Il sabato divenne di nuovo un giorno da trascorrere in famiglia.

E Margaret, ascoltando e osservando anche i più piccoli segni, si convinse che Adam ci stava realmente provando. E di conseguenza sentì che i suoi vecchi risentimenti stavano man mano scemando. Adam, dopotutto, era solo un'altra vittima della ben nota «crisi della mezza età».

Margaret non sapeva che cosa l'avesse riportato realmente sulla retta via, se le esortazioni di Fred o le fotografie dei suoi figli o il pensiero della condanna di sua madre. Forse non lo sapeva neanche lui. Una o due volte era stata sul punto di chiedergli come avesse concluso la sua relazione, ma si astenne. Una o due volte lui fece un breve, vago riferimento alla «debolezza», ammettendo che una donna è spesso la più forte dei due. Allora, la signora Randi era stata la più forte? E Margaret pensò sprezzante, non più forte di me...

Adam era ritornato nel loro letto. Una notte era semplicemente venuto ed era rimasto esitante sulla porta. E lei ne era stata così lieta! Ma, pensando di non fare un dramma di quella che avrebbe dovuto essere una cosa perfettamente normale, si era limitata a sorridere e aveva chiesto se aveva già mangiato il suo gelato. Da anni era sua abitudine mangiarlo in cucina prima di coricarsi.

«Perché non lo mangi letto?» suggerì. E così ora, in questi nuovi giorni di riconciliazione, si instaurò una nuova abitudine, quella del gelato a letto. Lui mangiava il gelato, lei leggeva il suo libro, chiacchieravano un po', spegnevano la luce e si addormentavano.

Non l'aveva ancora toccata.

E a volte in quel letto o in macchina tornando a casa da scuola, o anche a tavola mentre chiacchieravano affabilmente, provava di nuovo un'ondata di apprensione, una tensione simile a quella che precede un temporale e fa alzare il pelo sul dorso di un animale.

16

«NON posso andare avanti così!» La voce di Randi era rauca per il pianto.

Nel caldo soffocante della cabina telefonica, Adam spostò il peso da un gomito all'altro. Queste telefonate del tardo pomeriggio lo spossavano. Anche l'argomento era spossante.

«Randi», disse pazientemente, «dobbiamo smetterla. Ho cercato di spiegarti... Forse fra un anno o due... Ma per adesso non posso, non posso e basta. Ho promesso che ci avrei provato... È troppo complicato. Cara, non ce la faccio più.»

«Tu non ce la fai più!» gemette lei. «Ma io devo farcela. Ogni giorno, ogni notte. Da sola. Da sola.»

«Cara, mi hai dato un ultimatum...»

«Non per arrivare a questo. Non ho mai pensato che avresti fatto questa scelta.»

«Dovevo. La casa. I ragazzi. Lo sai che dovevo farlo. Cara, riagganciamo. È più di mezz'ora.»

«Così non posso chiamarti in ufficio?»

«No, naturalmente. Non per queste lunghe conversazioni.»

«Posso chiamarti a casa?»

«Oh, Randi. Ti prego.»

«Quando ti rivedrò? Questa storia sta andando avanti da tre mesi.»

«Ci sto provando. Randi, aiutami.»

«No. Ho bisogno di te. Ti amo. Mi stai dicendo che non mi ami più? È così?»

«No, cara Randi.»

«Concedimi un'ora sabato. Soltanto un'ora.»

La pressione era sufficiente a far saltare i nervi a chiunque.

E lui gemette. «Dobbiamo andare da dei parenti. Danno una festa. Non per noi, ma coincide con il nostro anniversario.»

«Oh, tanti, tanti auguri! Chissà che festeggiamenti. Quanti anni?»

Adam sospirò.

«Non riesci neanche a rispondere? Quanti?»

«Diciannove.»

«Oh, poverino. Ti compatisco. Bene, vai a casa a festeggiare con Margaret. Spero che ti faccia divertire. Farebbe bene, perché con me hai chiuso. Finito. Questo volta dico sul serio. Chiuso.» Il ricevitore sbatté nell'orecchio di Adam.

«Sì, è carino una volta tanto andare alla festa di qualcun altro per il nostro anniversario, no?» disse Margaret.

Voleva che ammettesse, naturalmente, che era carino. E lo fece.

«Non ci sarà molta gente», disse Louise. «So come detestate la folla.»

Margaret appariva ansiosa. Negli ultimi mesi aveva fatto il possibile per accontentarlo, mostrandosi vivace quando avrebbe magari preferito leggere un libro o fare un sonnellino. Consapevole di tutto questo, dispiacendosene perfino, Adam sentiva la pressione aumentare di nuovo nella sua testa.

«Ti ho detto che Fred ha mandato alcuni dei suoi uomini a erigere un gazebo nel loro giardino? Louise ne ha sempre desiderato uno, un posticino in ombra dove sedersi a leggere.»

A leggere cosa, si beffò silenziosamente, i giornaletti?

«Si sono anche rivolti a un paesaggista. Casa loro è davvero deliziosa.»

Naturalmente. Questa era la ragione per la festa, pensò Adam, perché la gente possa constatare l'agiatezza di Gil.

Al centro del prato posteriore c'era il gazebo nuovo, con rose rampicanti sui tralicci. Splendidi rododendri bianchi, vecchi e ovviamente trapiantati, recintavano il prato. Tutto di gran gusto. Tutto molto costoso.

Come il mozzo di una ruota che girava lentamente, Adam se ne stava lì a guardare la gente raggrupparsi, separarsi, comunicare con gridolini di benvenuto e soffiandosi baci. Per lo più li conosceva di vista o di nome. Dopo averlo salutato, tiravano dritto; nessuno si fermava a parlare con lui. Forse sentivano che preferiva che non lo facessero.

Margaret era diventata, come sempre, parte dell'evento. Si scoprì a osservarla, seguendo il suo abito di lino bianco e la sua testa color rame mentre si apriva il varco tra la folla. E pensò, struggendosi, che viveva con un uomo che non la toccava. Pensò che peccato fosse questo, che ingiustizia per lei. Tuttavia non poteva farci niente!

«Il buffet è dentro», disse Louise. «Temevo che il cibo si sciogliesse qui fuori. Entra, Adam.»

Era una donna sciocca, ma fondamentalmente buona, lo sapeva. Ma sapeva anche che lo guardava con occhio preoccupato. E così Gil, e Fred Davis, maledizione. Erano tutti, questi protettori di Margaret, volutamente cordiali, affettuosi perfino, come per fargli capire che era stato tutto deliberatamente perdonato. E seguì Louise in sala da pranzo.

Lì lo trovò Margaret, in piedi con il piatto colmo, che mangiava da solo.

«Oh, eccoti. Ricordi che ti avevo parlato di quella gente che alleva cani da pastore Old English? Ebbene, sono qui ora, e lei mi ha detto che hanno dei cuccioli. Pensi che potremmo passare da loro una sera di questa settimana per permettere a Danny di dare un'occhiata?»

Adam esitò al pensiero di un altro obbligo.

«L'avevamo promesso a Danny», gli rammentò Margaret.

«Sì. Sì, certo.»

«Allora fisso un appuntamento.»

Intorno a loro le conversazioni si accavallavano.

«...due al college quest'anno. È una fortuna, ma per Harvard ne vale la pena.»

«Davvero molto bella, quella stampa provenzale. Si sono fatti rifare la casa da un arredatore di New York, una cugina di Gil e Louise.»

Non parlava a Nina da un po' di tempo, e lei non sapeva niente del loro «problema», il che non aveva importanza. Ma sarebbe stato meglio per Margaret, pensò, se fosse stata qui. Nel caso me ne andassi. Nel caso. E si chiese che cosa avrebbe detto Nina del loro «problema»; sarebbe stato interessante saperlo, considerando che questa volta la situazione si era capovolta.

Quand'ebbe finito, dovette aprirsi un varco per uscire attraverso una porta bloccata.

Qualunque fosse l'argomento di cui parlava quella gente era un fastidio per lui! Non facevano che correre, gareggiare, arrampicarsi! A casa di Randi avrebbe potuto sdraiarsi nudo al sole e fregarsene del mondo intero. Nella camera di Randi...

Poi riconobbe una voce, quella di Fred Davis, che stava chiedendo: «Tutto bene a casa?»

Una donna alta bloccò la sua visuale e la risposta di Margaret. Avrebbe preso volentieri a pugni Fred. Chi credeva di essere?

«Oh», disse Margaret mentre la donna alta si spostava. «Fred mi sta raccontando del suo viaggio. Va in Grecia quest'autunno.»

«Anche voi dovreste organizzare qualcosa», insistette Fred. «Trovo che un viaggio è come una medicina. Una medicina con un buon sapore. Sono sicuro che potreste trovare qualcuno disposto a stare con i ragazzi.» E rivolse ad Adam un'occhiata interrogativa.

A denti stretti, Adam rispose: «Vedremo».

Chi diavolo credeva di essere, un guardiano, un terapista, un consigliere di cuori infranti?

D'un tratto, si sentì stanco di tutto. Era intrappolato, ecco cos'era. Confinato tra questa gente di cui non gli importava nulla. Mentalmente allungò un braccio e li disperse.

«Ho un paio di commissioni», disse a Margaret il giorno dopo. «Può darsi che non torni in tempo per cena.»

Non era ancora del tutto buio quando ritornò. Mise la macchina nel garage e, raggiungendo la casa a piedi, vide Margaret che aspettava presso la porta della cucina. La sua espressione gli disse che sapeva dov'era stato. E per un momento la odiò per essere lì in piedi come un carceriere in attesa che tornasse un prigioniero fuggito.

«Ebbene?» disse.

Ora, come in un film, si tramutò nell'insegnante che era, rimproverando l'allievo.

«Ebbene cosa? Sai dove sono stato.»

«Ho capito subito dov'eri diretto.»

«È inutile, Margaret. Ho promesso che ci avrei provato, e ci ho provato in tutti questi mesi, ma non serve.»

«Diciannove anni», disse lei.

«Non posso farci niente.»

«Sei uno sporco bastardo.»

«Non voglio litigare con te. Comportiamoci in maniera civile.»

«E lei? Una ladra nella notte. Ho più rispetto per le prostitute. Perlomeno non sottraggono un uomo alla sua famiglia. Per loro si tratta di lavoro. Hanno qualcosa da vendere e fissano il prezzo, che puoi accettare oppure no. Un prezzo onesto.» E Margaret rise.

«Ti sentiranno! Sta' attenta!»

«Che differenza fa ormai? Lo sapranno fra poco, perché non

subito? Adam Crane, il cittadino esemplare, il gentiluomo intellettuale con una bella mente erudita, è fuggito con una sporca sgualdrina.»

«Margaret, i ragazzi. Stai ferendo i ragazzi.»

«Te ne importa tanto di loro.»

«Sai che me ne importa invece.» Aprì la porta. «Non voglio litigare con te. Entro.»

Rimase seduta a lungo sul gradino, tremante e con gli occhi asciutti. Nella camera da letto al primo piano si accese la luce, doveva dunque esserci andato per trascorrervi la notte. Più e più volte si ripeté le parole pesanti che erano corse tra loro. Eppure non sembrava possibile che quelle parole potessero essere definitive. Si era sforzata tanto, e pareva che le cose promettessero bene! Adam aveva promesso... E non aveva voluto ferire i ragazzi... E sarebbe stato diverso al mattino... La gente era sempre più ragionevole al mattino.

Poco dopo le otto scese e lo trovò in piedi in anticamera tra scatole, valigie e sacchetti. Doveva essere rimasto alzato tutta la notte a preparare i bagagli. Senza una parola, non credendo a quello che stava vedendo, lo guardò.

«Me ne vado», disse.

Lei cominciò a piangere, asciugandosi gli occhi con le nocche.

«Margaret, smettila», disse lui. «Non servirà.»

«Come puoi fare una cosa simile?» implorò. «Non farlo, Adam. Ti prego, non lasciarci. Ti prego.»

Senza rispondere, lui raccolse i due scatoloni e uscì dalla porta del retro, dov'era parcheggiata la macchina.

«Credo che tu abbia perso la ragione», sussurrò quando rientrò.

«Può darsi.» Prese la valigia e uscì di nuovo.

A uno a uno i ragazzi scesero le scale e guardarono loro madre. «Non abbiate paura. Io sono qui e non vi lascerò mai», disse Margaret.

«Non vi sto lasciando nemmeno io», disse Adam. «C'è qualcun altro, ma questo è tra me e vostra madre. Non ha niente a che vedere con voi. Sono ancora vostro padre, e potete contare su di me.»

Nessuno fiatò. Quand'ebbe radunato tutte le sue cose, salì in macchina. Dalla veranda lo guardarono percorrere la strada e svoltare l'angolo. Un quadro, pensò Margaret. Siamo un quadro: due ragazze e un ragazzo attoniti e sconvolti, una donna in lacrime, un cane dal pelo lungo e ispido.

17

In quel momento sulla costa orientale erano poco più delle dieci, pioveva e faceva molto caldo. All'aeroporto, vicino ai cancelli d'imbarco, Nina cercava Keith con lo sguardo tra i viaggiatori dagli impermeabili bagnati. Aveva impulsivamente deciso di stupirlo, andando a salutarlo alla partenza per Phoenix, e stava provando una felice, infantile eccitazione al pensiero della sorpresa.

«Sono venuta completamente armata», aveva deciso di dirgli. «Ecco il libro che hai nominato ieri, e una borsa termica con il pranzo perché tu non debba scegliere tra quel che ti passano in aereo o digiunare. Anche se non abbiamo più trascorso realmente un po' di tempo insieme dopo quella notte in Florida, sono preoccupata per te. Non hai un minuto per rilassarti.»

Aveva pensato, e pensava anche ora, a come diventava malinconica la città quando lui non c'era. Era un conforto sapere che era solo a dieci minuti di taxi. Ma, quando si svegliava nel silenzio prima dell'alba, quei dieci minuti, quella frazione di spazio, assumeva la durata di innumerevoli anni.

Quanto ci sarebbe voluto? Oh, se solo fosse stato possibile sfregare la lampada di Aladino e sistemare tutto! Sfregare la lampada ed eliminare l'ostacolo, l'indesiderata moglie testarda, la donna frigida che non sapeva tenersi l'amore di suo marito.

E d'un tratto eccolo. Ecco la cara faccia, i familiari passi frettolosi. Allegramente, gioiosamente, andò verso di lui, chiamandolo per nome.

Fu accolta da un'occhiata di totale, inorridita sorpresa. C'era una donna con lui. In un flash quasi subliminale, Nina avviluppò l'intera donna: morbidi capelli fulvi; viso roseo; impermeabile; grosso ventre gravido.

In un altro flash gli occhi di Keith si appellavano: per carità, no. No.

«Le ho portato questi documenti dall'ufficio», disse. «Li aveva dimenticati.»

«Grazie», rispose lui, prendendo il pacchetto. «Molto premuroso da parte sua.» E ripeté: «Grazie».

Si aspettava che si girasse e se ne andasse. Ma prima dovette controllare le sue gambe. E così ci fu una pausa da riempire, qualche secondo in cui la faccia rosea si alzò piena di aspettativa verso suo marito – perché chi poteva essere questa donna, con quell'espressione e quel linguaggio del corpo, se non una moglie?

«Mia moglie», disse Keith. «Signorina... Jordan.»

Il volto perlaceo sorrise: Piacere? Il labbro superiore era a forma di cuore, e gli occhi dalle ciglia scure, forse blu, forse verdi, erano gentili.

Le gambe di Nina cominciarono a obbedire. Annuì e disse: «Bene...» e indietreggiò. Non poteva essere rimasta lì più di quindici secondi, ma questo bastò a farle udire un'intera storia contenuta in una frase o due.

«Keedy, non preoccuparti di niente. Riporterò a casa tua madre dall'ospedale domani, e in quanto a me, non succederà niente fino alla prossima settimana. Sarai di ritorno prima che io debba andare in ospedale.»

Avvolta in una nebbia e insicura dei suoi passi mentre si allontanava, udì la voce continuare: «Abbi cura di te, caro. Ti ho messo la medicina per la tosse nella tasca».

Caro. Keedy. La moglie aveva un suo nome privato per lui,

un nome intimo. Intimo certo, con quel pancione! All'angolo, oltre l'edicola, Nina si girò a guardare. Lui la stringeva tra le braccia e le stava dando un bacio.

Scappò via. Corse come una pazza lungo il passaggio pedonale, come aveva corso quella sera in una città straniera. Fuori in strada fermò un taxi e crollò con la testa contro la spalliera del sedile.

«Si sente bene, signorina?» chiese il guidatore.

«Sì, bene. È solo un mal di testa.»

Finita! L'intera disonesta relazione era finita. Aveva appena assistito alla sua morte. E lottò per pensare con chiarezza: Devo calmarmi. Non posso permettermi di crollare. Viene una cliente oggi in ufficio. Come si chiama? Una donna tarchiata, con folti capelli bianchi, sulla sessantina, simpatica. Ha bisogno di tappezzerie. Campioni. Chi? Non riesco a pensare.

Cielo, dov'erano i campioni? Li aveva avuti a casa la sera prima, e li aveva stamattina. Cielo, li aveva dati a Keith! Il libro e il pranzo erano lì sul sedile accanto a lei. Avrebbe voluto urlare, piangere, essere sola, sdraiarsi. Ma non sapeva dove andare...

«Hai l'aria di chi ha perduto il suo miglior amico», osservò Willie quando entrò in negozio.

«Credo che mi stia venendo addosso qualcosa. Non mi sento bene.»

«Non attaccarmelo», disse Ernie. «Sai che effetti ha su di me un raffreddore. Mi mette a terra. Forse faresti meglio ad andare a casa.»

«Non posso. Deve venire una signora», gemette. «Ho perso i suoi campioni. Ho trascorso tutto il pomeriggio a cercare la tappezzeria che voleva lei, e adesso ho perso i campioni!»

«Sei proprio fuori forma, poverina», disse gentilmente Willie. «Va' a casa. Mi occupo io della signora in questione. Va'. Prendi un paio di aspirine.»

La pioggia era cessata, lasciando una giornata buia e afosa, come se il mondo stesse morendo. Che morisse, pensò, sdraiata sul suo letto. Piangeva e tremava. Batteva i denti. Orribili singhiozzi la squassavano, si placavano e la squassavano di nuovo. Anche qui a casa sua, non osava gridare. Qualcuno avrebbe potuto sentirla e chiamare la polizia o un'ambulanza. Una volta, quando alzò la testa e incontrò lo sguardo di Keith incorniciato in bronzo su un tavolino, si alzò e lo sbatté per terra, dove finì in mille pezzi.

Dopo parecchio tempo i suoi pensieri cominciarono a prendere forma. Ah, avrebbe dovuto saperlo! E i segni erano stati presenti, ma lei non aveva saputo leggerli. Quell'uomo, figlio di una madre così meticolosa, con il suo amore per l'ordine, i suoi gusti raffinati e le sue maniere discrete, sarebbe stato l'ultima persona al mondo a commettere un errore avventato nel matrimonio e l'ultimo a rovinarsi la vita. Qualsiasi idiota avrebbe realizzato che un simile uomo si sarebbe tenuto la sua bella moglie, la sua bella casa e i suoi bei figli.

E credi proprio, Nina, povera sciocca, che avrebbe rinunciato a quella piacevole vita per te? Tu eri il giocattolo, il cocktail champagne, la glassa sulla torta.

Mi ha mentito, si infuriò Nina. Ha promesso e mentito. Mi ha preso in giro. E si stava stancando di me. Sì. I segni erano lì, solo che io non volevo vederli. Spero che crepi laggiù a Phoenix. Spero che crepi.

Nel tardo pomeriggio del giorno dopo suonò il campanello. Gonfia per il pianto, piena di aspirina e mal di testa, tuttora in accappatoio, si rifiutò di rispondere.

«Sappiamo che sei lì», disse Willie. «C'è Ernie con me. Lasciaci entrare.»

«Sto male. Quando ho telefonato, vi ho detto che non ero in grado di venire a lavorare.»

«Non stai male. È successo qualcosa. Ho sentito le lacrime nella tua voce.»

«No, sto realmente male», protestò.

«Se non ci lasci entrare, resteremo qui tutta la notte e faremo una scenata.»

Così dovette farli entrare e raccontargli l'intera storia. Quando finì, Ernie sospirò.

«Bene, non voglio essere scortese, Nina, ma era prevedibile.»

«Perché?»

«Dobbiamo dirglielo, Willie?»

«Naturalmente.»

«Be', l'abbiamo incontrato qualche mese fa alla mostra dell'antiquariato. Era con sua moglie e stavano esaminando un mobile inglese nello stand accanto al nostro. Mi ha riconosciuto, ma ha fatto finta di non avermi visto. Poi abbiamo saputo dal nostro collega che stavano costruendo un'ala nuova a casa loro, allargando la biblioteca e aggiungendo una stanza per il computer. Provvedendo al futuro, in altre parole.»

«Perché non me l'avete detto?» Nina si asciugò gli occhi, che avevano cominciato a riempirsi nuovamente di lacrime. «Scusatemi se piagnucolo.»

«Piagnucola pure. Devi venirne fuori in qualche modo.»

«Ma perché non me l'avete detto?»

«Per la stessa ragione per cui la gente non lo dice a una moglie. Nessuno vuole essere portatore di cattive notizie. Non vuoi creare guai, così ti fai gli affari tuoi. E poi, non ci avresti creduto. Non ci avresti ascoltato.»

«Avete ragione.»

I tre sedevano immobili in un cupo silenzio.

«Perché mi ha fatto questo?» gemette Nina, scuotendo la testa come se dubitasse di tanta perfidia. «Perché mi ha incoraggiata?»

«Sei una donna straordinariamente attraente, Nina. Sei diversa dalla media.»

«Oh, certo, certo», asserì amaramente. «È quello che ha detto anche lui. Diversa!»

«Ma lo sei», disse Willie. «C'è una freschezza in te, un fascino vecchio stile in cui t'imbatti di rado ormai. Eppure, sei anche una donna moderna e indipendente. In breve sei eccezionale.»

«In breve, sono una cosa che ha usato finché gli ha fatto comodo.» E come si fa quando si pensa ad altro, si studiò le dita, ricordando una parola affettuosa, una passeggiata nella neve, una notte appassionata, tre anni di aneddoti confusi. «Dovrò ricominciare daccapo e rimettermi in sesto», disse.

Le facce di entrambi gli uomini erano molto gentili, così gentili che fu in grado, senza sentirsi umiliata, di fare un'ammissione.

«Da un po' di tempo avevo l'impressione che si stesse stancando di me. Eppure, ogni volta che accadeva, mi ripetevo che era ridicolo.» Si interruppe, e poi balzando in piedi, esclamò: «Ma se era pronto a chiudere perché mi avrebbe regalato questo? Ve lo faccio vedere.»

«Un pezzo molto, molto bello», osservò Ernie. «Venticinque o trentamila dollari, credo.»

«Ventisette. Lo restituirò, naturalmente.»

Willie la ammonì. «Assolutamente no! Non fare la stupida!»

«Non l'ho mai voluto innanzi tutto, Willie. Ha insistito che lo prendessi. Ecco perché credo che debba amarmi ancora.»

Ernie scosse la testa, dicendo: «È la tua innocenza che parla. Posso essere franco?»

«Di' pure.»

«È stato il regalo d'addio, cara, perché non facessi troppe storie alla fine. Se l'è cavata con poco. Avrebbe potuto regalarti anche gli orecchini uguali, o meglio, la collana.»

Un mondo che non ho mai conosciuto, pensò Nina. Era stato falso fin dall'inizio, no? E Margaret aveva avuto ragione.

«E che cosa succede ora?» chiese. «Pensate che ci sia già qualcuno in attesa di prendere il mio posto?»

«Possibile. O magari si è stancato della caccia, temporaneamente, almeno. O chissà, forse ne aveva realmente abbastanza e ha deciso di fare il marito affettuoso, l'uomo di famiglia. Capita.»

«Mi sento inebetita», disse Nina. «Senza più lacrime, almeno per il momento, comunque.»

«Piangerai ancora un po'», le assicurò Willie. «E poi ti riprenderai.»

Scoppiò in un breve risolino ironico. «Come puoi sapere tante cose, Willie?»

«Tenendo semplicemente gli occhi e le orecchie ben aperti. Dimmi, quand'è l'ultima volta che hai mangiato qualcosa di decente?»

«Non lo so. La colazione di ieri mattina, credo.»

«Hai bisogno di un buon pasto. Vai a fare una doccia e sistemati un po' mentre noi andiamo a recuperare una buona cenetta.»

«Non ho fame.»

«Ti verrà. Va' a sistemarti. Hai un aspetto orribile.»

Che coppia straordinaria quei due! Non avrebbe voluto, ma dovette obbedirgli. E così un'ora dopo, mentre stavano facendo un'eccellente cena, prestò orecchio a questo consiglio.

«Ciò di cui hai bisogno ora è di andare a rilassarti in un posto tranquillo. Torna a casa dalla tua famiglia. Non ci vai da un anno. Oh, sappiamo perché, ma il signor Keith non è più un problema. Ingoiati l'orgoglio e va'. Non telefonare. È difficile raccontare tutto questo per telefono. Presentati e fagli una sorpresa.»

Scese dall'aereo, noleggiò una macchina e si diresse verso Elmsford. Rivedendo il fiume, il ponte, il liceo, i magazzini Danforth, il luogo familiare dov'era cresciuta, le venne un groppo alla gola. Fra dieci minuti sarebbe stata accolta nel cuore di tutto ciò, nella vecchia casa dove non c'erano menzogne e inganni. E lì l'aspettavano: la sua gente, una famiglia semplice, sicura e solida.

Spero di non piangere, pensò, ridendo un po' di se stessa. Ma se piangerò, pazienza!

Il furgone impolverato di Fred Davis e la BMW di Louise erano parcheggiati nel viale d'accesso, il che sembrava strano in una giornata lavorativa. Per il resto, era tutto immutato. Rufus, sdraiato all'ombra, si alzò per salutarla come se non fosse mai stata via. Gli accarezzò la testa, proseguì e suonò il campanello. Aprì la porta Louise.

«Bene», esclamò, guardando la valigia. «Non sapevo che qualcuno si fosse messo in contatto con te.»

«Che cosa è successo?» chiese Nina. «C'è stato un incidente?»

«Potresti anche chiamarlo così», asserì cupamente Louise. «Adam se n'è andato, ecco cosa è successo.»

«Andato?»

«Sì. Si è trovato un'altra donna, e se n'è andato lunedì mattina. Entra. Margaret è qui.»

18

TRANNE Margaret, che su insistenza di Louise era salita a riposare, erano tutti in salotto, rigidi e formali come chi in un ospedale aspetta notizie dal medico che esce dalla sala operatoria. Nina aveva l'impressione che fossero lì dal lunedì precedente, esprimendo all'improvviso pensieri scollegati, e rimanendo silenziosi altrettanto all'improvviso.

«Non l'ho mai vista con lui, comunque», disse Gil. «È sempre stato un tipo strano. Puoi chiedere a Louise quante volte l'ho ripetuto. Pensava di essere un genio! Si aggirava con quel sorrisetto sarcastico sulla faccia solo perché era membro del Phi Beta Kappa e gli altri no.»

Per Nina la scena era surreale. Che stessero parlando di Adam era incomprensibile. Non aveva aspettato altro che tornare a casa, cadere tra le braccia di Margaret, raccontare la sua storia, scusarsi per il suo errore, ed essere baciata e confortata. Tutto questo era naturalmente accaduto nei primissimi minuti, ma poi era seguita quest'altra storia, questa martellata. Sedeva ammutolita, con la valigia ancora sul pavimento accanto a lei.

Louise appariva tesa per l'indignazione. «Non gli è mai piaciuto nessuno. Lo si capiva al volo. Sapevamo che non aveva simpatia per noi. Era sempre abbastanza educato, ma ci rivolgeva la parola a stento. Credo che non ci ritenesse degni del suo tempo.»

«È sempre stato un tipo tranquillo», asserì Nina.

«Tranquillo! Aveva la personalità di un mollusco.»

Stavano parlando di Adam al passato. Stavano parlando di un uomo che non riconosceva. E tuttavia, quel che stavano dicendo doveva essere vero. Adam aveva lasciato Margaret. Se n'era andato. Si sentiva male, infreddolita, anche in quella stanza senz'aria e in piena estate.

Gil chiese: «Fred, hai detto a Margaret che l'hai visto con quella donna?»

«No. Forse avrei dovuto farlo o forse no. Comunque, si evita sempre di dirlo alle mogli. Nessuno vuole essere portatore di cattive notizie.»

Nina passò dal freddo al caldo. E poiché c'erano troppi occhi nella stanza, occhi che non era pronta a incontrare, si guardò le scarpe.

«Margaret! Tre figli!» esclamò Louise, come se stesse ancora cercando di capire l'enormità di quello che aveva fatto Adam. «E quando penso a lei... a tutti gli anni che ha tenuto qui sua madre malata di Alzheimer! La maggior parte delle nuore l'avrebbe messa in una casa di cura molto prima.»

Rivolgendosi a Nina, Gil disse: «È una pena ascoltarla. Continua a chiedersi che cosa avrebbe potuto fare di diverso, dove ha sbagliato».

«Le ho ripetuto dozzine di volte che non ha ragione di biasimarsi», protestò Louise. «Che biasimi lui e quella sgualdrina. È così, Gil. È il vocabolo che trovi sul dizionario per una donna senza moralità.»

«Questo genere di cose non aiuta», obiettò tranquillamente Fred. «Dobbiamo aiutare Margaret a pensare. La prima cosa di cui ha bisogno è trovarsi un buon avvocato.»

«Un avvocato», disse Margaret, entrando nella stanza. «Immagino di doverne avere uno. Mamma diceva sempre: 'Sta' lontana dagli avvocati'.»

«Se si può», ammise Fred.

Margaret emise un profondo sospiro. Oltre che dal sospiro Nina rimase scossa dal suo aspetto. Guardandola meglio, notò com'era impressionante il cambiamento avvenuto nell'ultimo anno. Era più vecchia e più magra; i suoi luminosi capelli giovanili contrastavano con gli occhi profondamente segnati e la bocca contratta.

Margaret chiese a Fred: «Hai qualcuno da suggerire?»

«In realtà, sì. Ho passato parte della mattinata a informarmi ed è saltato fuori il nome di Stephen Larkin. Suo zio, Bart Larkin, era uno dei più importanti divorzisti dello stato. È morto l'anno scorso, ma Stephen ha preso il suo posto. La cosa buffa è che è uno dei miei inquilini a Shady Hill. Ho riconosciuto il nome. Vuoi parlargli?»

Lei sospirò di nuovo. «Immagino che dovrò farlo.»

«E che mi dici dei ragazzi? Julie mi ha sconvolto ieri. Si direbbe che ne abbia particolarmente risentito.»

«Lo so. È... era molto attaccata a suo padre. Ha bisogno di un aiuto esterno.» Margaret si alzò. «A proposito dei ragazzi, saranno qui fra poco. La mia vicina li ha portati da qualche parte nel pomeriggio, ma devo pensare alla cena.»

«Preparo io qualcosa», si affrettò a dire Nina. «Tu rimani seduta lì.»

«Sciocchezze», obiettò vivacemente Louise. «Gil e io andremo a comprare delle pizze. Sono stati ben nutriti per tutta la loro vita. Non ne risentiranno se per una volta non faranno un pranzo equilibrato.»

«Siete stati tutti così buoni con me», disse Margaret.

«È per questo che esistono la famiglia e gli amici», le rispose Fred.

A cena intorno al tavolo della cucina la conversazione fu discontinua e poco vivace. Ma Nina sapeva che le ragazze e Danny erano molto, molto contenti di vederla. A un tratto pensò che proprio lei, che era tornata a casa in cerca di conforto, avrebbe invece dovuto darne.

Dopo la breve cena, la casa divenne presto silenziosa. Margaret, sforzandosi di mantenere invariata la routine, chiese a Julie di suonare, ma Julie rifiutò, e così si dispersero tutti nelle loro camere. Margaret portò a Nina le lenzuola per il letto e l'abbracciò.

«Sono davvero felice che tu sia tornata. Mi sei terribilmente mancata.»

«È buffo che sia venuta perché avevo bisogno di te, e...»

«E adesso ho bisogno io di te.»

Per qualche ragione Nina rise, sebbene stesse anche piangendo, e non ci fosse nulla da ridere. «Che coppia siamo! E tutto a causa di un uomo.»

«Per cos'altro?»

«Credi che ci riprenderemo?»

«Non ci resta altra scelta che riprenderci, non ti pare?»

Parole coraggiose quando il tuo amor proprio era stato calpestato, pensò Nina. Be', a ogni cosa la sua importanza.

«Sono stanca morta e devi esserlo anche tu. Andiamo a dormire. Parleremo domani.»

Nina aveva l'impressione che la casa stessa fosse stanca, e anche fuori, dove non si muoveva nemmeno una foglia. Quand'ebbe preparato il letto, sedette per un po' alla finestra a guardare il giardino. La terra era illuminata dalla luna, e il suo sguardo fu in grado di discernere tra gli alberi. Quando raggiunse il frassino, si arrestò di colpo. Questo era l'albero che Margaret l'aveva aiutata a piantare in occasione del suo settimo compleanno.

«È solo un bastoncino», aveva detto Margaret, «ma un giorno sarà alto come questa casa. È compito tuo accertarti che abbia molta acqua. Prenditene cura.»

Adesso la mente di Nina fece un'associazione istantanea. La

moglie di Keith, per cui aveva provato tanto odio, aveva aiutato anche lei un bambino o dei bambini a piantare un albero. Si era aspettata di restare in quel posto e di vedere l'albero crescere. E d'un tratto Nina la rivide in tutta la sua vulnerabilità, con la faccia delicata e il ventre gonfio; la immaginò all'improvviso vecchia e spaventata, come Margaret seduta in quella stanza del pianterreno, o di sopra a letto da sola.

Come Margaret, anche lei aveva programmato il futuro, un futuro che Nina aveva cercato di sottrarle.

Questa volta quando pianse, e lo fece a lungo, c'era vergogna nelle sue lacrime.

Dall'altra parte del corridoio, Megan, sdraiata a letto, fissava il chiaro di luna sul soffitto e bisbigliava fra sé.

«Oh, ho capito quella notte quando stavate litigando e la mamma diceva che avevi qualcun altro. Lei ti ha creduto quando l'hai negato, ma io no. Poi ti ho visto in quel ristorante. Detesto quella donna, e lei lo sa. Ci siamo guardate dritto negli occhi. Avrei voglia di ucciderla. Come puoi fare una cosa simile alla mamma? Quando la penso a scuola, quando penso a come le vogliono bene i ragazzi! Quando penso al rispetto con cui parlano di lei i genitori delle mie amiche! Come puoi farle questo? E adesso deve restarsene qui a piangere per causa tua. Gli uomini fanno schifo. I ragazzi ti dicono che sei carina. Ti dicono che ti amano, ma vogliono solo metterti le mani addosso. La settimana prossima, avranno qualcun altro. Non puoi fidarti di loro.»

Il cuore le stava battendo all'impazzata. Si alzò e sedette sul bordo del letto, continuando a bisbigliare. «Ti volevo tanto bene. Eri il miglior padre del mondo. Come hai potuto farci questo? Quella mattina quando te ne sei andato via in macchina e ci hai piantato in asso! Come potrò mai fidarmi di qualcuno? No, non sei più mio padre. E ti amavo tanto. Non voglio più vederti. Immagino che tu viva con quella donna disgustosa.

Immagino che pensi che venga a trovarvi e sia carina con lei. Ebbene, continua a pensarlo, perché non verrò.»

Julie girò il cuscino umido dal lato asciutto. La gente diceva che era sciocco pensare che il cuore potesse spezzarsi, ma dalla mattina in cui papà se n'era andato, aveva sentito il suo venire meno. E posò la mano sotto il piccolo rigonfiamento del seno sinistro per sentire cosa stesse facendo ora; sembrava che battesse troppo forte, come un motore che sta per rompersi. Non le importava in realtà. Che si rompesse pure! Papà avrebbe capito quel che aveva fatto, e se ne sarebbe dispiaciuto.

La sua faccia era stata così fredda e arrabbiata! Non li aveva nemmeno guardati, se n'era semplicemente andato ed era salito in macchina. Mamma doveva aver combinato qualcosa di terribile per averlo fatto arrabbiare tanto.

Eppure, mamma continuava a piangere. Così, se aveva fatto qualcosa, ne era dispiaciuta, no, perché altrimenti avrebbe continuato a piangere? Perché se n'era andato con qualcun'altra? Megan l'aveva vista, e aveva detto che era disgustosa. Non ha senso. Non capisco. Lo chiederò a papà quando lo vedo. Gli dirò di tornare. Voglio che torni.

Come se sapesse che Danny aveva bisogno di lui, Rufus, che dormiva sempre in anticamera, era salito a sdraiarsi accanto al letto. Quando Danny lasciava penzolare la mano, sentiva la testa del cane.

Stava cercando di chiarire i suoi sentimenti. Ce n'erano tanti, e molto confusi. In quel momento, i suoi imbarazzati pensieri erano andati dove non avrebbero dovuto andare, immaginando suo padre e una snella, giovane donna bionda, senza dubbio, con lunghi capelli che le arrivavano alle spalle, e piccoli seni puntati insù... Ci aveva pensato quella sera mentre stava mangiando la pizza e osservando sua madre quando lei non lo guardava.

Sua madre non era vecchia, però. Non vecchia-vecchia. Aveva notato le sue mani con la fascetta d'oro ancora al dito. Le unghie erano rosa e curate: la mano, il collo bianco, le guance bianche, erano tutti curati, ma emanavano un senso di tristezza.

Gli faceva male la gola. Poteva essere che la ragione per cui suo padre aveva lasciato questa bella donna e questa bella casa avesse a che fare con lui, Danny? Che fosse colpa mia? si domandò rapidamente, e altrettanto rapidamente ricordò l'articolo che aveva visto in un giornale nello studio del dentista su come i figli del divorzio credessero di essere parzialmente colpevoli. E ricordò anche che nello scorrere un paio di paragrafi, quei figli non avevano significato niente per lui se non come statistiche. E adesso lui era una statistica.

Pensava che forse avrebbe dovuto scendere a mangiare qualcosa, dei biscotti al cioccolato. Avrebbero potuto farlo sentir meglio, si disse, anche se sapeva che non sarebbe stato così.

Margaret tirò giù la veneziana per ripararsi dal chiaro di luna, che disturbava i suoi pensieri. Era assolutamente necessario ora avere pensieri ordinati, porre fine ai lamenti, interrompere la ricerca che non portava a nulla.

Quella sera a New York, quando avevano incontrato la donna... era stata quella la sera, erano stati quelli i pochi minuti, in cui l'aveva stregato? Più tardi nella loro stanza avevano bevuto champagne e... ricordava chiaramente... l'aveva baciata e aveva benedetto entrambi; era vero amore allora?

Domande inutili. Rifletti piuttosto su quello che devi fare, si disse severamente.

Come prima cosa, devi proteggere i tuoi figli. È essenziale che tu non sminuisca mai loro padre. Devi rimanere calma; hanno visto abbastanza lacrime; non devono assolutamente essercene altre. Chiaro che ognuno di loro reagirà a modo suo.

Un ragazzino di dodici anni ha reazioni diverse da quelle di una diciassettenne. Accertati che continuino a frequentare i loro amici, e tieniti in contatto con gli insegnanti. Va' dall'avvocato che ti ha consigliato Fred. Se avrò bisogno di appoggiarmi a qualcuno, anche se cercherò di non farlo, mi appoggerò a Fred.

Quand'ebbe finito la sua lista mentale, si girò e cercò di dormire. Ma anche mentre sentiva avvicinarsi il sonno, domande prive di risposta continuavano a fluttuare nell'oscurità: Che cosa starà pensando stasera Adam di tutto questo? E dove sono finiti, i nostri diciannove anni?

«Adulterio non significa più nulla», disse Stephen Larkin.

Era un uomo giovane, più o meno dell'età di Margaret, bruno mentre Adam era biondo, ma con la stessa figura snella e l'espressione grave e ascetica. Sapeva che aveva già cominciato a confrontare altri uomini con Adam.

«Allora si riduce tutto a quello che mi stava dicendo: chi cita chi, su quali basi, quanto denaro mi spetta, come dividiamo quello che ci appartiene... documenti. Tutto, disperazione, dolore, tutto si riduce a una montagna di documenti.»

«Temo di sì.»

Guardò attorno alla stanza, le foglie dell'acero avvizzite dal caldo e incorniciate dalla finestra, le pareti di codici legali nelle loro cupe legature marroni. Tutto era arido e senza speranza.

E lei, che finora era stata così distaccata, lasciò esplodere le emozioni, gridando al giovane avvocato dall'altra parte della scrivania.

«Come è potuto succedere? Nessuna donna pensa mai che la vita possa farle questo!»

«Vive in America nel 1993», le rispose lui dolcemente. «Che ragione può avere qualcuno per pensare che non possa succedere?»

«C'è stata un'epidemia mondiale di influenza nel 1918, ma

mia nonna non sapeva di nessuno che ne fosse morto. Non si vive aspettandosi di morire di un'epidemia, e non si vive aspettandosi di trovarsi con la famiglia distrutta. Era tutta la mia vita. Volevo fare il medico, ma non rientrava nei suoi piani, così ho rinunciato. L'ho fatto con gioia. Con gioia, per lui! Non sono mai, neanche nel pensiero, appartenuta a qualcuno che non fosse lui.»

E poi, nonostante la sua ferma determinazione, cominciò a piangere. Umiliata dai suoi singhiozzi, ma incapace di fermarli, si coprì il viso con le mani.

Premurosamente, lui distolse lo sguardo, sfogliando alcuni documenti. Dopo che si fu calmata, soffiata il naso, e asciugata la faccia, disse, così piano che stentò a sentirlo: «Comprendo la sua pena».

«Forse sono una codarda», fece lei. «Non lo so.»

«Non credo che lo sia. Il suo amico Fred Davis ha un'opinione molto diversa sul suo conto. Mi ha offerto un valido background per questo caso.»

«Ha parlato molto bene anche di lei. Ecco perché sono qui.»

«Sarà qui più di una volta, sa. La legge si muove lentamente, come avrà senza dubbio sentito.»

«Il prossimo passo, ha detto, è di mettersi in contatto con Adam.»

«Col suo avvocato, se ne ha già uno.»

«Non so se ne ha uno. Non gli ho parlato e non intendo farlo. Lascio che rispondano i ragazzi al telefono. Eccetto Megan, che non gli parla, il che mi preoccupa molto... Avrà comunque bisogno del suo indirizzo, non è vero? Glielo procurerò. Abita con... con lei.»

«Non è necessario. Fred me l'ha dato come prima cosa.»

L'incontro era finito. Sulla porta Margaret si girò e disse mestamente: «Non credo che questo sarà un caso difficile per lei. Non ci saranno discussioni per la custodia, né un patrimonio da disputarsi».

Si strinsero la mano. «Si riprenderà», disse Larkin. «Può darsi che adesso non lo pensi, ma si riprenderà.»

Era notte fonda quando Adam si svegliò. Non sapeva che cosa l'avesse svegliato, a meno che non si trattasse della felicità interiore che gli era esplosa. Alzando lo sguardo sul cielo stellato al di là del lucernario, si sentì costretto a uscire. Cercando di non disturbare Randi scivolò dal letto, aprì la porta e si avviò nel bosco silenzioso. Un uccello notturno cinguettò e si zittì. Un procione si precipitò attraverso il prato e penetrò frusciando nel sottobosco. Gli sembrò allora che il rumore più forte in quel luogo incantato fosse il battito regolare del suo cuore.

E provò una grande pace. C'erano molte cose ancora da considerare, fili pendenti da annodare, ma per il momento avrebbe considerato soltanto lo scopo finalmente raggiunto. Era qui con Randi; erano sani, giovani e liberi.

Quella mattina, solo pochi giorni prima, si era allontanato da Elmsford con un irrefrenabile senso di sollievo. E, colto da un folle impulso, era entrato in una gioielleria e aveva comprato un braccialetto d'oro. Non avendo mai comprato gioielli in vita sua, era rimasto sbalordito dal prezzo; ma l'indescrivibile sensazione provata nel tirarlo fuori dalla tasca e porgerlo a Randi era valsa qualsiasi prezzo.

Aveva detto in ufficio che era malato e che sarebbe rimasto a casa per qualche giorno. Non essendo rimasto assente per più di tre giorni in tutti i suoi anni all'ADS, non si sentiva in colpa. In realtà, non si sentiva in colpa per niente.

«Che cosa stai facendo qui fuori?» chiese Randi.

«Vuoi dire che mi hai sentito scendere dal letto? Ho cercato di fare il più piano possibile.»

«No, ma ho sentito la tua assenza.» Lo circondò con le braccia, mormorando: «Sono così felice che stento a credere che sia vero».

«Adoro stare qui con te, Randi.»

«Naturale. Questa è casa tua. Domani verranno anche i tuoi figli.»

«Soltanto due. Megan non verrà.»

«Le ragazze a quell'età sono ostinate. Non preoccuparti. Cambierà idea. E ci divertiremo con Julie e Danny. Spero che tu gli abbia detto di portare il costume da bagno.»

«Naturale. Ho notato una scatola di biscotti al cioccolato in cucina. Ti sei ricordata che Danny ci vivrebbe.»

«Me ne sono ricordata. È importante che i tuoi figli sentano che questa è anche casa loro.»

«Sei così buona, Randi. L'unica cosa che mi preoccupa sono le vacanze. Vorrei che potessero trascorrere il Natale qui con noi.»

«Lo festeggeremo il giorno dopo, un secondo Natale. Adesso torniamo a dormire perché tu possa alzarti presto e andarli a prendere.»

La giornata era bella, ventilata, azzurra e non troppo calda.

«Accidenti, è fantastico», esclamò Danny, alla vista della casa, della piscina e probabilmente, pensò Adam, anche di Randi. Sembrava lei stessa una ragazzina con gli shorts bianchi e i sandali rossi. Disse tutte le cose giuste, ammirando il prendisole di Julie e dicendo a Danny che nessuno avrebbe mai pensato che con la sua statura avesse meno di quattordici anni.

Dopo aver fatto il giro della casa, i quattro indugiarono incerti, osservando Rufus annusare intorno alla piscina.

«Ho pensato che non ti sarebbe dispiaciuto se l'avessimo portato», disse Adam.

«Per carità, no. È un magnifico cane. Avrà bisogno di essere spazzolato spesso.»

«Quello è compito mio», si affrettò a dire Danny. «Lo faccio ogni giorno. Non deve preoccuparsi di farlo entrare in casa. Non fa mai niente in casa.»

Randi sorrise a Adam. Adorabile, disse il sorriso, un ragazzo adorabile. Sì, lo era. E Julie, un cosino con scapole simili ad ali ed enormi occhioni, era un tesoro nascosto, il genere di adolescente minuta che si trasforma in una donna di insolita grazia, delicata e intrigante. E Adam traboccava di orgoglio paterno.

«Che ne dite di fare una nuotata?» propose Randi. «Danny, cambiati in bagno, e tu, Julie, vieni con me che ti mostro la stanza degli ospiti. Facciamo il bagno anche noi, vero, Adam?»

Ci fu per Adam un momento imbarazzante quando seguì Randi nella loro camera da letto. I suoi figli, passando davanti alla porta, avevano sicuramente adocchiato il letto, e sapeva quel che doveva essergli passato per la mente.

Quando riemerse alla luce del sole, Danny era già in piscina, mentre Julie, immacolata nel suo prendisole azzurro, sedeva all'ombra.

«Come mai, Julie, niente costume?»

«Non ho voglia di fare il bagno.»

«Che cosa succede, non ti senti bene?»

«Sto bene. Non ho voglia di nuotare.»

«Okay», disse allegramente Adam. «Vuoi qualcosa da leggere? Una rivista o il giornale?»

«No, va bene così.»

Julie stava furtivamente osservando il bikini di raso bianco di Randi. Anche Danny vi aveva lanciato una lunga occhiata. Poveri ragazzi, pensò, improvvisamente scioccato, e si vergognò di non aver pensato prima a come si sarebbero sentiti nel vedere Randi. Aveva pensato solo a come sarebbero stati contenti di vedere lui.

«Bene, andiamo. Su, Danny», disse. «Ti sfido a fare sei vasche.»

Dopo che Danny ebbe vinto, sfidò suo padre a una gara sott'acqua.

«Non sono bravo in questo», disse Adam.

«Io sì. Ho imparato l'anno scorso con gli Scout.»

«Non ci vai quest'anno?» chiese Randi, che si stava abbronzando.

«No», rispose Danny, e quando Adam, sorpreso, chiese perché no, lui spiegò calmo: «Non vogliamo lasciare sola la mamma».

L'introduzione della parola «mamma», per quanto innocentemente pronunciata, fu sconcertante e produsse un silenzio che dovette essere rapidamente riempito.

Fu Randi a riempirlo, osservando: «Tuo padre mi ha detto che sei una bravissima pianista, Julie».

«Non esattamente.»

«Be', non sarai Rachmaninoff, ma sei molto brava», asserì Adam. «Ti ha assegnato un altro pezzo ieri la signora Watts, o ti stai ancora esercitando col valzer?»

«Non ho fatto lezione ieri.»

Sulla sua faccia o nella sua voce non c'era espressione. Seduta lì con le gambe incrociate all'altezza delle caviglie come le era stato insegnato a fare alla scuola di ballo, sembrava che in lei non ci fosse più vita. Adam si sentì lievemente irritato, ma soprattutto preoccupato.

«Bene, purché tu non perda troppe lezioni», cominciò, quando Julie lo interruppe.

«Non andrò più a lezione.»

«Cosa? Non puoi dire sul serio.»

«Sì, invece», ribatté Julie con lo stesso tono di voce piatto.

Non era così che Adam aveva immaginato la giornata. Non poteva comunque lasciar cadere l'argomento, per cui cercò di convincerla.

«Commetteresti un grosso errore. È un'enorme gioia saper suonare. Vorrei saper suonare come te, ma non ho talento.»

Danny, che aveva tirato un bastoncino a Rufus sotto gli alberi, ritornò di corsa per annunciare che il cane aveva la lingua penzolante.

«Credo che abbia bisogno di bere, papà.»

«Vado a prendere una ciotola», disse Randi. «Devo comunque andare in cucina per occuparmi del pranzo.»

«Sentite», si affrettò a dire Adam quando se ne fu andata. «So che questo deve sembrare molto strano a entrambi, e dovremo riparlarne, ma per ora voglio dirvi un'unica cosa. Nessuno ce l'ha con nessuno. Non ce l'ho con vostra madre. È un'ottima madre.»

Ci fu una pausa. I ragazzi stavano esaminando la sua faccia, aspettando dell'altro. E dato che sapeva quel che volevano, si fece coraggio e continuò.

«Non è per questo che me ne sono andato. Me ne sono andato perché amo Randi.»

Non fiatarono.

«Vi piacerà quando la conoscerete. Vi piacerà sicuramente.»

«Vuoi portare dentro Rufus?» chiese Randi. «Fa caldo lì fuori, e ha troppo pelo.»

Danny entrò col cane, ma Julie, i cui occhi brillavano di lacrime, rimase indietro, tirando fuori un fazzolettino di carta dalla borsetta. Adam le cinse le spalle con un braccio.

«Non è così tragico, tesoro. Andrà tutto a posto. Vedrai.»

«Lasciami stare», disse tirandosi indietro.

«D'accordo, ti lascio stare.»

Rimasero lì per un minuto o due mentre Julie tirava su col naso, e Adam era immerso nei suoi pensieri. La situazione si sarebbe assestata abbastanza presto; milioni di ragazzi l'affrontavano e sopravvivevano. Era solo che Julie era particolarmente sensibile e prendeva sempre le cose di punta.

Sotto tutti gli altri aspetti la vita dei suoi figli sarebbe rimasta immutata, giurò. Ci avrebbe pensato lui. L'indomani aveva un appuntamento con un avvocato. Avrebbero appianato tutto. Avrebbe adempiuto i suoi doveri verso la famiglia... Si chiese che cosa avrebbero detto in ufficio apprendendo la notizia. Non l'avrebbero certamente appresa da lui, comunque.

«Vado bene?» chiese Julie. «Non ho uno specchio.»

«Benissimo. Carina come sempre. Va' e offri il tuo aiuto a Randi in cucina.»

Il resto del pomeriggio trascorse piacevolmente. Il cibo aiuta sempre, pensò Adam. Randi, una buona cuoca, aveva preparato dell'ottima pasta. L'insalata e il dessert erano deliziosi, e Danny mangiò letteralmente per due.

«Gli stai facendo passare una bella giornata», sussurrò Adam.

«Sono carini, Adam, e sono tuoi», rispose Randi.

Quando fu ora di tornare a casa, i suoi figli si profusero in ringraziamenti. E lui si sentì di nuovo orgoglioso. Margaret li aveva allevati bene. Ed era andata bene anche la giornata. La prossima volta sarebbe stato ancora più facile.

Di nuovo a Elmsford, Adam rimase seduto per un momento in macchina osservando Danny e Julie girare attorno alla casa. Provò un leggero choc pensando che probabilmente non ci avrebbe più rimesso piede.

Mentre si staccava dal cordone del marciapiede, si stupì di veder sopraggiungere Nina lungo il vialetto. Aveva un fascio di lettere in mano.

«Ehi», chiamò. «Nessuno mi ha detto che eri in città. Che cosa sta succedendo?»

Lei si fermò, con una mano su un fianco, e gli lanciò una lunga occhiata. «Niente, assolutamente niente. Che cosa vuoi che stia succedendo?» Poi sorrise. «È tutto perfetto. Perfetto. Mi sorprende che tu abbia bisogno di chiederlo.»

Sarebbe stata dura... «Stai andando all'ufficio postale? Ti accompagno. Sali e parliamo.»

«Grazie, Adam, ma non voglio parlare. In realtà, so benissimo quel che sta succedendo e non mi importa di sentire la falsa spiegazione che potresti dare.»

La derisione nei suoi occhi lo infuriò. Ma rispose calmo: «Non è falsa, Nina».

«Sì, lo è. Niente di quel che puoi dire giustificherà mai quello che hai fatto.»

«No, Nina. Non si deve mai 'giustificare' l'amore.»

«Amore! È una sporca relazione, il tuo amore, e nient'altro, per cui non cercare di farlo apparire pulito. Risparmia il fiato.»

«Sei l'ultima a poter parlare così, non ti pare?»

«Sì, è vero. Quel che ho fatto era sbagliato, e ho chiuso. Lo ammetto, ma tu non lo farai. Quando guardo Margaret, vedo l'altra parte, e allora mi rendo conto di com'ero in torto.»

«Ti sei dunque convertita, è così? D'un tratto hai visto la luce.»

«Non mi tocca il tuo sarcasmo, Adam. Mi hai invece profondamente delusa. Credevo che fossi il meglio del meglio, il padreterno in terra, e invece sei miseramente caduto dal trono. Ma perché devo parlare di me? Sono Margaret e quei ragazzi...»

Per un momento Adam dovette distogliere lo sguardo. E poi, esitante, chiese: «Come sta lei?»

«Benissimo. Come diavolo pensi che stia?»

«Adesso sei tu che pecchi di sarcasmo, no? Ti ho solo rivolto una domanda, Nina.»

«Ti dirò una cosa, allora. Se ti interessa tanto, entra e scoprilo da te.»

Osservandola percorrere la strada, Adam si sentì profondamente ferito. Era la sua Nina, la sua sorellina, era sempre stato lì per lei. Aveva sempre capito. Ma essendo donna, pensò, era naturale che lo condannasse...

In segno di sfida, allora, alzò la testa, spingendo infuori il mento. Alla fine le sarebbe passata. Sarebbe passata a tutti. Le ferite si sarebbero rimarginate, e la vita avrebbe proseguito. Era così che andavano le cose. Con questa consolante certezza si allontanò.

La cena era il momento peggiore, pensava Margaret. Erano tutti sparpagliati di qua e di là in quelle giornate estive, e ne era grata. Anche Nina stava trascorrendo alcuni pomeriggi con persone che aveva visto raramente dagli anni del liceo. E così Margaret veniva lasciata sola per lunghi periodi, qualcosa che poteva essere un bene come no; ma faceva fatica a parlare adesso, perfino a rispondere alle gentilezze dei cugini, di Fred e dei pochi altri che sapevano cos'era realmente successo alla famiglia Crane. Era come se ora, alla terza settimana dal disastro, ogni parte del suo corpo soffrisse di qualche male. Le dolevano i denti, le pulsava la testa, e a volte aveva la schiena rotta. Ciò nondimeno, era decisa a ignorare questi malesseri. C'era tanto da fare. La casa andava tenuta in ordine. Nell'orto andavano strappate le erbacce; non poteva aspettarsi che i ragazzi, oltre ai loro soliti compiti, svolgessero anche quelli di Adam. E poi, era una terapia lavorare la terra; sola nel giardino retrostante poteva dare sfogo alle lacrime senza essere vista.

Ma la cena era difficile. Tutti, eccetto me e Nina, pensò, portano a tavola il loro cattivo umore.

Danny, contrariamente alla sua natura, era imbronciato. Non riusciva a immaginare perché, dopo quei sabati con Adam, fosse sempre scontroso. Eppure sembrava aspettare le visite con ansia.

«Avevi detto che avremmo potuto prendere un cucciolo quest'estate», gridò. «E questa era l'estate in cui avremmo dovuto andare a Yosemite. Sei venuta meno a tutte le tue promesse.»

Lo sguardo di Margaret incontrò quello di Nina attraverso il tavolo. Povero bambino, diceva.

E Margaret rispose dolcemente: «Mi dispiace, Danny. Ma abbiamo attraversato un brutto periodo. Come potevo occuparmi di un cucciolo proprio ora. L'avrei fatto se...»

Danny non le permise di finire. «Be', allora potremmo andare all'Ovest. È il momento giusto. Papà dice che potremmo farlo. Non stai lavorando adesso, e potremmo andarci.»

Papà ha detto questo, vero? Dovrei mettermi allegramente in viaggio attraverso pianure e Montagne Rocciose, cinquemila chilometri di percorso, con tre ragazzi nella mia vecchia macchina e nel mio stato d'animo! E non gli è per caso venuto in mente che il denaro che ci manda serve a farmi arrivare a stento al supermercato e a tornare indietro?

«Non possiamo farlo adesso, ma ci saranno altre estati, Danny», disse.

«Oh, non ti credo. Non ci andremo mai. Mai.»

«Perché non tieni la bocca chiusa», disse Megan. «Sei proprio un bambino.»

«Non chiamarmi bambino, cretina!»

«Non parliamo così in questa casa, Danny. Tu e i tuoi amici potete dire quel che volete quando siete fuori, ma qui non è permesso», li rimproverò Margaret.

«Dovresti sentire che cosa mi dice quando non ci sei, mamma.» Megan, che non aveva mai piagnucolato, incominciava ad assumere un irritante tono nasale. «È disgustoso ultimamente, da quando ha visto l'amica di papà.»

Margaret aprì la bocca per dire: «Ti prego, Megan», quando Danny gridò di muovo: «Non dire cose su di lei! Non la conosci nemmeno. È carina, è più carina di te, cretina!»

È carina. E dovrei sopportare anche questo, si chiese Margaret? Non c'era alcun dubbio che questa volta il dolore al petto e le pulsazioni al collo erano reali. Psicosomatiche, naturalmente, ma lo stesso reali.

«Hai sentito», disse Megan. «Pensa che quella sgualdrina sia carina. Ma che ne sa alla sua età? Tu la trovi carina, Julie?»

Gli occhi di Julie si riempirono di lacrime. «Non so. Non so niente. Detesto tutto in questo momento. Non fate che litigare. Almeno a casa di papà non litigano. Oh», esclamò, «oh, mamma, che cosa hai fatto per indurre papà a lasciarci?»

Che cosa hai fatto per indurre papà...

Margaret notò che Nina era rimasta senza fiato. In quel momento suonò il telefono.

«Rispondo io», disse Margaret, correndo.

Quando ritornò, stavano parlando tutti insieme. Nel suo stato di agitazione li interruppe più bruscamente di come avrebbe fatto in passato.

«Era la signora Watts, Julie. Ha detto che le hai telefonato per dire che non vuoi più andare a lezione, e naturalmente è preoccupata. Anch'io.»

Julie abbassò lo sguardo sul suo piatto e farfugliò qualcosa.

«Ti prego, alza gli occhi e parla in modo che possa capirti.»

«Sapevi che non ci andavo più.»

«Sì, e ho capito perché. Ho anche spiegato alla signora Watts che avevi bisogno di smettere per un po'. Le ho fatto presente il motivo e lei ha capito. Ma questo è un'altra cosa.»

«Non ho bisogno di smettere per un po'. Non ci vado più. Detesto la musica.»

Dalla sala da pranzo Margaret vedeva il salone dove c'era il pianoforte, col coperchio abbassato. Sono settimane che non lo spolvero, pensò all'improvviso, e all'improvviso lo strumento divenne per lei un simbolo della casa, della famiglia e della vita. Afferrò il bordo del tavolo e sedette pesantemente.

«Non detesti la musica, cara. Non potresti mai. Vorrei che tornassi dalla signora Watts e cercassi di fare un'altra lezione. Allora ti accorgerai che ti renderà felice, come ti ha sempre reso.»

«Non sono costretta ad andarci. L'ho detto a papà, e dapprima lui ha detto che non dovevo smettere, ma poi ha aggiunto che se proprio non volevo non ero costretta ad andarci. L'ha detto lui», singhiozzò Julie.

Gli stava facendo il lavaggio del cervello. Ma certo. Faceva il magnanimo. Andate a Yosemite. Ma sì. Prendi un cucciolo. Lascia perdere le lezioni di piano. Fa' come vuoi. Chiedi a papà.

«Julie non fa che piangere», disse Danny, tornando all'attacco. «A casa di papà se ne sta seduta lì con la faccia triste finché lui non la fa sorridere.»

«Taci e lasciami in pace», strillò Julie. «O ti ammazzo.»

«Oh, carino», disse Megan. «Davvero carino. Se avessi un po' di cervello, resterei a cena da Betsy tutte le sere.»

Nina si alzò. «Mentre state litigando come un branco di iene, preparo un po' di popcorn. La vostra cara mamma è uscita con questo caldo per andarvelo a comprare, anche se non lo meritate proprio.»

I tre si sentirono immediatamente mortificati. I rimbrotti di Nina, provenendo da una persona amata e non molto più vecchia di loro, avevano sempre avuto un effetto speciale. E Margaret le lanciò un'occhiata di gratitudine.

L'atmosfera si rasserenò e Megan iniziò una conversazione.

«La sorella di Betsy si sposa a Natale.»

«Che bello», osservò Nina. «Vedo abiti di velluto rosso per le damigelle e stelle di Natale bianche. Adoro le stelle di Natale bianche.»

Siamo tutti un fascio di nervi, pensò Margaret, ma dobbiamo sforzarci, no? E lei, facendo la sua parte, chiese se Megan si aspettasse di essere invitata.

«Più che invitata. Joan mi ha chiesto se voglio fare la damigella d'onore.»

«Gentile», esclamò Margaret. «Dopotutto, sei amica di Betsy, non sua.»

«Be', ammettiamolo, l'avrà probabilmente suggerito sua madre perché vuole fare qualcosa per me. Sono tutti dispiaciuti per noi.»

L'aria nella stanza cominciò a farsi di nuovo pesante.

«Oh, non credo che le cose stiano così, Megan. Spero che tu abbia gentilmente accettato.»

«Sono stata gentile, mamma, ma non ho accettato.»

«Perché no?»

«Perché non credo nei matrimoni. Li ho sempre trovati uno show esagerato, e adesso penso che siano ipocriti.»

«Ipocriti?»

«Sì. Perché celebrare qualcosa con promesse solenni, quando la donna verrà sbattuta via come una scarpa vecchia non appena l'uomo troverà qualcuno che gli piace di più? Guardavo i vestiti da sposa nella vetrina di Danforth questa settimana, e avrei avuto voglia di vomitare.»

Gli occhi di Megan luccicavano, e li chiuse, respingendo le

lacrime. Afflitta, amara, cinica, alla sua età; ecco che cosa ha fatto, pensò Margaret.

«Non devi vederla così», disse. «Non tutti i matrimoni finiscono male.»

«Il cinquanta per cento, mamma. Davvero una bella media!»

«Immagino», disse lentamente Margaret, «immagino che sia questione di punti di vista, un po' come il bicchiere mezzo vuoto o mezzo pieno.»

«E per te è sempre mezzo pieno. Lo so, mamma.»

«A proposito di bicchieri, che ne direste di sparecchiare?» suggerì Nina. «Tu va' a sederti in veranda, Margaret. Rigoverniamo noi.»

Margaret non protestò. Quando lasciò la stanza, sentì quello che disse Nina.

«Vostra madre è sfinita. Adesso ascoltatemi, tutti. Anche voi siete stanchi, che lo sappiate o no. Siete stanchi dentro, nella vostra testa, e vi accapigliate l'uno con l'altro per sfogarvi. Okay, ma fatelo fuori, dove la mamma non può sentirvi. Ne ha avute abbastanza, capite? Così finiamo i piatti e andiamo a vedere il telegiornale o qualcos'altro. Nonostante tutto, siamo ancora una famiglia.»

Che Dio la benedica, pensò Margaret.

«Hai bisogno di andartene per un po'», disse Nina un pomeriggio. «Hai bisogno di riposo e di un cambiamento.»

«È fuori discussione, non posso permettermelo. Lui», e Nina realizzò che Margaret non chiamava quasi mai Adam per nome adesso – «sa che non ho entrate durante l'estate, eppure ha ridotto il suo contributo. Il mio avvocato dice che è così che va di solito. Sono cose che si risolvono di comune accordo oppure si finisce in tribunale. Nel frattempo, devo arrangiarmi come posso, ed è quanto sto facendo.»

«Spero che il tuo avvocato conosca il suo mestiere.»

«Lo conosce. Ed è molto gentile, riservato, di poche parole, ma ti fa capire che partecipa. Mi piace molto, il che rende le cose più facili. Fred mi ha veramente fatto un grosso favore.»

«Vuoi permettermi di prestarti i soldi perché possiate andare tutti per qualche giorno al lago o da qualsiasi altra parte?»

«Grazie, no. Julie va da uno psicologo due volte alla settimana, e io ho appena incominciato le pratiche legali. Ho molto più da fare di quanto abbia mai avuto in vita mia. La gente pensa che organizzare un matrimonio sia un gran lavoro. Permettimi di dire che non è niente rispetto a un divorzio.»

L'aveva detto anche Keith. Nina rabbrividì.

D'un tratto Margaret le afferrò le mani con gesto implorante.

«Dimmi onestamente, dimmi la verità, sei cresciuta qui, in che cosa ho mancato?»

«Non ho mai visto niente in te che potesse essere considerato un vero difetto. Ma non ho mai visto neanche niente di riprovevole in Adam.»

«In ogni storia ci sono sempre due facce. Lo so, e così continuo a pensare. Forse sono troppo ostinata. È questo?»

Nina sorrise. «Non più di quanto sia – fosse Adam.»

«O forse ho prestato troppa attenzione ai ragazzi e ho trascurato lui?»

«Se l'hai fatto, non me ne sono mai accorta.»

«Credo che finché avrò vita continuerò a chiedermi dove ho sbagliato, e non lo saprò mai realmente.»

Il mesto sorriso di Margaret non ingannò Nina. Non era necessario avere occhi molto acuti per vedere che le tremavano le mani e doveva aver perso almeno cinque chili.

«Margaret, sono preoccupata per te. Non pensi che dovresti andare da un medico?»

«Ci sono già andata. Il dottor Farley dice che i miei sintomi sono tipici. Dipende dai nervi.» Margaret cercò di buttarla in ridere. «Stavo proprio cercando un bel nome per questa malattia. Che ne diresti di Sindrome delle Mogli Abbandonate? Ti fa male la schiena, ti vengono i foruncoli e ti rimangono i capelli in mano. Guarda, ti faccio vedere.»

«No», disse Nina.

«Quando mi sveglio, non credo sulle prime a quel che è successo. Ho vissuto metà della mia vita con lui, tutta la mia vita da adulta in realtà... Ma a che serve? Altra gente sta morendo di cancro mentre io mi rodo il fegato. E tu? Hai passato un gran brutto momento anche tu. Non ti lamenti ma so che è così. Sta andando un po' meglio per te?»

«Sì, sì, meglio.» E cos'è il mio dolore paragonato al suo? si chiese Nina.

Margaret si alzò in piedi e si avvicinò al tavolo dov'erano sistemate le fotografie di famiglia. «Avevo dimenticato che era ancora qui. Un magnifico vestito da sposa! Isabella aveva fatto tutte le pieghe e le ruche a mano. Eri troppo giovane per apprezzarlo.»

«Me lo ricordo, però.» Lo guarda, pensò Nina, come una donna che stringe in mano il ritratto di qualcuno che è morto. E naturalmente, quella sposa fiduciosa è morta.

«Bene, la riporrò in solaio insieme al vestito. Forse un giorno, fra centinaia d'anni, una delle mie pronipoti potrebbe voler sapere com'ero.» Poi, aggiungendo in fretta: «Non voglio che la zuppa trabocchi», si precipitò in cucina.

Nina andò al telefono. In stato di necessità, chiamava Fred.

«Ho pensato che forse ti avrei trovato a casa», disse. «Dimmi la verità, hai qualcosa di urgente da fare questo pomeriggio?»

«Vado al club per una nuotata. Con questo caldo, lo definisco urgente. In realtà, ho mandato tutti a casa prima che qualcuno perdesse i sensi.»

«Pensi che potresti condurre con te i figli di Margaret? Sono tutti fuori a fare spese adesso, ma ritorneranno a minuti. E per amor suo preferirei che non fossero a casa. Non avrei mai pensato di sentirmelo dire, ma non li riconosco più come i simpatici ragazzi accomodanti che erano un tempo. Non fanno che bisticciare e accapigliarsi.»

«Passo senz'altro. Come sta lei oggi?»

«Sta cercando di vivere come se non fosse cambiato niente. La conosci.»

«Sì. Sì, la conosco. Nina, quando ripartirai, non preoccuparti. Mi occuperò io di Margaret.»

«Grazie, Fred.»

Non era necessario essere un genio per capire che l'adorava.

Margaret era in cucina a sgusciare piselli per la zuppa di verdura quando entrò Nina.

«Era Fred, che invitava Danny e le ragazze a fare una nuotata al club. Gli farà bene in una giornata così calda.»

«Ha chiamato lui? Non ho sentito suonare il telefono.»

«No? Su, lasciami sgusciare un po' di quei piselli.»

«Grazie. Ma bastano per ora.»

Margaret si alzò in piedi, si aggrappò alla spalliera della sedia e sedette pesantemente, sospirando. «È la mia maledetta schiena. Fa così a volte. Non riesco ad alzarmi dopo essere rimasta seduta a lungo. Non assumere quell'espressione allarmata. Il corpo fa brutti scherzi quando si è tesi, ecco tutto.»

«Sei troppo controllata. Non ti sei mai lasciata andare da quando è successo. In primo luogo, ti vergognavi, secondariamente non volevi spaventare i ragazzi.»

«Che cosa intendi dire per 'lasciarsi andare'?»

«Gridare e piangere. Urlare. Stai soffrendo, sei frustrata, perché vuoi vendicarti, ma non puoi farlo. Allora va' di sopra e urla. Non c'è nessuno qui eccetto me, e non mi importa. Mi metterò il cotone nelle orecchie se vuoi. So che la consideri un'idea pazzesca, ma...»

Margaret si raddrizzò e attraversò cautamente l'anticamera. «No», disse. «È una buona idea. Credo che andrò in solaio e proverò.»

Nina si sdraiò sul divano e si appoggiò al gomito per leggere. Stava incominciando ad addormentarsi per il gran caldo quando udì suoni di umana sofferenza penetrare attraverso muri e pavimenti. Si alzò per andare ad ascoltare in fondo alle scale. Una volta, durante un'escursione nei boschi con gli Scout, aveva sentito le grida e i lamenti di un animale caduto in trappola, e non aveva mai dimenticato tale orrore. Adesso in questi singhiozzi umani c'era la stessa disperazione. E ricordò che Margaret una volta aveva anche detto di Adam: «Il pensiero della sua morte è sufficiente a fermarmi il cuore». Se solo potesse odiarlo come lo odio io ora, pensò Nina, questo porrebbe fine a tanta sofferenza. Sfortunatamente, lo ama...

Dopo un po' i suoni cessarono. Margaret doveva essersi addormentata.

Un po' più tardi Megan entrò brandendo una rivista. «Nina! Me l'ha data una signora al club perché ci sei su tu. Lo sapevi?»

Eccola, a colori luminosi, la casa rosa della Florida, su quattro pagine di «saloni straordinariamente originali ideati da Nina Keller della Crozier e Dexter».

«Non pensavo che venisse pubblicata così presto.»

«Non ne hai mai parlato.»

Nina sorrise. «Avevo altre cose a cui pensare.»

Naturalmente, ci pensava ancora. Quelle vedute della Florida, quelle vivide pagine, portavano con sé un fiume di immagini: la cena a lume di candela, il letto spagnolo, i baci, le menzogne, la perfidia...

«Questo significa che sei famosa?» chiese Danny.

«Significa che ho lavorato sodo e che sono stata fortunata. Tutte e due le cose.»

«Non ne sei orgogliosa?» chiese Julie.

«No, sono grata.»

«Grata per cosa?» domandò Margaret.

In un fresco abito di cotone scozzese con rossetto sulle labbra e un piccolo fiocco nero sulla nuca, sembrava, se non riposata, almeno come se le importasse.

«È famosa», dichiarò Danny. «Lei dice che non lo è, mamma, ma deve esserlo. Guarda! Qui c'è il suo nome.»

Dopo che si furono riuniti attorno a Nina per leggere l'articolo, quando le due donne rimasero di nuovo sole, Margaret disse dolcemente: «Sono molto orgogliosa di te. Ma non sorpresa».

«Non badare a me. Dimmi, ti ha fatto bene?»

«Sì, alcuni nodi si sono sciolti. Ma mi preoccupo per te.»

«Sono okay, non più tanto triste quanto arrabbiata. Maledettamente arrabbiata.»

«Vorrei poterti aiutare.»

«Il solo fatto di essere qui mi ha aiutata», dichiarò. «Peccato che debba ripartire giovedì. Vorrei poter restare, ma mi hanno già dato due settimane in più, e non posso chiederne altre.»

«No, naturalmente. Sali e incomincia a preparare i bagagli.»

Dalla sua finestra Nina osservò il luogo familiare. Sarebbe passato molto tempo prima che potesse ritornare per trattenersi più di due o tre giorni. Le ragazze stavano lavando la macchina e litigando sopra la schiuma; Danny stava spingendo il tagliaerba attraverso un riquadro di scura erba secca. Il cane dormiva al suo solito posto sotto la quercia. E su tutta questa scena familiare aleggiava una sottile desolazione.

Con tristezza, Nina pensò a quello che ancora aspettava Margaret, nonostante la sua coraggiosa determinazione. La moglie abbandonata, madre di figli, e la libera donna single, anche se tuttora traboccante di rabbia, erano molto diverse. Lo sapevano entrambe, e lo sentirono quando si abbracciarono e si separarono.

19

Era bello essere di nuovo a casa, nel suo appartamento. Chiaramente, Elmsford, con tutto il suo calore, sarebbe sempre stato un luogo dove ritornare e concedersi una pausa, ma non più casa sua. Era troppo grande ormai.

Sulla segreteria telefonica c'erano così tanti messaggi che il nastro era esaurito. Dopo aver aperto le finestre a tutti i rumori della strada che negli anni le avevano tenuto compagnia, Nina sedette ad ascoltare i messaggi. Per lo più erano routine. Poi, all'improvviso, la voce di Keith la fece sussultare.

«Dove sei, Nina? Ho cercato di mettermi in contatto con te. Dobbiamo parlare.»

«Direi proprio di sì», rispose.

C'erano altri suoi cinque messaggi sul nastro, l'ultimo era ansioso, quasi intimorito. Bene, pensò. Che sudi un po'. Era una piccola vendetta, ma per quanto piccola, era dolce.

Non gli aveva mai telefonato in ufficio, ma c'era sempre una prima volta, così questa sarebbe stata la prima e l'ultima.

«Ti ho telefonato più volte», disse, confermando la nota ansiosa che aveva rilevato. «Dove sei stata?»

«Che differenza fa?» ribatté lei. «Sono qui adesso, e ti propongo di passare da me oggi tornando a casa. Dalla tua famiglia», aggiunse.

«D'accordo.»

Sembrava che stesse tremando di paura. Temeva guai, grossi guai. E sorridendo fra sé, godendo del suo potere, Nina girò per l'appartamento alla ricerca di ogni singolo oggetto che le aveva regalato. C'era molto poco a parte i libri; di questi c'era una bella collezione da cui le spiaceva separarsi. Tuttavia, non volendo conservare il minimo ricordo di Keith Anderson, li ammucchiò su un tavolo insieme alla sua fotografia, l'acquerello comprato a Praga, una bottiglia di profumo e il braccialetto di diamanti. Infine, prese una scatola di cartone. Che la imballasse lui e la trascinasse in strada come meglio poteva.

Meno di mezz'ora dopo era alla porta nel suo vestito lindo e l'impeccabile camicia bianca. Sorrideva incerto. Per un momento lei rimase lì a fissarlo. Aggettivi presero forma nella sua mente: umiliato, terrorizzato, addolorato.

Cominciò timidamente: «Nina, so come ti devi sentire. Voglio spiegare. Io...»

Scosse il capo. «Risparmia il fiato. Tocca a me parlare. Sai cos'è la giusta indignazione? Ebbene, quella sono io. Quanto tempo buttato via per un inganno!»

«Nina, ti prego...»

Alzò la mano, il palmo infuori. «No, non interrompermi. Mi hai presa in giro, e adesso mi ascolterai. Non era soltanto il matrimonio lo scopo della mia vita. Forse non mi sposerò mai, o magari lo farò fra dieci anni, non lo so.

«Ma mi hai raggirata come qualcuno che vende azioni fasulle a una povera vecchia innocente. Mi vergogno di me stessa per non aver capito.»

Le batteva forte il cuore. Aveva talmente tante cose da dire che dovette interrompersi un istante per coordinare le parole.

Keith cercò di intervenire: «Capisco come...»

«No, tu non capisci! Che cosa ho avuto da te all'infuori di sesso e false promesse? Mi sono aggirata per questa magnifica città, senza neppure poter andare in un museo con te, o fare una passeggiata nel parco, per paura di essere visti. E tu hai sempre saputo quello che stavi facendo. Facevi l'amore con me, mi guardavi in faccia e sapevi di mentire. Mi domando come ti comporti negli affari. Stringi la mano per suggellare un contratto che hai appena firmato pur sapendo che verrai meno alla parola data se lo riterrai necessario? Sei come un commerciante di automobili usate che accetta il denaro della gente sapendo che la macchina finirà in pezzi dopo nemmeno cento chilometri?»

«Posso dire qualcosa? Posso sedermi e parlarti? Ti prego, Nina, non dobbiamo essere nemici. Se c'è qualcosa che posso fare per te, io...»

Fare per lei! Comprarla! Era infuriata. E d'un tratto pensò che questa furia non fosse diretta solo contro l'uomo che c'era lì, ma anche contro Adam, e tutte le promesse non mantenute degli uomini...

«No, non puoi sederti e parlarmi. Oh, provo pietà per quella poveretta di tua moglie! Che cosa le stai facendo? Immagino che abbia fiducia in te... Non ho mai pensato a lei prima... Ma ho imparato alcune cose strada facendo.»

Keith taceva. E Nina capì di averlo punto nel vivo.

«Dovrebbe aver avuto il bambino ormai. Che cos'è?»

Quasi in un bisbiglio, senza guardarla, rispose: «Un maschio». Poi, alzando la testa, continuando a bisbigliare, chiese: «Che cosa vuoi, Nina? Parliamo sensatamente. Io...»

Lei sorrise. «Credi davvero che non riesca a leggerti nella mente ormai? Sei terrorizzato che possa andare da Cynthia. Ecco perché hai telefonato così spesso. Ecco perché sei qui. Ecco perché mi hai regalato il braccialetto. Era il tuo regalo d'addio, non è vero? Se non ci fossimo incontrati all'aeroporto, ci sarebbe stato qualche altro bel regalo per permetterti di allontanarti in maniera elegante.» Nina scoppiò a ridere. «Guardati! Sei pallidissimo. Bene, non voglio che ti venga un infarto nel mio appartamento, così calmati. Non andrò da Cynthia. Mai. Non per te, ma per lei e per i tre bambini. Ma la tua prossima donna potrebbe non essere così perbene, Keith, per cui ti consiglio di sceglierla con cura. E adesso, fuori di qui. E portati via questa roba. È tutta tua.»

«Sul serio, non voglio...»

Era contenta di non avergli permesso di concludere una sola frase. E lo interruppe di nuovo.

«È tua, ho detto. Regala il braccialetto a tua moglie. Se lo merita. Ti ha appena dato un altro figlio. Adesso fa' fagotto e vattene.»

Lo osservò infilarsi il braccialetto in tasca e sistemare il resto nella scatola. Una volta riempita, era abbastanza pesante per due uomini e faticò a sollevarla. Non fu aggiunta parola. Nina tenne la porta aperta e la richiuse alle sue spalle. Per qualche minuto rimase lì senza muoversi, provando un terribile senso di perdita. Era stato fantastico, assolutamente fantastico! Finché aveva tenuto gli occhi chiusi...

«Bene, è finita», si disse.

Per un po' rimase seduta, meravigliandosi delle sensazioni contrastanti che stava provando. Anche se pervasa da una rinnovata energia, si rendeva conto di essere molto più vecchia. La gente di cui ti fidi, ti tradisce. E trovandolo estremamente penoso, Nina si alzò e incominciò a rimettere in ordine la sua piccola casa.

20

«SPERO di averli compilati in maniera giusta», disse Margaret, indicando il mucchio di moduli che c'era tra loro sulla scrivania di Stephen Larkin. «Non avrei mai pensato di dover affrontare un questionario come questo, considerando che non sono io a volere il divorzio.»

«Non mi chieda perché. È la legge, tutto qui.»

«Mi scusi, niente di personale, ma Dickens ha scritto che la legge è stupida, e sono incline a convenirne.»

Stephen rise. «Anch'io. In ogni modo, dovrei detestare di essere responsabile di queste leggi sul divorzio. Erano diverse un tempo, sa.» Poi aggiunse seriamente. «Da come vanno oggi le cose, lo standard di vita dell'uomo aumenta del quaranta per cento, e quello della donna cala di conseguenza.»

«Come andrebbe se non avessi un lavoro? Se fossi a casa con bambini piccoli?»

«Be', allora, non potrebbe conteggiare quel che lei guadagna come parte del suo patrimonio, e dovrebbe passarle più alimenti. Ammesso che sia in grado di farlo.»

«So che ha promesso a Danny e a Julie di 'prendersi cura di noi', qualunque cosa questo significhi.» Sentì la rabbia serrarle la gola, pulsarle nelle orecchie. «Sa benissimo che cosa dovrebbe significare. Sa a quanto ammonta il mio stipendio e quali sono le spese. Che diamine, l'imposta fabbricati sulla casa è quadruplicata da quando mia madre me l'ha lasciata. Solo quella...» Si interruppe. «Ma lei è al corrente di tutto.»

Si sentiva accecata, frastornata, con le mani legate.

«'Equa distribuzione'!» esclamò. «E se quello che un giudice considera equo non risulta esserlo, che cosa succede allora? Assistenza sociale?»

«In troppi casi, sì. Ma questo non è ciò che accadrà a lei.»

«Riesco a farcela a stento ora. Sono quattro mesi, e ho già dovuto attingere ai miei risparmi, che non ammontano a granché, gliel'assicuro. Non voglio esaurirli. Ho bisogno di un minimo di sicurezza, dopotutto.»

«A meno che non riusciamo a trovare un accordo, come già sa, dovremo andare in tribunale per ottenere qualcosa di più. Ma sarà costoso, e mi dispiacerebbe farle questo, signora Crane.»

«Mi chiami Margaret, per favore. Non mi sento più a mio agio con il suo nome. Vorrei che anche i miei studenti mi chiamassero in un altro modo.» Guardò Larkin, confidando: «Ogni tanto mi scopro a pensare, o peggio, a dire qualcosa che è petulante e infantile. Crede sia infantile da parte mia volermi disfare del suo nome?»

Per un momento Larkin guardò Margaret come se la stesse studiando. «No», rispose. «È stata grossolanamente insultata. Capisco.»

Insultata. Sì, è così. Lui, che vive lì con lei. Danny, nella sua innocenza, che non fa che ripetere «Papà e Randi.» «Abbiamo» fatto un picnic. «Ci siamo» divertiti. «Abbiamo» coperto la piscina per l'inverno. Insultata.

«Vive nel lusso! Probabilmente lo apprezza ancora di più perché non ci ha mai vissuto. È lì che vanno i soldi, signor Larkin?»

«Non lo so. Sto ancora aspettando il suo questionario. Ma devo avvertirla di nuovo che gli obblighi morali non rientrano in tutto questo. La legge dice che deve vivere anche lui.»

«Sì, certo. Equa distribuzione. Randi, che gode di quello che dovrebbe andare a me e ai miei figli. I miei figli, che ha abbandonato, sia che pensi di averlo fatto o no.»

Ci fu un silenzio. Era sua abitudine stuzzicarsi il dito dove c'era stata la fede. La irritava l'idea di farlo ancora, e che la pelle dove c'era stato l'anello apparisse segnata. Il silenzio proseguì. Larkin la stava studiando, aspettandosi senza dubbio che si alzasse e se ne andasse, perché non c'era più niente da dire.

Si alzò e si scusò. «Mi perdoni per aver dato sfogo alla rabbia, signor Larkin. Mi dispiace.»

«Non è necessario», disse gentilmente. «La rabbia è più salutare del dolore, nel suo caso, e mi sono sentito sollevato.»

«Grazie. È gentile. Fred mi aveva detto che lo era.»

Il suo appuntamento successivo quel pomeriggio era a scuola con la psicologa. Audrey Swenson era venuta in quella scuola non molto prima che Margaret avesse cominciato a insegnarvi. Non avevano però mai stretto una vera amicizia, il che, per contro, rendeva più facile a Margaret parlare con lei.

«Hai un bell'aspetto oggi», osservò Audrey.

I suoi modi erano cordiali e il suo sorriso amichevole, mentre i suoi occhi, osservò Margaret, erano acuti e potevano essere severi. Le due donne avevano la stessa età, eppure ora, per la prima volta in vita sua, Margaret soffriva di un complesso di inferiorità. Stava chiedendo consiglio e aiuto; era stata degradata. Adam e la sua donna l'avevano costretta a venire qui, in questo posto, oggi pomeriggio.

«Sarà la camicetta rosa», rispose in modo poco convincente. «Non mi sento così bene.»

«Non credi che dovresti vedere uno psichiatra? La maggior parte delle donne nella tua situazione lo fa.»

Margaret cercò di esprimersi con decisione. «No, credo di avere le risorse in me stessa per affrontarlo. Alla fine, ne verrò fuori. Comunque, non ne ho né il tempo né i mezzi. Sono i miei figli che mi preoccupano, come sai.»

«Naturale. Ci arriviamo. Ma ti rendi conto, vero, che il loro modo di prendere quel che è successo dipende molto da come lo prendi tu.»

«Lo so. Ma non credo di dovermi sentire molto in colpa a questo proposito.» Trasse un sospiro. «Ho detto a malapena una parola contro loro padre. Credimi, sarei tentata di rivolgere domande a Julie e a Danny ogni volta che tornano a casa dopo la visita domenicale, che detesto, ma non l'ho mai...»

Audrey la interruppe. «Megan si rifiuta ancora di andarci?»

«Sì. A volte credo che disprezzi Adam più di quanto lo disprezzo io. Mi preoccupa il fatto che sia così piena di rancore.»

Audrey annuì. «È stata terribilmente ferita, come figlia e come donna. Suo padre non è l'uomo che adorava. Adesso diffida di tutti gli uomini e non sa che cosa significherà la sua vita. Ha principi molto alti e vede le cose in bianco e nero, come possono vederle gli adolescenti. Non fare pressioni su di lei. Ma torniamo a te. Dimmi qualcosa.»

Margaret si accorse che stava di nuovo fissando il dito dove c'era stata la fede. E posò la mano sul bracciolo della poltrona. Doveva ricordarsi di tenerla lì.

«Fortunatamente», disse, «sono così occupata che non c'è molto tempo da dedicare ai sentimenti. Mi aggrediscono in maniera dolorosa e intermittente. Ieri dopo la scuola è venuta a trovarmi una delle mie ex allieve. L'ho riconosciuta subito. Era stata una delle migliori, e adesso è al terz'anno di medicina. È venuta a ringraziarmi per averla ispirata.»

«E tu come ti sei sentita?»

«Molto commossa dalla sua gratitudine. Felice che il mio lavoro di insegnante possa dare così buoni frutti.» S'interruppe, trasse un sospiro e continuò. «Ho provato anche rabbia. Per aver rinunciato allora e trovarmi in questa situazione. Ma ormai è troppo tardi.»

«Stai dicendo tutte le cose giuste, Margaret. La rabbia è salutare purché tu la tenga sotto controllo.»

Salutare, aveva detto Stephen Larkin un'ora prima. Come la radioterapia, forse?

«La controllo», rispose Margaret con orgoglio. «Faccio molte cose sbagliate, ne sono sicura, ma questa non è una di esse.»

«Bene, adesso torniamo ai ragazzi.»

«Nessun cambiamento, finora. Sono spaventati, infelici, insopportabili. So che cercano anche loro, poveri bambini, di controllarsi.»

«Vorrei dare un suggerimento. Non considerarli, e non trattarli come bambini. Soprattutto non farlo con Danny. So che è il minore e ti viene naturale. Cerca di chiamarlo Dan.» Audrey sorrise. «È Daniel, immagino, solo quando sei irritata con lui.»

«Oh sì. Non è mai stato uno studente brillante, sai, ma adesso mi riesce difficile fargli fare i compiti. Gioca a baseball, guarda la TV e telefona a suo padre.»

«Non mollare coi compiti», disse dolcemente Audrey. «Dagli dei castighi. Non devi permettergli di lasciarsi andare solo perché suo padre non è in casa.»

«Capisco. E Megan è l'opposto. È diventata una fanatica dello studio. Niente telefono, niente ragazzi, niente amiche.»

«Dille di venire a parlarmi. Pensi che lo farà?»

«Megan farà tutto quello che le chiedo di fare. Si identifica con me. È sempre stata buona, forse troppo buona. È Danny – Dan – che rifiuta. Sostiene di poter badare a se stesso.»

«Forse è vero.» Audrey guardò l'orologio. «Ci restano solo cinque minuti per parlare di Julie, così permettimi di riassumere. Ci vorrà tempo. Se vedo che non faccio progressi, ti consiglierò di condurla da uno psichiatra. Per il momento credo di capirla.»

«La mia tenerona. È sempre stata così, probabilmente da quand'è nata. Chissà? Che sia perché è la figlia di mezzo, o è genetico? E comunque, che differenza fa? Stava andando molto bene, vivendo la sua piccola vita a modo suo, finché... finché non è successa questa cosa.» E Margaret sentì la voce tremarle. «È come se fosse finita sotto un camion.» Si alzò in piedi. «Bene, grazie, Audrey. Hai altre anime in pena sedute in sala d'attesa, così me ne vado.»

Megan stava facendo i compiti nello studio quando Margaret rientrò, scusandosi per il ritardo.

«Mi dispiace, sono stata trattenuta. Ecco le chiavi della macchina. Dovresti comunque arrivarci in venti minuti. Di' al dentista che è colpa mia. Potresti fermarti a comprare un po' di frutta tornando?» chiese. «Qualunque cosa tu veda che non sia troppo costosa. Mele, per lo più, in questo periodo dell'anno.»

Sui gradini del retro nel tiepido sole di ottobre, Danny sedeva oziosamente grattando la testa di Rufus.

«Che cosa c'è?» chiese Margaret.

«Niente.»

«Hai molto da studiare?»

«Un po'.»

«Sono le cinque passate. Non pensi che dovresti incominciare a farlo?»

«No», rispose Danny.

Sii risoluta con lui.

«Be', so che dovresti. Nell'ultimo compito in classe, non sei andato molto bene. Non hai scuse al riguardo.»

«Forse sono stupido.»

«No, non lo sei, Daniel. Non hai studiato. Adesso va' di sopra e dacci dentro mentre Julie ed io prepariamo la cena.»

«Ci vado dopo, mamma. Vuoi lasciarmi in pace?»

«No, non ti lascerò in pace. Dopo cena devi tagliare l'erba del prato anteriore. È un disastro. E poi potrai rimetterti a studiare.»

«Oh, va bene.» Si alzò in piedi e salì i gradini, strascicando le scarpe nuove. «Non fai che sgridarmi, mamma. Sgridarmi, sgridarmi.»

«Questo non è vero, e lo sai, Dan.»

Le patate erano sul tavolo della cucina. Julie non le aveva pelate. Non riconosco più i miei figli, pensò Margaret. Andò in fondo alle scale per chiamare Julie.

«Per favore, scendi e pela le patate», disse. «Te l'ho chiesto stamattina di prepararle.»

«Be', mi sono dimenticata», rispose Julie.

Appariva imbronciata e spettinata. I capelli fulvi – i capelli di Adam – non erano ovviamente stati lavati in tutta la settimana.

«Tutti possiamo dimenticarci di qualcosa. Pelale adesso, d'accordo? Io vado a mettere un po' di pollo sulla griglia e a preparare l'insalata mentre tu apparecchi la tavola.»

Era strano che l'assenza di una persona facesse sentire troppo grande la sala da pranzo. Eppure sembrava importante mantenere immutate le abitudini della famiglia.

Alle sei e trenta, alle sette, alle sette e quindici, Megan non era ancora tornata a casa. Margaret camminava su e giù per la veranda, tenendo d'occhio la strada. Dietro di lei, silenziosi e con gli occhi sgranati, c'erano Danny e Julie.

Margaret parlava da sola. «Non riesco a immaginare dove sia. Ho telefonato al dentista, lo studio è chiuso, non riesco a immaginare...» Le batteva forte il cuore.

Era buio, e stava per chiamare la polizia, quando Fred Davis, nel suo furgone con Megan accanto a lui, imboccò il viale d'accesso.

«Oh», gridò Megan, «dov'eravate? Ho telefonato e non ha risposto nessuno. Avevo solo un gettone, così ho chiamato zio Fred, ed è venuto a prendermi. D'un tratto, la macchina si è bloccata nel traffico! È stato orribile, con le altre automobili che suonavano il clacson come se fosse colpa mia! Poi è arrivata la polizia e l'ha spinta da parte, e non sapevo cosa fare – dov'eri, mamma?»

«Vieni a sederti. Saremo stati fuori a preparare la griglia, così nessuno ha sentito il telefono. Senti. Visto che non ti sei fatta male, non ha importanza. Che cosa aveva la macchina?»

«Ha dovuto essere rimorchiata», spiegò Fred. «Si è rotta la trasmissione.»

«Non so cos'avrei fatto se zio Fred non fosse venuto», disse Megan, quasi piangendo. «Si è occupato lui di tutto.»

Margaret fu pervasa da una calda sensazione di sollievo, e guardò Fred. «Ti occupi sempre di tutto. Grazie», disse. «Entriamo a cenare. Resti con noi, Fred? La cena si sarà un po' rovinata, così dovrai scusarci.»

A tavola Fred, al posto che era stato di Adam, spiegò la situazione.

«Una trasmissione nuova ti costerà milleduecento dollari, mi hanno detto. C'è un problema, però. Non so se vale la pena di investire tanti soldi in una macchina vecchiotta. Dovresti pensarci un momento.»

«Vecchiotta!» borbottò Danny. «È antica. Nessuno qui attorno ha più un catorcio simile. Compriamone una nuova, mamma.»

Povero innocente, pensò Margaret. E disse calma: «Vorrei che fosse così facile, Danny».

«Ho detto a papà che avevamo bisogno di un'automobile. Si è preso quella buona e ci ha lasciato un... catorcio.»

«Un macinino», disse Julie.

«Che differenza c'è? Smettila di correggermi, saputella.»

«Controllati, Daniel», disse Megan.

Il ragazzo aveva bisogno di un uomo, un padre.

«Ha ragione, però», intervenne Megan. «Papà ha pensato a se stesso e non si è preoccupato di noi.»

«Gliel'ho detto!» strillò Danny. «E allora lei ha ribattuto che ne aveva bisogno per andare al lavoro, e ha aggiunto di ricordarmi bene che se non lavorasse, saremmo in guai seri.»

Questa discussione andava immediatamente abbandonata.

Ma Margaret non riuscì a trattenersi dal chiedere: «Che cosa ha risposto tuo padre allora?»

«Niente.»

«Chi vuole venire a vedere una partita di calcio con me sabato pomeriggio?» si affrettò a domandare Fred.

Danny e Julie alzarono le mani, ma Megan declinò l'invito.

«Grazie mille, zio Fred, ma devo prepararmi al mio esame di inglese.»

«Hai detto che è a metà novembre», obiettò Margaret. «Va' alla partita, sarà divertente.»

«Mamma, non posso permettermelo. Devo prendere un otto, se voglio combinare qualcosa nella vita.»

Lo sguardo di Fred incontrò quello di Margaret. Povera bambina, diceva.

«Okay, un'altra volta. Perché voi tre non pulite la cucina e poi andate a studiare?» suggerì. «Vedo che vostra madre ha come al solito una montagna di compiti da correggere. Così me ne torno a casa e tolgo il disturbo.»

«Non sei di alcun disturbo, Fred», fece Margaret.

Sulla porta d'ingresso lui si fermò per dire: «Non volevo parlarne a tavola, ma sul serio, Margaret, hai bisogno di una macchina nuova, e sarò lieto di aiutarti in tutto ciò che ti occorre».

I suoi miti occhi sembravano implorarla. La genuina bontà di quest'uomo le fece salire le lacrime agli occhi. Ma c'era una forma d'indipendenza in lei che le impediva, forse scioccamente, di accettare aiuto. Louise e Gilbert, perfino Nina, giovane e in carriera com'era, le avevano fatto affettuose offerte che lei aveva regolarmente declinato.

«Ti conosco», disse Fred, «così se ti potrà far sentire meglio, diciamo che è un prestito. Mi ripagherai appena potrai.»

Sorrise. «Ti conosco anch'io. Sei molto caro, e grazie, ma è compito di Adam prendersi cura di noi. Dopo diciannove anni credo che debba una macchina a sua moglie e ai suoi tre figli.»

«Ma se non lo farà? Hai parlato con Larkin?»

«Molte volte, e la risposta è che Adam ci dà tutto quello che può. Ha pagato solo metà assicurazione della macchina, così forse pagherà metà trasmissione. Forse. Alla fine dovrò aspettare di andare in tribunale per il saldo.»

«Sei soddisfatta di Larkin? Se no, non mi offenderò solo perché te l'ho consigliato io.»

«Sono soddisfatta. Mi piace molto.»

«Bene. Coraggio, Margaret.» La baciò sulla guancia e si avviò lungo il viottolo.

Per un momento lei lo osservò allontanarsi. La statura eretta, le spalle larghe, l'andatura stessa trasmettevano un senso di sicurezza. Ma in particolari occasioni, i suoi occhi, con il loro sguardo mite e pensoso, dicevano qualcosa di diverso. E pensò che, sebbene vivesse da tanto tempo ai margini della sua vita, non lo conosceva realmente bene. Non sapeva neppure quali fossero ora i suoi sentimenti verso di lei, anche se non aveva importanza. Nonostante la forza esteriore che stava dimostrando, dentro di sé era sconvolta e amareggiata; i suoi sogni notturni s'incentravano su Adam e la sofferenza che le aveva causato.

Sulla scrivania dello studio la stava aspettando il lavoro. C'erano ragazzi intelligenti nella sua classe, ragazzi carini. Quest'anno, però, mentre stava davanti a loro fissando le facce rivolte verso di lei, pensava spesso alla possibilità di pene nascoste. Non ci aveva mai realmente pensato fino a quest'anno.

Adesso, alla sinistra della scrivania, poteva vedere attraverso la porta aperta il soggiorno, dove c'erano il computer nuovo di Adam e scaffali di software. Non li aveva richiesti. E se lo farà, pensò ferocemente, non glieli restituirò. Appartengono ai miei figli.

La sua mente era agitata. Aveva tutto questo lavoro da fare prima di mezzanotte, così doveva cercare di calmarsi. Domani mattina avrebbe ordinato una trasmissione nuova. Le sarebbe costata un bel po' dei suoi risparmi, anche se lui ne avesse pagato la metà.

Maledetto! Maledette le leggi che rendevano così difficile a una donna ottenere quello che le era dovuto!

Sul tavolo davanti alla scrivania c'erano le fotografie di famiglia. Adesso che la foto di Adam e quella del loro matrimonio erano state tolte, si potevano vedere meglio le altre. Davanti c'era la giovane faccia di suo padre; non l'aveva conosciuto, ma grazie a sua madre, era quasi convinta del contrario. Mamma gliene aveva parlato così tanto, ricordandolo con dolcezza e ridendo spesso delle cose divertenti che erano successe a loro due insieme...

La morte è più facile, pensò Margaret. Non c'è niente di dolce o divertente in questo. Poi, accendendo la luce sulla scrivania, si mise al lavoro.

21

Adam sentì la bocca atteggiarglisi in un sorriso artificiale e si rese conto di mostrare un entusiasmo che non provava. In realtà era teso, perché la visita dei suoi figli non stava andando come avrebbe dovuto. Non era andata esattamente come aveva desiderato neanche la volta precedente.

«Questa pianta fa parte della famiglia delle carote», spiegò. «Guardandola, non lo diresti mai, non è vero?»

«È brutta», osservò Julie.

«Perché è secca e morta. Dovresti vederla in agosto quando è in fiore.»

Li aveva portati a fare una passeggiata sul prato tra il fiume e il bosco attorno alla casa. Randi, che stava preparando il pranzo, preferiva non averli in cucina.

«Credo, anche se non ne sono sicuro, che sia il risultato di un incrocio. Potrebbe essere interessante verificarlo.»

Ma non erano interessati. Il loro sguardo era invece fisso su Rufus, la cui testa era a malapena visibile sopra l'alta erba scura attraverso la quale sembrava nuotare.

«Bene», disse Adam, «credo che dovremmo tornare. Randi avrà probabilmente preparato il pranzo.»

«Perché non possiamo mangiare fuori?» domandò Danny, vedendo che il tavolo per il picnic non era apparecchiato.

«Fa troppo freddo. Siamo alla fine di novembre», rispose Adam.

«No, non è vero. Il sole è caldo. Potrei anche togliermi il maglione.»

«Chiama Rufus ed entriamo. Non lamentarti, Danny.»

Il ragazzo aveva il broncio, qualcosa di insolito per lui, pensò Adam.

A tavola Randi si rivolse a Julie. «Peccato che non ti piaccia il pianoforte. Quando l'ho visto a una svendita, ho pensato a te. E va benissimo giù nello scantinato. Pensavamo di trasformarlo quanto prima in una magnifica sala giochi.»

Allorché Julie non rispose, intervenne Adam: «Sei stata gentile a pensare a Julie. Sono sicuro che lo userà non appena riprenderà a suonare. Ma non vogliamo farti pressione, Julie».

«Non lo so», disse Randi, sorridendo. «Credo che non le piaccia. Non è abbastanza per lei. Non è così, Julie?»

La ragazzina arrossì e alzando gli occhi verso suo padre, mormorò: «Non voglio semplicemente suonare».

Tutto molto educato. Eppure l'atmosfera era innaturale. Le chiacchiere che seguirono questo scambio furono insignificanti, un semplice riempitivo. E gli mancavano tanto! Non avevano trascorso il Ringraziamento con lui, e non avrebbero trascorso neanche il Natale. I figli stavano con la madre. Così i suoi pensieri correvano.

Quando la colazione terminò, i due ragazzi uscirono, mentre Adam e Randi prendevano il caffè.

«Credevo proprio che Julie sarebbe stata contenta del piano», cominciò Randi.

Se solo avesse lasciato cadere l'argomento! Era stato gentile da parte sua comprarlo; anche se, ovviamente, non si rendeva conto che era una vecchia carcassa che non doveva essere stata granché neanche da nuova. A casa Julie disponeva del pianoforte a coda di sua madre, tenuto meticolosamente, un regalo di Jean nei giorni prosperi del suo secondo matrimonio.

«Non prendertela», disse pazientemente. «È molto sconvolta in questo momento.»

«Be', è snervante vederla sempre seduta lì con aria avvilita. Dice a malapena una parola.»

«È stata durissima per lei, Randi. Sapevo che ci sarebbero stati dei contraccolpi, naturalmente, ma non mi aspettavo che la prendesse così male.»

«Per carità, non sei morto né finito in galera, Adam. Il fatto è, caro, che i tuoi figli sono viziati.»

«No, Randi. Hanno i loro difetti, come li abbiamo tutti, ma non sono viziati.»

«Dimmi perché Danny deve trascinarsi dietro quel cane ovunque vada.»

«Non lo porta dappertutto. Lo porta qui perché possa farsi una bella corsa. E poi, il cane gli è di conforto in questo momento.»

«Conforto! Neanche fosse torturato. I tuoi figli se la passano bene, caro. Tu sei un'anima buona, Adam Crane, troppo sensibile per il tuo stesso bene.»

Si sentì ferito. Eppure era vero che né Danny né Julie erano stati particolarmente simpatici oggi. Ma perché avrebbero dovuto essere sempre dell'umore migliore? Comunque Randi era sempre molto carina con loro. E non aveva esperienza in fatto di ragazzi... Senza dubbio era un'imposizione aspettarsi che li intrattenesse ogni domenica...

«Oh, ti ho contrariato», mormorò. «Stai pensando che non mi piacciano i tuoi figli.» Si alzò dalla sedia e prese il suo viso tra le mani per baciarlo. «Caro, mi dispiace. Sai che mi sono simpatici. Per carità, sono tuoi! Ma non posso sentirmi libera di esprimermi francamente qualche volta? Tutto quel che dico è per il loro bene. Non fraintendermi. Amo i tuoi figli! Dimmi che non sei contrariato. Per favore?»

«Non sono contrariato.»

«Veramente. Sorridi quando lo dici. Ti prego?»

Sorrise.

Tornando a casa erano tranquilli. Danny volle accendere la radio per sentire cantare uno di quei complessi dal nome folle che Adam non riusciva mai a ricordare. Di solito il baccano gli portava via la testa ma oggi, pieno di pensieri com'era, si sentiva quasi grato.

La cosa più dura del viaggio di ritorno fu vederli percorrere il vialetto fino alla porta d'ingresso di quella che era stata casa sua. Presso il cordone del marciapiede, stava per dire come al solito: «Ci vediamo domenica», quando Danny si girò e chiese: «Non entrerai mai più con noi?»

«Be', vedremo», rispose, sapendo che Danny, allontanandosi, aveva interpretato le parole per quello che erano: una risposta evasiva.

La macchina stava per rimettersi in moto quando vide sopraggiungere Megan lungo la strada. Aveva in mano dei libri, per cui pensò che provenisse dalla biblioteca. Sentì il suo cuore sussultare. Era graziosa con la gonna blu scuro, il maglione e i lunghi capelli, ancora schiariti dal sole estivo, che le ricadevano sulle spalle. Non la vedeva dal giorno in cui se n'era andato. Scivolando al posto del passeggero, si sporse dal finestrino e chiamò: «Megan! Megan! Come stai?»

Lei si fermò. «Benissimo», rispose freddamente. «Come pensi che stia?»

«Non molto bene, so. Sono terribilmente preoccupato per te. Ma non possiamo parlare qui. Non verresti a trovarmi con Julie e Danny?»

«No, non a casa di quella donna. Non puoi pretenderlo.»

«Non parlare così, Megan. Randi è una brava persona, gentile, affettuosa.»

«Oh, sì, affettuosa come un cobra. E tu mi chiedi di essere gentile con lei dopo quello che ha fatto?»

Era stanco, tanto stanco. Come poteva anche solo incominciare a spiegare se stesso a questa ragazzina?

«Quello che lei... e tu avete fatto alla mamma, che è tanto

coraggiosa! L'hai buttata via come se fosse stata una scarpa vecchia. Non ti importa niente di lei.»

«Mi importa moltissimo di lei, Megan.»

Gli occhi della ragazza brillarono. «Allora perché non torni a casa? Potremmo ricominciare, potremmo volerci di nuovo tutti bene...» La sua voce si incrinò.

«Megan, non posso. Non è così semplice. Non so spiegare... Tu non capisci.»

«È tutto quel che sai dire? 'Tu non capisci'? Hai ragione. Non capisco come tu possa girarci le spalle e andartene. A volte mi sveglio di notte e penso di aver semplicemente sognato quello che hai fatto.»

I suoi occhi erano fissi su di lui; il suo corpo era rigido e teso. E lui sapeva che stava aspettando la risposta che era incapace di darle, sapeva che stava soffrendo. Passò qualche secondo, mentre osservava la speranza sparire dal suo viso.

«Non ci mantieni nemmeno decentemente», gridò allora. «Quella vecchia carretta di automobile.»

Adam la interruppe. «Ho pagato metà trasmissione.»

«È lo stesso una vecchia carretta. E abbiamo bisogno di indumenti per l'inverno. E il tagliaerba è troppo pesante per Danny. Che ne sarà di noi?»

«Farò di più. Cercherò», implorò lui. «So che avete bisogno di cose, ma vi sto dando tutto quel che posso. Non ho denaro extra per il momento. Niente di niente.»

«Hai abbastanza denaro per lei.»

«Non è così... chi te l'ha detto?»

«Non dirmi che vivi lì senza tirare fuori un centesimo. E le hai comprato un braccialetto d'oro e poi una collana d'oro per il suo compleanno. Mamma non ha mai avuto cose simili.»

Randi doveva averli mostrati a Julie, pensò. Sentì un peso premergli sul petto. Era tutto così complicato, così difficile.

I luminosi occhi spaventati di Megan erano fissi su di lui. «Sapessi come ci hai reso tutti infelici», disse, «anche un ragazzino di tredici anni come Danny. Una volta era sempre allegro e divertente, ma adesso non più. Ed è tutta colpa tua! Vuoi sapere una cosa? Ti disprezzo e disprezzo quella donnaccia con cui vivi.»

Se ne andò.

Questo sfogo della sua adorata bambina, la sua Megan, lo lasciò interdetto. Megan aveva un buon carattere, era cerebrale, prudente... Megan era una gemma...

Chiedendosi come avrebbe fatto a ripercorrere la strada senza avere un incidente, Adam cambiò marcia e si allontanò lentamente. Gli sembrava che nonostante i suoi sforzi, non sarebbe mai riuscito a farsi capire né da lei né da nessun altro. Anche in ufficio li aveva sorpresi a guardarlo, e una volta, alla toilette, aveva sentito dei commenti.

«Ho saputo che ha chiesto il divorzio.»

«Starà probabilmente meglio senza di lui, quell'odioso bastardo.»

«Mi è sempre piaciuta Margaret.»

Cretini! Che cosa ne sapevano loro? Non erano affari che li riguardavano. Erano, tutti indistintamente, una massa di superficiali arraffoni ignoranti.

Ma alcuni avevano potere. La gerarchia gli dava il diritto di umiliare. Anche Ramsey, che solitamente era giusto e moderato nell'esprimersi, gli aveva dato una lavata di capo la settimana scorsa. Trasalì al ricordo di come lunedì mattina, dopo aver fatto tardi la notte, lui e Randi avessero dormito oltre l'ora stabilita.

«Che cosa le è saltato in mente, Crane? Mezz'ora di ritardo per un appuntamento con un uomo che dovrebbe procurarci lavoro per duecentomila dollari! È venuto appositamente da Chicago e lei lo fa aspettare! La puntualità è una forma di cortesia, indipendentemente da chi è la persona, ma si direbbe che a lei non importi...» E così via.

Adam soffriva. E si preoccupava. Le voci su un possibile takeover erano diventate adesso troppo frequenti per essere ancora ignorate. Se i racconti rispondevano a verità, chi poteva dire che cosa avrebbe avuto in serbo per lui il futuro? Magari qualcosa di meraviglioso. Oppure no.

Le spese lo sommergevano. Naturalmente, era stato al corrente del suo grosso debito ipotecario, ma non aveva realizzato quanto fosse grosso. Aveva comprato la casa con un capitale ridottissimo. E le rate mensili non gli davano tregua. Eppure Randi non pretendeva mai molto.

Ma lui era sempre consapevole di quel che desiderava. Una cosa che desiderava era avere un bambino. E aveva promesso che ne avrebbero avuto uno non appena avesse divorziato. Mio Dio, ma gli avvocati ci impiegavano talmente tanto! Per loro compilare un documento era come smuovere una montagna.

Forse perché non era ancora legata a lui, Adam sentiva che doveva soddisfarla, renderla felice. Lei lo rendeva felice! Lo faceva sentire come il padrone della terra!

«Ti preoccupi troppo», gli diceva quando erano a letto insieme. «L'hai sempre fatto. Anni fa, erano i tuoi voti e la tua carriera. Adesso sono l'ufficio e i tuoi figli, quando l'unica cosa realmente importante siamo noi due.»

Se ci rifletti, ha ragione, pensò. L'unica cosa realmente importante siamo noi due. Sì, è così. Nonostante tutto, non sono mai stato più felice di adesso. E questo è fondamentale.

Quando giunse a casa, vide che lo stava aspettando sulla porta. Udendo lo stridio delle gomme sulla ghiaia, era venuta come sempre ad accoglierlo.

22

«È MEGLIO che doverla far tornare un altro giorno a finire questa roba. Ci mancano solo dodici pagine», disse Larkin.

Raccolse quanto restava del suo pranzo a base di caffè e panino e lo posò nel cestino dei rifiuti. Tutti i suoi movimenti erano equilibrati, così come lo erano i suoi pareri. Se l'argomento non fosse così sgradevole, pensò Margaret, sarebbe un piacere sentirlo parlare. Il pensiero la divertì.

«Signor Larkin», disse poi, «può dirmi che senso ha che io risponda a tutte queste ridicole domande? 'Quante stanze ci sono nella casa e a che cosa serve ognuna'? Come se dopo tutti questi anni di vita insieme, non lo sapesse.»

«Come le ho detto, non cerchi il senso. È la legge. Casa sua fa parte del suo patrimonio, e figura nell'accordo.»

«Il mio patrimonio», si burlò. E realizzando di essere probabilmente una seccatura, si scusò. «Mi dispiace, signor Larkin. Mi rendo conto che questo genere di emotività le sta facendo perdere tempo.»

«Ha diritto a un po' di emotività. Non si preoccupi, Margaret. E comunque, se io devo chiamarla Margaret, lei mi chiami Stephen. Adesso, pagina 54. Prenda la sua copia e applichiamoci.»

Quand'ebbero finito, chiuse lo schedario e divenne consapevole del vento che scuoteva le finestre e della pioggia torrenziale che scorreva sul vetro. Stephen si alzò e guardò fuori.

«Le strade assomigliano a fiumi. È meglio che resti qui finché non cessa un po'. Questi acquazzoni non durano mai molto.»

«Siederò nella sala d'aspetto a leggere», disse lei, alzandosi.

«No, rimanga qui e mi dica come se la sta cavando.»

Con un piccolo gesto, come a sottintendere che una risposta chiara era impossibile, Margaret cominciò: «Sto compiendo tutte le mosse giuste, so che è così. Sto cercando di tenere insieme tutto per i ragazzi. Ma dentro la mia vita è spezzata in due: prima e dopo Adam. Una delle cose che mi turbano è il pensiero che l'altra donna porti il nome che è appartenuto a me per diciannove anni. Sciocco, non le sembra?»

«Non credo. Per lei il nome è un simbolo di tutto quello che le è stato sottratto.»

«Mi dica, con tutto quello che ha visto, mi chiedevo se ha avuto molti casi in cui il marito persegue la moglie per adulterio?»

«Pochissimi. Le donne sanno che l'adulterio rovina l'intimità e la fiducia del matrimonio, che un matrimonio poi non può essere più lo stesso. Ecco perché l'adulterio si conclude solitamente con un divorzio, ed ecco perché le donne, paragonate agli uomini, di solito non ci provano.»

«Vuol dire allora che gli uomini lo ignorano prima?»

«Per lo più sì. Probabilmente Adam Crane, quando ha iniziato questa relazione, non aveva intenzione di concluderla in tribunale.»

«Sta dicendo che la relazione ha preso vita da sé?»

«Una triste vita, e ancor più triste per i suoi figli.»

«Anche il suo lavoro quotidiano dev'essere triste, Stephen», sfuggì detto a Margaret.

«Molto.»

Era curiosamente consapevole del giovane avvocato, della sua mano dalle unghie immacolate, l'orologio da polso, l'abito scuro, i capelli lucidi e scuri...

«Penso spesso», disse Stephen, «che dovrei smettere, dovrei costruire invece di demolire.»

«Sta realmente demolendo?» chiese lei con dolcezza. «Se è così stavo pensando a quanto mi ha aiutata.»

«Questo è un altro modo di guardare al problema, immagino.»

«Spero che non rinunci prima di aver traghettato me.»

Sorrise. «Prometto che la traghetterò. Forse sto solo chiacchierando, comunque.»

Margaret non poté fare a meno di interrogarsi su di lui mentre tornava a casa in macchina. Era sciocco che si tendesse a identificare una persona solo attraverso il suo lavoro, immaginando raramente, per esempio, cos'era il medico quando toglieva il camice; così non aveva mai visto prima d'oggi Stephen Larkin in un ambiente che non fosse il suo studio con la scrivania e i libri scuri sugli scaffali. Era sorprendente apprendere che non era soddisfatto del suo lavoro. Si chiedeva se fosse sposato o se avesse un matrimonio fallito alle spalle. Non erano, comunque, affari suoi.

La prima cosa che vide quando entrò in casa fu la cucina completamente sottosopra. La rastrelliera dove c'erano appese le pentole era vuota e ogni armadietto era stato aperto. In preda al panico corse in anticamera, chiamando i suoi figli per nome.

«Quassù, mamma», fu la risposta. «Siamo di sopra in solaio. C'è un'alluvione.»

Che disastro! Attraverso due grandi buchi, dove il tetto aveva ceduto, la pioggia si stava riversando dentro come da un rubinetto. I secchi che erano stati portati di sopra stavano per traboccare. E Margaret rimase lì atterrita, pronta a scoppiare in lacrime.

«È passata attraverso il soffitto della mia camera da letto», disse Megan, «anche se non molto. Solo qualche grossa macchia.» Cercò di sorridere. «Una di esse ha la forma del Sud America.»

Macchie. Intonaco nuovo. No, soffitto nuovo. Tetto nuovo. Il costo? Astronomico. Nuove discussioni tra avvocati.

Margaret si portò le mani alle tempie che le pulsavano, poi inghiottì il groppo che le si formava sempre in gola e si limitò a dire: «Avremo bisogno di qualcosa per coprire questi buchi. Non possiamo lasciarli così tutta la notte, o le camere da letto si rovineranno. Mi chiedevo...»

«C'è quella plastica blu, i teli con cui ricoprono le case in costruzione», disse Megan. «Zio Fred è un costruttore. Dovrebbe averne.»

Ma certo. Lascia fare a Megan.

«Gli telefono. Nel frattempo porto giù un paio di secchi e li svuoto. Vieni anche tu, Julie, e riporta di sopra quelli vuoti.»

Più tardi quella sera, Fred era seduto nello studio con Margaret, e stava facendo il punto della situazione.

«Sei a posto per un paio di giorni, a meno che non venga un tornado e spazzi via i teli di plastica.»

«Costerà molto rappezzarlo?» chiese fiduciosa.

«Non puoi rappezzarlo, Margaret. Hai bisogno di un tetto nuovo. Sono un paio d'anni che ne hai bisogno. Non ti sei mai accorta di quante assicelle mancano?»

Sospirò. «Sì, ma era troppo costoso, e Adam pensava che forse...» S'interruppe, cercando di ricordare esattamente cos'avesse pensato Adam.

«Be', non ci possono essere dubbi in proposito adesso. Dovrà rifarlo.»

«E se non lo farà?» chiese lei debolmente.

«Che cosa vuoi dire con 'se non lo farà'? Credo che non abbia scelta.»

«Fred, tu puoi anche pensarla così, ma le cose non vanno in questo modo. Bisogna passare attraverso gli avvocati. Tutto deve passare attraverso loro. E se non ha voluto spendere i soldi l'anno scorso...» S'interruppe di nuovo. Naturale che non avesse voluto farlo; aveva i suoi piani con lei. «Perché dovrebbe volerlo fare ora?» riassunse. «Naturalmente possiamo trascinarlo in tribunale, ma il tetto non può aspettare tanto, non ti pare?»

«No. E mi dispiace versare sale sulle ferite, ma la verità è che tutta la casa ha bisogno di un restauro. L'ho esaminata attentamente. La caldaia... non hai avuto un problema lo scorso inverno?» Margaret annuì. «Direi che saresti fortunata a superare un altro inverno. Le scale della cantina hanno anch'esse bisogno di essere sistemate, prima che qualcuno inciampi e si spezzi il collo. Le finestre lasciano passare l'acqua su tutto il lato nord della casa quando la pioggia batte da quella parte. Ti ho vista mettere stracci sui davanzali...»

Margaret si batté le mani sulle orecchie, gridando. «Basta! Credi che non sappia che non ho il diritto di stare qui?»

«Che cosa vuoi dire con 'non ho il diritto'? Hai ogni diritto. È casa tua, la casa della tua famiglia, ed è una solida, vecchia casa. Ha solo bisogno di un po' di riparazioni. Non si tratta di milioni di dollari, per carità.»

«Potrebbero anche esserlo», disse.

Sedevano immobili. Lei pensava: Sono le sue spese con quella donna che stanno rovinando me e i miei figli.

In quel momento Fred parlò. «Permettimi di aiutarti. So che non mi hai concesso di aiutarti con la macchina, ma questo è più serio. Ti prego, permettimelo. Sai che posso farlo.»

«Ti permetterò di mandare i tuoi uomini a rappezzare temporaneamente il tetto, perché è un'emergenza. Te ne sarò molto grata, ma non posso accettare altro. Sei il miglior uomo del mondo, ma non capisci, Fred, che devo abituarmi a un genere diverso di vita? È molto semplice. Un marito lascia la moglie, il suo reddito sale, quello di lei scende. È così che vanno le cose.»

«Sei terribilmente cocciuta», disse lui con dolcezza.

«No, sono realista. Il fatto è che anche se fosse in condizioni perfette, non apparterremmo più a questo posto. È troppo grande, troppo difficile da mantenere da soli, e non posso permettermi qualcuno che prenda il posto di Adam. La bufera di neve il mese scorso è stata disastrosa. I ragazzi sono oberati di lavoro. Sono dei bravi figlioli e nessuno si lamenta, ma sono oberati.»

Ecco. Aveva finalmente pronunciato le parole temute. Si guardò attorno nella stanza, verso l'anticamera dove gli attaccapanni e l'orologio a pendolo stavano ancora dov'erano sempre stati, nell'adorata casa dov'era nata.

Fred, seguendo il suo sguardo, disse dolcemente: «Ne sei sicura, Margaret?»

Annuì, mordendosi il labbro. «Sì, comunque è un concetto antiquato, no? Quante persone vivono ancora dove sono nate?»

«Non molte, immagino. Ma se una persona lo desidera, perché...»

«Se una persona può. Avrei potuto una volta, ma adesso non posso.»

Adam, e la signora Randi Bunting, avevano deciso per lei.

«Così», disse, «domani mi rivolgerò a un agente immobiliare. Dovrei ricavare una buona somma, sebbene abbia bisogno di riparazioni. Non si trovano case in legno come questa ai giorni nostri. E il giardino è bello.»

«Se vuoi vedere qualcosa di incredibile», disse Margaret a Fred qualche giorno dopo, «guarda questa valutazione dell'agente immobiliare.»

Quando la lesse, Fred l'accantonò, esitò un momento, e poi con ovvia riluttanza le disse che era credibile.

«È una magnifica vecchia casa in una magnifica vecchia strada, ma sfortunatamente non c'è un grosso mercato per queste abitazioni. Soprattutto se prive di aria condizionata, con una cucina antiquata e vasche da bagno con zampe artigliate originali. Per non parlare delle tasse!»

«Ma la zona! Il giardino!»

«La zona sta gradualmente cambiando. La gente con i mezzi si trasferisce nei sobborghi, verso Beachcroft.»

«Ma allora nessuno vorrà questa casa?»

«Sì, gente che ha una famiglia numerosa e poco denaro. Meglio che tu prenda quello che puoi. Mi dispiace, Margaret, ma è così.»

Nel chiaroscuro della lampada i due sedevano in silenzio. Pensieri contrastanti fluttuavano nella mente di Margaret, pensieri come: Adam sa che ce la vediamo grigia qui, perché allora non torna a casa e fa quello che un uomo dovrebbe fare? Eppure sapeva che se fosse tornato, pregandola in ginocchio, non l'avrebbe ripreso. Si era mai chiesto, lui, che cosa non andasse? Me lo sono mai chiesta, io, e se no, perché?

Perché lo amavo tanto. Inconsciamente, le sue labbra avevano formato le parole e, sorpresa, alzò lo sguardo e vide Fred che la stava osservando con espressione compassionevole.

«Tieni duro», disse. «Le cose si aggiusteranno, Margaret. Tieni duro.»

Lei alzò la testa e sorrise. «Non preoccuparti, sto tenendo duro. Consegnerò l'elenco all'agente domani mattina.»

Poi cominciò l'attesa. I possibili acquirenti arrivavano, si trascinavano attraverso la casa, guardavano con diffidenza e se ne andavano.

Amici e familiari avevano le opinioni più disparate. Nella sala professori un'amica disse: «Per quanto doloroso, alla lunga il cambiamento ti farà bene, Margaret. Ti libererai di una quantità di zavorra e ricomincerai daccapo».

Un'altra, molto più vecchia di Margaret, osservò: «Ho un ricordo che risale a quando avevo quattro anni. Mia madre mi condusse in visita in quella casa. C'erano ancora i tuoi bisnonni. Lui aveva i favoriti e lei mi diede del pane allo zenzero».

Stephen la consolò. «È una decisione saggia. Perlomeno, quando andremo in tribunale, avrà molto meno da dichiarare.»

Nina, invece, era indignata. «Si trova un'altra donna, se ne va, e adesso dovrai lasciare la casa. È questa la giustizia moderna?» Offrì di aiutarli. «Mi sta andando molto bene, ho da parte un po' di risparmi, e desidero aiutarti a conservare la casa. So che te l'ho già chiesto e mi hai sempre detto di no, ma permettimi di fare qualcosa questa volta?» E quando Margaret declinò nuovamente l'offerta, domandò: «Dove andrete?»

«Dovrò trovare un appartamento da qualche parte.»

«Con quello che ti passa adesso, dovrà essere molto ristretto per voi quattro. Credi che sia giusto per i ragazzi?»

«Non gli farà male», rispose Margaret. «Milioni di persone vivono in ambienti ristretti.»

Louise e Gilbert rimasero scioccati. E curiosamente la loro rabbia la consolò.

«Che sciocco», osservò Gil. «Sembra un gallo in mezzo a due galline.»

Louise dichiarò che tutti gli uomini erano degli sciocchi. «Ricordi quella dattilografa, Gil? Si stava affilando gli artigli e tu non te n'eri neppure accorto. Mi è bastata un'occhiata e ti ho raccomandato di non combinare pasticci. Gil era un bell'uomo, Margaret. Non volevo correre rischi.»

Gil appariva imbarazzato e compiaciuto. Margaret pensò teneramente che era difficile immaginarlo con una testa di capelli e senza pancia, difficile anche immaginare Louise a vent'anni, con i suoi comodi abiti stampati e i capelli grigi con la permanente. Ma erano qui per lei e cercavano di aiutarla come meglio potevano.

«Vorrei farti un prestito», propose Gil. «Se non avessimo quattro nipoti, e tutte queste responsabilità, te lo farei senza riserve, Margaret. Ma dimmi di quanto hai bisogno, e per domattina potrai disporne.»

Margaret scosse la testa. «Non potrei mai restituirteli», rispose tranquillamente.

E si chiese di nuovo che cosa pensasse Adam del fatto che i suoi figli perdessero la casa – i suoi figli, non quelli di Margaret. Perché lei non era forse la nemica, l'impedimento che l'aveva trattenuto così a lungo lontano dall'«amore della sua vita»?

Domenica Julie riferì: «Papà vorrebbe parlarti della casa».

«Io non desidero parlargli, Julie. Può parlarmi tramite il suo avvocato. L'ha già fatto.» Poi, sopraffatta dalla curiosità, chiese: «Perché? Che cos'ha detto della casa?»

«Credo che gli dispiaccia di non poterci aiutare. In ogni modo dice che probabilmente sposerai zio Fred, così non avrai bisogno di questa casa. Hai intenzione di sposare zio Fred, mamma?»

«Non ho intenzione di sposare nessuno. E riferiscigli che qualunque cosa faccia non sono affari suoi.»

Non avrebbe dovuto dirlo. Era venuta meno alla regola di non coinvolgere i ragazzi. Ma come osava? Non aveva il diritto di discutere dei suoi affari privati con loro. Nessun diritto!

Era vero che a volte Fred faceva allusioni, vaghe allusioni estremamente delicate.

«Qualche volta penso di vendere anch'io la mia casa. È troppo grande per un uomo solo e un cagnolino. Tuttavia, continuo a ripetermi che un giorno potrei averne bisogno, così la tengo.»

Era l'uomo più gentile del mondo. Ma uomini e matrimonio erano le cose più lontane dalla mente di Margaret.

Un mattino l'agente immobiliare mostrò la casa, e alla sera ritornò con un'offerta che si avvicinava alla sua valutazione. Gli acquirenti erano una coppia con sei figli. Erano gente pratica che sarebbe stata in grado di effettuare la maggior parte delle riparazioni da sé. Ma volevano entrare in possesso della casa entro sei settimane. Margaret acconsentì.

Sei settimane le concedevano poco tempo per disfarsi dei beni appartenuti a tre generazioni e trovare un posto dove andare ad abitare.

«Che ne diresti di trasferirti in casa mia?» chiese Fred. «Capisci... non intendo...» Balbettò e arrossì.

Anche Margaret balbettò e arrossì. «Certo che capisco e grazie, Fred. Ma abbiamo bisogno del nostro spazio.»

A Elmsford non c'erano molti appartamenti da affittare. Divenne presto chiaro che c'era niente da trovare. E cominciò a sentirsi cogliere dal panico.

«Suggerirei i miei appartamenti con giardino a Beachcroft», disse Fred, «se i più grandi non disponessero di due sole camere da letto. Difficilmente si trova qualcosa di più spazioso nei sobborghi.»

«Darò un'occhiata lo stesso», gli disse Margaret.

«L'affitto sarà moderato. Se me lo permettessi, sarebbe zero!»

«Fred, sai benissimo che non te lo permetterò.»

Lui rise. «Non lo pensavo, infatti.»

La zona era bella, vicino a un parco con un laghetto. C'erano passeggiate e posti sicuri dove andare in bicicletta. Era lontano dal centro, ma finché la macchina reggeva, era fattibile.

«Le ragazze avranno una camera da letto, Danny avrà l'altra, io dormirò sul divano», disse a Fred, che le stava mostrando l'appartamento.

Fred scosse la testa. «No, no. Lascia che dorma Danny sul divano.»

«Ha bisogno di una stanza per sé con una scrivania e un po' di tranquillità. Sta andando male a scuola e sono preoccupata.»

«Non sono felice di vederti qui», disse sconsolato Fred. «E non sono felice di doverti dire qualcos'altro. I cani non sono ammessi.»

«Fred! Non può essere vero.»

«Senti, mi si spezza il cuore. So quello che Rufus rappresenta per Dan. Ma se ti permetto di tenere un cane, devo permetterlo a ogni altro inquilino, e non funzionerebbe.»

Come se Danny non ne avesse già passate abbastanza.

«Vuoi venire una sera ad aiutarmi a spiegarglielo?» chiese Margaret.

«Volentieri.»

Così glielo dissero, mentre sedevano tutti e tre nello studio e il soggetto della discussione giaceva sul pavimento, con un biscotto in bocca come se stesse fumando la pipa.

Danny non pianse. Finché non ebbero finito di spiegare, rimase tranquillamente seduto.

«Che cosa ne sarà di lui?» chiese, guardando dritto davanti a sé.

A Margaret s'incrinò la voce mentre rispondeva. «Gli troverò una magnifica casa. Sai che sono brava in questo.»

«Non sarà casa sua.»

«No, non sarà casa sua. Questo è qualcosa che Rufus, come noi tutti, dovrà sopportare.»

Fred stava fissando il pavimento. Ci fu un lungo silenzio finché Danny non riprese a parlare.

«È buffo come l'estate scorsa mi avevi promesso un altro cane, e adesso mi stai portando via anche questo.»

«Non è tua madre che te lo sta portando via», sottolineò Fred. «Non tua madre.»

«Credo... che andrò in camera mia», disse Danny. E uscì lentamente seguito da Rufus.

Le cose si mossero in fretta durante le settimane successive. Ci sarebbe stata una svendita, e Nina sarebbe venuta ad aiutarli a scegliere quello che valeva la pena di immagazzinare per un prossimo futuro. Soprattutto il pianoforte.

«Non potrò mai permettermene un altro come questo», disse Margaret, «nel caso Julie...» Non finì la frase.

Julie si muoveva quasi in punta di piedi attraverso la casa, come se cercasse di non farsi sentire né vedere.

«A papà dispiace che dobbiamo andarcene da qui», disse una volta e, con le sopracciglia inarcate, scrutò la faccia di sua madre in attesa di una reazione.

«Dispiace anche a me», si limitò a dire lei.

L'ultima settimana arrivò la sera in cui dovettero accompagnare Rufus alla sua nuova casa. Sul punto di piangere anche lei, Margaret raccolse le cose dell'adorato cane, la palla, il guinzaglio, la brandina e un sacchetto di mangime. Danny la osservava in silenzio.

«Non vuoi venire, vero?» gli chiese lei mentre infilava la giacca.

«Devo venire», rispose lui.

Quando arrivarono davanti alla nuova casa di Rufus, Margaret disse: «Abbiamo un accordo. Ce lo restituiranno se avremo di nuovo spazio per tenerlo».

«Non ne avremo mai», disse Danny.

Con le cose di Rufus, percorsero lentamente il vialetto, abbastanza lentamente per permettere al cane di annusare in giro.

La porta d'ingresso si aprì e una donna esclamò: «Oh, eccolo! Non è bello! Entrate.»

«No, grazie», rispose Danny, porgendole il guinzaglio.

«Ma entrate», li incalzò la donna.

«Meglio di no», si affrettò a dire Margaret. «Dobbiamo tornare a casa.»

Rufus si girò con loro quando si volsero per andarsene.

«No», gli disse Danny. «No, resta. Bravo cane, resta. Addio, Rufus.»

Tornando a casa il silenzio in macchina era fragile; una parola avrebbe potuto mandarlo in frantumi. Anche un gesto avrebbe potuto far saltare i nervi al ragazzo. Quando arrivarono a casa, Danny andò in camera sua e chiuse la porta.

Molto più tardi, coricandosi, Margaret lo sentì piangere, soffocando i singhiozzi nel cuscino. E nel suo cuore si sviluppò un odio come mai aveva provato, neanche durante quegli ultimi mesi.

«Adam Crane, maledetto figlio di puttana», mormorò, «ti auguro di marcire all'inferno per quello che hai fatto.»

Lasciarono la casa in una splendida giornata di fine maggio. Per l'ultima volta, quando erano già tutti seduti in macchina,

Margaret fece un giro del giardino. Avevano lasciato gli attrezzi del croquet nell'armadio dell'anticamera; forse ci avrebbero giocato i nuovi bambini. La griglia era appoggiata alla porta della cucina; forse la nuova famiglia avrebbe gradito fare il barbecue. Sperava che mantenessero la vaschetta degli uccelli piena d'acqua durante il caldo estivo. Alzando gli occhi, vide che il frassino di Nina era carico di gemme. Chinandosi, vide che i tulipani stavano forando la terra; erano Angelique. Fra qualche settimana sarebbero stati tutti rosa. La vita continuava.

Poi alzò la testa, raddrizzò le spalle e salì in macchina.

23

«Ho pensato che avessi bisogno di un po' di tempo per sistemarti prima di avere visite», disse Fred il terzo giorno. Aveva portato un cestino di giaggioli e gigli che, dopo essersi guardato intorno nel soggiorno, aveva posato sul tavolo nella saletta adiacente alla cucina.

Margaret ridacchiò. «Sembra finire tutto in etta qui», osservò. «Saletta. Cucinetta. Cameretta.» Era assolutamente ubriaca di fatica.

«Hai fatto uno splendido lavoro in pochissimo tempo», commentò Fred, ammirando la raffinata disposizione delle fotografie sulla parete dietro il divano letto, lo scarlatto paravento orientale, e le lunghe tende del vecchio studio, trattenute adesso ai lati per adattarsi alla finestra.

«Il paravento ce l'hanno regalato Louise e Gil. L'hanno comprato a Hong Kong e mai usato. Servirà per nascondere una cucina in disordine se dovessimo avere ospiti inattesi, non ti pare?»

Nel fragile stato emotivo in cui si trovava, uno sciocco risolino poteva tramutarsi con facilità in lacrime. Mai in vita sua era stata oggetto di tanta generosità. Il grande divano dove aveva dormito con Nina, era anch'esso dono di Gil e Louise; Nina aveva portato alcuni deliziosi vestiti da New York per le ragazze; un'amica il cui marito si occupava di traslochi si era rifiutata di farsi pagare. E tutta quella generosità era stata elargita con grande tatto...

«Sono stati tutti così gentili, e tu più di chiunque altro.»

«Perché non avrebbero dovuto? Hai sempre fatto la tua parte. Ecco, possiamo spostare questi libri e fare un po' di posto per i fiori? Non dirmi che sei già tornata al lavoro.»

«Ho dovuto. Siamo alla fine del trimestre e ci sono gli esami. Mi devo inoltre preparare per i corsi estivi.»

«Non ti prendi una vacanza, un po' di tempo libero?»

«Non posso permettermelo.»

«È una vergogna. Se qualcuno mi avesse detto vent'anni fa che Adam Crane avrebbe potuto comportarsi così, gli avrei risposto che era pazzo.»

«E Adam Crane è altro che pazzo», commentò Nina, entrando con una bracciata di libri. «Ma vieni, ti faccio vedere. Qui c'è la camera delle ragazze. I letti non sono uguali, ma lo definiremo uno stile originale. Stile Nina Quatorze. L'adorabile moquette scozzese che è quella della mia vecchia stanza, e l'armadio è abbastanza capiente, dato che c'è un unico armadio a muro. Ecco la camera di Danny – ci ho messo – scusami il termine – il computer di quel bastardo. I ragazzi hanno bisogno di un computer, e questo è il massimo.»

«Be', è carino, molto carino« dichiarò Fred. «Naturalmente, stanno un po' stretti. In realtà avevo costruito questi appartamenti per giovani sposi, coppie in pensione e single. Ehi, abita qui anche il tuo avvocato, Margaret! Il suo appartamento è nel settore B al di là del pendio. Vieni alla finestra.

«In fase di progettazione, l'idea era di salvare più alberi possibile. Per avere un po' di fresco passeggiando e andando in bicicletta. E poi c'è il parco laggiù. È realmente bello. Non puoi vederlo da qui, ma appena ti capita dovresti andarci. Non è lontano. Portaci Danny. Si farà presto degli amici sul campo di baseball.»

«Fred è sempre così entusiasta, così incoraggiante. Ti fa sentire ottimista», osservò Nina quando se ne andò.

Le due donne, in jeans e camicetta, sedevano a riposare sui gradini di casa. In risposta all'osservazione di Nina, Margaret si limitò ad annuire. Aveva la testa stanca e i suoi pensieri erano scollegati. D'un tratto si ricordò del cestino di fiori di Fred. Adam non le aveva mai regalato fiori... E d'un tratto, questo fatto assunse un grande significato: un marito che non aveva mai regalato un fiore a sua moglie!

Nina le accarezzò il braccio. «Non andrà così per sempre», disse.

«Mi preoccupo solo per i ragazzi. Danny non è più lo stesso. È troppo calmo, chiuso.»

«Be', innanzi tutto è stato un grosso colpo per lui separarsi da Rufus.»

«No, c'è dell'altro. Non parla più molto di Adam. Fino a poco tempo fa, non faceva che ripetere 'Papà questo, papà quello'. Chissà come mai... Povero ragazzo. È buffo, ha tredici anni ed è quasi alto come me, ma io lo vedo sempre come un bambino.»

«Eccoli che arrivano», disse Nina, indicando la strada proveniente dal parco.

E Margaret, osservando le ragazze e il loro giovane fratello, asserì lentamente: «È come un brutto sogno. Capisci quel che voglio dire, Nina? Tutto quello che ho sempre desiderato era una bella famiglia unita. E adesso la famiglia è rovinata e segnata. Per quanto amore e cure possano ricevere, questo rimarrà per sempre impresso nella loro memoria». Poi, alzando la voce, gridò allegramente: «Com'è il parco? Bello?»

«È un parco», rispose Megan.

«Be', questo lo so.» Meglio non fare troppo caso ai loro mutamenti d'umore in questo momento, ricordò a se stessa. E li invitò a sedersi. «Su, unitevi a noi. Ci sono un sacco di gradini su cui sedersi.»

«Io vado in camera mia... in camera nostra», disse Megan.

«Sicura che non vuoi restare qui? Domani è l'ultimo giorno che Nina è con noi.»

«Lo so. Ma ho un sacco di cose da studiare, mamma. Ci sono ancora tre settimane di scuola, ricordi?»

«Ricordo.» Ignorando il sarcasmo, Margaret rispose seccamente: «Va' pure, allora».

Un piacevole venticello soffiava tra gli alberi. Al di là della strada, un'anziana coppia si stava abbronzando sulle chaise longue. Non sarebbe male qui se fossimo in meno, pensò.

Proprio allora, Danny, seduto con le spalle abbassate e i gomiti sulle ginocchia, emise un profondo sospiro.

«Che cosa c'è, Danny? Posso fare qualcosa?» chiese Margaret, e quando non ottenne risposta, continuò gentilmente: «Forse vuoi andare a trovare Rufus. È questo?»

Il ragazzo la guardò male e rispose: «No, non voglio rivederlo. E non chiedermelo mai più!»

«Va bene, non te lo chiederò. È solo che ti ho sentito sospirare.» E ricordando le raccomandazioni di Audrey, aggiunse: «Credo, Dan, che ti sentiresti meglio se ti mettessi a fare i compiti».

«Non mi sentirei meglio. Detesto la scuola. Quello che vorrei fare anzi è smettere di studiare e trovarmi un lavoro.»

«Una sciocchezza per un ragazzo della tua età.»

«Non esattamente», intervenne Megan dalla soglia. «È ovvio che abbiamo un gran bisogno di soldi, e tutto può servire a questo punto.»

Adesso fu Julie ad infiammarsi. «Sei sempre così sarcastica. Papà dice che non siamo affatto poveri. Mamma ha i soldi ricavati dalla vendita della casa.»

«'Papà dice'! Quel che dice lui non ha nessun valore!» E Megan fece schioccare le dita.

«Vuoi che lo odi. Lo odiate già tutti. Anche tu, mamma.»

Nina si alzò dallo scalino e affrontò le ragazze. «Sentitemi bene», disse bruscamente. «Nessuno deve odiare nessuno. Ma la verità è la verità, e forse, nonostante tutte le raccomandazioni fatte a vostra madre, non vi farebbe male conoscerne qualcuna. La piccola somma – ed è molto, molto piccola – che vostra madre ha ricavato dalla vendita della casa è tutto ciò che lei e voi avete al mondo. Deve essere messa via per i tempi difficili – avete mai sentito parlare di tempi difficili? Non può essere toccata perché non arriverà mai una gran cifra da parte di vostro padre. Questo è certo.»

«Gli uomini!» sbuffò Megan. «Una donna non riceve che bidoni dagli uomini.»

«No», disse Nina. «Non tutti gli uomini sono uguali. Devi ricordare che in trattamenti ingiusti come questo, c'è sempre una donna di mezzo.»

L'onestà di Nina causò un silenzio improvviso, visto che tutti conoscevano la sua storia personale. Margaret avrebbe sentito la mancanza della sua forza, della sua lealtà e del suo coraggio. Commossa, cercò di alleggerire l'atmosfera.

«Andiamo da zio Gil a cena, un pranzo d'addio in onore di Nina. Un addio fino alla prossima volta», aggiunse, rivolgendosi a Nina con dolci occhi supplichevoli. «Adesso faremmo meglio a vestirci.»

Margaret avrebbe ricordato quell'estate come un momento in cui solo la cortesia degli amici aveva permesso loro di tirare avanti. Le prime settimane erano state le peggiori, con i ragazzi che litigavano per un nonnulla. Correggere i compiti in tutta quella confusione era stato un incubo. Eppure c'erano stati anche momenti belli...

L'anniversario, il ventesimo ora, cadeva di domenica. Se fosse stata Megan o Nina, che telefonava regolarmente, a ricordarlo a Julie e a Dan, o se avessero deciso da sé di non andare a trovare Adam quel giorno, Margaret non lo sapeva né l'avrebbe chiesto. Quando si svegliò, quella mattina, si rese immediatamente conto di che data era. E rimase lì nel soggiorno ingombro, desiderando di non essersi svegliata, desiderando di essere qualcun altro, chiunque tranne che Margaret Crane. Suonò il telefono, e rimbombò la voce di Fred.

«Che ne direste di venire tutti quanti al club a trascorrere la giornata? Pranzo, piscina, e anche cena magari?»

Avrebbe voluto rispondere che era stanca, che avrebbe preferito tirarsi le coperte sulla testa e rimettersi a dormire, ma invece disse: «È troppo per te invitare tutti, Fred. Se vuoi portare Danny... non so Megan e Julie...»

«Scusa se ti interrompo, ma sai certamente che so che giorno è oggi. Dalla tua voce capisco che ho svegliato anche te. Adesso vestiti, fa' colazione, e passo a prendervi tutti alle dieci e trenta. No, non rispondermi, riattacco.»

Naturalmente, pensò quella sera, aveva avuto ragione. Di solito ce l'aveva. E la giornata aveva giovato a tutti, specialmente a lei e al suo morale. Vestita con una gonna bianca e un top blu reale, era apparsa elegante. Questa era stata la prima volta dopo mesi che si era ritrovata in mezzo alla gente, ed era andata bene. Con Fred al fianco non si era sentita come l'ultima ruota del carro.

E poi c'era Stephen. Aveva lasciato un messaggio sulla segreteria telefonica.

«Passando in rassegna alcuni suoi documenti, ho notato la data. So che è una giornata pesante per lei, così ho pensato di telefonare per farle un discorsetto d'incoraggiamento qualora ne avesse avuto bisogno, anche se mi auguro di no.»

«Tutto aiuta», disse quando richiamò per ringraziarlo.

«In ogni modo, ho appena saputo che praticamente siamo vicini di casa. Quando mi ha dato il suo nuovo indirizzo non ci ho fatto caso.»

«Non lo sapevo nemmeno io finché non ci siamo trasferiti e me l'ha detto Fred.»

«Come vi trovate?»

«È un grosso cambiamento», rispose con franchezza, non sentendo il bisogno di nasconderlo. «È dura per i miei figli. Danny non gioca più a baseball, di cui è un patito, perché qui non conosce nessuno. Fred si è impietosito e ha giocato con lui ieri.»

«Ci sono sempre un paio di partite nel parco. Anch'io gioco quando ho tempo, il che non accade spesso. Ci andrò domani pomeriggio, comunque. Perché non ci presenta?»

«È stato di grande aiuto a Dan», disse Margaret alcune settimane dopo.

In ufficio era l'uomo che aveva conosciuto inizialmente, ma sul campo da baseball in shorts assomigliava a un ragazzo un po' troppo cresciuto.

«Ne sono lieto. È un bravo figliolo. Bene, tornando agli affari, mi dispiace per il ritardo.»

«Non mi importa molto del ritardo, Stephen. Credo che stia frustrando di più il mio ex marito e la sua Randi, il che è un piacere. Quello che mi preoccupa è avere i soldi per il college. Megan sta per iniziare il suo ultimo anno.»

«Margaret, non voglio alimentare le sue speranze. Un uomo non è obbligato a provvedere al college. Non è più obbligato a contribuire quando un ragazzo compie diciott'anni.»

«Non posso crederci!» esclamò. «Era il suo orgoglio. Li vedo lavorare al computer, li sento parlare di politica e tennis e... non riesco a capire.»

«Cercherò di fare opera di persuasione, naturalmente. Ma il suo avvocato ha detto che è andato in California per un paio di settimane.»

Margaret era quasi ammutolita. California! Quante volte aveva suggerito una vacanza, solo per sentirsi dire che costava troppo?

«Sono molto risentita, Stephen», disse.

«So quello che sta pensando. Ma verrà il giorno in cui rimpiangerà tutto. Per allora a lei non importerà nemmeno più.»

«Lo crede?»

Sembrava impossibile che potesse smettere di importarle.

Pur disprezzando Adam come lo disprezzava, non passava giorno in cui non pensasse a lui.

«Ne sono certo», rispose Stephen.

«Si esprime come uno psicologo.»

«Ne ho sentite così tante che a volte mi sembra di esserlo.» Si interruppe. «Dan mi ha detto che ha dei problemi col francese. Pensavo che forse potrei aiutarlo, se le fa piacere. Mia madre era francese, e io lo parlo bene.»

«Perbacco, sarebbe molto gentile da parte sua. Grazie», disse Margaret.

Molto gentile, rifletté tornando a casa. Sapeva che c'era più che gentilezza dietro l'offerta di Stephen. Certe occhiate e certi toni di voce, per quanto impercettibili, erano inequivocabili per una donna. Che fosse stata troppo fredda, troppo formale, coi suoi ringraziamenti? Ma no, non era pronta a incoraggiare nessuno.

E poteva darsi che essendo così schiacciata, così oppressa, così determinata a essere indipendente e coraggiosa, non lo sarebbe mai più stata.

24

Lo spirito di Adam aveva sempre reagito positivamente all'autunno, ai suoi colori e al ritorno dell'aria fresca. Questa mattina però, mentre guidava verso Elmsford per recarsi in ufficio, reagì alla stagione con un fastidioso senso di apprensione all'altezza dello stomaco. Da quand'era tornato dalla California – un viaggio che, per quanto piacevole, era stato intrapreso solo dietro pressioni di Randi e che gli era costato una notevole somma – stava aspettando che accadesse qualcosa.

Dopo anni di false voci angoscianti, di piani modificati e ritardati, il dado era finalmente stato tratto. La Magnum stava per assorbire l'ADS. Giorno dopo giorno, goccia dopo goccia, le notizie continuavano a filtrare dall'alto.

L'ultima, di ieri, era il ritorno di Rudy Hudson come dirigente alla casa madre con uno stipendio triplicato. Così uno di questi giorni ci sarebbero state notizie anche per Adam Crane. Provava la misteriosa sensazione che questo potesse essere il giorno.

La sua segretaria entrò poco dopo mezzogiorno. «Uno di quegli uomini della Magnum, un certo signor Baldwin, desidera vederla.»

«Quando?»

«Subito.»

Gli tremavano le ginocchia quando si alzò. E si disse che era assurdo; non c'era ragione perché la notizia non fosse splendida. Dopotutto, era con la compagnia da vent'anni.

Il signor Baldwin si alzò per salutare Adam. Era un uomo alto, in forma e giovanile, con il giusto tocco di grigio nei folti capelli. Adam pensò immediatamente a com'era interessante che i dirigenti fossero così spesso uomini di bell'aspetto. Il suo pensiero successivo fu: ma anch'io lo sono.

Sedettero e il signor Baldwin sorrise. «Mi hanno detto che è qui da molto tempo», asserì.

«Sì. Il mio primo e unico impiego.»

Il signor Baldwin annuì. «Non se ne trovano più molti oggigiorno. Sfortunatamente. Con tutte le riorganizzazioni che sono in atto.»

C'erano troppe pause nel discorso dell'uomo. Dimostravano che si sentiva a disagio per quello che doveva dire. Se la notizia fosse stata buona, avrebbe esordito dicendo qualcosa, come: «Congratulazioni! So che sarà lieto di sentire...» Ma non necessariamente. Poteva essere il suo modo di fare. E Adam attese, chinandosi in avanti sulla sedia.

«La riduzione di personale che deriva da queste riorganizzazioni... Sappiamo tutti che può essere economicamente salutare...» e continuò all'infinito, poi sorrise di nuovo.

La tensione dell'aspettativa aveva abbandonato Adam, che si appoggiò allo schienale. Non era necessario che ascoltasse altro. Sapeva.

«Sfortunatamente e ingiustamente, troppi individui vengono sacrificati in questo processo. Mi dispiace, signor Crane, che lei debba essere tra questi.»

Ad Adam si asciugò di colpo la bocca. E per un istante, temendo che gli tremasse la voce, non parlò.

«Sono sicuro che non avrà difficoltà a trovare un altro posto. E naturalmente, noi forniremo tutte le referenze possibili. Stiamo infatti organizzando un servizio proprio qui nell'edificio per assistere...»

«No», disse Adam. Questa sarebbe stata l'ultima umiliazione, strisciare lì a chiedere aiuto. «No, grazie. Me la... me la caverò.»

Che cosa poteva pensare quell'uomo, con quell'espressione e quella voce tranquilla, così correttamente comprensivo? Che fosse calmo, indifferente, o crudele nella sua capacità di distruggere... tanto facilmente un altro essere umano? No, decise Adam dopo qualche opprimente momento di silenzio, forse era imbarazzato, avrebbe preferito che non gli fosse stato affidato questo spiacevole compito.

«Mi dispiace, mi dispiace moltissimo», disse Baldwin.

L'orologio nell'angolo del bell'ufficio fece *bong*! Il breve colloquio aveva raggiunto lo scopo. Era ora di andare. Eppure Adam non era ancora pronto.

«Sono qui da vent'anni», disse.

«Lo so. Deve essere dura. Molto dura.»

«È disposto a dirmi una cosa? Dato che deve esserci stato un processo di selezione, vorrei sapere chi rimane e chi se ne va: Perché proprio io? Mi sono tenuto aggiornato in tutto. Conosco il mio lavoro. Perché proprio io?»

Baldwin stava giocherellando con la penna. Era evidente che la domanda lo metteva profondamente a disagio.

Cominciò: «Be', io...» quando Adam lo interruppe.

«So di aver rivolto una domanda a cui non è obbligato a rispondere e probabilmente non vuole rispondere. Ma credo di avere umanamente diritto di sapere. E così le chiedo di darmi una risposta, in via confidenziale, da uomo a uomo.»

La faccia di Baldwin si addolcì. Prova pietà per me, pensò Adam.

In quel momento, Baldwin disse: «Date le circostanze, glielo dirò. Spero di non commettere un errore. Sono nuovo qui, e posso solo ripetere quello che mi è stato riferito».

«E cioè?»

«Che non ha saputo essere all'altezza delle situazioni. Non so se sia vero o no.»

Adam si alzò in piedi e si inchinò. «Non è vero», disse. «Mi dispiace, signor Crane, mi dispiace veramente.»

«Grazie.» E inchinandosi di nuovo, Adam uscì.

Stava bruciando dentro di sé. Pensava che anche il suo cuore fosse a fuoco. Naturalmente dovevano lasciare a casa qualcuno, e naturalmente doveva essere lui perché non gli era mai stato simpatico. E ricordò quel giorno alla toilette, quando li aveva sentiti, Jenks e alcuni altri, parlare di lui.

«...quell'odioso bastardo, crede di essere superiore per preoccuparsi di te.»

«...non arriverà mai a niente.»

«...mi è sempre piaciuta Margaret, però.»

Si guardò attorno nel suo ufficio. A parte la fotografia dei figli – quella con Margaret l'aveva tolta – non c'era niente che gli appartenesse. Fra qualche giorno un altro avrebbe preso il suo posto, occupato questa scrivania, questa sedia. Lui vi era semplicemente transitato.

La sua segretaria entrò per ricordargli che aveva un appuntamento subito dopo pranzo.

«Lo annulli», disse. «Vado a casa.»

E con ciò uscì, lasciandola lì a fissarlo sbalordita. Prima di sera, avrebbe certamente saputo.

Tornò a casa sentendosi mortalmente stanco. Il paesaggio era grigio per la nebbia, depresso come lo era lui. L'autunno stava per diventare inverno, e l'aria sapeva di umide foglie cadute.

Al semaforo si affiancò alla BMW di Gil e Louise. Per un istante i loro sguardi si incrociarono finché Louise, con un'occhiata sprezzante, girò la testa dall'altra parte. Il breve contatto gli ricordò la sera del party a casa loro quando aveva infine deciso di lasciare Margaret. Il contatto gli ricordò anche il giorno di non molto tempo fa quando aveva visto Fred Davis fare benzina alla stazione di servizio di Randolph Corner. Aveva provato l'impulso di scendere dalla macchina e chiedergli come stessero andando realmente le cose nell'appartamento.

Fred l'avrebbe saputo. Julie e Danny – soprattutto Danny, il chiacchierone – parlavano abbastanza spesso di zio Fred, degli inviti e dei film. D'un tratto, provò una punta di gelosia al pensiero di Fred Davis con i suoi figli.

Gli passò per la mente uno strano pensiero. Se Randi fosse stata sua moglie non avrebbe avuto così timore di riferire la notizia, perché una moglie l'avrebbe accettato, mentre davanti a Randi doveva apparire come un amante degno, imbattuto. Stupidi, folli pensieri!

Dopo un po', tuttavia, cominciò gradualmente a discutere con se stesso per trovare un soluzione. Non era solo uno fra tanti ad aver perso il lavoro? Ne avrebbe sicuramente trovato un altro. Ed entrò in casa sua – metà almeno era sua, considerando quanto denaro aveva sborsato – si versò un piccolo drink e si sdraiò sul divano, per decidere quale avrebbe potuto essere la prossima mossa.

Qualche minuto dopo udì la macchina di Randi. Entrò gridando: «Che cosa fai a casa? Stai male?»

«No, no, ma che cosa ci fai tu a casa alle due del pomeriggio?»

«Non avevo appuntamenti. Appuntamenti di lavoro, voglio dire. Ma che cosa c'è? Hai un'aria strana.»

«Non spaventarti. Togliti la giacca, siediti e te lo dirò.»

Randi appariva particolarmente rosea, pensò, piena di salute ed energia. Come in risposta al suo atteggiamento, si raddrizzò e, esprimendosi in maniera quasi spavalda, le raccontò quel che era successo.

«Ho perso il lavoro stamattina. Sono a spasso.»

«Tu cosa?»

«Sì, succede. Sono uno dei tanti disoccupati. Ma non preoccuparti, non sarà per molto.»

«Non riesco a crederci! Un lavoro come il tuo... Ma come, sei uno dei pezzi grossi!»

Pezzi grossi. Che ironia!

«Non è così semplice», disse. «Nessuno è così grosso. Nessuno è immune.»

Quando si alzò dalla sedia, pensò che stesse per venire a offrirgli un po' di conforto. Ma lei rimase lì indecisa, con la fronte aggrottata e le labbra serrate.

«Non per molto, hai detto? Come puoi esserne sicuro?»

«Non posso esserne sicuro, ma lo penso perché farò l'impossibile.»

Per un secondo o due gli sembrò che fosse arrabbiata. Non aveva chiesto nessun particolare, come fosse stato sferrato il colpo, perché fosse stato sferrato, o come si sentisse.

Così lui riempì il vuoto. «Ci sono voluti cinque minuti, forse anche meno. Oh, è stato molto gentile, non avrebbe potuto esserlo di più. Ma dopo vent'anni...» Non riuscì ad aggiungere altro. La spavalderia era svanita.

Lei sembrava essere altrove. «Questo è un bel pasticcio. Mio Dio, ero tornata a casa così felice per la notizia, e questa è quella che mi dai tu. Sai dov'ero appena stata? Dal medico. Sono incinta.»

Forse perché era ancora scosso dal primo colpo della giornata, non assimilò subito il significato delle sue parole.

«Be', non puoi dire qualcosa, Adam?»

«Prendevi la pillola», osservò, e d'un tratto sentì un dolore sordo al petto.

«Niente è sicuro al cento per cento. Lo sanno tutti.» Lo fissò. «È tutto quel che sai dirmi? Neanche un sorriso?»

Il dolore al petto aumentò. Non sapeva dire se dipendesse dalla rabbia, la disperazione o la paura. Sapeva solo che stavano turbinando tutte in lui. Il divorzio, il lavoro, i figli, l'orgoglio, le fatture e il conto in banca sempre più assottigliato stavano turbinando tutti in lui. E adesso questo.

«Non avevo fatto conto di avere un figlio ora», disse un po' fuori luogo.

«Può darsi che tu non ci avessi fatto conto, ma io sì. Quanto tempo pensavi che aspettassi ancora? Fino a sessant'anni? Mi hai promesso un bambino. L'hai promesso!» E pestò il piede.

L'ho promesso veramente? si chiese. Non ne era sicuro. Forse l'aveva fatto. Era tutto così confuso, come la nebbia sulla strada.

«Ne avevo abbastanza di aspettare», dichiarò Randi.

A queste parole l'agitazione e la rabbia in Adam divamparono all'improvviso, e l'aggredì, gridando: «Allora l'hai fatto apposta! Non usavi la pillola! Pur sapendo che questo non era il momento, che non volevo ancora un figlio, che non eravamo pronti e non potevamo permettercelo, mi hai incastrato lo stesso!»

«Perché? Sei così indigente da non poterti permettere un figlio... nostro figlio?»

La parola indigente lo fece infuriare ancora di più. «Questo indigente ti ha aiutato parecchio. Ti ha mantenuta a galla. Senza di lui questa casa sarebbe affondata. Tieni mai conto delle spese? Sai cosa c'è sul conto corrente in questo momento? O devo dirti, quello che non c'è?»

«Lo so benissimo. Se non fosse per quella sanguisuga di tua moglie, che t'infila le mani nelle tasche ogni settimana, la storia sarebbe molto diversa. Maledetta! Sa che non la ami, ma non molla l'osso.»

«Non essere sciocca. Sai che non ho scelta. Devo farli morire di fame? Sono i miei figli.»

«Lei lavora, no? Che ci pensi di più lei. Sono anche figli suoi, non soltanto tuoi.»

«A volte mi chiedo dove hai il cervello quando parli così.»

«E io mi chiedo dove ce l'hai tu. Non sai neanche sbrigartela col tuo avvocato. Perché non gli chiedi come mai questo divorzio sta andando così per le lunghe?»

«I tribunali rigurgitano di divorzi in tutta l'America. Non ne hai mai sentito parlare?»

Scoppiò a piangere. «Mi disgusti. Non vedevo l'ora di accoglierti sulla porta con la bella notizia. Pensavo che ti avrebbe fatto piacere, che avremmo incominciato a discutere dei nomi, e poi tu avresti tirato fuori lo champagne, anche se io non avrei potuto berlo perché adesso non devo bere... e invece eccoci qui a litigare.»

«Randi, io non voglio litigare. Voglio che ci calmiamo e vediamo come si possono aggiustare le cose.»

«Se per te aggiustare le cose significa abortire, puoi anche andare all'inferno, perché io voglio questo figlio. Capito? Voglio questo figlio.»

«Randi, non ho parlato di aborto. Sono semplicemente sconvolto, fuori di me, e ho bisogno di...»

Singhiozzando forte «Oh, mio Dio», Randi corse in camera da letto, sbatté la porta e chiuse a chiave.

Adam bussò. «Fammi entrare. Parliamo. Ti prego, Randi.»

«No! Lasciami in pace. Voglio restare sola con il mio bambino.»

Nonostante il turbamento, Adam si commosse a quelle parole. *Il mio bambino*. Era dopotutto normale e lodevole per una donna volere un figlio. Se le circostanze fossero state diverse, anche lui avrebbe accolto volentieri un figlio suo, un figlio dell'amore. Ma le circostanze erano terrificanti.

Non aveva pranzato, ma non aveva fame. Ammetteva che nel suo stato attuale, non poteva concentrarsi su un libro, né era in grado di dormire. Non sapendo che cosa fare, prese un disco dallo scaffale e lo mise sul giradischi. La *Nona* di Beethoven lo avrebbe calmato o gli avrebbe ridato speranza e coraggio. E sdraiandosi sul divano, si lasciò trasportare da quei suoni miracolosi. Era ancora sveglio e sognava, osservando un raggio di sole muoversi sul soffitto, quando la voce di Randi ruppe l'incantesimo.

«Vuoi piantarla con quel baccano! Come puoi sopportarlo, non lo capirò mai.»

Lui si raddrizzò, e ribatté dolcemente: «Il mondo ama questa musica da quasi duecento anni, e tu la definisci 'baccano'?»

«Sì, e la odio.»

A volte lo sorprendeva...

«La sopporto solo perché ti piace.»

«Bene, d'accordo», disse ragionevolmente lui, «dato che anch'io sopporto cose per amor tuo.»

«Davvero? Che cosa faccio che ti dà così noia?»

In realtà, non riuscì a pensare a niente in quel momento. Oh, forse solo a piccole cose insignificanti, come il fatto che civettasse ogni tanto. Ma al dunque era geloso di lei, così poteva darsi che l'avesse immaginato.

Certo che era geloso di lei! Eccola lì, ancora fumante di rabbia, i grandi occhi ancora umidi di lacrime, che respirava così affannosamente che riusciva a vedere i suoi seni alzarsi e abbassarsi sotto la seta avorio della camicetta. Era così morbida all'interno del fragile guscio della sua rabbia! E portava suo figlio.

Allora anche lui si ammorbidì. Perché questo era il suo giorno per festeggiare, e andava riconosciuto, indipendentemente da tutto il resto. Così con le braccia tese andò verso di lei, la tenne stretta mentre piangeva sulla sua spalla, e le asciugò le lacrime coi baci.

Dietro di loro la musica stava ancora suonando. Aveva raggiunto l'apoteosi del coro dell'«Inno alla Gioia». Ma in quel momento si sentì pervadere da un'ondata di immensa tristezza.

25

Questo era il secondo Natale senza Adam, e il primo non trascorso nella casa di famiglia dove, anno dopo anno, l'albero veniva sistemato nel bovindo del salotto e la mensola del camino addobbata con foglie e calze.

«Vorrei che veniste a pranzo a casa mia quest'anno», disse Fred.

Margaret obiettò. «Tutti i tuoi amici sono alla festa al club, e tu ci vai sempre. So che stai pensando a noi e che è da te invitarci, ma non voglio che tu lo faccia.»

«E io so che pensi che è per una questione di compassione», rispose con fermezza, «ma invece sbagli. Lo faccio per me. Voglio un Natale in famiglia, e la tua è la famiglia più prossima che abbia. Ho già invitato anche i tuoi cugini Louise e Gil. Vanno in Florida da loro figlio dopo il primo dell'anno. Ecco tutto.»

Era bello ricevere ordini a quel modo, e così Margaret accettò, ma a una condizione.

«Le ragazze e io cucineremo il pranzo, almeno.»

«Non lo farete. Il pranzo è stato ordinato. Voglio che ti metta elegante e venga servita, per una volta.»

Durante tutto il giorno prima e gran parte della notte, aveva nevicato, e la mattina di Natale una grande pace bianca si stendeva sopra il paesaggio dopo la bufera.

«Una cartolina», commentò Margaret. «Manca soltanto una slitta trainata da un cavallo. Ma venite a vedere i cumuli. Impossibile andarcene di qui oggi.»

Le ragazze, che avevano già tirato fuori i vestiti di velluto rosso scuro con colletto di pizzo che Nina gli aveva mandato, erano sgomente. Danny sosteneva che poteva liberare la macchina dalla neve con la pala.

«Non puoi, e anche se potessi, non oserei avventurarmi su quelle strade con quest'automobile.»

Fred abitava in quelle che lui definiva scherzosamente «zone residenziali extraurbane», una casa, cioè, che non era esattamente in campagna ma che, trovandosi all'interno di due o tre acri boscosi, era come se lo fosse.

Proprio allora suonò il telefono. «Passo a prendervi verso mezzogiorno», disse Fred. «La mia Jeep può andare anche sull'Everest.»

Così, portando doni e torte di zucca che Margaret aveva cucinato, salirono sulla Jeep e si avviarono lungo il pendio. Poco più in là si imbatterono in Stephen Larkin che stava cercando di liberare la sua macchina mezzo sepolta dalla neve.

«Che cosa diavolo credi di fare?» disse Fred. «Aspetta fino a domani e chiama un carro attrezzi.»

Stephen si avvicinò pesantemente alla Jeep. Stava ridendo. «Non posso aspettare. Non ci crederete, ma non ho niente da mangiare. Dovevo andare a trascorrere le vacanze da mia sorella, ma naturalmente non ci sono voli. Così sto cercando di raggiungere un ristorante.»

«Sali qui», gli disse Fred. «Ho un pranzo sufficiente per un esercito a casa mia. E se lungo la strada ci impantaneremo, cosa che non avverrà, Margaret ha due grosse torte con sé. Sali.»

«Non sono vestito esattamente per un pranzo di Natale.»

In realtà, Margaret pensò che, con quegli indumenti, jeans,

giacca sportiva e berretto tirato giù sulle guance arrossate, era particolarmente attraente.

«Sali», ordinò Fred.

Era insolitamente osservatrice di recente, sensibile alle piccole cose, all'atmosfera. E così aveva notato, o aveva pensato di aver notato, piccoli mutamenti nelle maniere di Fred. Adesso, sentendolo, fu di colpo sicura che c'era una differenza, come se in maniera benevola stesse assumendo il comando. Era sempre apparso così mite, soprattutto nei suoi confronti. Ma lei aveva un marito, allora...

Non importa. Non voleva pensarci. E cercò di godersi il percorso. Era bello essere eleganti e andare da qualche parte. Si sentiva libera e leggera.

La casa di Fred era grande e bianca. Denise aveva amato molto il giardino che si intravvedeva anche sotto la neve. All'interno, le stanze spaziose e confortevoli erano come le aveva lasciate: morbidi cinz, sbiaditi dal sole, le rose di Natale nella stessa ciotola di porcellana bianca sopra il pianoforte, e il pianoforte con il coperchio abbassato, e probabilmente scordato.

Avevano avuto una bella casa, una bella vita, insieme. Adesso quelle accoglienti stanze appartenevano a un uomo che, vivendo da solo, le usava di rado e desiderava riprendere a condurre la vita che aveva vissuto qui prima.

Nella grande sala da pranzo il tavolo era apparecchiato con le porcellane Wedgwood bianche e blu di Denise; l'argenteria brillava; c'erano altre rose rosse tra i ramoscelli di agrifoglio. La cena, i vini e il servizio erano perfetti. Margaret si sentiva imbarazzata a pensare che l'avesse fatto per lei. Gil e Louise, benché non appartenessero alla cerchia di amici di Fred, né alla sua generazione, erano stati invitati soltanto per lei.

Questi pensieri le legavano la lingua, e badava a non incontrare gli occhi di Fred. Ma lui era discreto. I suoi occhi pensosi le dicevano spesso, senza parole, che rispettava l'incertezza della sua posizione e la sua preoccupazione per i figli; per ora non le avrebbe chiesto niente.

«Dovresti pensare a sposare Fred quando sarai libera», diceva Louise. «Sembrerebbe così naturale.»

«Non me l'ha chiesto», rispondeva allegramente Margaret.

«Ma sai che lo farà. I ragazzi hanno bisogno di un padre, e state così bene insieme.»

Perché la gente voleva sempre farti sposare? Era confusa e non voleva sentire l'intrusione di un uomo nella sua privacy.

Ma non poteva fare a meno di guardarsi nello specchio sopra la credenza. Lievemente inclinato sulla testa di Stephen, le mostrava ogni movimento, ogni angolatura; la scollatura del maglione blu scuro, sotto il collo bianco; il luminoso sorriso e ogni nervosa occhiata che distoglieva quando incontrava quella di Stephen Larkin.

Bastava ascoltare, tenendosi fuori dalla conversazione degli altri. Sono come qualcuno che sta morendo di fame, pensò, e a cui non bisogna dare troppo cibo tutto in una volta. E così sedeva tranquilla con un cauto sorriso sulle labbra.

Dopo il pudding e le torte, furono distribuiti i regali accanto all'albero del salotto. Ogni ragazzo aveva un dono per Fred, pagato coi risparmi dell'estate e dei sabati d'autunno. Megan aveva lavorato da Danforth nel reparto maglieria, Julie aveva fatto la baby sitter, e Danny il portamazze al club di Fred. Gil e Louise regalarono a Margaret un album ben rilegato di vecchie fotografie che Louise aveva conservato, immagini dei nonni di Margaret scattate in luna di miele prima della Prima guerra mondiale, e di suo padre, in uniforme della Marina, dozzine di fotografie da conservare gelosamente. Fred le regalò una bella borsa di pelle.

«Per metterci i tuoi libri e i tuoi compiti», disse. «Ti sarà utile anche per viaggiare.»

Rise. «Va benissimo al momento, Fred. Quanto a viaggiare è molto improbabile.»

«Non si sa mai», rispose lui.

Ai più giovani era stato regalato un gioco di quiz, con cui incominciarono a giocare sul pavimento. Margaret, volendo sfogliare l'album, trovò una poltrona in un angolo e una lampada mentre gli altri guardavano *A Christmas Carol* alla televisione.

Di lì a breve, Stephen si allontanò dalla televisione e le si avvicinò. «Ho alcune informazioni che mi sono giunte ieri sera tardi, Margaret. Se vuole che le risparmi di venire un'altra volta in studio, dato che so com'è occupata, posso comunicarglie-le ora. O le rovinerò la giornata, mi dica. Sia franca.»

Oh, perché la separazione non poteva essere rapida e netta? Adam l'aveva lasciata. Perché allora non si trasferiva a Timbuctù, concedendole di non sentire più il suo nome? Solo una settimana prima Louise le aveva riferito: «Li abbiamo visti ieri sera in quel ristorante francese dove avevo condotto Megan quel giorno. Ho detto a Gil che è un posto molto costoso per una donna così volgare».

Mise da parte l'album e chiese a Stephen di proseguire.

«Innanzi tutto, ha trovato un altro lavoro. Julie e Danny non gliel'hanno detto?»

«No. Non sapevano nemmeno che avesse perduto il precedente finché non gliel'ho detto io. Sono sicura che era troppo orgoglioso per informarli. Comunque, ringraziamo il padreterno che ne abbia trovato un altro», commentò.

«Sfortunatamente, però, guadagna meno.»

«Meno? Alla sua età dovrebbe guadagnare di più.»

«C'è dell'altro. La donna è incinta.»

Incinta! I miei figli avranno un fratellastro da quella donna!

«Un altro figlio», esclamò, cercando di dominare il risentimento. «Non riesce neppure a cavarsela con quelli che ha. È disgustoso.» La rabbia la strozzava e, fremendo disse ferocemente: «Voglio più denaro per i miei ragazzi. Megan ha fatto domanda d'ammissione ad Harvard. E la sua insegnante dice che ha buone probabilità di essere accettata. Merita di andarci, e voglio che suo padre paghi per i suoi studi».

«Non si può cavare sangue da una rapa», commentò gentilmente Stephen.

«Il suo avvocato sostiene che ha le rate del contratto ipotecario di quella casa, non è vero? Che la venda allora. Io ho dovuto vendere la mia.»

«Sfortunatamente, non può venderla. Appartiene a quella donna, e lei non è neppure sua moglie.»

«Che la lasci e riduca le spese. Mi dica, è completamente impazzito, o è solo una carogna, o tutte e due le cose?»

«Non glielo so dire», rispose Stephen, sempre gentilmente.

Finito il film alla televisione, Fred si avvicinò a Margaret. «Hai un'aria ansiosa. Qualcosa non va?» le chiese.

«Il solito. È un affare complicato, ottenere il divorzio.»

La risposta di Fred si tramutò in una domanda, rivolta a Stephen. «Quanto tempo pensi che ci vorrà?»

«Dipende. Un anno, magari due.»

«È una vergogna. La legge pensa che la gente viva in eterno? Due anni in cui la vita si ferma. Rimane tutto in sospeso.»

Margaret si alzò. D'un tratto ne aveva abbastanza. Voleva tornare a casa, sdraiarsi, tirarsi la coperta sulla testa. E aveva sperato tanto di vivere questo giorno, come se non fosse avvenuta una catastrofe, come se la sua fosse ancora una vita normale.

Sentiva che Stephen la stava osservando. «È stata una bellissima giornata, una festa inaspettata per me», si affrettò a dire. «Ma forse dovremmo tornare. Chissà se la mia macchina è permanentemente congelata al posteggio.»

Le strade attorno agli appartamenti erano state spalate e tornare fu facile. La casa di Margaret fu la prima fermata. Educatamente, mentre scendevano dalla jeep, Julie e Megan ringraziarono zio Fred. E Danny disse: «Sarebbe bello abitare a casa tua, zio Fred. Hai detto alla mamma che potremmo?»

Nascondendo l'imbarazzo, Margaret lo rimproverò. «Sei proprio sciocco.»

«No, non lo sono. Zio Fred mi ha detto che potremmo se tu volessi. E saremmo in grado di riprendere Rufus se abitassimo lì.»

Era la prima volta dopo molto tempo che nominava il cane.

«Non essere stupido», disse Julie bruscamente. «Non possiamo vivere lì e sei abbastanza grande per capirlo.»

«Perché no? Guarda quante stanze vuote ha. Potremmo, se solo mamma volesse.»

«Più forte», disse Megan. «Sono sicura che i vicini saranno estasiati. Continua!»

I due uomini sul sedile anteriore tacevano, guardando avanti. D'un tratto Stephen scese, dicendo: «Non andare fuori strada per accompagnarmi, Fred. Sono due passi, e mi piace l'aria fresca.»

La macchina si allontanò, i giovani entrarono e Margaret rimase con Stephen, visto che non si era diretto immediatamente verso casa sua.

«Danny non capisce», spiegò. «Era solo eccitato. La giornata è stata eccitante, con i regali, la bufera di neve e la bella casa di Fred. Poi torna qui, e la realtà si ripropone bruscamente.»

Nell'appartamento si accese la luce. C'era qualcosa di desolante in quel piccolo lume, mentre tutt'attorno si estendevano bianchi pendii e immensità.

Stephen sorrise. «Sono sicuro che Fred non ci ha badato. Non si preoccupi.»

«Sono preoccupata per i miei figli e nessun altro, inclusa me stessa.»

«Sì», disse Stephen. «L'ho notato. Si rende conto che non parla neanche più tanto di Adam?»

«Non ne ero consapevole. Ma adesso che me lo dice, capisco come mai. Non piango più per lui, Stephen. Non mi importa realmente quante donne ha o cos'altro può succedergli. Voglio soltanto i suoi soldi per i miei ragazzi.»

Stephen abbassò lo sguardo su di lei con un'espressione che non riuscì a decifrare, come aveva già fatto al tavolo da pranzo di Fred.

«Sopravviveranno», disse, «perché lei è una sopravvissuta.» Sorrise di nuovo. «Ho molta fiducia in lei. Non prenda decisioni definitive finché non sarà pronta.»

«Che genere di decisioni?»

«Qualsiasi genere. Bene, Buon Natale e buona notte.»

D'un tratto, l'aveva quasi fatta piangere, il che era strano, considerando che aveva appena detto che non le importava di niente a eccezione dei suoi figli. Forse dipendeva dal fatto che le ricordava che cosa significava essere giovani. Sebbene avesse la sua età e fosse spesso serio, c'era una luminosità attorno a lui. Percepiva come una sorta di gioia nascosta. E pensò che l'altra persona vicino a lei che possedeva quella qualità era Nina. Sì, una luminosità, continuò a pensare mentre lo osservava scendere il pendio.

26

CON l'arrivo della primavera, Margaret prese l'abitudine di andare a lavorare nel parco. Qualche volta si fermava presso il campo di baseball per vedere giocare Danny, ma per lo più si dirigeva al lago, dove i cigni, indifferenti e eleganti, lasciavano le loro scie sull'acqua immobile. Poteva restarsene a guardarli per ore e ore.

Ma quel giorno i pensieri le si affollavano in testa. Erano arrivate le lettere dei college. Megan, incapace di sopportare la tensione che le causava l'arrivo della posta, aveva preso la macchina ed era andata a fare spese, mentre Margaret, anche lei ansiosa, aveva atteso il furgone postale davanti alla finestra.

«Buste spesse significano che mi hanno ammessa, mamma. Buste sottili significano il contrario. Non mi importa se le apri», aveva detto Megan.

Se solo il professore che la consigliava negli studi e gli insegnanti non avessero incoraggiato la ragazza a fare domanda d'ammissione ad Harvard! Se solo non avessero alimentato le sue speranze! Sotto certi aspetti Margaret aveva quasi sperato che Harvard non l'accettasse; la delusione non sarebbe stata così cocente come il dolore di dover respingere l'ammissione.

Ah, ma che peccato! Megan aveva avuto la media più alta di

qualsiasi studente nei precedenti dodici anni. Meritava questo onore. Harvard era molto selettiva. E con quella richiesta, Megan aveva sfidato se stessa a dare il massimo. E aveva vinto.

È più intelligente di quanto lo fossi io, pensò Margaret. La sua mente è notevole. È una persona notevole. Un po' troppo rigida, una puritana si potrebbe definire: risoluta, motivata, paziente. Non chiede mai niente. Non riesci a smuoverla quando sa o crede di avere ragione. Ma è così corretta, onesta e gentile, così profondamente buona. Non è mai stata una persona spiritosa, ma una volta rideva. E piace ai ragazzi. Frequentavano casa nostra e telefonavano...

Lui le ha fatto questo. Suo padre e Randi le hanno fatto questo... Margaret si posò le mani strette a pugno sul grembo.

Alzò gli occhi verso i cigni. Il sole brillava sul lago. Un mondo così bello. E la gente lo rovinava.

Poi vide Stephen fare jogging lungo il sentiero. Quando la scorse, si fermò.

«Faccio cinque volte il giro del parco ogni sabato e domenica. Cerco di rifarmi per tutte le ore che sto seduto. Dan sta giocando a baseball?»

«No, Fred l'ha portato a vedere una partita di calcio.»

«Fred è molto paterno con Dan.»

Non era molto chiaro se fosse un'affermazione o una domanda, e così lei si limitò a rispondere: «Sì».

«Mi piace molto Dan, sa.»

«Grazie. E come sempre grazie mille per averlo aiutato a migliorare il suo francese.»

Stephen rise.

«Comunque, non avrebbe dovuto farlo.»

«Non avrei dovuto fare cosa?» Ma sapeva che stava alludendo ai sei volumi di Proust in francese che gli aveva mandato.

«I libri. È un dono meraviglioso, ma non avrebbe dovuto farlo.»

«La gente si fa pagare per insegnare, e lei non me l'ha permesso. Ha trascorso ore con Dan che avrebbe potuto trascorrere altrimenti.»

Sorrise. «Cerco di non fare cose che non mi divertono. Mi diverto con Dan.»

«Parla come un madrelingua. Parlava sempre francese a casa con sua madre?»

Rapidamente com'era apparso, il sorriso svanì. Si strinse nelle spalle. «È una lunga storia. Troppo lunga. Dan ha detto che Megan sta aspettando le lettere dei college.»

«Sono appena arrivate. Quattro ammissioni, compresa Harvard.»

Stephen tirò un fischio. «Fantastico! Lo sa?»

«Non ancora. Sarà presto a casa, e tremo all'idea. Dovrò dirle che non potrà andarci.» E Margaret lo guardò supplichevole. «A meno che Adam...»

Scosse la testa. «No. Non è obbligato a farlo, e anche se volesse, non potrebbe.»

«Oh», esclamò lei, «se fossimo insieme, troveremmo un modo. Non abbiamo mai vissuto in maniera dispendiosa. Avremmo magari dovuto farci dare un anticipo sullo stipendio, o Megan sarebbe forse riuscita ad avere una borsa di studio, ma ce la saremmo cavata.»

«Ha due famiglie adesso. E doppie spese. Ecco cosa fa il divorzio.»

Sentì la disperazione salirle nel petto. «Potrei attingere al denaro ricavato dalla vendita della casa. Ma ho bisogno del reddito. E non oso ancora toccare il capitale.»

Ce ne sarebbero stati presto altri due. Julie aveva solo due anni meno di Megan. Era intelligente, non come Megan, ma se la cavava bene. E anche Dan.

Di colpo allora, redendosi conto dell'abbigliamento sportivo di Stephen, si scusò. «Riprenda a correre. La sto trattenendo. Questo non è posto dove esprimere le mie preoccupazioni.»

«Margaret, non mi importa», disse. «Vorrei avere una soluzione per lei.»

«No, continui a fare jogging. Devo comunque andare a parlare con Megan.»

Molto dopo che Dan e Julie si erano addormentati, Margaret e Megan erano ancora nel soggiorno a chiacchierare.

«Dopotutto, molta gente non va ad Harvard o a Oxford né in nessuno di quei posti famosi. Anch'io sono andata a un'università pubblica, e non ne ho sofferto.» Margaret avrebbe potuto aggiungere, ma non lo fece: «E anche tuo padre».

«Mamma, lo so», disse pazientemente Megan.

«Puoi andare ad Harvard e non essere soddisfatta. Sono sicura che molti non lo sono.»

Non stava solo discutendo a beneficio di sua figlia, ma piuttosto razionalizzando con se stessa. Se ci fosse stata qualche valida, onorevole ragione per negare il denaro a Megan, l'avrebbe accettato. Ma la ragione non era onorevole, la ragione era l'infatuazione di Adam.

«Mamma, capisco, sul serio. E non mi importa, non mi importa. Ma adesso sono stanca, e voglio andare a dormire.»

«Certo. È tardi.»

Il peggio sarebbe venuto lunedì a scuola, con tutte le domande curiose, le congratulazioni, i confronti e le spiegazioni. E, naturalmente, andò così. Megan tornò a casa prima del solito, accennò brevemente a un mal di stomaco, e andò a letto. Il mattino dopo aveva gli occhi gonfi, ma era allegra e, come sempre, andò a scuola in orario.

Telefonò Nina. «Eri fuori quando ho chiamato, e Julie mi ha dato la grande notizia di Megan.»

«Quale notizia?»

«Quella dell'ammissione ad Harvard, naturalmente.»

«Nina, non ci andrà. Non può.»

«Ma come, che cosa vuoi dire?»

Seguì la stessa spiegazione che Margaret aveva dovuto dare più volte nella sala professori.

«Non voglio neanche sentirne parlare», disse Nina. «È assurdo privarla di quello che si è conquistata. Le presterò io i soldi.»

«Nina, non hai idea di quanto costi.»

«Sì che ce l'ho. Ho dei risparmi da parte che serviranno a pagare almeno il primo anno, e affronteremo le difficoltà man mano che si presenteranno.»

Questo ottimismo, questa fiducia, questa generosità erano tipici di Nina!

«Nina, sei molto cara, ma non mi sognerei mai di approfittarmi di te. Sei una donna che lavora, e tutta sola.»

Occorse circa mezz'ora per far ragionare Nina.

Poi, un giorno, Megan ricevette una lettera di Adam con accluso un assegno di cinquecento dollari. Avrebbe dovuto essere un gesto toccante, e forse lo era, pensò Margaret, a seconda di come si vedeva la situazione.

«Ti invio questa lettera», scriveva, «perché ti rifiuti di parlarmi, e lo capisco. Quando sarai più grande, molto più grande, forse capirai. Forse no, ma spero che alla fine tu ci provi, almeno. Nel frattempo non è necessario che ti dica che sono molto orgoglioso di te. Se potessi fare di più, Dio sa che lo farei.»

«Lo faccio a pezzi», disse Megan con il volto in fiamme e gli occhi pieni di lacrime.

«Che cosa, l'assegno?»

«Tutto quanto. Anche l'assegno.»

«Non essere sciocca. Hai bisogno di vestiti», asserì Margaret, pensando che erano cinquecento dollari che Randi non avrebbe avuto.

Il giorno dopo a scuola, venne recapitato a Margaret un messaggio di Fred.

«Puoi passare da casa mia questo pomeriggio? Desidero parlarti in privato, e non possiamo farlo a casa tua.»

Incontrando Megan in corridoio, le disse casualmente del messaggio. «Può darsi che torni a casa tardi stasera. Fred vuole vedermi da lui. Ho il sospetto che sia per te. Di cos'altro potrebbe trattarsi?»

«Mamma, se è per i soldi del college, non li voglio. Non mi sentirei a mio agio.»

«Neanch'io», disse Margaret. «Ma gli sei sempre stata molto affezionata.»

«Se fosse il mio vero zio, o il mio patrigno...» Megan si interruppe.

«Non è nessuno dei due, cara, così non preoccuparti.»

Stava salendo in macchina, sul vecchio «macinino» con la trasmissione nuova che reggeva ancora, quando il consigliere di Megan, il signor Malley, le fece un cenno. «È vero che Megan non va ad Harvard?»

La sua risposta fu molto concisa.

«Soldi», disse.

Per delicatezza l'uomo non chiese altro, ma proseguendo mormorò: «Peccato! Un vero peccato! È una studiosa nata.»

Perché sto andando da Fred? si chiese Margaret mentre si allontanava. A meno che non mi sbagli, sarà la stessa solfa.

Faceva eccezionalmente caldo e aveva tirato giù i tendoni. A righe bianche e verdi, riparavano la veranda, conferendo allo spazio, con le sue poltroncine in paglia bianca e i cestini di felci, un confortevole aspetto vecchio stile. Fred aveva portato fuori una caraffa di tè freddo, e sedettero.

«Dan mi ha detto di Megan», cominciò.

«Dan dovrebbe fare il banditore», disse Margaret.

«Bene, forse ti farebbe comodo. Perché non me l'hai detto tu?»

«Fred, non ho intenzione di correre da te con tutti i miei guai.»

«L'unica volta che sei corsa da me è stato quando pioveva attraverso il tetto. Mi sono per caso lamentato?»

Sembrava offeso. E, come era accaduto spesso in quell'ultimo anno, Margaret provò la sensazione che la stesse rimproverando come si rimprovera una bambina.

«Che cosa intendi fare a proposito di Megan?» domandò.

«Lo sai», rispose.

«Non puoi farle una cosa simile», ribatté lui, inflessibile. «Non puoi.»

«Non sarà la fine del mondo», fu tutto ciò che riuscì a dire Margaret.

«No, no naturalmente. Tuttavia, ha sofferto abbastanza. Ha vissuto momenti terribili, perfino peggiori di quelli che ha vissuto Julie, credo. Megan è adulta. Tiene tutto dentro di sé.»

Fu una sorpresa per Margaret che Fred avesse fatto un'osservazione così acuta.

«Questo è vero», ammise. «Ma è necessario che affronti la realtà.»

«Una volta tanto non sarebbe male se le accadesse qualcosa di bello, dato che oltre tutto se l'è conquistato.»

«Ma questo non ha niente a che vedere con la realtà», osservò mestamente Margaret.

«La mia realtà è questa. La vita è stata buona con me, sotto un certo aspetto almeno. Ho denaro. Voglio usarlo per Megan, per le sue necessità.»

«Fred, ti prego, non farlo. Non rendermi le cose più difficili.»

«Allora te ne lascerò fuori. Lo darò direttamente a Megan. Tu non c'entrerai in tutto questo, e non potrai impedirmelo.»

Le parole erano burbere; ciò nondimeno, quando lo guardò negli occhi, Margaret vide che anche lui era profondamente commosso. Gli tremavano le mani strette intorno al bicchiere, e lo posò. Il cagnolino, Jimmy, gli balzò in grembo, e lui lo accarezzò.

«Megan sarà al settimo cielo quando lo saprà», disse. «Ma non credo di poter accettare la tua offerta.»

Fred si alzò in piedi. «Vieni. Voglio mostrarti il giardino.»

Margaret lo seguì all'aperto dove, sotto i pini, poté ammirare centinaia di giunchiglie.

«È un piccolo paradiso qui, vero?» disse Fred accanto a lei. «Non credo che potrò mai chiedere di più.»

«Sì, è perfetto.»

«Margaret, so che non è ancora il momento», cominciò, quando d'un tratto un coniglio corse attraverso l'erba vicino ai loro piedi e si fermò per masticare.

Margaret rise. «Non è carino, lo so, ma una delle insegnanti di ginnastica mastica esattamente come lui e qualcuno l'ha soprannominata Coniglio.»

Fred non rispose. Gli aveva rovinato il momento, e ne era dispiaciuta. Ma non era preparata a niente di decisivo o di profondo.

«Fred», fece seriamente. «Ho bisogno di dirti qualcosa. Visto che tu sei così determinato, devo essere determinata anch'io su una cosa. Voglio firmarti una cambiale, un pagherò. In qualche modo, un giorno, o io o Megan, o tutte e due, ti ripagheremo per la tua eccezionale generosità.»

«Se proprio insisti», rispose con cortese distacco.

Sì, l'aveva ferito. Contrita, Margaret si alzò in punta di piedi per baciargli la guancia. «Sei l'uomo più buono del mondo», dichiarò.

Lui la abbracciò, mormorando: «Oh, Margaret.»

Fred aveva capito che lei non era pronta per i sentimentalismi. E quasi a conferma della sua supposizione, disse gentilmente: «Non ho fretta». Poi le sorrise e la lasciò andare.

Quell'abbraccio non le era dispiaciuto, ma non aveva attivato alcun sentimento all'infuori di un profondo affetto, lo stesso affetto che aveva sempre provato per lui.

Tornando a casa, Margaret si chiese: Come potrò mai ripagarlo? Ma nello stesso tempo sembrava provare la strana convinzione che alla fine l'avrebbe sposato, come le ripetevano tutti. Forse avrebbe dovuto. Forse, anche se il matrimonio era lontano dalla sua mente, sarebbe stato inevitabile. Era intelligente e virile, onesto, gentile e buono. E chiaramente, la desiderava. Inoltre, i ragazzi gli volevano bene...

27

ADAM sedeva in camera da letto guardando il radioso pomeriggio del Memorial Day attraverso la finestra. Randi era sdraiata sul letto in maniera scomposta, con gambe a braccia allargate. Il ventre, non più grosso di una palla da basket, era tondo e teso.

Quando lui accennò ad alzarsi dalla sedia, lei obiettò: «No, rimani qui con me».

«Forse ti addormenterai, se ti lascio sola.»

«Non posso dormire. Sono infelice. Non lo vedi? Tutto mi disgusta.»

«Mi dispiace», disse lui. Aveva dato questa risposta così tante volte che gli veniva automatica.

«Comunque, tu non desideri altro che essere coi tuoi figli. Stai pensando che dovrebbero stare all'aperto in una giornata come questa, non seduti in casa a guardare la televisione.»

Come lo conosceva bene! Ma era troppo stanco per discutere. C'erano già state troppe discussioni, così si lasciò ricadere nella poltrona.

E cercò di capire perché Randi fosse così irritabile. Aveva le caviglie gonfie, e adesso, al settimo mese, soffriva ancora occasionalmente di nausea al mattino. Voleva che si occupasse di lei, cosa che cercava di fare. Ma gli era difficile, perché probabilmente non l'aveva mai fatto prima: le tre gravidanze di Margaret erano state allegre, quasi euforiche, per lei, e di conseguenza anche per lui. Ma le persone non erano tutte uguali, così non poteva biasimare Randi per la sua condizione.

Dibattuto tra esasperazione e comprensione, emise un sospiro di fatica. Guardò l'orologio. Era ancora troppo presto per riaccompagnare Julie e Dan a casa; non voleva che avessero l'impressione di essere mandati via. Questa era già stata una visita difficile, perché Randi era stata veramente scortese con loro. Doveva in qualche modo riparare, fermarsi magari a prendere un gelato tornando a casa. No, era sciocco. Non erano bimbetti da ricompensare con un cono di gelato per essere stati trattati male...

Era stato un anno terribile finora. Poteva solo sperare che la seconda metà andasse meglio. Naturalmente, era fortunato ad aver trovato un nuovo lavoro, anche se pagato meno. Ma il viaggio avanti e indietro, un viaggio complessivo di un centinaio di chilometri, era faticoso col brutto tempo. Aveva suggerito di vendere la casa e trasferirsi più vicino al posto di lavoro, qualcosa, incidentalmente, di meno costoso. E lei era andata su tutte le furie.

«Non sei vissuta sempre qui e non provi un particolare attaccamento per questo posto», aveva ribattuto Adam.

E lei si era infuriata ancora di più. «Oh, devi vivere nella casa del tuo bisnonno per affezionarti, è così? Scusami, mi dispiace, non sono un'aristocratica come certe persone, ma amo casa mia.»

Così aveva lasciato cadere l'argomento.

Le preoccupazioni finanziarie lo tormentavano ancora, lo tormentavano nei suoi sogni e quando si svegliava di notte. E se avesse perso anche questo lavoro? Ogni giorno, i giornali riferivano di riduzioni di personale, migliaia di uomini di mezza età che perdevano impieghi che un tempo sembravano sicuri. Forse sarebbe stato prudente stringere amicizie, legami sociali all'interno della nuova ditta. Magari, se l'avesse fatto prima, non si sarebbe trovato tra quegli outsider che erano stati eliminati.

Ma si rendeva conto che era troppo tardi per questo genere di cose. Queste nuove persone, come quelle all'ADS, erano conservatrici, gente di famiglia che non avrebbe guardato con simpatia questa casa, quest'uomo separato con una compagna incinta.

Poi, mentre sedeva accanto alla finestra, tra i suoi pensieri si insinuò qualcos'altro. Queste nuove persone non erano come gli amici di Randi. Queste nuove persone non avrebbero gradito il modo disinvolto con cui Randi esibiva metà del seno quando si chinava, né avrebbero gradito le sue osservazioni sfacciatamente disinibite, il suo vocabolario di quattro lettere.

C'erano state, di recente, alcune occasioni in cui si era scoperto a trasalire imbarazzato per le cose che diceva in compagnia. L'aveva sempre fatto e lui non ci aveva fatto caso? Era tutto molto disorientante e deprimente. Si sentiva... si sentiva sradicato.

Guardò di nuovo l'orologio e si alzò, sussurrando: «Detesto svegliarti, ma volevo dirti che devo lasciarti adesso per riaccompagnarli a casa».

«Non stavo dormendo, stavo pensando.»

«A che cosa?»

«A come sei poco comunicativo», disse, sollevandosi sui gomiti. «Che cosa c'è? Hai paura di dirmi che mandi tua figlia a Harvard?»

Era stupefatto. «Io?» disse. «Io la mando... come ti è venuta quest'idea? Non so nemmeno che ci va a Harvard.»

«Sì. Certo. È strano che i tuoi figli sappiano. Me l'hanno detto mentre eravamo in cucina.»

«Non può essere. A meno che non abbia ottenuto una sorta di borsa di studio. E non sarebbe lo stesso sufficiente. O a meno che Margaret non si sia fatta prestare i soldi da qualcuno. Non riesco a immaginare da chi. No, non può essere.»

«Non sai neanche mentire. 'Prestare i soldi da qualcuno'. Quel qualcuno si chiama Adam Crane.»

«Sei completamente fuori strada. Vorrei tanto averli per darglieli. Sii realista, Randi.»

«Sono realista e non ti credo. Tu sei qualcuno da spremere per la tua famiglia. Non ho sposato soltanto te, ho sposato te e i tuoi tre figli.»

Avrebbe voluto ricordarle che non era sposata con nessuno al momento, ma non ebbe il coraggio di farlo.

«E anche lei», riprese Randi, «con quelle mani affondate nelle tue tasche. È una sanguisuga, ecco cos'è. Credi che non ricordi la polizza d'assicurazione di cui mi hai parlato?»

«Quando ti avrei parlato di una polizza d'assicurazione?»

«Un paio d'anni fa. Ricordo tutto, Adam. Tutto.»

Quando e perché quest'argomento era entrato nella conversazione? Non ne aveva idea.

Poi rispose: «È Margaret ad avere la polizza, non io».

«Ma paghi tu.»

«No, non pago io. Non più. Dovrei, ma non sono stato in grado di farlo.»

«Non ti credo lo stesso. Comunque, perché dovresti, quando non hai un'assicurazione per me e il bambino?» Posò una mano sul ventre.

«Ti ho detto che intendevo farla non appena mi fosse stato possibile. In questo momento non me lo posso permettere.»

«Potresti se ti buttassi il passato alle spalle. Ti stanno tutti addosso come mignatte. Non sono più bimbetti da aiutare. Non ce ne libereremo mai?»

Adam si posò la mano sulla fronte, gemendo. «Non capisco che cosa non vada, Randi. Ho i nervi a pezzi. Devi smetterla.»

«Non sono a pezzi per causa mia. Io non sono una mignatta.»

«No, ma il mutuo ipotecario lo è.»

«Sapevi fin dall'inizio che avevo un mutuo.»

«Sì, ma non di quali proporzioni. E certamente non sapevo che avevi messo una seconda ipoteca.»

«Sì, lo sapevi. Te l'avevo detto.»

«No, non l'avevi detto, Randi», rispose tranquillamente.

«Io te l'avevo detto, ma anche se non l'avessi fatto, non dovresti lamentarti. Non è stato poi così male, abitare in una casa con l'aria condizionata e fare un tuffo in piscina dopo una giornata di lavoro? Nient'affatto male.»

«Ho pagato la mia parte, e molto di più!» rispose lui, tuttora calmo, controllato. «Comunque, questo non è il momento di discutere di denaro. Hai degli ospiti stasera e io devo riaccompagnare a casa Julie e Danny.»

«Potresti restare qui ad aiutarmi. Non vedi in che condizioni sono.»

«È già tutto pronto. È una cena in piedi. Non c'è nient'altro da fare. Ma se stai male, puoi annullarlo.»

«Non voglio annullarlo.»

«Bene, allora li accompagno a casa, e quando torno, ti aiuto a fare quel che va fatto.»

«È assolutamente ridicolo che ogni singolo weekend o vacanza ci sia questa routine.»

«Quando posso vedere i miei figli allora?» chiese con la mano sulla maniglia della porta. «E poi non li vedo quasi mai durante le vacanze.»

«È un viaggio di cinquanta chilometri avanti e indietro. Perché non possono venire meno spesso e rimanere a dormire, semplificandoci le cose?»

Sapeva, ed era certo che Randi sapeva, che questo era qualcosa che Margaret avrebbe impedito con tutte le sue forze.

«È meglio così», disse. «Mi sento più a mio agio.»

La sua risata fu forte e acuta. «Oh, ti leggo dentro, Adam. Credi non sappia che ti disgusta il pensiero che ci vedano a letto insieme? Dio, è incredibile! Siamo nel 1994! Pensi proprio che credano che questo bambino è opera dello Spirito Santo?»

«Vuoi abbassare la voce, Randi?» domandò a denti stretti. «Possono sentirti.»

«Forse sarebbe meglio se mi sentissero. Che tornino a casa a riferire a loro madre quel che penso di lei. Che noi... tu e io... ne abbiamo abbastanza. Ti sto proteggendo, Adam. Sono arrabbiata per te. Per quanto lavori! Mentre loro non fanno che mungerti. E minacciano di trascinarti in tribunale. Per che cosa? Per poter vivere nel lusso? Quella frignona là fuori e l'altezzosa lady Harvard che ti tratta come una merda. Dovrebbero frequentare un corso per segretarie e mettersi a lavorare, come ho fatto io quando ho finito il liceo.»

«D'accordo», disse Adam. «D'accordo, Randi, non prendertela. Torno presto.»

Julie e Danny sedevano insieme sul divano con la televisione spenta. Era chiaro che avevano sentito tutto, e stavano male.

«Venite», disse. «È ora.»

Viaggiarono per un tratto senza che nessuno aprisse bocca. Stava pensando a come incominciare quando Danny disse: «Abbiamo sentito tutto».

«L'ho immaginato.»

«Fa schifo», disse Danny. «La odio.»

Era tutto così brutto, così degradante. Nella sua infelicità, Adam riuscì solo a dire: «Stava male oggi. Sono sicuro che sarà già pentita. La gente dice cose che non vorrebbe dire».

«Lei le voleva dire, papà. Stare male non è una scusante. E io la odio.»

«Ti prego, non odiarla, Danny. So che è difficile, ma cerca.»

«Perché te ne sei andato, papà?» chiese Julie. «Non eri felice con mamma e noi?»

Rimase sorpreso, nessuno gli aveva mai rivolto una domanda così diretta finora. E come doveva rispondere? Come dire, sì, ero felice, o pensavo di esserlo, finché non ho scoperto che dovevo avere questa donna, che non riuscivo a starle lontano, e vostra madre, una volta saputolo, rappresentava l'impedimento?

Un uomo difficilmente poteva dire queste cose ai suoi figli.

«Ci sono cose che se non si sono provate, non si riescono a capire», cominciò, e a queste parole seguì un silenzio assoluto. Poi diede d'improvviso sfogo all'emozione, aggiungendo: «È stato terribile per voi... Lo è sempre per i figli, non è vero? È questo che leggete sui giornali. Ma non ci credete completamente finché non tocca a voi». E si rivolse a Danny, che era sul sedile anteriore accanto a lui. «Se ti ho ferito troppo, cercherai almeno di capire che non era qualcosa che volevo fare... o che potevo evitare?»

«Randi vuole fingere che non esistiamo», disse Julie. «Non lo capisci? È una persona orribile. Il modo in cui ha parlato della mamma... E tu gliel'hai permesso.»

«Quello che è successo oggi non è definitivo. Vi siete intesi bene finora, e vi intenderete bene di nuovo.»

«No, era una commedia per farti piacere», disse Julie. Il suo tono era triste. «Non l'ho capito all'inizio, ma adesso sì.»

D'un tratto, con queste parole, Adam ricordò che aveva sedici anni. Per qualche ragione aveva sempre pensato a lei come se ne avesse quattordici, l'età che aveva quando se n'era andato da casa. E vide che era molto cambiata nel frattempo. Andava anche da uno psicologo, che l'aveva senza dubbio aiutata.

Che cosa ricorderà di me questa deliziosa ragazza, per cui dovrei essere il simbolo della virilità, di un futuro marito? E mio figlio, mio figlio il cui corpo quando siede qui sembra volersi ritrarre da me? E la mia Megan... si chiese Adam.

Raggiunsero il centro residenziale, le monotone palazzine di mattoni rossi che si elevavano sulla collina.

«È carino qui», disse. «Hanno risparmiato gli alberi. Carino.»

«Tu vivi in un posto migliore. Hai una bella casa», obiettò Danny.

Come se non avesse sentito, Adam si limitò ad aggiungere: «Bene, eccoci. Alla solita ora domenica prossima?»

«Uno dei miei amici dà una festa di compleanno», rispose Danny.

«Be', che ne dite di sabato allora?»

«Può darsi che debba andare dal dentista», disse Julie. «Meglio che telefoni.»

«Nessuna carie nei tuoi bei denti, spero?» chiese, cercando

di essere allegro e naturale, ma apparendo, date le circostanze, un idiota.

«Non che io sappia.»

«Volete che andiamo a prendere un po' di gelato per il vostro dessert di stasera? Abbiamo appena superato un posto che è a un passo da qui.»

Danny declinò. «Mamma tiene sempre gelato nel freezer», aggiunse, come per dire: dovresti saperlo.

Quando scesero dalla macchina, Julie guardò Adam. I suoi occhi erano umidi. «Addio, papà», disse dolcemente.

Per un momento osservò i due avviarsi alla porta ed entrare. Nessuno di loro si volse per salutare. Poi lui girò la macchina e si diresse verso The Grove, dove ci sarebbe stata una festa.

«Bene, com'è andata?» chiese Megan.

«Da schifo», rispose Danny.

«Perché, cos'è successo, Julie?»

«Te lo dico dopo. Non mi sento di parlarne ora.»

«È una stronza, una stronza», ripeté Danny. «Dov'è la mamma?»

«È andata a cena con zio Fred. Ha lasciato un biglietto. Sono andata da Betsy nella nostra vecchia strada e c'era un sacco di gente, così sono tornata a casa.»

«Com'è la vecchia strada?» chiese Danny. «E cosa c'è per cena?»

«Primo, la strada è come sempre, a parte casa nostra, che è in pessime condizioni. Secondo, mamma ha lasciato del pollo in umido e ha fatto un budino di riso. Il tuo preferito, Julie, senza uvetta.»

«Non ho fame. Credo che andrò a fare una passeggiata.»

«Dove?»

«Non lo so. In giro.»

«Sono le sei», protestò Megan.

«Che differenza fa? Ho bisogno di camminare.»

Alle otto e mezzo, quando la macchina di Fred si fermò davanti alla porta, Danny e Megan erano sulla soglia e guardavano lungo la strada.

«Non so che cosa sia successo a Julie», gridò Megan. «È andata a fare una passeggiata alle sei.»

Margaret si sentì subito allarmata. «Ti ha detto per caso dove andava?»

«Ha solo detto che aveva bisogno di passeggiare», rispose ansiosa Megan.

«Bisogno di passeggiare? Ma come! È successo qualcosa oggi?»

«Abbiamo passato una brutta giornata», riferì Danny. «E credo che ne abbia sofferto. Sai com'è Julie.»

Margaret guardò Fred. «Sta diventando buio», disse.

«Vieni.» Prese Margaret per il gomito. «Sali in macchina. Faremo un giro e la troveremo. Potrebbe essere andata al centro commerciale. È ancora aperto.»

«Julie non è tipo da centro commerciale. Non ci va mai, a meno che non abbia bisogno di qualcosa.»

«Be', forse aveva bisogno di qualcosa», disse allegramente Fred, e aggiunse: «Continueremo a telefonare nel caso ritorni prima di averla trovata.»

In macchina Margaret sedeva torcendosi le dita in grembo. «Non c'è niente qui», disse dopo un po', «ma queste strade periferiche deserte e quella statale con Dio sa chi in giro a quest'ora in cerca di ragazzine dai capelli biondi. Fred, sono terrorizzata.»

Stavano girando senza meta da circa mezz'ora. Fred allungò una mano e le accarezzò la spalla, limitandosi a dire, e non allegramente questa volta: «Lo so».

La festa era in pieno svolgimento. Dalla casa si spostava sul terrazzo, dove avevano appena piantato costosi lecci e arbusti di rododendri. Grosse vaschette di pietra straripavano di petunie bianche. Un secondo bar era stato allestito sul tavolo di sequoia, e alcune persone stavano già ballando alla musica proveniente dagli altoparlanti infissi nel muro. Altri erano venuti equipaggiati per nuotare, e stavano bighellonando attorno alla piscina.

Osservando questa scena con grande soddisfazione, Randi commentò con Adam: «Mica male come festa, non è vero? L'ultimo colpo di vita prima dell'arrivo del bambino. Per il prossimo anno, almeno, saremo troppo presi».

Incredibilmente, il suo cattivo umore era svanito come per incanto. Scintillava, nonostante fosse al settimo mese, nell'abito premaman bianco a balze, accompagnato da orecchini di cristallo di rocca che le arrivavano alle spalle. Sotto certi aspetti, pensò Adam, era da ammirare per il suo spirito, mentre sotto altri si poteva solo definirla assurda.

«Bene, non puoi rispondermi? Non puoi cancellare quell'espressione imbronciata dalla faccia?»

«Okay», acconsentì lui, non volendo discutere davanti a quella gente, anche se la cosa non avrebbe disturbato minimamente Randi. «Non sono imbronciato, sono soltanto stanco. Vado a prendermi qualcosa da mangiare.»

Invece andò al telefono in camera da letto. Per qualche minuto sedette sul letto prima di alzare la mano per comporre il numero. Continuava a tormentarlo lo stesso pensiero: se solo avesse potuto spiegare! Ma non sarebbe sembrato conveniente per un padre parlare della sua passione, della sua infatuazione, del suo amore, o qualunque cosa fosse. A che scopo esattamente? E anche se fosse stato conveniente, non avrebbe saputo come descriverlo.

Eppure doveva parlare a Julie. Pensava che non avrebbe mai dimenticato il suo faccino mentre gli diceva addio quel giorno. Per lui era stato come vedere la fine dell'innocenza. L'aveva... l'avevano profondamente ferita! E avevano ferito anche Danny, seppure in maniera diversa. E Randi sapeva che stavano ascoltando. L'aveva anche detto.

Rispose al telefono Danny. «Ho bisogno di parlarti, Danny», disse, «a proposito di oggi. E anche a Julie. Non voglio che pensiate...»

«Non è qui. Non sappiamo dov'è. Sono andati a cercarla.»

«Non è lì? Che cosa è successo?»

«Non lo so. È uscita alle sei. Credo che stesse male. E credo che la colpa sia tua. Tua e di Randi.»

La telefonata si concluse e Adam si sentì profondamente sconcertato. Poi guardò l'ora. Erano le nove e mezzo passate, e mancava dalle sei. Dal terrazzo provenivano scoppi di risa; qualcuno doveva aver raccontato una barzelletta. Ma che cosa poteva essere successo a Julie?

Randi era circondata da un gruppo di persone quando lui ritornò fuori ansimante: «Devo andare, devo tornare là. Non trovano Julie. È successo qualcosa».

Lei si girò di scatto. «Devi andartene? Nel pieno della festa con qui tutti questi ospiti?»

«Devo. Non riescono a trovarla.»

«Chi è Julie?» chiese qualcuno.

«Mia figlia. Vogliate scusarmi. Devo andare.»

Gli occhi furiosi di Randi gli ricordarono che la maggior parte di quelle persone non sapeva che aveva una famiglia. Aveva preteso che non avesse passato, che non avesse altra vita che quella che aveva con lei. Ebbene, era fatta, non aveva potuto evitarlo.

E ripetendo «Vogliate scusarmi», scappò via.

C'erano due macchine presso il cordone del marciapiede quando arrivò all'appartamento, quella di Fred e quella di Margaret. Balzò giù, corse alla porta e si trovò faccia a faccia con Fred.

«Sono venuto... ho sentito... Dan mi ha detto che Julie...»

«Lo so. Julie è qui. Sta bene. Un amico l'ha trovata e riportata a casa.»

«È...»

«Sta bene.» Fred non si mostrò scortese, ma neanche eccessivamente cordiale. «È andata a fare una passeggiata e sciocca-mente è rimasta fuori troppo a lungo. Ma sta bene. Ha semplicemente commesso uno sbaglio. Tutto qui.»

Dietro a Fred c'erano luci e voci. Per un secondo, Adam intravvide la testa di Margaret; era la prima volta in due anni che la vedeva.

«Posso, vorrei dire qualcosa a Julie, solo un minuto...»

«Non qui, non ora, Adam. Questa è casa di Margaret.»

Il tono di Fred, anche se non scortese, lo redarguì come a dire: Non sei nato ieri, dovresti sapere se una cosa è conveniente o non lo è.

Capì. Julie non era né malata né ferita, così non c'era ragione che giustificasse la sua intrusione in «casa di Margaret». E tuttavia rimase lì, supplichevole, implorante, incapace di accettare un no come risposta.

«Se c'è qualcosa che posso fare...» cominciò.

«Niente. Ci stiamo occupando noi delle cose qui.» Fred si scostò lievemente, sbarrando con le spalle il passaggio ad Adam qualora gli fosse venuto in mente di entrare. «Non c'era bisogno che venissi. Ma grazie», aggiunse con i suoi modi signorili.

La porta si chiuse.

«Fortunatamente», disse Margaret, «era il signor Larkin che stava facendo jogging attorno al lago. Avrebbe potuto essere chiunque.»

«Lo so», disse umilmente Julie. «È stato stupido da parte mia.»

«Comunque, credo di averti spaventata, sbucando all'improvviso dal buio», asserì Stephen.

«Che cosa avevi intenzione di fare, che cosa avresti fatto, se non ti avesse vista lì?»

«Stavo tornando a casa.»

«Eravamo terrorizzati. Come ti è venuta in mente una cosa simile?»

Adesso che era di nuovo a casa sana e salva, pensò Margaret, posso anche permettermi di essere arrabbiata.

Julie aprì la bocca per rispondere ma la richiuse. Alzando la testa e guardando oltre il cerchio in cui sedevano tutti, rifletté. Poi parlò.

«Be', ve l'ho detto, e ve l'ha detto anche Danny, quel che è successo.»

Danny la interruppe. «Ha detto cose disgustose su di te. Dovresti sentire...»

«Non voglio sentire, Dan.»

«Ha detto che sei una maledetta...»

«Dan, ho detto che non voglio sentire.»

«Okay, allora vi dirò una cosa. È una stronza, ma Nina saprebbe tenerle testa.»

«Non voglio più tornare lì», disse Julie. «Incontrerò papà da qualche altra parte, ma mai più con lei. Mi sento molto dispiaciuta per lui! Mi sono sentita dispiaciuta anche poco fa quand'è venuto. E credo che anche lui sia dispiaciuto per se stesso.»

Dolcemente, Margaret chiese come faceva a saperlo.

«Non lo so, naturalmente, ma lo sento. Per tutto il percorso in macchina fino a casa, ho continuato a pensare: Povera mamma. Povero papà. So com'è stato terribile per te, mamma. Megan ed io, ma soprattutto Megan, perché è cresciuta più in fretta di me, si è preoccupata tanto per te. Ma adesso penso che tu stia molto meglio, mentre è papà che incomincia a cedere.»

Margaret sorprese i due uomini a guardarsi. Erano commossi. La sincerità dell'ingenua, o forse non più così ingenua, giovane Julie li aveva commossi.

«Non devi preoccuparti», continuò, «che possa fare qualcosa di strano, mamma. Non sono pazza né particolarmente nevrotica, se mai lo sono stata. Andare da Audry mi ha aiutata molto. Non sarei scappata né avrei fatto niente di simile.»

«Nessuno di noi l'ha mai pensato neanche per un momento», disse Margaret. «Eri molto turbata, e volevi stare sola. Avevi bisogno di riflettere.»

«Esatto. Avevo bisogno di riflettere. Mi ero avviata verso la nostra vecchia casa per rivederla. Ma poi mi sono resa conto del tempo che ci sarebbe voluto per arrivarci a piedi, così sono tornata indietro e ho attraversato il parco. Allora ho visto che i cigni non erano rientrati tutti nei loro nidi. Ce n'erano in giro ancora due, così mi sono seduta a guardarli, come fai tu, mamma. Erano così tranquilli. E mentre sedevo lì, non ho potuto fare a meno di pensare come, se fosse stato qui, papà avrebbe preso un libro e cercato tutto sui cigni. Come faceva sempre, capisci.»

«Sì, capisco.»

«Credo che finché vivrò ricorderò cose come questa di lui. E immagino che ricorderò sempre anche la mattina in cui se n'è andato, e non capirò mai come abbia potuto farlo.»

D'un tratto, parlò Stephen. «No, non capirai mai, così è meglio che ci rinunci. Buttati alle spalle il più possibile. Non potrai mai buttarti tutto, ma cerca di fare del tuo meglio. Naturalmente, mi sto rivolgendo anche a voi, Megan e Dan.»

La stanza era molto silenziosa. Adesso stavano fissando tutti Stephen. Quando riprese a parlare, lui non guardò nessuno. I suoi occhi erano abbassati, e sembrava che stesse recitando il contenuto di un sogno.

«Mio padre era nel contingente che invase la Francia il giorno D nel 1944. Combatté in Normandia. E mentre si trovava là, incontrò una ragazza, una bella ragazza, mia madre, e la sposò. Viveva agiatamente coi suoi genitori che le erano molto affezionati. Comprensibilmente, non volevano che andasse in America, così osteggiarono il matrimonio. Ma lei era decisa e si oppose a tutti i loro argomenti sostenendo che sarebbe stata felice.

«Ebbene, felici sembravano esserlo per quel che potevo giudicare io a dodici anni. E in seguito lei mi disse che lo era stata. Poi un giorno lui la informò che si era innamorato di una ragazza che lavorava nel suo ufficio. Non è necessario che riferisca i particolari; gli intrecci sono tutti uguali. Se ne andò. Non c'erano abbastanza soldi per due famiglie. Raramente ci sono. C'erano quattro figli. Io ero il più piccolo. Lavoravamo tutti. Prima di essere abbastanza adulto per avere un libretto di lavoro, ho spalato la neve dei vicini, ho fatto commissioni per anziani dopo la scuola, e anche il babysitter. Non ne ho sofferto. Mi ha anzi fatto bene. Quello che mi feriva, però, era sapere come soffriva mia madre. Abbandonata a se stessa in un paese straniero dopo diciott'anni e quattro figli! Non informò mai i suoi genitori. Era troppo orgogliosa. Fino al giorno della sua morte, credettero che conducesse una magnifica vita in America.» Stephen si rivolse bruscamente a Margaret. «Come vede, me ne intendo di queste cose», disse.

«Accidenti, non ne ha mai fatto parola con me», esclamò Danny.

«Non ne ho mai fatto parola con nessuno finora.»

«Probabilmente perché le fa troppo male parlarne.»

«Danny», disse Margaret.

«No, Margaret, non importa.»

«Ecco perché conosce così bene il francese», osservò Danny.

Stephen gli sorrise. «Appunto. Ed ecco perché tu hai preso un otto. Buffo, non è vero?»

«Sì», disse Danny. «Ma non proprio buffo.»

Adesso Fred chiese a Stephen come avesse fatto a diventare avvocato.

«Mio padre aveva un parente, un uomo religioso e responsabile che rimase scioccato da tutta la faccenda. Mi prestò il denaro per l'università, non tutto perché guadagnavo anch'io qualcosa. Ma è grazie a lui che sono qui.» Poi con un breve gesto ammonitore, Stephen alzò la mano per rivolgersi ai tre più giovani.

«Perché vi ho detto tutto questo? Perché volevo mostrarvi che mai niente, tranne una malattia incurabile, dura in eterno. So che è un cliché paragonare la vita a un fiume, ma credetemi, è veramente un fiume. Bisogna tuffarsi e nuotare. Adesso Megan sta per nuotare ad Harvard. È la prima. Ma poi toccherà a voi tuffarvi.»

Con questo racconto, Stephen aveva miracolosamente alterato l'atmosfera che regnava nella stanza. Ognuno di loro sedeva più eretto. Megan accese un'altra lampada. Margaret tirò fuori una ciotola di frutta e una torta. E sedettero tutti rianimati attorno al tavolo. Era quasi mezzanotte quando si alzarono e i due uomini se ne andarono.

«Una bella serata», osservò Fred.

«Tutto è bene quel che finisce bene. L'ha detto Shakespeare», asserì Danny con fare importante mentre la porta si richiudeva tra le risate generali.

«Che cosa faremmo senza questi magnifici amici?» mormorò Margaret fra sé mentre sparecchiavano. Quando Megan domandò che cosa avesse appena detto, lo ripeté.

Danny ridacchiò. «Non sono 'amici'. Hanno un debole per te!»

«Per essere un ragazzo intelligente», osservò Margaret, «vostro fratello dice davvero un sacco di sciocchezze.»

«Non sempre.» Le due ragazze parlarono all'unisono. «Non questa volta, mamma.»

28

ADAM arrivò proprio mentre Randi, in piedi sulla soglia, stava salutando gli ultimi ospiti. Non appena scomparvero dietro la curva, il suo entusiastico sorriso sparì anch'esso, e dal suo atteggiamento Adam capì che era furiosa.

«Bene», disse, «hai sicuramente fatto del tuo meglio per rovinare la serata, non è vero? Non mi sono mai sentita così imbarazzata.»

Lui era molto agitato; non se la sentiva di fare un discorso normale, figuriamoci discutere. E diede una risposta pacata.

«Ero spaventato, Randi. Dovevo scoprire cos'era successo a Julie.»

«Capisco. Se non è Julie, è Danny. Oppure Megan, Miss Intellettuale. Ebbene, non restartene lì impalato! Entra in casa, siediti o va' a letto. Sembri più morto che vivo.»

Non aveva mai sentito il bisogno di bere. Ma in quel momento lo sentì. Randi, sdraiata sul divano, lo osservò avvicinarsi al mobile bar e versarsi un brandy.

«Cos'era dunque la grande emergenza?» chiese.

«Pensavano... Danny mi ha detto al telefono... che fosse successo qualcosa a Julie. Non riuscivano a trovarla. Ma era solo andata a fare una lunga passeggiata.»

«Così sta bene.»

«Sì, grazie a Dio.»

«Così per una sciocchezza simile hai rovinato la mia festa.»

Avrebbe voluto che la smettesse di incominciare ogni frase con «così». Che l'avesse sempre fatto? E gli sembrò di nuovo che ultimamente si sentisse troppo irritato per piccole cose come questa, cose che non aveva mai notato in passato.

«Non è stata una sciocchezza, e la tua festa non si è rovinata. La gente ha capito.»

«E io capisco molto più di quel che pensi che capisca. Era un trucco per farti tornare. Quella donna non ti lascerà mai in pace, Adam. Anche dopo il divorzio si metterà sempre in mezzo, ti terrà legato per via dei figli.»

«Sapevi che avevo dei figli, Randi.»

«Non sapevo che fossi legato mani e piedi. Dovrebbe occuparsene lei come una donna adulta, ma non vuole farlo, e la storia è tutta qui.»

La luce della lampada scintillò sul bicchiere nella mano di Adam e il liquido ambrato ondeggiò. Nell'antichità avrebbero magari letto presagi di gloria nelle sue profondità, ma lui vedeva solo il tempo scorrere attraverso il liquido e la luce. Giorni che non sarebbero mai più tornati, giorni in cui i suoi figli sarebbero cresciuti e lui non sarebbe stato lì per vederli.

Randi gemette: «Vuole solo che ritorni. È per questo che ha inscenato tutto. È sempre la stessa solfa. Margaret e il denaro, sono tutt'uno. E adesso che hai uno stipendio inferiore, sarà anche peggio. Francamente, non so come faremo a cavarcela con quello che resterà dopo che ci avrà attinto lei.»

«La gente se la cava anche con meno», disse Adam.

«Be', non avrei mai pensato di doverlo fare a questo punto della mia vita. Credevo avessi un lavoro importante e che non ci fossero problemi.»

«Detesto quando usi l'espressione 'lavoro importante'. E poi non ti ho mai detto niente del genere.»

«Ma certo.»

«Randi, non è vero.»

Cominciò a sentirsi sopraffare dalla rabbia, o forse era il brandy, bevuto troppo in fretta, che gli si stava riversando nelle vene.

«E anche se l'avessi detto?» domandò. «Perché l'avresti fatto? L'hai fatto per i soldi? Pensavo... pensavo realmente che fosse per amore», aggiunse, consapevole del suo ghigno.

«Prova a vivere d'amore e senza soldi.»

Anni fa, pensò, mi ha lasciato per una piscina con le palme...

«E se perdessi di nuovo l'impiego? Mi pianteresti?»

«Ma no, caro. Dovremmo soltanto trasferirci in un altro stato, dove troveresti sicuramente un altro lavoro.»

«Quando ho suggerito di trasferirci più vicino a Elmsford, hai risposto che non avresti mai rinunciato a questa casa.»

«Ho riflettuto, e ho deciso che vale la pena di farlo. Ci libereremmo di un cappio intorno al collo. Lei si stancherebbe di assumere costosi avvocati per rintracciarti in un altro stato. Rinuncerebbe, e sarebbe ora. Non sarebbe una cattiva idea farlo adesso.»

«Una pessima idea, perché non lascerò i miei figli», rispose.

«Ci risiamo, non è vero? Dio, se avessi saputo, se avessi saputo...»

Il brandy gli stava ribollendo nel ventre. Non sono ubriaco, pensò, ma mi batte forte il cuore, mi pulsa la testa, e questa è stata una giornataccia fin da quando ci siamo alzati.

Sdraiata scompostamente, Randi aveva tirato giù una spallina dell'abito, esponendo il seno. Per qualche ragione, quella vista lo contrariò e Adam disse irritato: «Sistemati il vestito».

«Che cosa c'è? D'un tratto non ti piace più guardarmi? Ecco.» E ridendo, tirò giù anche l'altra spallina. «Non so perché sto ridendo. Sono disgustata di tutto. Sul serio, abbiamo bisogno di andarcene da qui, Adam.»

«Te l'ho detto», ripeté, quasi gridando ora, «non intendo lasciare i miei figli.»

«Li hai già lasciati. Che cosa ricevi ormai da loro, a parte i conti?»

Non rispose perché era vero. Li aveva lasciati.

«Sono con voi al cento per cento. Sono ancora vostro padre», aveva detto. Ma pranzare insieme una volta alla settimana bastava a fare di lui un padre? Megan aveva capito perfettamente...

«Hai paura. Sei un debole, Adam, questo è il tuo guaio. Avresti dovuto sposare me fin dall'inizio, ma avevi paura di tua madre e di quello che avrebbe detto la gente. Guarda quanto c'è voluto perché trovassi il coraggio di dire a Margaret che volevi il divorzio.»

Il sarcasmo lo ferì: un debole! Buttargli in faccia una cosa simile dopo quello che aveva fatto per lei! Un debole, certo. E nello stesso tempo, con un po' di ironia, si rendeva conto che questo era un insulto che il suo ego maschile non avrebbe sopportato. Adultero, traditore, l'avrebbe accettato, ma questo mai.

«Guardati!» gridò, infuriato. «Chi sei tu per criticarmi?» Coi seni esposti, il vestito spiegazzato e i capelli in disordine, lo ripugnava. Anche se era incinta, aveva bevuto molto. «Sei disgustosa, Randi. Entra e sdraiati. Datti una calmata.»

«E tu chi credi di essere? Sì, credi di essere migliore degli altri. Tu e la tua musica classica e il tuo modo di parlare ricercato. Tu e i tuoi figli altezzosi. Se avessi saputo in che cosa mi stavo cacciando, e come sarebbe stato diverso, non sarei mai venuta a Elmsford.»

Adam era sbalordito. «Vuoi dire che sei venuta a cercarmi di proposito?»

«Non assumere quell'aria sorpresa. Dovresti sentirti lusingato. Sì», disse con voce impastata, ora. «Sono venuta a cercarti. Prima sono andata a New York, ma il posto brulicava di donne in cerca di un uomo, così quando ho visto che non arrivavo a niente, sono tornata in California. Potevo sempre trovare qualcuno lì, ma quelli validi vogliono solo venire a letto con te, e quelli disposti a sposarti sono tutti vecchi malandati.»

Stava prestando orecchio a ogni parola che diceva, ma mentre lei parlava, una voce in lui continuava a ripetere: Per questa donna ho lasciato i miei figli.

«Poi, gradualmente ho ripensato al nostro incontro quel giorno a New York, e ho ricordato com'eri folle di me una volta, così ho deciso di farlo accadere di nuovo. Eri ancora giovane, prestante e te la cavavi bene. O almeno era quello che credevo.»

Troppo sgomento per parlare, Adam stava appoggiato al muro per sostenersi, limitandosi a fissarla. Poi, mentre assimilava il significato delle sue parole, mormorò: «Sei venuta di proposito a distruggere la mia famiglia».

«Adam, ti prego, non fare il santo. Lascialo fare a lei. Quando l'ho vista in albergo quella sera, ho capito che non era per niente astuta, che non aveva abbastanza buonsenso per ripararsi dalla pioggia. Meritavi di meglio.»

«Hai rovinato la mia famiglia», ripeté sbalordito.

«Non ho dovuto faticare molto. È stato facile conquistarti. Mi hai quasi strappato gli abiti di dosso quel pomeriggio quando la tua famiglia era in Canada. Neanche il tempo di aspettare!»

Era vero. Ma questa donna mi ha tentato. La vecchia scusa continuava a risuonargli nella mente.

Randi si adagiò sul divano con quello stupido vestito arrotolato in vita. La sua posizione avrebbe dovuto essere seducente, ma non riusciva a guardarla. L'aveva rovinato, e lui si era lasciato rovinare. E perché aveva sopportato questi sventurati mesi dal giorno in cui aveva perso il lavoro? Forse aveva ragione riguardo alla sua debolezza.

In ogni caso era intrappolato. E provando un senso di claustrofobia, aprì la porta esterna.

Stava cadendo una leggera pioggerellina estiva. Rimase lì ad ascoltarne il ticchettio sulle foglie. Pensò al peso e alle conseguenze di errori che non potevano essere cancellati. Pensò alle passioni che divampavano e morivano senza alcuna spiegazione. Cerchi la ragione in te stesso e non la trovi. Vai avanti con i paraocchi, finché un giorno cadono e ti rendi conto di quante cose non vedevi.

D'accordo, prima non c'era stato il sesso infuocato che aveva fatto con Randi. Ma adesso l'aveva avuto ed era finito. Com'era venuto, era passato.

«Vieni qui», disse Randi. Si mise a sedere, sistemò il vestito e lo chiamò con un cenno. «Vieni qui, ho detto.»

Lui si girò e riprese a guardare fuori. C'erano tre quarti di luna, l'aria era fresca. Lì in cima alla collina, nel chiarore lunare, sotto la pioggia, provava un senso di infinito. E immaginava una specie di bicicletta con le ali, con cui avrebbe potuto volare sopra continenti e oceani, nuvole e brughiere, lasciando ogni peso, ogni dolore, ogni colpa e ogni ricordo dietro di sé.

«Che cosa diavolo stai facendo lì con la porta aperta in piena notte? Fa freddo.»

«Stavo pensando di andarmene.»

«Davvero?» rispose, fraintendendo. «Ce ne andremo, allora?»

«Non alludevo a quello che pensi tu», disse.

«Oh, non guardarmi a quel modo! Abbiamo litigato e adesso basta. Vieni», lo incitò, aprendo le braccia. «Vieni, sarò carina con te.»

«No», rispose. «Non ne ho voglia.»

Poi all'improvviso, rendendosi conto di quello che stava vedendo sulla sua faccia, Randi si spaventò. «Non vorrai veramente lasciarmi. Sei soltanto arrabbiato perché pensi che ti abbia abbindolato. Ebbene, anche se fosse? Non l'avrei mai fatto se non fossi stata innamorata di te, Adam. Non ha senso, forse?»

«Niente ha più senso per me.»

«Basta con quell'espressione sdegnata», disse. «D'accordo, ho bevuto qualche drink... non ne avevo più bevuti da quando ero rimasta incinta. Mi hanno dato alla testa, ecco. Prendi sempre tutto troppo seriamente. Non faccio che ripetertelo.»

«È quando la gente beve troppo che viene fuori la verità.»

Randi si alzò e cercò di abbracciarlo.

«No, Randi», le disse, liberandosi. «No, Randi.» E la respinse, non bruscamente ma inequivocabilmente.

«Maledetto figlio di puttana», gridò lei. «Mi mandi in bestia.»

Rimasero lì a fissarsi a lungo.

«Mi odi», disse. «Te lo leggo negli occhi.»

«Ti sbagli. Quello che vedi non è odio. È disprezzo, ed è per me oltre che per te.»

«Disprezzo!» strillò lei. «Credo che tu sia pazzo. Ascoltami. Sono le due. Abbiamo parlato abbastanza. Vieni a letto.»

«Non verrò più a letto con te, Randi. Mai più.»

Randi corse verso di lui, colpendolo coi pugni e gridando. «Bastardo! Maledetto bastardo! Crepa.»

Cercando di calmarla, Adam la riaccompagnò verso il letto e disse: «Randi, siamo entrambi sfiniti. Sdraiati e riposa. Parleremo più tardi, in mattinata. Riposa, adesso».

In risposta lei sbatté la porta e girò la chiave nella toppa.

Stava ancora dormendo quando Adam uscì per andare in ufficio, non molto dopo l'alba. Lo aspettava una lunga giornata di lavoro e non aveva quasi dormito. Ma ciò nonostante, una giornata in ufficio sarebbe stata meno sfibrante di una giornata a casa con Randi. La sera, sperava, si sarebbe calmata a sufficienza perché potessero parlare ragionevolmente. Non aveva idea di quello che avrebbe voluto dirle. Nella sua mente era diventata raccapricciante, e voleva liberarsene. Un futuro con lei era impensabile. Eppure non voleva ferirla. Forse alla fine della giornata i suoi pensieri sarebbero stati più chiari.

In un bar dove si fermò per un caffè e una brioche, osservò la gente quasi in trance. C'erano camionisti, un paio di poliziotti in motocicletta e alcune infermiere dirette all'ospedale per il turno del mattino. Una coppia entrò e sedette in un separè coi loro due bambini, uno dei quali era una specie di clown come Danny.

Adam chiese una seconda tazza di caffè e rimase seduto stringendola tra le mani, fissando il muro. Dopo un po' uscì e salì in macchina. All'incrocio successivo c'era la deviazione che gli era tanto familiare e che portava alla vecchia strada. Svoltò d'impulso e proseguì lentamente passando davanti alla casa. Appariva già trascurata; due persiane erano scardinate. Dando un'occhiata all'orto, vide un ammasso di erbacce. Troppo pigri per curarsene, pensò accelerando. Come doveva soffrirne Margaret vedendo la sua adorata casa di famiglia cadere in rovina!

Si diresse verso il centro, superò i magazzini Danforth, dove aveva comprato il primo vestito da ometto a Danny con camicia bianca e cravatta regimental, passò davanti alla Magnum ADS, e puntò verso il promontorio lungo il fiume, dove spiccava il tetto grigio del liceo. Un migliaio d'anni prima, sotto quel tetto si era innamorato di una ragazza dagli occhi grigi e i capelli rossi.

Gli insegnanti stavano entrando nel loro parcheggio riservato. Margaret aveva sempre cercato di trovare un posticino vicino alla porta laterale e adesso, senza alcuna ragione che potesse spiegare anche a se stesso, vi si diresse. Non pensava di volerla realmente vedere o di farsi vedere. Ma compì lentamente un ampio giro e si trovò davanti alla macchina da cui stava per scendere Margaret.

Quando lo vide, lei sembrò sorpresa e si fermò. Erano a pochi passi di distanza, abbastanza vicini da poter distinguere le efelidi sulle sue braccia e notare che la faccia e il collo ne erano ancora esenti. I suoi capelli erano umidi; doveva essersi fatta la doccia tardi e in fretta.

«Ciao», disse. «Indossi il tuo colore preferito.»

Margaret abbassò lo sguardo sulla camicetta pervinca come

se avesse dimenticato che cosa indossava, o come se non avesse capito.

Attorno al collo aveva una catenina d'oro con attaccati tre cuoricini.

«Carina», osservò lui, indicandola. «Te l'ha regalata Fred?»

«Ha importanza?» rispose lei.

Stringeva al petto alcuni libri, e Adam notò che si era tolta la fede. Be', naturale che l'avesse fatto.

«Perché sei venuto?» chiese, non sgarbatamente.

«Non lo so. Credo che volessi vederti.»

Per un lungo istante Margaret lo guardò, e poi dolcemente, molto dolcemente, rispose: «Bene, adesso che mi hai vista, devo andare. Sono in ritardo stamattina».

Lui annuì. «Abbi cura di te», disse.

Ma lei non l'aveva sentito. Osservò i suoi rapidi passi raggiungere la porta e oltrepassarla. Poi piegò verso l'uscita e si allontanò, puntando a oriente, verso il sole.

Ci siamo sposati ventun anni fa in questo mese, pensò.

Lì davanti a lui scorreva il fiume, sovrastato dall'arco del ponte che univa le due rive con i suoi grigi piedi di cemento. Le ruote stridevano sul selciato mentre accelerava giù per la collina.

Ventun anni, sibilavano e cantavano. Ventun anni.

Era tutto verde, un bagliore verde e oro, mentre la primavera diventava estate. Tratti d'ombra, freschi e scuri, attraversavano la strada sotto le piante. Quanta bellezza, quanta pace! pensava mentre il sangue gli rimbombava nella testa.

Ventun anni!

La macchina correva sempre più in fretta, volando sulla strada, sotto il cielo, puntando verso i piedi grigi del ponte. Basta, pensò, per carità, basta. E premette l'acceleratore con tutta la forza che aveva in corpo.

Il metallo schiacciato, accartocciato come una lattina, brillò nel sole finché il carro attrezzi non ebbe raccolto anche gli ultimi pezzi di lamiera contorta. La folla che aveva assistito cominciò a disperdersi.

«Ambulanza», osservò uno. «Per che cosa? Non è rimasto quasi niente per...»

«Li portano all'obitorio, credo», disse un altro.

«Il tachimetro si è fermato sui centosessanta chilometri all'ora.»

«Era ubriaco?»

«Ma come, alle otto e mezzo del mattino? No, voleva soltanto morire.»

«Che Dio l'aiuti», disse un camionista, un uomo con un gran pancione e una faccia cordiale. «Che Dio aiuti quel poveretto.»

29

MARGARET aveva l'impressione di conoscere tutti al funerale. I vicini di casa della vecchia strada, l'anziana coppia dell'appartamento sull'altro lato della nuova strada, metà del corpo insegnante, Tony, il barbiere che aveva fatto il primo taglio di capelli a Danny, c'erano tutti. Perfino Jenks, il nemico di un tempo, venne a stringere le mani a Margaret.

«Ti rendi conto che sono venuti tutti per te, non è vero?» chiese Nina.

Margaret non rispose. Inevitabilmente, anche se non sembrava, aveva concentrato la propria attenzione sull'altro lato della navata, lasciando vagare liberamente lo sguardo senza girare troppo la testa. Tra le molte persone sconosciute c'era Randi Bunting, visibilmente incinta e vestita rigorosamente di nero. Le donne erano passate l'una accanto all'altra, si erano guardate, e avevano distolto lo sguardo.

Un enorme mazzo di fiori da parte di Randi spiccava sulla bara, mentre i cestini dei ragazzi apparivano seminascosti tra gli omaggi floreali dell'altra gente. Be', non importa, pensò Margaret, è solo un'altra battaglia, la battaglia dei fiori. E lui giaceva lì, al centro di tutto ciò. Per ovvie ragioni, la bara era stata chiusa, ma anche se il corpo fosse stato incolume, sapeva che non si sarebbe sentita di guardarlo.

Randi cominciò a singhiozzare rumorosamente, attirando ancor più attenzione perché nascosta dietro un enorme fazzoletto bordato di nero. La gente guardava. Che cosa staranno realmente pensando di tutto questo? si chiedeva Margaret. Indubbiamente alcuni erano venuti solo per curiosità, ma chi poteva biasimarli data la situazione?

Anche Margaret fissava la faccia che spuntava da dietro il fazzoletto, gli occhi annebbiati e macchiati di mascara, le fossette, i seni prominenti, tutte le armi della seduzione che avevano abbagliato un brav'uomo, un uomo debole e sciocco che era stato felice; sì, lo era stato nonostante la sua debolezza, che tutti abbiamo in un modo o nell'altro. Ma era comunque un brav'uomo finché non sei arrivata tu, cara Randi, a fargli perdere il senso della decenza e della moralità. Eravamo contenti prima che tu venissi, cara Randi, sapendo perfettamente quello che stavi facendo e potendolo fare perché lui era sensibile a questo genere di cose. Se hai un po' di coscienza, cara Randi, guarda quella bara, guarda quello che hai fatto.

Da qualche parte, giunse una lugubre musica sacra. Un uomo altrettanto lugubre intonò e rovinò la grandiosa poesia dei salmi.

Megan piangeva. Forse la sua delusione era sempre stata più profonda di quella degli altri due, pensò Margaret. Per lei, che era più matura di loro, l'amarezza e l'oltraggio dovevano essere stati superiori fin dall'inizio.

«Non stai piangendo, mamma?» sussurrò Megan.

«Sto piangendo interiormente, cara.»

Piangendo... Per il giorno in cui abbiamo comprato la fede, per le volte in cui siamo andati all'opera a New York, per la compassione che hai dimostrato quando ho abortito, per i giorni in cui abbiamo spinto insieme i passeggini lungo la nostra strada.

Maledetta, maledetta ladra. Sei spuntata dal nulla e hai distrutto una famiglia. Ma resteresti sorpresa di sapere che i suoi pensieri in quell'ultima mattina non sono stati per te, non sono stati affatto per te.

E mentre l'uomo cantava, pensò a cosa lui le avrebbe detto lì nel posteggio se si fosse trattenuta per ascoltarlo? Che fosse venuto per dirle che voleva morire? O che volesse domandarle di riprenderlo? Ne dubitava, con un altro bambino in arrivo. Ma anche se l'avesse fatto, gli avrebbe risposto che era troppo, troppo tardi.

Che strana cosa è ricordare, dopo che si è smesso di amare, e quanto si può amare quando si è giovani. È tutto, tutto, l'amore, più della vita stessa. Penso a quel giorno... è da tanto tempo che non ci penso... in cui Isabella era venuta a provarmi l'abito da sposa, e io avevo paura di perdere Adam. Ringrazio il cielo che non sia qui a vedere questo ora.

Si alzarono tutti quando vennero a ritirare la bara per portarla fuori. Dietro a essa veniva Randi. E questa volta Margaret la guardò bene in faccia. Per te, si disse, non provo altro che disprezzo. Per la povera vita che sta crescendo dentro di te, però, provo una pietà che forse non capiresti nemmeno. Povera creaturina ignara, un altro bambino che, per qualsivoglia ragione, non avrà un padre. Una storia che si ripete di continuo in questi folli tempi.

Dall'oscurità emersero nel bagliore di mezzogiorno, dove c'era il carro funebre simile a un sinistro scarafaggio nero pronto a strisciare. Margaret sentì le lacrime serrarle la gola e bruciarle gli occhi.

«Vieni», disse Nina dolcemente, tirandola per un braccio.

«No, aspetta.»

Non sarebbero andati al cimitero. Amici e cugini, Nina, Fred e Stephen, avevano tutti concordato che date le circostanze non sarebbe stato opportuno. Perché Randi aveva comprato una tomba da qualche parte e se n'era presa carico.

Così attesero, Margaret e i suoi figli, con straordinaria solennità, che la bara venisse caricata e il piccolo corteo si avviasse. Margaret sentiva la testa girarle. E alzando la mano in un vago cenno di saluto, sussurrò: «Addio, Adam».

30

QUALCHE mese dopo, nello studio di Stephen Larkin, la scrivania era sgombra dei documenti che in genere aspettavano Margaret, i questionari e le risposte, le proposte e i rifiuti, tutto l'apparato del divorzio. Adesso tutto ciò era finito, e l'unico documento posato lì era la ricevuta dell'assicurazione di Adam Crane.

«Ho pensato al bambino», disse Margaret. «Crede che dovrei...»

«No», rispose Stephen, con tale decisione che la sorprese. «Il denaro appartiene ai suoi figli. Il comportamento di quella donna è stato irresponsabile, e non c'è ragione perché dovrebbe assumersene la responsabilità lei.»

«È una bella somma, ma un modo spaventoso per riceverla.»

«Il denaro dell'assicurazione sulla vita non è mai denaro che potremmo definire felice.»

«Be', significa che posso pagare i miei debiti. Il resto verrà messo al sicuro.»

«Ricordo che a un certo punto voleva riprendere gli studi di medicina.»

«Ah, sì», disse mestamente Margaret, «tanto, tanto tempo fa.»

«Non così tanto tempo fa. È ancora una donna giovane.»

«Stephen, ho quarantun anni.»

Sorrise. «Dov'è stata finora? Oggigiorno si è giovani a quest'età.»

Strano che quest'osservazione fosse fatta il primo giorno in cui, dopo tanto tempo, si sentiva riposata, lucida e più giovane. Era anche consapevole di apparire tale. Il vestito era di lino nero, un dono di Nina insieme a un paio di sandali verde smeraldo. Li aveva indossati oggi per la prima volta.

«Così elegante per andare nello studio dell'avvocato?» aveva osservato Julie, al che Margaret aveva risposto vagamente, «È in città».

A che cosa stava realmente pensando mentre si appuntava il nastro di velluto nero sulla nuca? Incredibilmente, stava rimpiangendo il fatto che questa sarebbe stata la sua ultima visita nello studio. Ricordava vivamente la prima volta di due anni fa quando, ferita a morte e incapace di controllarsi, era rimasta seduta lì a piangere con la testa tra le mani. Era stata così confusa. E lui così paziente. Si chiedeva se ci avesse mai pensato o se avesse mai pensato a lei. Alla festa di Natale da Fred aveva captato un vago senso di interesse dall'altra parte del tavolo. E poi ogni volta che si incontravano nel parco o presso il campo di baseball...

Ma l'occhiata di un uomo, e spesso era così, poteva non significare altro che un momento di ammirazione temporanea. In ogni modo, che differenza faceva? Lei era ancora in fase di ripresa, una quasi divorziata, e adesso vedova da tre mesi.

Stephen si alzò e attraversò la stanza. «Ero in una libreria l'altro giorno», disse, porgendo a Margaret un pesante pacchetto, «e ho visto qualcosa che potrebbe piacerle.»

Un grosso volume illustrato conteneva una storia della medicina. E sfogliando le pagine, da Nefertiti che stringeva una radice di mandragola alle prime radiografie, Margaret ne rimase immediatamente affascinata.

«È fantastico. Che libro fantastico!»

«Dapprima ho pensato che potesse essere un regalo come un altro, ma poi ho visto il testo e mi ha colpito.»

«Gentile da parte sua!» esclamò lei. «Mi piace molto, moltissimo.»

Stephen appariva soddisfatto. «Lo vedo. Mi auguro che la ispiri. Se ama realmente la medicina, Margaret, dovrebbe dedicarcisi», disse, aggiungendo in fretta. «A meno che non abbia in mente altri piani?»

«I miei figli», rispose subito. «Vanno meglio, molto meglio, come sa. Ma la morte di loro padre è stata terribile, in aggiunta a tutto il resto, e le ferite stentano a rimarginarsi.»

«Non si rimargineranno mai, completamente. Smetteranno di fare male. Questo è certo.»

«Penso ancora a quanto ci ha raccontato quella sera a proposito di sua madre. Ho capito poi perché era stato in grado di leggermi nella mente quando ero venuta la prima volta nel suo studio. Oh, avevo così bisogno di aiuto! Stavo affogando. Forse sarei affogata se tanta gente meravigliosa non mi avesse aiutato, insegnanti e amici, i miei cugini e Fred. E lei, Stephen. Non dimenticherò mai quello che devo a queste persone.»

Ci fu una pausa, come se stesse per aggiungere qualcos'altro, come se lo stesse per fare lui, o come se ognuno di loro stesse aspettando che lo facesse l'altro. Ma i secondi passavano. E così Margaret si alzò, gli porse la mano, e disse: «È un modo insolito di chiudere un caso, non è vero? Tutte queste carte, tutti questi documenti che ha compilato solo per essere buttati via. E adesso siamo arrivati alla conclusione.»

«Non ci diremo addio, sa. Siamo ancora vicini.»

Si strinsero la mano. Lievemente turbata, Margaret uscì e salì in macchina. La loro relazione la stupiva. Era andata oltre il semplice rapporto avvocato-cliente. In un certo senso ne era imbarazzata. Si sentiva impacciata in sua presenza, ma non vedeva al tempo stesso l'ora di esserlo. Confusa dai suoi pensieri, superò la banca dove doveva depositare l'assegno dell'assicurazione e dovette rifare il giro dell'isolato.

***

Qualche giorno dopo Margaret andò a trovare Fred. Era sabato e gli aveva detto di aspettarla. Nella borsetta aveva il rimborso del prestito che le aveva fatto, e il piacere di non avere più debiti era qualcosa che non voleva posporre.

«Vorrei insistere per farti riprendere l'assegno», le disse. «Sai che desidero fare un regalo a Megan. Dopotutto, la conosco da prima che nascesse.»

«Capisco. Ma ne abbiamo già parlato, non è così?»

«Sei cocciuta come un mulo.» Rise. «Ecco perché non ci provo nemmeno.»

Sedevano sotto gli alberi, che adesso, a fine agosto, erano ancora coperti di fogliame. Nell'aria si sentivano frinire le cicale. Eppure la terra stava incominciando ad allontanarsi dal sole, e nell'angolo di luce c'era un presagio d'autunno.

Questa consapevolezza delle stagioni, del tempo, di qualche imminente cambiamento accresceva il disagio che, per una ragione sconosciuta, provava ultimamente.

Fred la studiava. «Sembri di nuovo te stessa, vestita così, e con le scarpe verdi. Non più documenti di divorzio, tutto alle spalle.»

«Sì, è finito tutto. Non più avvocati.»

Fred la stava ancora studiando. Si aspettava che dicesse qualcosa, ma non lo fece. E provando quello strano senso di imbarazzo, lei continuò: «Stephen ha condotto il caso molto bene, per quel che è durato. Un'ottima scelta da parte tua».

«Lo speravo.»

Poi d'un tratto si rese conto che Fred era nervoso. Si alzò, posò a terra Jimmy, che era stato sulla panca accanto a lui, e andò a strappare un'erbaccia dal roseto.

«Sì», ripeté. «Lo speravo. È un uomo attraente. Sensibile. Sono rimasto molto colpito dalla storia della sua famiglia.»

«Anch'io.»

«Si trasferisce, lo sapevi?»

Provò un piccolo choc. «Non lo sapevo. Dove va?»

«Non gli ho parlato personalmente. Ma l'amministratore mi ha detto che non ha rinnovato il contratto.»

«Oh. Forse vuole un posto più grande, a meno...» E il suo tono di voce era indifferente, casuale quando chiese: «Sai se sta per sposarsi?»

«Non ne ho idea. Perché? Ti importa?»

Inarcò le sopracciglia come se sorpresa per la domanda. «Perché diamine dovrebbe importarmi?»

«Non arrabbiarti», disse. «A me importa moltissimo. Sai che ti ho sempre amata, Margaret.»

Estremamente agitata, non era pronta a niente di più impellente che preparare i bagagli per Megan, ritornare al lavoro, e allontanare Adam e il loro fallimento dalla mente.

«Ti prego», disse con voce rotta mentre si alzava. «Ti prego.»

E lui aspettava, rosso e tremante davanti a lei. E guardando la sua faccia benevola, familiare e in quel momento anche supplichevole, si sentì sopraffare a sua volta dall'amore – anche se da un genere diverso d'amore.

Lui la circondò con le braccia. La sua testa gli arrivava alla spalla, e le stava baciando i capelli, il collo, baciandola e trattenendola.

«Posso farti molto felice, Margaret. Ci conosciamo così bene. E i tuoi figli saranno contenti. Anche questo dovrebbe importarti.»

«Sì, sì», mormorò, piangendo.

Le alzò il capo, chiedendo dolcemente: «Perché piangi?»

«È che sei così buono, e io non posso...»

«Non puoi cosa?»

«Non posso rispondere, e neanche pensare.» Cercò di sorridere. «Forse è solo che non sono ancora tornata alla normalità. Forse piango perché sto incominciando a rilassarmi. Dicono che capita quando il peggio è passato. Non ho quasi mai pianto, Fred, in tutto questo tempo. Quasi mai.»

«Non scusarti.» Le baciò lievemente le labbra.

«Non sono pronta», balbettò. «Devo mandare Megan a scuola.»

«Non ti farò pressioni. Ma quando sarai pronta? Mi vorrai bene?»

«Te ne voglio anche ora, Fred.»

Soddisfatto o no, la lasciò andare, e in uno stato di lieve angoscia, Margaret ritornò a casa.

«Ha telefonato Stephen», annunciò Danny. «Vuole invitarti a cena.»

«Oh, tutti quanti?»

«No, soltanto te. Gli ho chiesto se potevo venire, ma ha detto no.»

«Dan , come puoi averglielo chiesto!»

«Perché no? È mio amico. Vuole che lo richiami. Ha detto qualcosa a proposito dell'*Hotel Bradley*.»

Qualche ora dopo Margaret sedeva con Stephen nella sala da pranzo dove non era più entrata dalla sera del party dell'ufficio di qualche anno prima.

«È stato un invito dell'ultima ora, e mi scuso», disse Stephen. «Di solito ho maniere migliori. Sul serio.»

Il loro tavolo era nella nicchia vicino alla finestra. Il cielo si era rannuvolato per cui la vista era piuttosto triste, mentre la sala, dai tendaggi color rubino, e il tavolo, con il vasetto di fiordalisi, era accogliente. Provò un piccolo brivido di piacere. Era come se stesse aspettando una sorpresa. Questa era la prima volta che pranzava con lui, a parte il Natale da Fred, con una folla presente.

«Dan mi ha detto che è stata da Fred oggi», asserì.

«Per rimborsare il prestito. È stata una piacevole sensazione.»

«È un brav'uomo, Fred.»

«Sì, lo conosco da sempre.»

«Un amico di famiglia.»

«Praticamente un cugino, come Gil. Ricorda Gil?»

Stava parlando a vanvera. Che importanza aveva se lo ricordava o no? Eppure sapeva perché stava parlando a vanvera: Era per sottolineare che Fred non era più di un cugino, un parente. Niente di più.

«Ricordo Gil. Ho una di quelle memorie che fotografano la gente. È un uomo semplice, ho pensato. Non si dà arie. Mi è piaciuto.»

«Adam lo disprezzava», disse Margaret.

Venne il cameriere e discussero il menu. Quando se ne andò, Stephen stava guardando fuori dalla finestra dove aveva incominciato a piovigginare. Il loro dialogo si era d'un tratto appiattito, e Margaret non capiva perché.

Poi lui disse: «Volevo che fosse la prima a sapere che vado via. Mi trasferisco, chiudo lo studio».

«Fred mi ha detto che non aveva rinnovato il contratto.» E ricordò il suo piccolo choc e il suo rifiuto mentale alla notizia.

«Ne avevo abbastanza, più che abbastanza di legge sui divorzi. Ho pensato di dedicarmi all'ambiente, di salvare quello che abbiamo. Qui, in questa regione centrale, ci sono tante cose da salvare. Tante cose.»

Mentre parlava, muoveva le mani. Erano veloci e aggraziate; tutti i suoi movimenti, sia che stesse correndo o voltando le pagine, erano veloci e aggraziati.

«Dove si trasferice?» chiese Margaret.

«All'Università di Stato. C'è un corso per laureati alla facoltà di Legge. Poi potrò lavorare per il governo o in qualche movimento per la conservazione dell'ambiente. Sarà un nuovo inizio per me, fare qualcosa di utile. Non ne vedo l'ora.»

«Ma», disse lei, «non può pensare che il suo lavoro sia stato inutile. So che mi ha aiutata a rimettermi in piedi, e ci saranno molte altre come me.»

«No, Margaret. È lei che si è rimessa in piedi. Sono le donne come lei che mi fanno sentire che nel mondo c'è ancora speranza.»

Il tono intimo del complimento la confuse, e non rispose.

«C'è così tanta forza in lei», continuò Stephen. «Anche dopo quello che le hanno fatto, non è cinica. Credo che abbia ancora fiducia nell'amore sincero.»

«Oh, sì», rispose. «Perché che cosa saremmo se nessuno cercasse più di far funzionare il matrimonio?»

«Le dirò io che cosa saremmo. Si guardi attorno. Ci siamo già quasi.»

C'era qualcosa che desiderava chiedergli da molto tempo e aveva esitato a fare.

«Mi scusi per essere curiosa, Stephen. So che non sono affari miei», disse, «ma è mai stato sposato?»

Sorrise. «Vedo che non ha chiesto se sono sposato adesso.»

Margaret scosse la testa. «Non l'ho chiesto perché penso di saperlo. Non sarebbe qui con me se lo fosse.»

«Questo è vero. No, non mi sono mai sposato. Ho avuto la mia parte di donne, ma ho promesso a me stesso che non mi sarei mai impegnato se non fossi stato sicuro di mantenere l'impegno.»

Mentre parlava guardava con tale intensità nei suoi occhi che dovette distoglierli. E rimase lì seduta a fissarsi le unghie, sentendosi pervadere da una sensazione acuta come di dolore o di immensa gioia.

Ci fu silenzio.

«Voglio conoscerti meglio», disse Stephen.

Lei alzò lo sguardo, vedendo confusamente spalle scure, colletto bianco, capelli neri... Era innamorata di lui.

«Ma stai per andartene», disse.

«Questo non ha importanza. Non vado lontano.»

Si udì risuonare allegra la voce di Fred Davis. «Ehi. Che sorpresa! Che cosa stai facendo qui, vuoi trasferire il tuo studio all'*Hotel Bradley*?» Si chinò a baciare la guancia di Margaret.

«Stephen mi stava raccontando del suo trasferimento», disse lei, provando imbarazzo e desiderando che Fred se ne andasse.

Ma Fred era interessato. «Compri una casa?» chiese.

«No, lascio Elmsford.»

«Davvero? Raccontami. Vi dispiace se avvicino una sedia?»

«Fa' pure», disse educatamente Stephen.

«Ho già pranzato. Un paio di investitori del Sud alloggiano qui in albergo. Non si mangia male. Dove ti stai trasferendo dunque?»

Margaret provava un vivo senso di frustrazione. Sedeva lì, osservando la pioggia sul vetro della finestra, mangiando e ascoltando le risposte di Stephen alle domande di Fred, e poi le loro chiacchiere incentrate per lo più sugli affari di Fred e l'economia di Elmsford. Dopo un po' la rabbia evaporò, lasciandole la sensazione che prova generalmente la gente quando sente di aver perduto qualcosa di prezioso.

«E così te ne vai», disse infine Fred. «Quando ti trasferisci?»

«Venerdì. Inizio il corso lunedì.»

«Bene, ti lasci alle spalle una buona reputazione, Stephen. Posso certamente garantire per te, e anche la mia signora può farlo.» Posò la mano su quella di Margaret, continuando con enfasi. «Mi ha ripetuto molte volte come l'hai aiutata, e questo mi rende felice, perché vi ho fatto conoscere io. Giusto, Margaret?»

«Sì», rispose lei seccamente.

Stava facendo una dichiarazione, mostrandosi possessivo, con quella mano posata sulla sua. E lei cercò di attirare in qualche modo l'attenzione di Stephen, di inviargli un messaggio, ma era occupato a pagare il conto, e poi, che messaggio poteva inviargli?

Nel garage sotterraneo le automobili dei due uomini erano parcheggiate nella stessa fila.

«Se avete finito coi vostri problemi legali e se non ti dispiace, accompagno a casa io Margaret», disse Fred.

«Naturalmente», rispose Stephen, e si separarono.

In macchina, Margaret sedeva silenziosa fissando la pioggia. Pensava che la sua faccia avesse un'espressione molto dura.

Fred aveva disposto di lei come se fosse stata un pacco da consegnare, un pacco che non poteva avere preferenze su chi avrebbe dovuto effettuare la consegna. E chi gli aveva mai permesso di parlare di lei come della «mia signora«? Ma trattandosi di Fred Davis, non poteva mostrarsi arrabbiata.

Le luci erano accese nell'appartamento, e ne fu grata perché significava che i ragazzi erano a casa. Altrimenti, Fred avrebbe voluto entrare.

«Spero di non aver interrotto niente stasera», disse. «Non volevo essere scortese.»

«Non importa. I miei problemi con gli avvocati sono finiti.»

«Quando ti rivedo?»

«Sarà una settimana di fuoco, Fred. Con l'inizio della scuola, Megan che se ne va, e non abbiamo ancora incominciato a preparare i bagagli.»

«Capisco. Ma ho cose importanti da dirti.»

Sì, capiva. Solo la settimana scorsa Louise, con le migliori intenzioni del mondo, le aveva dato un altro affettuoso consiglio.

«Dovresti proprio chiarire la situazione con Fred. Ha detto a Gil che è disponibile in qualsiasi momento. Ne hai passate tante, Margaret. Dovresti pensare a te, ora. Avresti una casa serena con un uomo fidato, e i tuoi figli avrebbero un padre.»

«Una donna non deve sposarsi per avere una casa serena.»

«Vero. Ma hai bisogno di qualcosa di più di serenità, Margaret. Sei troppo giovane per rinunciare all'amore.»

Aveva spento il motore. Erano racchiusi in un'immobilità improvvisa, il buio, e la pioggia che picchiettava sul tetto. Avrebbe allungato una mano, l'avrebbe attirata a sé, e baciata. Non aveva mai badato al suo frettoloso bacio gentile, ma il pensiero di qualcosa di più la sgomentava. Adesso stava per inchiodarla, e in qualche modo avrebbe dovuto dire no al buon, gentile Fred che l'aveva fatta tanto arrabbiare.

«Cose importanti», lui ripeté. Ci fu una pausa. «Tu non mi vuoi», farfugliò.

«Tu non ca...»

«Capisco? Non ho mai realmente cercato di farlo, e questo è

stato il mio guaio. Avrei dovuto vedere. Era perfettamente chiaro.»

«Fred, no!» Il terrore per sé si tramutò ben presto in pietà per la sua umiliazione. «Non ti farei mai del male! Non a te! Come potrei?»

«Questo lo so», rispose lui. «Ma senza volerlo ammettere con me stesso ho sentito la tua riluttanza. E so che eri arrabbiata con me, stasera. Non posso biasimarti. Mi sono reso ridicolo.»

«No, no, non è vero. Dimenticatene. Non era importante.»

«Sì, lo era. Abbiamo bisogno di vedere la situazione con chiarezza, Margaret. Nessuno di noi deve commettere altri errori. Che tu mi accetti per amicizia, o Dio non voglia, per un senso di gratitudine... no, no!»

«Meriti di più», disse lei, molto piano.

«Non piangere, Margaret.»

«Non sto piangendo.»

«Ma sei lì lì per farlo. E non voglio che tu lo faccia. Non voglio vederti piangere. Le cose accadono, o non accadono. Non c'è altro da aggiungere.» Accese il motore. «La pioggia è diminuita. Entra prima che ricominci.»

«Fred, non so che dire. Di solito trovo sempre le parole.» Scoppiò in un mesto risolino. «Ma in questo momento non so proprio cosa dire.»

«Non dire niente. Vado a trovare quei miei parenti in Canada la settimana prossima. Tu riprenderai a lavorare. Tutto qui.»

Ogni notte era preda di violente emozioni.

C'era il dolore di dire addio alla sua primogenita, una Megan cresciuta ormai, che se ne andava e che probabilmente non sarebbe mai più tornata.

Non c'era stata invece una parola da parte di Stephen da quando si erano salutati nel garage dell'albergo, dove evidentemente le aveva detto addio per sempre. Che cosa era stato sul punto di aggiungere quando Fred li aveva interrotti? Ebbene, di qualunque cosa si fosse trattato, il messaggio di Fred era stato abbastanza chiaro: Sta' alla larga.

Giaceva lì chiedendosi che cosa fare, senza però trovare una soluzione. Probabilmente aveva letto molto di più in quel breve incontro di quanto lui non avesse voluto dire. Per cui si sarebbe resa ridicola e l'avrebbe messo in imbarazzo.

Ma sapeva di esserne innamorata.

Il giorno prima della partenza di Megan, un camion dei traslochi sopraggiunse lungo la strada e svoltò in fondo verso dove abitava lui. Stavano facendo colazione, ma Margaret si alzò, dicendo che sarebbe tornata subito, e scese il pendio per vedere dove si fosse fermato il camion.

In cima all'altura, da dietro un cespuglio di sempreverdi, poté vedere gli uomini entrare e uscire con le prime cose: una libreria e una scrivania. Qualcosa in lei la spingeva a scendere, ma l'inibizione la trattenne di nuovo, e così rimase lì a guardare sentendosi impotente. Poi, dopo un po', si allontanò, e non ancora pronta a rientrare, imboccò il sentiero del parco.

Il laghetto sonnecchiava nel caldo mattutino, e i cigni stavano compiendo i loro innumerevoli viaggi circolari. Sedette sulla solita panchina, come se in questo posto tranquillo ci fosse una specie di cura. Non capisco, pensò. Non avrei mai creduto che potesse accadermi di nuovo. C'era un tale terribile senso di perdita in lei. Ma come potevi sentire la perdita di qualcosa che non avevi mai avuto? Se n'era semplicemente andato, come aveva ogni diritto di fare.

Ritornata a New York dopo il Ringraziamento da Gil e Louise, Nina stava ancora cercando di rimettere insieme i pezzi.

Dopo il pranzo Louise l'aveva presa in disparte per lamentare il fatto che Margaret aveva respinto Fred Davis.

«Avrebbero formato una magnifica coppia», si lagnò. «Lo dicono tutti. L'unica ragione è che lei deve avere in mente qualcun altro. Ma chi?»

A colazione Megan chiese a Margaret di Stephen. «Ho sempre pensato che fosse un vero uomo del Rinascimento», osservò con una certa importanza. «Un erudito, un avvocato per la mamma, e un patito di baseball per Dan. Ricordi la sera in cui ci ha raccontato di suo padre? È strano che nessuno abbia avuto sue notizie. Sembrava che avesse molta simpatia per noi.»

«Oh, aveva un debole per la mamma», asserì Dan.

«Questa è un'osservazione stupida, e ti ho chiesto di non farne», disse brusca Margaret.

Naturalmente, la guardarono tutti. Era raro che si esprimesse a quel modo. La sua faccia era avvampata di colpo.

Più tardi quel giorno Nina e Margaret erano andate a fare una passeggiata. Dopo una conversazione discontinua, soprattutto sulla sua vita, Nina aveva rivolto una domanda impertinente. «Perché ti sei arrabbiata tanto stamattina quando Dan ha parlato di Stephen Larkin?»

«Non mi sono arrabbiata. È solo che Dan è troppo grande adesso per essere tanto sciocco.»

«Oh, si direbbe che sentano davvero la mancanza di Stephen.»

«Sì.»

Stavano camminando sopra le foglie secche.

«Io l'ho incontrato soltanto una volta, naturalmente, ma mi è sembrato una persona molto speciale.»

«Sì.»

Avevano continuato a camminare nel vento. E d'un tratto Margaret si era fermata, dicendo: «Perché non arrivi al punto? Vuoi sapere se c'è stato qualcosa tra lui e me».

«Be', sì, francamente è così. Non che siano affari miei, lo ammetto. Ma c'è stato qualcosa?»

«No, non c'è stato. Ho pensato che avrebbe potuto esserci, ma non è successo niente. Se n'è andato, fine della storia.»

Nina sedeva adesso a casa sua, riflettendo sopra una tazza di tè. Fine della storia. Ma doveva esserci qualcosa di più profondo, di più complesso. C'erano state lacrime negli occhi di Margaret. L'immagine era ancora vivida nella memoria di Nina: Margaret nel vento di novembre con i luminosi capelli sciolti, bella nella sua calma dignità, mentre una grossa lacrima le scivolava lungo la guancia.

Devo intromettermi? si chiese. Potrebbe essere dannoso?

Dopo un po' decise che non sarebbe stato dannoso fare un tentativo. Così dopo essersi informata sulle telefonate a lunga distanza, chiamò Stephen Larkin e gli riferì quel che sapeva.

«Pensavo che potesse interessarle», concluse.

«Allora non è... non è più con... Fred Davis?»

«Non è mai stata realmente con lui.»

«Ma pensavo... sembrava... e così io...»

«Spero non mi consideri un'idiota con una gran faccia tosta, per di più, ma ho deciso che valeva la pena di tentare. E se lo farà mai sapere a Margaret, giuro che l'ammazzerò.»

Lui scoppiò a ridere. «Non avrà bisogno di ammazzarmi, prometto. L'amerò per sempre. E adesso vuole per favore riagganciare perché possa fare la mia telefonata?»

Epilogo
1995

La casa nell'East Side di Willie ed Ernie era illuminata da cima a fondo. La vetrina del negozio al pianterreno era ancora natalizia; la poltrona accanto al camino, le candele dorate sulla mensola e i fiori secchi in una grande ciotola d'ottone sembravano usciti direttamente da un romanzo dell'Ottocento.

Questa era l'ultima notte del 1995. Sui tre piani sopra il negozio si festeggiava. Su e giù lungo lo scalone di marmo e negli appartamenti privati – che i loro proprietari erano felici di esibire – gli ospiti facevano sfoggio di abiti e gioielli, salutavano amici, venivano presentati, esaminavano quadri, si fermavano al buffet, e bevevano champagne. Su tutto sovrastava la musica.

«Che spettacolo», osservò Stephen, divertito.

«Incredibile, no?» fece Margaret. «Tutto questo marmo bianco, perfino le pareti, eppure non è eccessivo.»

«Credo sia per questo che sono famosi. Sei entrata nella piccola biblioteca rossa al secondo piano? Riesco a vedermi in una fredda serata, sdraiato sul divano sotto il Winslow Homer con un libro o un brandy.»

«Vorrei potermi trattenere a parlare con voi», disse Nina, «ma dato che sono stata promossa e ho avuto un aumento, mi sento terribilmente responsabile. Willie ed Ernie hanno dei clienti qui stasera, o probabili clienti, che vanno un po' lisciati. Ma è stata una magnifica settimana di vacanza per me, anche solo avendovi qui. È stata una vacanza e una festa. Mi piacerebbe poter venire per il vostro grande giorno il mese prossimo.»

«Sarà un grande giorno molto semplice», disse Margaret. «Saremo troppo occupati a trasferirci.»

«Basta con le serate frettolose in un albergo a metà strada», disse Stephen.

«Verrò ad arredarvi la casa», offrì Nina.

«Niente pareti di marmo, per favore. Ma un Winslow Homer sarebbe gradito», disse Stephen.

«Farò del mio meglio.»

«Sul serio, è una bella casa, non lontano dal mio posto di lavoro o dall'università di Margaret. Abbiamo quasi traslocato. La settimana scorsa è arrivato il pianoforte di Julie, accordato e pronto per essere usato.»

«Sì», aggiunse Margaret, «ed è magnifico, Nina, abbiamo potuto riprendere Rufus. Se ne sta occupando un vicino in questo momento.»

«Oh, ne sono lieta. Mi si era spezzato il cuore per Dan. Sentite, devo scendere adesso. Tenetemi un posto a tavola.»

Nel lungo atrio un giovanotto stava esaminando un mobile pieno di argenteria antica. Pensando che potesse essere un probabile cliente, Nina si presentò.

«Sono l'assistente di Willie ed Ernie. Se ha qualche domanda da rivolgermi sull'argenteria, forse potrò aiutarla.»

«Grazie, ma stavo solo guardando. In realtà, l'argenteria mi interessa, ma soprattutto quella Ottocento, vecchi pezzi Tiffany. I motivi decorativi sono decisamente più elaborati di quelli del periodo georgiano.»

Lo trovò subito interessante, un uomo ovviamente colto, che non si occupava solo di finanza e sport.

«Il negozio aprirà dopo le vacanze. Se è un collezionista...»

«Non realmente. Compro un pezzo ogni tanto se mi capita di trovarlo.»

Aveva un bel sorriso e sembrava che ridesse facilmente. Anche i suoi modi diretti, la sua voce calma e gradevole affascinavano Nina, così che quando le chiese di bere un drink con lui, accettò.

«Sono solo qui», spiegò. «Sono venuto con un amico, ma lui è andato a un altro party, e stavo per andarmene anch'io, quando è arrivata lei. Adesso non me ne andrò di sicuro!»

Per un po' rimasero lì stringendo i loro drink, e poi, trovato un divanetto libero, si sedettero.

«Così lei lavora qui, Nina?»

«Sì, e mi piace. Mi piace essere in mezzo a tutti questi begli oggetti.»

«È un bell'oggetto anche lei.»

Non c'era niente di audace o di sconveniente nel complimento, perché non c'era niente di audace o di sconveniente in quell'uomo. Parlarono per un po'; apprese che era un importatore di caffè e conosceva il Sudamerica con la sua arte, la sua criminalità e la sua politica.

«Che ne direbbe di cenare insieme questa settimana?» chiese. «Dica lei la sera.»

«Qualsiasi sera», rispose. «Mercoledì, magari?»

«Quella è l'unica sera in cui non posso. Abbiamo i biglietti per il teatro. Mia moglie...»

Nina trasse un profondo sospiro. Tieni duro, disse a se stessa, e a voce alta: «Sua moglie? Forse la conosco».

«Oh, non credo. È proprio...» aggrottò leggermente la fronte... «non è proprio il suo...»

«Il mio tipo? No, naturalmente. È vecchia come Matusalemme e anche bruttina. E non fa sesso con lei da sei anni. So tutto su sua moglie.»

La fissò come se non credesse alle sue orecchie. Poi, credendoci, si mostrò offeso. «Ebbene, mi scusi! È davvero eccezionale, piccola...»

Ma lei si era già allontanata. «Sì», esclamò. «Sono eccezionale, certo. Ma quello che non sono è l'amantucola di un uomo sposato.»

Era arrabbiata, ma stava anche ridendo quando tornò di sopra. Erano tutti seduti a tavola e la stavano aspettando.

«Sono venuta a cercarti», disse Margaret, «ma sembravi occupata, così non ho interferito. Era carino?»

«Molto carino. E probabilmente lo è anche sua moglie.»

«Oh», fece Margaret.

Gli sguardi delle due donne si incontrarono, e sorrisero entrambe. Ricordi, pensò Margaret. Ne abbiamo, io e Nina. E girò lo sguardo attorno al tavolo, com'era sua abitudine fare quando la famiglia era riunita a tavola.

C'era Megan, ormai al secondo anno e sempre studiosa, ma non più reclusa; aveva un ragazzo serio che voleva diventare anche lui medico, ma Margaret non doveva preoccuparsi, non intendeva fare promesse, non ancora, non troppo presto. Era più furba di lei.

C'era Julie nel suo vivace abito blu, che stava raccontando a Nina della sua insegnante di musica. «La mia insegnante nuova, quella che prenderò dove andremo ad abitare presto, ha detto che non ho perso molto tempo. Potrei anche andare al conservatorio dopo il college.»

Dan aveva un piattone davanti a sé e la bocca piena. «Che cos'è questa roba?» domandò.

«Caviale», rispose Stephen.

«Non l'ho mai mangiato. È fantastico.»

«Sei un *gourmet*», disse Stephen. «Questo è il migliore in assoluto.»

«Credevo fosse *gourmand.*»

«No, *gourmand* è qualcuno che mangia troppo.»

«Allora rientro in quella categoria», disse Danny, ridendo.

Poi, all'improvviso, diventò serio e chiese: «Papà era un *gourmet*, non è vero, mamma?»

«Sì», rispose Margaret, incontrando lo sguardo di Stephen.

«Papà sapeva un sacco di cose.»

«Sì, è vero.»

Questo non era esattamente l'argomento adatto all'occasione. Ma che cosa ci si poteva aspettare? Il ragazzo aveva solo quindici anni, e soffriva ancora. Immagino, pensò lei, che sia come una ferita. La gente dice che per il resto della vita, in certe condizioni atmosferiche o semplicemente di tanto in tanto, ritorna, la senti.

Sotto il tavolo Stephen le prese la mano e gliela strinse. I suoi occhi erano sorridenti. Non avere paura di niente, dicevano. Ti amo e starò sempre con te.

L'autrice

Belva Plain è una grande creatrice di best-seller. Interessata soprattutto alle storie famigliari e alle emozioni racchiuse anche nei fatti più comuni, si ispira alla vita di tutti i giorni, alle persone che incontra, ai propri vicini per creare i personaggi dei suoi libri, e si sente particolarmente gratificata quando le sue fan le confessano di riconoscersi nei protagonisti dei suoi romanzi. Amante degli animali, in particolare dei cani, che dormicchiano sotto la sua scrivania ogniqualvolta si appresta a lavorare, è indubbiamente una scrittrice «mattiniera», che ama dedicare alla sua arte le prime ore della giornata e ancora adesso preferisce al computer la penna, che le permette di pensare mentre scrive e soprattutto di muoversi all'aperto, nella bella stagione, con il suo taccuino in cerca di nuove idee e ispirazioni.

I libri di Belva Plain

La saga dei Farrell
Un indimenticabile best-seller che racconta gli amori, le sconfitte, i trionfi, le delusioni di tre generazioni di medici, dai primi del Novecento ai giorni nostri.

Il giardino che brucia
Nella splendida tenuta di Eleuthera, da più di trecento anni in mano a una turbolenta famiglia, si vivono amori clandestini e violenze, passioni ardenti e indimenticabili...

Al di là del fiume
Una romantica e avventurosa saga, nella tradizione di Via col vento, *ambientata nel suggestivo e opulento paesaggio del profondo Sud americano.*

La coppa d'oro
La storia dell'amore tempestoso tra Hennie e Dan, nell'ambiente degli immigrati ebrei della New York di inizio secolo, animata dal fervore politico.

L'arazzo
Dagli anni Venti le vicende di due ricche famiglie ebree si intrecciano attorno all'esistenza di Paul Werner. Intenso e avvincente, il seguito ideale de La coppa d'oro.

Più forte del tempo
Per Jennie, alle soglie del matrimonio, seguire la strada del cuore diventa improvvisamente la scelta più difficile. Dal passato emerge una terribile verità...

Nel sole della vita
Dominata dall'irresistibile forza dei sentimenti, si conclude la saga dei Werner, una ricca e affascinante famiglia già protagonista de La coppa d'oro *e* L'arazzo.

I tesori del tempo
Tre fratelli dal carattere forte, tre diversi approcci alla vita. Quando il successo sembra sfiorarli, il destino li sottopone a una dura prova.

L'alba di un giorno nuovo
Una drammatica storia di amore, odio e malattia che vede incrociarsi, per uno scambio involontario di neonati alla nascita, i destini di due famiglie.

La giostra d'argento
Best-seller negli USA, un intrigante mosaico di sesso, potere e solitudine. Un prezioso giocattolo di famiglia custodisce un torbido segreto. Un romanzo che non si dimentica.

Il silenzio di una donna
Per Lynn, il matrimonio con Robert sembrava l'inizio di un grande amore. Ma il marito si rivela violento tanto da spingere la donna ad affrontare se stessa prima che sia troppo tardi.

Un colpo di fortuna
Il destino, attraverso vie inaspettate, realizza il sogno di Robb facendolo diventare un grande avvocato. Ma quando l'ambizione si trasforma in avidità, anche la fortuna cambia strada.

Una finestra sul domani
In seguito a una telefonata anonima, Hyacinth, fino a quel momento donna e artista felice, commette un'azione che rimpiangerà per tutta la vita.

Un colpo di fortuna

Il destino, attraverso vie inaspettate, realizza il sogno di Robb facendolo diventare un grande avvocato. Ma quando l'ambizione si trasforma in avidità, anche la fortuna cambia strada.

Una finestra sul domani

In seguito a una telefonata anonima, Hyacinth, fino a quel momento donna e artista felice, commette un'azione che rimpiangerà per tutta la vita.

I nostri anni migliori

L'indole e il passato di Cecile, Amanda e Norma sono assai diversi, ma le tre donne sono unite da quel sentimento unico che è l'amicizia. Ma evento drammatico le costringerà al confronto.

Solo per amore

Quando nasce Bettina il matrimonio fra Donald, giovane avvocato, e la bella ma avida Lillian è già naufragato. Ma per l'uomo questa figlia è più importante di quanto credesse possibile.

Finito di stampare nel gennaio 2005
presso la Mondadori Printing S.p.A.
Stabilimento N.S.M. di Cles (TN)
Printed in Italy

Gentile lettore,

la ringraziamo per aver scelto uno dei romanzi della ricca collana Superbestseller.

Per poter soddisfare sempre meglio le sue esigenze e i suoi gusti, le chiediamo di voler gentilmente compilare il seguente questionario. Se ci fornirà anche il suo indirizzo, le invieremo le informazioni relative alle nuove pubblicazioni del gruppo Sperling & Kupfer e alle iniziative speciali rivolte ai nostri lettori. Se invece preferisce registrarsi sul nostro sito www.sperling.it, riceverà nella sua casella e-mail la nostra newsletter informativa.

Ho trovato questo questionario nel volume dal titolo

....

Ho acquistato questo volume

☐ in libreria ☐ in edicola ☐ al supermercato

Numero libri acquistati in un anno: ....

Il mio autore preferito è: ....

Il mio genere preferito è

☐ Narrativa ☐ Narrativa per ragazzi
☐ Thriller ☐ Saggistica
☐ Narrativa al femminile ☐ Business

INFORMAZIONI ANAGRAFICHE

Età: Sesso: ☐ M ☐ F

Professione: ....

FACOLTATIVO

Nome ....
Cognome ....
Via .... n. ....
Città .... Provincia .... CAP ....
E-mail ....

Informativa ai sensi dell'art. 13 D. Lgs n. 196/2003
I suoi dati saranno trattati da Sperling & Kupfer Editori S.p.A. e dalle società con essa in rapporto di controllo e collegamento ai sensi dell'art. 2359 cod. civ. – titolari del trattamento – per evadere la sua richiesta di invio di materiale d'informazione libraria delle titolari e più in generale per finalità di marketing, attività promozionali, offerte commerciali e per indagini di mercato da parte delle stesse titolari.
Nome, cognome, indirizzo sono indispensabili per il suddetto fine. Il suo indirizzo di posta elettronica è necessario solo se desidera ricevere via mail i suddetti materiali.
Inoltre, previo suo consenso, i suoi dati potranno, altresì, essere comunicati a soggetti operanti nei settori editoriale, largo consumo e distribuzione, vendita a distanza, arredamento, telecomunicazioni, farmaceutico, finanziario, assicurativo, automobilistico, e a enti pubblici e Onlus, per propri utilizzi aventi le suddette medesime finalità.
Responsabile del trattamento è il Responsabile Dati presso Sperling & Kupfer Editori S.p.A. L'elenco completo e aggiornato delle società in rapporto di controllo e collegamento ai sensi dell'art. 2359 cod. civ. con Sperling & Kupfer Editori S.p.A., delle aziende terze a cui i dati possono essere comunicati e dei responsabili è disponibile al seguente indirizzo e-mail: privacy@mondadori.com.
I suoi dati saranno resi disponibili agli incaricati preposti alle operazioni di trattamento finalizzate all'elaborazione e gestione dei dati.
Ai sensi dell'art. 7 D. Lgs. n. 196/2003, potrà esercitare i relativi diritti, fra cui consultare, modificare e cancellare i suoi dati o opporsi al loro trattamento scrivendo a Sperling & Kupfer Editori S.p.A. Ufficio Promozione - Via Durazzo 4 - 20134 Milano.
Acconsente che i suoi dati siano comunicati ai suddetti soggetti terzi e da questi utilizzati per le finalità e secondo le modalità illustrate nell'informativa? sì ☐ no ☐

La preghiamo di tagliare lungo la linea tratteggiata e di inviare in busta chiusa e affrancata a:

Sperling & Kupfer Editori S.p.A. Ufficio Promozione
Via Durazzo 4 - 20134 Milano

Prova d'acquisto
88-8274-476
2005